퇴
계

# 퇴계

백금남 장편소설 ② 광상의 나라

끌레마 Clema

〈일러두기〉

* 정론화된 사실(fact)에 의거했으나 소설적 개연성을 위해 일부 내용은 재구성했다.
* 명예를 실추시키기 위한 작업이 아님을 밝혀두면서 후손들의 혜량을 바란다.
* 성리학의 중요한 개념인 이(理)와 기(氣)에서 理는 모두 '리'로 표기했다.

| 차례

# 정암가

검은 그림자 하나가 음습한 그늘 속으로 숨어들었다. 낡은 솟을대문은 잠겨 있지 않았다. 그림자는 약간 허리를 구부리고 안의 동태부터 살폈다.

따가운 볕을 피해 잎사귀가 큰 오동나무 잎 사이로 바람이 들었다. 그 밑에 앉아 머리를 갸웃갸웃하고 있던 물총새 한 마리가 포르르 날아올라 서쪽 하늘로 날아갔다.

퇴계는 그 나무 아래 서서 문득 새가 날아간 허공에 새의 자취가 남을까 하는 생각을 했다. 율곡의 말에 신경이 쓰이면서도 어쩐지 그의 말을 한 발쯤 물러나 생각해보고 싶다는 생각이 들었기 때문이었다.

율곡은 무슨 말이든 이어가야 한다는 생각이 들었지만 입이 떨어지지 않았다.

이곳에 온 지 얼마나 된 것일까?

율곡은 퇴락한 고가의 섬돌에 앉아 구름 몇 점 둥실 떠 있는 하늘을 올려다보았다. 새들이 끼룩대며 하늘을 가로질렀다.

퇴계는 그런 율곡을 멍하니 바라보았다. 정암 선생도 저 섬돌에 앉아 그렇게 하늘을 바라보았을 것이다. 그러나 이제 종가는 폐가가 되어 을씨년스럽다. 종가의 괴괴함이 괴이할 정도다. 이래서 그의 혼백이 떠돈다는 소문이 나서 사람들이 근접하지 않는 것인지 모를 일이었다. 그분이 살아 있었을 적에 사계가 뚜렷하게 나타났을 정원에는 잡풀만 무성했다. 어디를 봐도 이제 그의 이름자는 보이지 않는다.

정암 조광조(靜庵 趙光祖) 그리고 그가 살던 이 집 정암가(靜庵家).

그 눈부시게 화려했던 모습은 어디로 가버린 것일까?

고가는 주인을 잃고 허물어져가고 있었지만 어쩐지 고집스러워 보였다. 고색창연한 건축물들이 어딘들 이만할까 싶다. 솟을대문, 행랑채, 중문채와 사랑채, 그리고 안채로 구분된 본채, 쌍벽당의 개자난간……. 그 어느 것 하나 소홀히 지어진 곳이 없다.

사사되기 전 정암 선생에게는 두 아들이 있었다. 한 분은 무사(無嗣)하고 한 분은 이곳서 그냥 살며 문천군수를 지냈다는 말을 퇴계는 언젠가 들은 적이 있다. 중종 임금이 정암을 고려해 종가를 유지시켜주었다는 것이다. 난의 성격이 다른 역모사건과는 달랐기 때문이라고 했지만 그만큼 정암 선생을 아꼈기 때문일 것이다. 그래도 임금의 속마음을 몰라 정암 선생의 피붙이들이 자신들에게 화가 미칠까 하여 한양을 떠나 이리저리 피해 다니다가 경북 영양 어딘가로 숨어들었고 봉사손이 얼마 전에 종가를 그리로 옮겼다고 한다. 아마 그때 버려졌을 것이다.

퇴계는 몸을 일으키려다가 어느새 꾸벅 졸고 있는 율곡을 보았다. 그 모습을 가만히 보고 있으려니까 많이 변했다는 생각이 들었다.

내가 저 사람을 본 게 언제였더라? 계상서당에서였던가?

그해 왜 그렇게 눈과 비가 많았던지. 사흘이나 눈비가 번갈아 왔을 것이다. 하루는 그 눈비 속을 뚫고 유생 하나가 찾아들었다. 강릉에서 찾아온 23세의 청년이었다. 그가 지금 졸고 있는 이율곡이다. 첫눈에 알아보았지만 대단히 명석한 사람이었다. 무엇보다 이마가 넓었다. 그를 보며 온계공이 자신에게 광상이라고 했던 말이 떠올랐다. 저 젊은이도 세상의 이마가 될 꿈을 꾸고 있을지도 모른다는 생각에 빙그레 웃음이 물렸다.

퇴계가 리학의 종조인 우탁 선생으로부터 일어난 리학경을 포은 정몽주 선생이 간직했다가 정암 조광조 선생에게 전해졌다는 말을 들은 것은 형님 이해가 양재벽서사건에 연루되어 죽기 얼마 전이었다.

리학경의 실체를 알고 있는 이는 학위 조원복(學爲 趙原福)이었다. 그는 공조참의를 지내다가 뜻한 바 있어 향리로 내려가 후학 양성에 힘을 쏟던 올곧은 선비였다. 그는 정암 조광조의 후손이었다.

조광조에게는 정여창이라는 스승이 있었다. 정여창은 조선 전기 사림파의 대표 학자다.

정여창은 사림파의 사조(師祖) 김종직을 1470년(성종 1)에 만났다. 김종직의 나이 40세였다. 김종직은 함양과 선산 두 임지에서 성리학적 향촌질서를 수립하면서 김굉필(金宏弼), 정여창(鄭汝昌), 이승언(李承彦), 홍유손(洪裕孫), 김일손(金馹孫) 등 여러 제자들을 길렀다.

김종직의 나이 52세에 제자들이 본격적으로 벼슬길에 올랐다. 이때부터 사림파(士林派)와 훈구파(勳舊派)의 본격적인 대립이 시작됐다.

사림파의 수장이나 다름없는 정여창은 죽는 날까지 자신이 옳다고 생각하면 그 뜻을 꺾지 않았다. 결국 당시의 집권세력이었던 훈구파를 공격하다가 연산군 4년 무오사화에 연루되어 경성으로 유배되어 죽었다. 김종직이 세조의 즉위를 비판하여 지은 조의제문(弔義帝文)이 무오사화를 불러일으킨 것이다. 항우가 초나라 회왕(懷王: 의제)을 죽인 것을 빗대어, 세조가 단종으로부터 왕위를 빼앗은 것을 비난한 것이 조의제문이었다.

정여창은 죽기 직전 아들에게 정몽주 선생이 남긴 서책 하나를 주었다. 바로 우탁 선생으로부터 그에게까지 이른 리학경이었다. 이 리학경은 상자에 넣어져 정여창의 아들이 간직하다가 정순붕이라는 문중 사람에게 전해졌다.

정순붕은 권력에 눈이 어두운 사람이었다. 그는 정여창의 직손은 아니었다. 정순붕이 사람 됨됨이가 되어 있지 않다고 하여 정여창은 받아들이지 않은 반면 정순붕을 받아들인 사람은 정여창의 문우 김굉필이었다. 그의 문하에서 글을 배웠는데 정순붕은 유달리 권력 욕심이 많았다. 그래서 정여창이 그를 경계했다. 정순붕은 언관(言官)의 묵기가 아니었다. 오직 바른 말을 하는 것이 임무인 언관은 나름대로의 소신과 목숨까지도 내놓을 각오가 되어 있어야 하는데 그는 그럴 배짱이 없었다. 더욱이 사헌부와 사간원들의 역할과, 관리의 비행을 조사하여 그 책임을 규탄할만한 배짱조차 그에게는 없었다. 그렇기에 원칙에 충실했던 개혁의 화신 조광조 같은 이들이 그의 우상일 수밖에 없었다. 그러니까 나약한 자신을 스스로 잘 알고 있었다는 말이었다.

그때쯤 당대의 청류 조광조는 유림의 절대적 지지를 받으면서 혁명아가 되어 있었다. 공자의 정명주의를 바탕으로 하는 왕도국가를 세우려 하고 있었던 것이다. 누구나 그를 공자의 가르침을 실행에 옮기는 진정한 유학자라고 칭송하였다. 그렇기에 그의 말에는 힘이 담겨 있었다. 그를 시기하는 무리들이 있었으나 왕을 업은 그의 뜻을 따르지 않을 수 없었다. 자연히 조광조는 젊은 나이에 왕조의 도덕적 교사로서 존경을 받을 수밖에 없었고, 그럴수록 민심은 그에게로 쏠릴 수밖에 없었다.

조광조는 무오사화로 인해 인근에 유배되어 있던 한훤당 김굉필에게서 학문을 전해 받았다. 조광조가 강직한 성품을 지닐 수 있었던 것은 김굉필의 영향 때문이었다. 대부분의 국외자들이 그렇듯이 당시의 사람들은 현실에 대한 불만자들이었다. 김굉필 역시 기성에 대한 강한 개혁 의지를 가지고 있던 사람이었다. 그러므로 그와의 만남은 개혁 그 자체일 수밖에 없었다.

조광조가 17세 때 김굉필은 무오사화로 인해 죄를 받고 어천에 귀양와 있었다. 그는 정몽주와 길재의 학풍을 이어받은 도학자였다. 뒷날 조광조가 도학정치(道學政治. 도학정치는 성리학에 의한 정치를 말한다. 주자학, 혹은 성리학을 경우에 따라 도학, 이학으로 불렀다_편집자)를 실현하려 노력한 것도 그의 학풍과 깊은 관련이 있기 때문이었다.

조광조가 김굉필을 찾아 성리학을 터득하고 있던 어느 날 이웃 사람이 꿩을 사냥해 김굉필에게 가지고 왔다.

"꿩이 아닌가?"

한훤당이 물었다.

"이것이라도 잡아드십시오. 먹을 게 실없으니……."

그의 어려운 유배 생활을 알고 있던 이웃은 눈을 붉히며 말했다.

"고맙소이다."

한훤당은 당장에 물을 끓이고 꿩을 잡고 싶었지만 부모님 생각에 잡지 못하고 마루 위에 두었다. 그는 꿩을 말려 고향에 계신 어머니에게 보내려고 한 것이다.

한훤당은 일하는 아이에게 꿩을 지키라고 하고 잠시 자리를 비웠다. 아이는 마당에서 혼자 놀았다. 아이가 놀이에 몰두하는 사이 고양이 한 마리가 돌아다니다가 꿩을 발견했다. 고양이는 꿩을 물고 도망가버렸다.

한훤당이 돌아와 보니 아이 혼자 울고 있었다. 고양이가 꿩을 물고 가버렸다는 것이었다. 한훤당은 아이를 크게 꾸짖었다.

그때 정암 조광조가 공부를 하려고 문을 들어섰다.

"왜 그러세요?"

"저놈이 글쎄 이웃이 가져다 준 귀한 꿩을 고양이에게 빼앗겼다고 하지 않느냐?"

정암이 잠시 시선을 떨구다가 스승을 향해 들었다.

"스승님, 노기를 푸옵소서. 어머님을 봉양하려는 스승님의 효심은 지극하오나 군자의 언사나 노기는 같이 살펴야 할 줄 아옵니다. 소자는 마음에 의심된 바 있어 감히 말씀드립니다."

한훤당이 돌아섰다. 잠시 후 그는 제자의 손을 잡았다.

"부끄럽도다. 그렇지 않아도 나도 지금 후회하는 참인데 너의 말이 또한 이와 같으니 내가 어찌 깨닫지 못하겠느냐?"

오히려 스승을 깨우쳤던 이가 바로 조광조였다. 조광조가 23세 되던 연산군 10년 10월에 스승의 부음을 듣고 애통해 하던 그는 여러 벼슬을 거치다가 하루는 외방으로 나갔다. 날이 저물어 어느 집에 머물게 됐는데 여인 홀로 사는 집이었다. 여주인이 조광조의 얼굴에 반해 둘만 있는 틈을 타 비녀를 뽑아주려고 했다. 당시 비녀를 뽑아주는 건 남자에게 모든 걸 허락한다는 뜻이었다. 조광조는 비녀를 받아 말없이 벽 틈에 꽂아 놓고는 곧바로 그 집을 나와버렸다.

　중종반정으로 연산군의 동생 진성대군이 왕위에 올랐을 때, 조광조의 나이 25세였다. 스승이 사약을 받고 죽은 지 2년 후였다. 벼슬길에 나아가 승승장구하던 조광조는 중종의 절대적 지지 속에서 홍문관 부제학(정3품)에까지 올랐는데 초고속 승진이었다. 중종은 언제나 대신들의 청을 물리치고 조광조의 말에 따랐다.

　어느 시대를 막론하고 그 시대의 비리에 대해 분노하며 도전하고 직언하는 무리는 있게 마련이다. 그렇기에 개혁가들의 삶은 늘 북풍한설 앞에 선 사람처럼 고독하고 위태로운 실정이다.

　지나침은 모자람만 같지 못하다는 말이 있다. 이를 깨닫지 못한 조광조는 타협이란 것을 몰랐다. 자연히 반대파들이 일어났다. 반대 세력은 조광조 일파를 내치기 위한 작전에 돌입했고 궁궐 내 나뭇잎에 꿀을 발라 글자를 써 조광조를 모함하기에 이르렀다.

　벌레가 꿀을 따라 잎을 갉아먹자 주초위왕(走肖爲王)이라는 글자가 드러났다. 조씨가 왕이 될 것이라는 뜻이다. 이는 영락없이 하늘의 계시 같았다. 모의에 참여했던 홍경주란 이가 자신의 딸 희빈 홍씨를 통해 문제의 나뭇잎을 중종에게 바쳤다. 그리고는 그를 모함했던 세력들은 틈을 주지 않고 조광조를 몰아붙였다.

　결국 중종은 조광조 일파를 체포한 뒤 전라도 능성에 유배시켰다. 그 뒤 조광조의 정적들이 요직에 올랐다. 영의정에 김전, 좌의정에 남곤, 우의정에 이유청이 임명되었다.

　조광조에게는 사약이 내려졌다.

　사약을 받아든 그는, "임금이 신에게 죽음을 주시니 반드시 죄명이 있을 것인즉 청컨대 그것을 공손히 받들고 죽겠노라" 하고 뜰아래 내려가 북쪽을 향해 두 번 절한 다음 엎드려 전지(傳旨)를 받았다.

전지를 받아든 그는 이렇게 말했다.

"내가 죽거든 관을 얇게 할 것이요, 두껍고 무겁게 하지 말라."

그렇게 부탁하고 중종에게 시 한 수를 남겼다.

임금 사랑하기를 아버지같이 하였고
나라 걱정하기를 내 집같이 하였네
밝은 햇빛이 세상을 굽어보니
일편단심 이 마음을 더욱 밝게 비추오리

愛君如愛父　憂國如憂家　白日臨下土　昭昭照丹衷

38세의 짧은 생을 살았지만 그는 조선시대를 통틀어 가장 개혁 성향이 짙은 사람이었다. 그를 중심으로 추진되던 개혁정책은 기묘사화의 참극을 불러왔고, 개혁파 정치세력들은 허망하게 정치권에서 숙청되었다.

하지만 후대에 퇴계는 조광조에 대해 이렇게 평했다.

"정암 조광조 선생은 공자의 정명주의를 바탕으로 유교적 이상 정치를 꿈꾸었던 이 나라 최초의 대유이며 마지막 유학자다. 자질과 재주가 뛰어났음에도 불구하고 학문이 부족한 상태에서 정치 일선에 나가 개혁을 급진적으로 추진하다 결국 실패했으니 신이시여, 그렇다면 그를 왜 이 세상으로 보내셨나이까!"

참으로 피를 내뱉는 진혼곡이 아닐 수 없었다.

이 땅에 왕도정치를 세우려 했던 선각자요, 성리학 이념을 바탕으로 도덕정치가 구현되는 이상사회 건설을 부르짖었던 그는 38년의 짧은 삶을 마감한 지 꼭 50년 만에 영의정에 추증(追贈)되었다. 진정한 대유로서 이 땅에 유림의 넋을 심었던 그는 이듬해 문정(文正)이라는 시호를 받음으로써 역사에 복권되었다. 그가 제시한 방향을 충실히 따른 후배 사림이 추증에 앞장섰다.

뜻 있는 이들은 그를 다시 이렇게 평했다.

"비록 간신들의 모함에 의해 개혁이 실패했지만 그로 말미암아 선비들의 학문이 지향할 바를 알게 했던 그는 이 나라 진정한 대유로서 그 가치를 인정받을 만하다. 그로부터 유학의 뜻이 진정으로 살아났으며 그로 인해 유학이 더욱 빛나게 되지 않았는가?"

# 장부의 길 ①

**1**

퇴계가 생각에 잠겨 있는 사이 율곡이 이윽고 시선을 들었다. 그의 시선과 퇴계의 시선이 뒤엉켰다.

시선이 마주치자 율곡은 이곳으로 들어설 때의 기억이 꿈결처럼 떠올랐다. 꿈만 같았다.

퇴계를 찾기 시작했지만 그때까지만 해도 여기까지 올 줄은 몰랐었다.

와보니, 이 폐가 속에 조광조를 만나야겠다며 나선 퇴계가 있었다. 그를 만나자 율곡은 불같이 화가 일었다. 지금 밖에서 무슨 일이 벌어지고 있는지 아느냐고 율곡이 고함치자 퇴계는 허허거리기만 했다. 모함에 걸려 죽을지도 모른다고 말해도 퇴계는 믿지 않는 눈치였다.

"어쩐지 꿈에 그대가 보이더니만, 허허, 헛꿈이 아니었네, 그래."

퇴계의 말에 어이가 없어 율곡은 임금이 그에게 내던진 글 뭉치를 주었다. 도척이 가지고 있다가 죽은 후 신고자 하성구에 의해 임금에게 올려진 글이었다.

"어허, 이럴 수가! 꿈속에서 그대가 가지고 있던 그 종이뭉칠세."

종이를 보더니 퇴계가 탄성을 터트렸다.

"원 무슨 말씀을 하시는 것인지……."

"그런데 이게 뭔가?"

"읽어 보십시오."

"그래?"

그러면서 퇴계가 종이를 펼쳤다.

병인년 10월 24일, 월란으로 떠나 월란대 칠대수행(七臺修行)에 들다. 초은대, 월란대, 고반대, 응사대, 낭영대, 어풍대, 능운대를 밤낮 순회하다. 참동계(參同契)를 수련하고, 선(禪)을 실지로 체험하다. 삼곡, 청하, 자하, 영지, 건지, 용두, 청량, 국망 등의 산과 물굽이를 바라보고 한밤중 낭영대 소나무 아래 앉아 칠대삼곡시(七臺三曲詩)를 읊다.

어느 날 꿈을 꾸니 바로 내가 신선이로다

꿈속에서 나는 그윽한 세상을 찾아 동굴 안으로 들어갔네
천 바위 만 절벽 골짜기에 구름 안개 펼쳐 있고
중턱에 옥 같은 내가 흘러 푸르기가 쪽빛 같고
노를 저어 거슬러 올라가니 정신이 살랑살랑 맑아지네
우러러 보니 산허리에는 도인이 사는 집 한 채
가면서 물속을 내려다보니 푸른빛은 허공을 오른 듯하더라
문을 여는데 보니 집안은 맑고 깨끗하다
노을빛 같은 옷을 끌고 허리 갸름한 신선이 나와 읍하면서 맞는다

어느 때 마치 내가 와서 노닐던 곳만 같아
벽 위에 옛 글씨가 있었던가 없었던가
집 주변 골이 패인 나무는 찬 샘물 덮쳐 올랐고
단단한 계수나무는 가지가 서로 얽혀있네
같이 온 두 젊은이는 서로 돌아보며 감탄하고
이곳에서 집을 짓고 살면 속세에 얽힌 일을 잊을 것 같네
문득 기지개를 펴고 깨어나니
닭소리에 지는 달이 남쪽 창문에 반쯤 걸렸구나

퇴계 이황

我夢尋幽入洞天　千巖萬壑開雲煙　中有玉溪靑如藍　泝洄一棹神飄然
仰看山腰道人居　行穿紫翠如登虛　迎人開戶一室淸　朧仙出揖曳霞裾
髣髴何年吾所遊　壁上舊題留不留　屋邊刳木飛寒泉　團團桂樹枝相樛
同來二子顧且歎　結屋永擬遺塵絆　忽然欠伸形蘧蘧　鷄呼月在南窓半

退溪 李滉

한 장을 넘기니 다시 글이 보였다. 위의 글은 자신이 쓴 것이 분명했는데 필체가 자신의 것이 아니었다. 잠시 읽어 내려가서야 퇴계는 아하 하는 생각이 들었다. 아마도 함께 수행한 적이 있는 자의 글 같았다.

......

다음 날도 그들의 논쟁은 계속되었다. 그렇게 재미있을까? 한 번 속내를 드러내 보이고 나자 그들은 계속 허물없이 속내를 드러내고 있었다. 아주 그동안 쌓아 놓기만 했던 것들을 허물없이 마구 토해놓는 것 같았다. 어지간했다. 술로 속이 쓰릴 것 같은데 늙은 몸들이 잘도 견디었다. 배울 것이 있고 마음이 맞는 사람끼리라면 지옥도 견딜 만하다는 말을 입증이나

하듯이 그들은 술잔을 기울이고 또 기울였다.

그날도 술이 취해 먼저 본격적인 질문을 시작한 것은 도척 스승이었다.

"자네, 내가 속가에 있을 때 장가간 적이 있다는 걸 알고 있나?"

'그대'가 하룻밤 사이에 허물이 다 없어져 '자네'가 되어 있었다.

"장가?"

퇴계 선생님이 적이 놀란 얼굴을 하자 그가 웃었다.

"아직 모르는 모양인데, 내 재미난 이야기를 해주지. 내가 여자를 맞아들이던 날 말이야. 여자를 처음 안았는데……. 안기가 무섭게 나 자신에게 실망해버리고 말았다네."

"하하하, 제대로 걸렸나 보네."

나는 나도 모르게 그만 마음이 훈훈해져서 손으로 입을 막으며 쿡쿡 웃었다. 또 무슨 말을 하려고 이러나 싶었지만 그들은 철 덜든 남정네들이 어울려 노는 것 같았다.

"그래, 그날만 그런 게 아니었지. 밤마다 그랬다네. 정말 육체는 나의 것이 아니더구먼. 그 옛날 부처나 노자도 도를 깨닫기 전에는, 그러니까 성태장양을 이루기 전에 했다는 탄식이 실감이 나더라구. '아하, 나는 나의 것이 아니구나. 만약에 몸이 나였다면 나의 몸은 이래라 하면 이렇게 했을 것이고 저래라 하면 저렇게 될 터인데 그렇지 못하니.' 그 말이 그렇게 뼈아프게 들려 올 수가 없더란 말일세. 그래서 더 그들이 인간적으로 다가왔는지도 모른다네. 사실 나의 잠자리는 싸움이었거든. 열에 뜬 여자를 위해서라도 정신을 똑바로 차려야 하는데 그녀 살 속에 내 살을 밀어 넣자마자 그대로 파정이었으니……. 사랑? 믿음? 그쯤 되면 그게 문제 아니지. 벌써 물 건너간 이야기다 이거야. 전쟁이지. 암 전쟁이고말고."

그렇게 말하고 도척 스승은 또 웃었다.

"허허허, 그게 인간이지. 불완전한 인간. 이 세상에 완전한 인간이 어디 있겠나?"

퇴계 선생님이 당연한 것을 가지고 뭐 그러냐는 듯이 고개를 주억거리며 말했다.

"그래. 맞는 말이야. 그때 내가 도가의 폐기태식법(閉氣胎息法)에서 활용한 남녀교합의 환정법 정도라도 체득하고 있었다면 문제가 달라졌겠지만 말일세."

그러자 도척이 맞받았다.

"이제는 어떤가? 아니 그보다 자네는 환정법이 도가의 최상승법인양 하는데 사실은 그거 단가(丹家)의 최상승법 아닌가?"

퇴계가 이렇게 묻자, 도척이 되물었다.

"이 사람 이제 보니 되게 무식하구만 그래?"

"뭐야? 날더러 무식하다?"

퇴계의 음성이 높아졌다.

"단가가 어디서 왔겠는가? 그것은 두말할 나위 없이 도가에서 온 것이다. 그런데 이제 와서 그런 질문이나 하고 앉았다니. 왜 환정법에 대해서 관심이 생기기 시작했나? 내가 설을 한번 풀어볼까?"

도척은 길게 말하려는 기세였다.

"그래서 그대는 그 법을 터득했다?"

"하하하, 의심스러우면 여자를 한번 데려와 보던가?"

도척이 여자를 데려오라고 하자 퇴계는 일단 말을 내렸다.

"에이, 그만하세."

퇴계 선생님이 돌아앉자 도척 스승이 고개를 주억거렸다.

"하긴. 그런 법이라도 그때 내가 제대로 배워 두었더라면 도덕적으로 타락한 요즘에 난 구원자가 되었을지도 몰라."

"알긴 아는구만 그래. 양기를 다스리지 않으면 마음을 다치기 마련이지."

퇴계 선생님이 돌아앉은 채로 대꾸했다.

"하지만 그때 내가 그 법을 얻었다면 부처나 노자처럼 세상을 향해 구원의 비전(秘傳)을 던질 수 있었을지도 모르지.”

도척은 단정하듯 말했다.

“꿈이지. 꿈이야. 그러고 보면 신선의 무릉도원이 꿈이었구나. 나는 그 도원을 찾는 한 마리 나비였고.”

퇴계가 나비를 언급했다.

“자네 유학자답지 않게 은근히 감상적인 데가 있단 말씀이야. 그렇게 물렁한 심장을 가지고 어떻게 유가의 수장이 될 수 있었는지, 원. 그래 유가를 공부하며 무얼 얻었나? 군자의 도? 그래 그걸 얻었겠지. 그럼 그 도의 모습을 한번 보여 보게.”

“어허, 도라는 것이 보이는 것이던가? 그대로 있을 뿐.”

“하하하, 여여(如如)하다? 이 무슨 개코같은 소리. 당장 눈앞의 여자 하나 사랑하지 못하면서 무슨 도? 여자 하나라도 제대로 품지 못하면서 군자의 도? 이봐, 적어도 군자라면 군자다워야지.”

“군자다운 것이 어떤 것인가?”

도척 스승을 향해 돌아앉으며 퇴계 선생님이 물었다.

도척은 다음과 같이 말했다.

“하하하……. 군자가 따로 있을까? 도리를 지키는 것이 군자인가? 예를 지키는 것이 군자인가? 거 말짱 다 헛소리야. 왜냐면 진짜 사랑이 빠졌잖아. 그런 인간이 집으로 들어가면 제 여편네 하나 사랑하질 못해 끙끙 앓거든. 그게 무슨 사랑이야? 그래서 노자는 영보도국(靈寶道局=聖胎長養)이라는 그의 사상 맨 윗자리에 금강(金剛)이라는 바위 하나를 얹어 놓았어.”

“영보도국이라, 성태장양이라는 말이 생각나는군.”

“맞네. 도교에서는 그것을 영보도국이라 일컫는 것일세.”

“자신 속에 있는 성인의 종자를 바르게 깨워 본성(本性)을 기른다?”

퇴계 선생님이 뇌까렸다.

“맞아. 그 말이지. 그 점을 모르고서는 노자의 도가사상을 이해하지 못할 것이야."

"허허허……."

퇴계가 허허롭게 웃었다.

"웃으니 좋긴 하다. 그렇게 웃지만 말고 유학을 공부했으니 성(性)에 대해서 내가 이해할 수 있게 한번 풀어보게. 성이라는 말을 정확하게 알고 있는지 한번 보게."

"그만허세."

"그만해? 왜? 유교 공부를 했으니 잘 알 것이 아니겠는가? 세상의 종교는 본질적으로 들어가면 성을 타파하는 데 그 목적이 있다는 것 정도는. 아니, 자네가 그렇게 말했을지도 모르지."

"하하하……."

"알려면 제대로 알고 제대로 배워야지. 적어도 정점을 알려면 이 우주와의 명합을 시도할 수 있어야 그게 산 공부가 아니겠는가?"

"그래, 그렇지."

도척이 또 말을 이었다.

"그럼 신앙이 무엇인가? 이 우주와 명합함으로써 저 이상의 언덕으로 가는 것? 그곳으로 가 영원히 대략을 누리는 데 그 목적이 있다?"

"이제 슬슬 이놈의 암자를 떠날 때가 된 것 같구먼."

퇴계 선생님이 탄식하듯 말했다. 그리고는 봇물이 터지듯 갑자기 도척 선생을 노려보며 한마디 했다.

"자네가 성을 통해 리기의 정점을 보여주겠다고? 금강의 세계를? 그럼 어디 한번 보여줘 보시게. 그렇다면 내 굳이 뿌리칠 이유가 없을 것 같으니."

도척 스승이 허허허 웃었다. 진작 그랬어야지 하는 표정으로.

……

# 2

짧지 않은 글이었다. 퇴계는 비로소 임금이 화낼 만하다는 생각이 들었다. 아직 스물도 안 된 선조 임금의 눈에는 그저 도가의 신선사상이나 흠모하는 변질된 유학자로 비쳐졌을 것이 뻔했다. 양생법을 공부하다가 신선법이나 환정법에 발을 내딛어 보았다고 해도 그렇다.

도대체 양생법이라는 것이 뭔가? 병에 걸리지 않도록 건강관리를 잘하는 것일 터이다. 그리하여 오래 살기를 꾀하는 방법일 터이다. 그럼 신선법은 뭔가? 양생의 도(道)를 터득하여 완전한 자연인이 되는 것이다. 그럼 환정법은 뭔가? 우주의 정기를 흡수하여 언제나 되돌릴 수 있는 힘일 터이다.

그 글은 그때 그곳에 와 있던 이밀인가 하는 놈이 쓴 글이 분명했다. 임금이 그 글을 보고 이율곡을 시켜 잡아오라고 했다면 이 정도의 글만으로도 이 나라 유학의 태두가 사도에 물들었다는 걸 짐작했다는 말이다.

"어허, 그러고 보니 주상의 실망이 컸겠구먼."

"그걸 말이라고 하십니까?"

퇴계가 글 읽는 모습을 보고 있던 율곡이 나섰다.

퇴계는 종이를 든 채 눈을 감았다. 한순간 어두운 절망감이 전신을 덮었다. 방금 읽은 글자들이 머릿속을 아무렇게나 굴러다녔다. 참동계, 월란대수련, 칠대삼곡시, 그리고 신선……. 환정법, 우주와의 명합, 금강의 세계…….

아무리 생각해도 빠져나갈 구멍은 없어 보였다. 그 글자 하나하나가 그대로 도교를 지칭하고 있다. 글 속의 퇴계는 유학자로서 도교의 사상에 깊이 매료된 이로 그려져 있다. 그것도 환정법에 미친 늙은이로 그려져 있다. 어디로 보나 그 법에 미치지 않고서는 할 수 없는 이야기이다. 유가의 사대부가, 태두가 할 수 있는 말은 결코 아니다.

그렇다면 임금이 배신감을 느낄 만하고 화를 낼 만하다. 참동계도 그렇다. 참동계는 중국 갈홍(葛洪)의 신선전이다. 선은 불교의 수련법이며 환정법은 도교의 최상층 법이다.

변명이 필요없다. 퇴계는 자신도 모르게 고개를 떨구었다.

율곡은 그런 퇴계를 멍하니 바라보았다.

뭐야? 저 영감. 세상에 저런 분이 있을 수 있을까? 밖에서는 죽이겠다고 난리인데…….

율곡은 저분이 왜 저렇게 변해버렸을까 하는 생각에 자신도 모르게 두 손으로 가슴을 안았다. 언제나 그에게 도전 의식을 느끼고 있으면서도 존경의 염을 한 번도 잊어본 적이 없는 사람이었다. 스물세 살 나던 해 어린 신부를 두고 안동까지 그 먼 길을 찾아갔던 것도 오직 저분으로부터 진리를 얻겠다는 신심에서였다.

당시 퇴계에게 함부로 했던 것도 그에 대한 존경의 염이 깊었기 때문이었고 그렇기에 집으로 돌아와서도 더욱 존숭의 염이 끊어지지 않았었다.

사람들은 과거에 아홉 번 줄줄이 장원한 줄 알지만 그 사이 사이에 낙방도 있었다. 어느 해 과거에 낙방하고 그 절망감을 서찰에다 써 올렸을 때 따뜻하게 위로해주던 어른. 그 어른이 바로 저 사람이었다.

옛 사람이 이르기를, '젊은 나이에 과거에 오르는 것은 하나의 불행이다'라고 하였으니, 자네가 이번 과거에 실패한 것은, 아마도 하늘이 자네를 크게

24

성취시키려는 까닭인 것 같으니 자네는 아무쪼록 힘을 쓰게나.

그런 퇴계를 찾기 위해 동분서주하다가 정암 고가로 들어와 보니 퇴계는 종이쪽지 하나를 가지고 있었다.
거기에 이렇게 적혀 있었다.


와우당 ⟶ 선지당 ⟶ 법린당 ⟶ 종린당 ⟶ 풍설당 ⟶
중앙당


이게 무엇이냐고 물었더니 퇴계는 이렇게 설명했다. 명종 임금이 살았을 때 하루는 입궁을 했더니, 명종께서 선왕의 유품을 뒤지다가 이상한 종이쪽지 두 장을 발견했다며 건네주었다고 하였다. 읽어보니 당의 이름들이 적혀 있었다. 당의 이름들 아래 이런 글이 보였다.


상감마마, 리학경을 찾지 않고는 조선 성리학은 더 이상의 발전은 없을 것이옵니다.


그렇게 적고 이번에도 당 이름을 적어 놓았는데 그것은 앞의 당 이름과 틀린 글이었다. 와우당과 선지당 사이에 묘선당이 삽입된 글이었다.


와우당 ⟶ 묘선당 ⟶ 선지당 ⟶ 법린당 ⟶ 종린당 ⟶
풍설당 ⟶ 중앙당

"그러니까 이것이 선왕의 유품에서 나왔다는 말입니까?"

율곡이 퇴계에게 물었다.

"그렇지. 그때도 조광조 선생이 살아 있을지 모른다는 소문이 돌고 그의 리학경이 있을지도 모른다고 하자 이상하게 생각하고 나를 부른 것 같았어⋯⋯."

"그래서요?"

"그대가 이 당들이 어디에 있는 것인지 알아보고 리학경을 한 번 찾아봄이 어떻겠느냐고 말씀하셔서⋯⋯."

"아하, 그러니까 선왕께서 간직하던 것이었다 그 말인가요?"

"맞아."

"그때 받아놓은 것이었어. 통 감이 잡히지 않았는데 이번에 들고 나온 것이야."

"그러니까 중종 임금이 사림의 수장이었던 조광조 선생을 사사한 뒤 돌아가셨고 명종 임금이 그분의 유품에서 이 종이를 찾아내 선생님이 찾으려고 하는 리학경과 관련이 있는 것 같으니까 보여주셨다 그 말이지요?"

"맞아."

"그래서 이곳까지 오게 되셨고?"

퇴계가 고개를 끄덕였다.

"사실 한동안 잊고 있었다네. 그런데 조광조 어른이 살아 있다는 말이 다시 나돌고 그를 직접 보았다는 사람도 있고, 이번엔 나오고 해서 말일세. 그래서 가지고 나온 것일세. 혹시 그분이 살던 곳이 아닐까 하며."

"하지만 당 이름이 이곳과 다르지 않습니까?"

"그래서 생각 중일세. 어디서 들은 듯하기도 해서. 그런데 통 생각이

나지를 않아. 어쨌든 이 집이 그분의 집이었으니 살아 계시다면 이곳으로 오지 않겠는가?"

"하하하, 아직도 그 어른이 살아 있는 것처럼 말씀하시는군요? 그래서 성균관에서 새벽에 나가시면서 조광조 선생을 만나러 간다고 하셨군요?"

"그랬지."

"조광조 선생을 만났다는 사람을 만났습니까?"

율곡은 사성 곁에 있던 선비를 떠올리며 물었다.

"문인이 그러더군."

"그분을 보았다고요?"

"물론."

"그가 누굽니까?"

"그게 그렇게 중요한가?"

"좋습니다. 그런데 지금도 그 말을 믿고 있다 이 말입니까?"

"모르지, 정말 살아 계실지도. 그 사람이 그러더군. 리학경을 안고 있는 조광조 선생의 모습을 분명히 보았다고."

"그 사람이 누구냐니까요?"

"꼭 알아야 되겠나?"

"그렇습니다."

"예문관 응교 이상직이야."

성균관 사성 곁에 있던 사람을 말하고 있는 것 같았다.

"직접 안동까지 아랫사람을 내려 보내 그 말을 했다네. 조광조 선생을 만나고 싶다면 입성하라고. 자신에게 그를 찾아갈 묘책이 있다고."

"그래서 만나려 오셨다 그 말씀이군요?"

"맞아. 한양에 입성해 성균관에서 하룻밤 유하고 그를 만났지. 역시 그도 이곳에서 조광조 선생을 보았다고 했어."

"예문관 응교 이상직이라면 저도 만난 적이 있는 인물입니다. 그는 어디 있습니까?"

성균관 사성 곁에 있는 걸 보았으면서도 시침을 떼고 율곡은 그렇게 물었다.

"내가 이곳으로 들어오는 날 전라감사로 내려간다고 했네."

사성 곁의 사내는 그때 분명히 전라감사로 내려간다고 했다. 예문관 응교가 전라감사? 그런 생각을 했었는데 사실인 모양이다.

"어쨌든 지금도 조광조 선생이 여기 어디에 있다고 믿고 계신 것입니까?"

"물론."

"미쳤군요."

"미쳤다니?"

"그분은 이미 죽지 않았습니까?"

"글쎄, 그야 모를 일이지. 중종 임금께서 은밀히 살렸을지도……."

"이상직이 어떻게 말했기에 그러시는지 모르겠지만 제발 정신 좀 차리십시오. 하긴 미치지 않고서야 이럴 수는 없지요."

"이럴 수가 없다니?"

퇴계는 율곡이 너무 무례하다는 생각이 들었지만 되물었다.

"방금 읽으신 글 누가 쓴 것인지 알겠습니까?"

"글쎄, 그때 도척 밑에 제자가 하나 있는 것 같았는데 이밀이라고 하던가? 아마 그인 것 같아."

"그 도척이라고 하는 사람 말입니다."

"도척?"

"그분 살해당했습니다."

퇴계가 멍하니 율곡을 바라보았다.

"무슨 말인가? 도척이 죽다니?"

"죽기만 했을까요. 말도 마십시오. 누구에게 당해 하얗게 말라죽었는데 이 더운 날 썩지도 않더군요."

"뭐? 도척이 죽어서 썩지도 않아?"

퇴계가 못 믿겠다는 표정을 지으며 율곡에게 다시 물었다.

"그렇습니다. 바로 그 글이 도척이라는 사람의 시신 곁에서 발견된 글입니다."

화초담 너머에서 놀고 있는 아이들의 웃음소리가 계속 들려왔다.

"무슨 말을 하는 거야? 그러니까 이 글이 도척의 시체 곁에 놓여 있었다 그 말인가?"

율곡은 시선을 들어 퇴계를 바라보았다.

"도척의 살해 현장을 목격하고 신고한 자가 가지고 있다가 내놓은 겁니다. 도척의 시신 곁에서 발견된 것이라며."

가까스로 율곡이 대답했다.

"그럼, 그 사람이 도척을 죽였다?"

"참 답답하십니다. 선생님이 지금 그 도척을 죽인 자로 쫓기고 있다는 말입니다."

"뭐라구?"

율곡은 왜 퇴계가 쫓기고 있는지 그 이유에 대해 소상히 말하기 시작했다. 다 듣고 난 퇴계는 어이가 없어 허허 웃었다.

"세상 참……."

"선생님!"

"그러니까 내가 도척을 죽이는 것을 신고한 사람이 보았다고?"

"그렇습니다."

"그가 누군가?"

"알 만한 사람입니다."

"그가 누구냐니까?"

"차차 말씀 드리지요."

"그래? 그래서 상감이 진노했다?"

"생각해보십시오. 어떻게 진노치 않겠습니까?"

"아하, 이제야 그대가 여기에 온 이유를 알겠구나. 정말 날 잡으러 왔다는 말이지 않은가? 그러나 저러나 그대는 어떻게 이곳으로 올 수 있었는가? 아, 이상직을 만났다고 했지?"

"조사를 하다 보니 어떻게 그렇게 되었습니다."

"역시 그랬구나."

"이제 어쩌실 것입니까?"

"무엇을?"

"임금이 부르는데도 조정으로 나와 정사 볼 생각은 않고 다 늙은 몸으로 양생이다 뭐다 하며 도가법을 찾아다니다 결국 이렇게 되었으니 말입니다."

"신고한 사람이 누구인지나 말하게."

율곡이 신고자에 대해서 말했다.

신고한 자에 대해서 듣고 난 퇴계가 고개를 갸웃했다.

"그 글이 임금에게 전해지고 이상한 말들이 탐문되었습니다."

퇴계의 눈치를 살피며 율곡이 말했다.

"이상한?"

"신고한 자가 도척의 서자라는 말이 나돈 겁니다."

"서자?"

"도척이라는 사람에게서 그런 말을 들은 적 있습니까?"

퇴계가 기억을 더듬다가 고개를 내저었다.

"아닐세."

"그럼 혹시 도척이라는 사람에게 친자가 있다는 걸 아십니까?"

퇴계가 고개를 주억거렸다.

"친자? 아들? 그래 맞아. 있었지. 아마 그놈도 도교물이 들어 제 아비와 함께 있었지."

"역시 그랬군요."

"그런데?"

"저 역시 이상해 신고한 자의 가족에게 물었습니다. 여동생이 있었는데 아들 말은 안 하는 겁니다."

"그럴지도 몰라. 그 아들놈이 한때 잘 나가다가 도교에 미쳐 제 아비보다 더했거든. 그러니 여동생 눈에 오죽했겠나."

"아무튼 그 서자라는 자를 도척 여동생에게 물었습니다. 도척의 자식이 맞느냐고."

"그랬더니?"

"어릴 때 내보냈다는 것입니다. 그런데 신고한 자는 화들짝 하는 겁니다. 자기의 친부는 엄연히 따로 있는데 무슨 소리냐고."

퇴계가 또 고개를 갸웃했다.

"글쎄, 나도 서자에 대해서는 들어본 적이 없는데. 그래서?"

"분명히 그들 사이에 어떤 사연이 있을 것 같은데 먼저 친자인지 아닌지를 밝힐 수 없으니 왜 그런 사건이 일어났는지 헷갈리기만 한다 이 말입니다."

"그러니까 이런 말이로고. 도척의 친아들이 없는 줄 알았는데 나타났다. 그리고 서자가 맞는다는데, 서자라는 자는 정작 서자가 아니라고 한다. 그 서자라는 자가 사건현장에서 나를 보았다고 신고했다, 뭐 그런 말이지?"

"그렇습니다."

"그리고는 도척이 가지고 있던 이런 증거물까지 상감에게 올렸고?"

"맞습니다. 뒤늦게 신하들이 올린 것입니다. 선생님에게 누가 될까 많이 망설였겠지요."

"그럼 별 것이 아니구먼."

"네?"

"내 가만이 들어보니 거 친자인지 아닌지를 밝히면 될 거 아닌가?"

"맞습니다. 바로 그겁니다."

퇴계가 잠시 생각하다가 픽 웃었다.

"방법이 있지."

"네?"

율곡이 놀라 퇴계를 쳐다보았다.

"방법이 있다고요?"

퇴계가 고개를 주억거렸다.

"무슨 방법이요? 난다 긴다 하는 포청 수사관들도 지금으로서는 친자

감별법이 없다고 하는데 방법이라니요?"

퇴계가 다시 고개를 주억거렸다.

"그러니까 그걸 밝히면 된다 그 말이지?"

"그걸 어떻게 밝히느냐가 관건입니다."

"밝히는 방법이 있지."

"네?"

율곡은 그 자리에 굳어버렸다.

퇴계가 다시 중얼거렸다.

"문제는 주상인데, 내가 진심으로 말씀 올리면 되지 않겠는가? 그러고 보면 별 것 아니구만 그래. 난 또 뭔가 했네. 그런데 말일세, 그 서자라는 자, 그자가 왜 나를 보았다고 했을까?"

"보았으니 보았다고 하는 게 아니겠습니까?"

멍하니 퇴계를 바라보고 있던 율곡이 어이가 없다는 듯 어깃장을 놓자 퇴계가 웃었다. 그러다 퇴계도 마주 율곡에게 어깃장을 놓았다.

"자네도 그렇게 생각해 이렇게 나를 잡으러 온 것인가?"

"그렇지 않습니까?"

"신고한 사람에게 무슨 사연이 있는지 모르지만 자신이 도척을 죽이고 나를 모함한 것이라면 원한이 있어도 한참 있는 모양이로구먼. 그런데 왜 하필이면 나였을까?"

"그러니까 하는 말 아닙니까? 저는 그 글을 읽어보니 이해가 되더군요."

"그렇긴 한데……. 암튼 걱정하지 말게. 내 나가서 모든 걸 밝혀 줄 테니."

"밝힌다니 그게 도대체 무슨 말입니까?"

율곡은 점점 알 수 없다는 생각이 드는데 무슨 생각을 하는지 퇴계는 한층 밝아진 얼굴을 하고 고개를 끄덕였다.

"친자냐, 아니냐, 그걸 밝히면 된다면서?"

"그렇습니다. 그 때문에 속이 타 문드러진 마당인데 어떻게 말입니까?"

"어허허, 그동안 마음고생이 심했던 모양이로고."

"선생님, 아직도 믿어지지 않는 모양이신데 모두가 선생님을 죽이려 하고 있습니다. 상감께서도 노해 잡아들이라는 마당에……."

"허허허, 글쎄 걱정하지 말게. 그거 쉬운 걸세."

"쉽다고요? 지금 이 판에 농이 나오십니까?"

"그럼 울어야 하나? 걱정 말라니까? 내 나가면 밝혀 줄 테니."

"뭘 말입니까?"

"친자인지 아닌지를 밝혀주겠다는 말일세. 주상에게 변명도 그럴 듯하게 하고. 아니, 아니지. 변명이 아니지. 난 한 번도 그것에 빠진 일이 없으니."

"빠진 일이 없다구요?"

"그럼."

"생각해보십시오. 그 글을 읽고 누가 도교에 빠졌다고 하지 않겠습니까?"

"하지만 아니야."

"좋습니다. 그건 그렇다 하고, 어떻게 친자를 밝혀 사건을 푸실 생각이십니까?"

"밝히면 모든 것이 풀릴 것 같구먼. 나가서 보세. 그러나 저러나 이제 생각해보니 나를 신고한 자의 성함도 아직 모르고 있지 않은가? 말해보게. 날 보았다는 그자의 이름이 뭔가?"

"전 성균관 부사성 하성구라는 자입니다."

"뭐? 하성구?"

퇴계가 놀라 소리쳤다.

"맞습니다."

"어허, 이럴 수가!"

"그자를 아십니까?"

"그럼 그자가 도척의 서자란 말인가?"

"확실한 것은 아닙니다. 그래서 밝혀야 한다는 거 아닙니까?"

퇴계가 고개를 내저었다. 여전히 믿을 수 없다는 표정이었다.

"왜 그러십니까?"

율곡은 갑작스런 퇴계의 변화에 당황했다.

율곡이 묻자 퇴계가 두 손으로 얼굴을 감싸 안으며 중얼거렸다.

"아아, 내가 척을 졌구나! 하성구, 하성구라…….”

퇴계는 머리를 안은 채 눈을 감았다.

"내가 너무 오래 산 것인가? 줄다리기, 줄다리기가 아직도 끝나지 않은 것인가? 이렇게 끝나는 것인가?"

아아, 퇴계는 두 손으로 얼굴을 감싸 안은 채 신음을 터트렸다.

아끼던 젊은이가 상감의 명을 받아 자신의 목숨을 거두려 와 있다. 그러고 보면 영원한 것이 어디 있으랴.

참동계에 미쳐 산을 헤맬 때, 그때 만났던 이밀이라는 사람, 그리고 도척이라는 사람.

율곡의 말에 의하면 도척은 죽었다. 주검이 있는 곳에서 종이 몇 장이 발견 되었고 그것을 본 임금은 진노했다고 한다. 당장에 퇴계를 잡아들이라며 용상을 쳤다는 것이다. 그 어진 임금이…….

그럴 만도 했을 것이다. 세상 사람이 다 변해도 절대 변하지 않으리라던 사람의 변한 모습을 보았다면.

그리고 하성구라니…….

함부로 자라난 풀 속으로 새들이 날아들었다. 다시 아이들의 웃음소리가 화초담 너머에서 들려왔다.

그때까지도 그들은 모르고 있었다. 검은 그림자가 하나가 숨어서 그들을 노려보고 있다는 것을.

뒤꼍에 숨어 그들의 말을 듣고 있던 검은 그림자가 이제 때가 된 듯 불쑥 마당으로 나서려다가 움찔 놀라며 연통 뒤로 몸을 숨겼다. 인기척을 느끼고 몸을 숨기는 행동거지였다.

# 도산

퇴계는 천천히 일어났다. 그는 섬돌을 내려서 화단가로 나아갔다. 손보지 않은 화단가가 수풀로 어지러웠다. 퇴계는 멀거니 먼 산등성이를 바라보았다.

하성구, 죽은 사람 도척……. 하성구가 도척의 아들이라고? 그럼 강산은?

강산이라는 이름이 생각나자 슬며시 퇴계의 손이 품속으로 들어갔다. 품속에서 그날 강산에게서 받은 단도가 나왔다. 그에게서 단도를 받은 후 한 번도 놓아본 적이 없는 칼이었다. 칼 몸에 깊이 새겨진 임거정이라는 이름자.

퇴계는 자신이 나태해질 때마다 그 이름자를 내보았다. 자신이 죽어가면서까지 퇴계를 죽이라고 했던 사람. 임거정과 자신 사이에 백성이라는 괴리가 있었다. 그 괴리가 문제였다.

퇴계는 이 칼로 자진할까 망설이던 때가 분명히 있었다. 그때만큼 자신이 의혹스러울 때가 없었다. 도대체 무엇을 해왔는가? 내가 진정으로 백성을 위해 무엇을 했던가?

이튿날 어김없이 강산이라는 사내가 왔다. 그의 얼굴은 말하고 있었다.

"뻔뻔하시군."

그가 칼을 뽑았을 때 퇴계는 똑바로 그를 향해 돌아섰다.

"죽이시게."

강산이라는 사내가 흐흐 웃었다.

"그대 같은 이들이 이 세상을 맡았다는 게 부끄럽구나. 백성이 없는 유학자. 그게 무슨 소용인가? 나의 두령이 너희들에게 어떻게 죽어갔는지 마지막으로 말해주마. 명종 임금 17년(1562년) 1월이었어. 토포사 남치근(南致勤)이 구월산 아래에 진을 쳤지. 그는 우리들을 궁지로 몰아넣었어. 바라보니까 일찍이 체포되었던 서림(徐林)이 길잡이로 나섰더군. 그의 배반으로 우린 끝났지. 임 두령은 나와 함께 한 초옥으로 숨어들었지. 그 초옥을 관군이 포위하자 임 두령은 집 주인 노파에게 집 밖으로 뛰쳐나가라고 소리쳤어. 노파가 그때 소리치더군. '도적이야' 하고. 그때 나는 깨달았지. 아하, 내가 도적이구나. 하지만 나는 날쌔게 임 두령과 함께 노파를 뒤쫓았어. 그리고 소리쳤지. "도적은 벌써 달아났다"라고. 그러자 우리를 알아보지 못한 군사들이 내가 가리킨 방향으로 뛰어가는 게 아닌가? 우리는 그 사이에 군졸이 탄 말을 뺏어 타고 달아났지. 그러나 이미 임 두령은 심하게 다쳐 있었어. 임 두령을 알아 본 서림이라는 놈이 "임꺽정이다"하고 외쳤으니까. 그때 임 두령이 내게 말하더군. 가서 선생을 죽이라고. 그것만이 조선이 살 길이라고. 자진을 하지 않으면 이틀 말미를 주었다가 그 짐승 같은 인간의 살가죽을 벗겨 백성의 한을 갚아주라고. 그러면서 스스로 말에서 떨어져버렸어. 나는 그때 인간의 모습을 보았어. 잘 배운 인간들이 가지지 못하는 것을 그는 가지고 있었으니까. 내 아버지는 도가의 사람이지. 도교에 미쳐 그 교를 사랑의 종교라고 해. 그래서 언제나 여자와 하나가 되어 그게 사랑이라고 했지."

그제야 퇴계의 눈이 뜨였다.

"그럼 도척?"

말을 하던 사내의 얼굴이 푸르르 떨렸다.

"내 아버지를 아시나 보군?"

"도척의 아들?"

"맞아. 그래서 어디서 본 것 같다는 생각을 하셨군. 하기야 그러고 보니 나도 낯이 설지 않았지."

"아들이 하나 있다는 말은 들었지. 그대의 아비가 김씨인가?"

"김도척이 맞소이다. 묘한 인연이로다. 자, 시작해보실까?"

그가 퇴계에게 손을 내밀었다.

"내가 그 칼을 가지고 있을 것이라 생각하나?"

그 칼로 내 가죽을 벗길 것인데 왜 내가 가지고 있겠느냐는 말이었다.

"그대가 유학을 사랑했다면 그만한 자존심이야 있지 않겠는가?"

퇴계는 품속에서 칼을 꺼내 사내의 손에 놓았다.

"돌아서."

사내가 명령했다.

그때였다.

"강산 꼼짝 마라!"

언제 몰려왔는지 관군이 새까맣게 담 위, 지붕 위에서 활을 겨누고 있었다. 대문이 열리며 임꺽정의 아내를 종으로 삼았다는 이만근이 들어섰다.

"내 이럴 줄 알았지. 저놈을 잡아라."

화살이 비 오듯 사내를 향해 날았다. 화살이 툭 툭 하고 사내의 몸에 박혔다. 사내가 무서운 눈길로 퇴계를 노려보았다. 그는 가까스로 손을 뻗쳐 퇴계의 손을 잡았다. 그리고 손등을 뒤집었다. 손바닥에 칼을 놓았다. 그리고는 볏섬처럼 꼬꾸라졌다.

# 사암

## 1

불도 밝히지 않은 밤, 먼지가 내려앉은 마룻바닥에 퇴계와 율곡은 나란히 누워 쉬었다. 귀신 나온다는 집에 누가 근접할까 싶어 율곡이 대문을 닫아만 놓았는데 갑자기 크아앙 하고 대문 열리는 소리가 났다.

이 소리에 퇴계와 율곡은 벌떡 일어났다.

"대문 열리는 소리 아닙니까?"

"그런 것 같은데."

잠시 후 저벅저벅 걸어오는 발자국 소리가 들렸다.

"누굴까요? 이 밤에……."

율곡이 겁먹은 목소리로 물었다.

퇴계가 목을 빼고 대문가를 살폈다. 뽀얀 불빛 하나가 일렁거리며 가까이 다가왔다. 가끔 그 불빛에 비친 사람의 모습이 드러났다.

"여자 아닙니까?"

율곡이 낮게 소곤거렸다.

"그렇지?"

"이 야밤에 여자가 웬일로?"

"그, 그러게."

"귀, 귀신 아닐까요?"

귀신이 나온다는 소문을 기억해내고 율곡이 소리쳤다.

"쉿!"

퇴계가 조용히 하라는 듯 입술에 검지를 세웠다.

"귀신이 나온다더니 정말인가 보네요."

"이 사람아, 귀신이 땅 밟고 다닌다는 말은 못 들었네."

"그럼?"

잠시 지켜보자 가까이 다가온 불빛이 마당 한가운데 섰다.

"햐, 예전 그대로네."

등불을 든 여인 뒤에 남자가 있었던 모양이었다. 분명히 그 음성은 남자의 음성이었다.

"언제 와 보신 적이 있다고?"

여자가 돌아서더니 목소리의 임자에게 물었다.

"산에서 내려와 이곳서 며칠 묵은 적이 있지."

"그래서 이곳 주인이 살아 있다고 소문난 거 아닙니까?"

"무슨 소리. 내가 왔을 땐 이미 귀신이 나온다고 소문이 나서 사람 그림자도 없었는걸."

"참 고집스럽습니다. 눈도 멀었는데 이런 곳에서 어떻게 지내실 것이라고?"

"좋은데 왜 그러는가?"

"정히 그러시니 며칠만 이곳에 계세요. 제가 방을 하나 얻어 보겠습니다."

"괜찮다니까 그러네. 방으로 드세."

사내가 그렇게 말하자 여인이 몸을 돌려 섬돌을 향해 다가왔다. 불빛이 점차 가까워지자 초롱에 비친 그들의 모습이 드러났다. 여자는 이제 스물댓이나 되었을까? 복색이 심상치 않았다. 가채머리를 얹고 외출 시에 쓰는 대노립으로 얼굴을 가리지 못한 것으로 봐 기방에서 바삐 빠져나온 기녀 같았다. 장옷도 걸치지 않았고 그렇다고 쓰개인 전모를 사용하지도 않았다. 얼굴은 계란형이고 눈은 둥글고 코는 오똑하다. 살결은 백옥 같다. 복식을 보니 겹치마를 여러 겹 껴입어 엉덩이 선을 부풀렸고 배래의 곡선이 없는 일자형의 저고리가 기녀임을 말해주고 있었다. 더욱이 결정적인 것은 여염집 여인이었다면 왼쪽으로 여몄을 치마를 오른쪽으로 여몄다. 오른쪽으로 치마를 여몄다는 것은 기방에서 남자의 손이 드나들기 좋게 하기 위한 기녀들만의 특이한 복식이다.

여인은 한 손에 초롱을 들고 다른 손에 지팡이를 잡고 있었는데 그 지팡이 반대쪽은 사내가 잡고 있었다. 이내 뒤의 사내 모습이 희미하게 보였다.

퇴계와 율곡의 눈이 사내의 눈으로 옮겨졌다. 칼로 베인 것일까, 불을 맞은 것일까? 눈두덩이 시꺼먼 숯검정을 덕지덕지 발라 놓은 것 같았다. 둘의 시선이 사내의 전신을 훑었다. 사십 대의 사나이로 찌그러진 갓, 피에 젖은 저고리와 바지, 신은 그래도 사슴가죽으로 만든 녹비혜(鹿皮鞋)다. 신 밑창에 징을 박아 신는 벼슬아치의 신발이었다. 신발은 헐지 않았으나 역시 피에 절었다. 아마 고신을 받은 듯했다.

"어마!"

초롱을 들고 섬돌에 올라서던 여인이 마루 위에 앉아 자신들을 내려다보고 있는 퇴계와 율곡을 발견하고 비명을 지르며 멈칫 섰다. 순간 맹인 사내의 몸이 붕 허공으로 치솟았다. 어느 사이에 기녀가 잡았던 지팡이가 그의 손에 들려 있었다. 사내는 기녀의 머리를 넘어 퇴계와 율곡 앞에 버티어 섰다.

"누구냐?"

눈먼 사내가 먼눈을 희번덕이며 소리쳤다. 여인을 가로막고 지팡이를 겨눈 자세였다.

퇴계와 율곡이 일어났다.

"누, 누구시오?"

율곡이 물었다.

"그렇게 묻는 그대가 누구인가?"

상대방을 간파하려는 듯 눈먼 사내가 눈을 희번덕거리며 물었다. 얼굴이 말상이다. 눈썹은 먹으로 찍어 놓은 것처럼 뭉툭했다. 나온 입이 한일 자로 다물어져 고집스러워 보였다.

그때까지 사내의 얼굴을 살피고 있던 퇴계의 눈이 점점 커졌다. 율곡이 다급하게 퇴계를 돌아보다가 퇴계의 이상한 반응에 앞의 사내를 보았다가 퇴계를 보았다가 하다가 퇴계를 향해 소리쳤다.

"왜 그러십니까?"

퇴계가 대답하지 않고 사내를 향해 나섰다.

"꼼짝하지 마!"

사내가 지팡이를 단단히 움켜쥐며 소리쳤다.

"자, 자네, 사암이 아닌가?"

사내가 먼눈을 굴리며 고개를 갸웃했다.

"누, 누구요?"

사내의 물음에 퇴계가 한 발짝 다시 나섰다.

"다가오지 마시오!"

사내가 다시 소리쳤다.

"나, 날세. 나, 퇴계 이황일세."

"이황?"

사내가 깜짝 놀라며 퇴계의 말을 되뇌었다.

"그렇다네. 나 퇴계일세."

지팡이를 움켜진 사내의 손이 벌벌 떨렸다.

"이황이라니요? 안동에 사시는?"

"그렇다네."

사내가 고개를 다시 갸웃했다.

"안동에 사시는 퇴계 선생이 여긴 왜?"

"한동안 만나지 못했더니 벌써 내 음성을 잊은 게 아닌가?"

그제야 사내가 지팡이를 바닥으로 떨어뜨렸다.

"정말 퇴계 선생님이십니까?"

퇴계가 다가가 그의 손을 잡았다.

"이게 무슨 일인가?"

"아이고 선생님!"

사암이라는 사내가 퇴계에게 안겼다.

율곡이 영문을 몰라 눈을 휘둥그렇게 떴다.

## 2

밤이 깊어가고 있었다. 퇴계와 사암이라는 맹인의 회포는 길었다.

율곡은 기녀와 나란히 누운 방을 바라보다가 인간의 인연이라는 것이 모질다는 생각이 들었다. 퇴계와 사암이라는 사내의 관계. 그들의 관계가 잊혀질 것 같지 않았다. 퇴계와 사암의 대화에서 서산대사도 등장했는데 율곡도 서산대사는 잘 알고 있었다. 그리고 퇴계가 유산하며 불교에 심취하여 수많은 고승들과 교유해왔다는 것은 일찍이 알고 있었다.

> 복희의 수리학은 천, 지, 인 삼재의 근본이고
> 공자의 윤리는 만세의 스승이다
> 경과 의, 명과 성은 그대 이미 달하였으니
> 조선 땅에서 제일가는 분이셨네

**伏羲數理三才主 孔子綱常萬世師 敬義明誠公已達 海東天地一男兒**

그렇게 법련, 설희, 덕연, 삼보, 도선…… 그중에서도 도력이 깊었던 서산대사는 퇴계와 인연이 깊었다. 그와 오랫동안 서찰을 나눌 정도였기 때문이었다. 서산대사 역시 그의 시를 지을 정도였다.

그렇게 퇴계는 전국의 내로라하는 스님들과 불연(佛緣)을 맺고 있었다. 청량산의 사찰들은 말할 것도 없고 학가산의 광흥사, 천등산의 봉정사, 요성산의 성천사, 소백산의 부석사, 한양의 봉은사……. 그곳의 스님들과 읊은 시와 써준 글만 해도 산을 이룰 정도였다.

그랬으므로 율곡은 퇴계가 무턱대고 일방적으로 불교를 배척하고 있지 않다는 것 정도는 알고 있었다. 불교를 배척케 한 것은 주위의 유학자들이었다. 주자가 불교를 받아들인 만큼 퇴계는 유학의 창달을 위해 불교를 알려고 노력했을 것이기 때문이다. 퇴계는 상대의 사상을 알아야 자신의 사상을 더 깊이 깨달을 수 있을 것이라는 신심의 발로에서 불교를 알려고 노력했을 것이다. 다른 이들도 그렇게 믿었고 율곡 자신도 그렇게 믿었다.

언젠가 퇴계는 불교와 도교에 대해서 이런 말을 한 적이 있었다.

유교의 성인은 상달(上達)을 말했지, 깨달음(悟)을 언급하지 않았다. 그렇다면 효과는 차근차근 오래 쌓아 가는 거기 있을 것이다. 노장의 무위가 궤도를 벗어났다 해놓고, 어찌 자신의 해법은 선(禪)의 공(空)에 떨어지시는가. 절대로 공부에 따른 강박과 불편에 좌절(自泪)하면 안 될 것이다. 더한 믿음과 분발이 필요하다. 그렇게 진리의 속을 쌓으면서 오랫동안 힘쓰시다 보면, 자연히 마음(心)과 리(理)가 서로 만나다가 어느 날 문득, 융회관통하게 될 것이다.

이 한마디로 퇴계는 노자의 무위도나 불교를 어떻게 보고 있는가를 드러냈다.

그런데 그런 퇴계가 그렇게까지 사도에 집착했다? 이해할 수 없는 일이었다. 그럴 수도 있겠다 싶지만 유학자로서 선을 넘었다는 생각을 지울 길이 없으니 그게 낭패였다. 주상도 그래서 화가 난 것일 터이고, 퇴계를 섬기던 유림도 그래서 실망했을 것이다.

그런데 문득 나타난 사암이라는 사람. 서산대사의 제자라는데 승복을 벗고 침쟁이가 되었다고 한다. 의료청의 첨사벼슬까지 받았으나 그만 눈을 잃고 말았다는 것이다. 왜 그가 눈을 잃었는지 알고 나자 율곡은 몸을 떨었다. 갑자기 그의 스승이었다는 서산대사가 생각났기 때문이었다.

율곡이 서산대사를 처음 뵌 것은 금강산 마하연에서였다. 그때 서산대사는 구월사에 주석하고 있었는데 마하연에 왔다. 키가 훌쩍하니 크고 수염이 길었다. 눈이 봉황목이고 콧대가 우뚝 섰다. 아주 잘생긴 남자였다. 그의 곁에 율곡보다 여덟 살 아래인 수발동자가 있었는데 이름이 사명이라고 했다.

율곡은 서산대사가 큰스님이라고 해서 인사를 드리고 선방으로 돌아왔는데, 입승 스님이 오더니 새로운 말을 해주었다.

"서산대사님이 오셨는데 인사는 드렸는가?"

"네, 드렸습니다."

"그럼 사명이라는 동자승도 보았는가?"

"네, 아주 영특하게 생겼더군요."

"영특한 게 뭔가? 보통 아이가 아니라네."

"네?"

"어리다고 다 어린아이가 아니지."

"무슨 말입니까?"

"서산대사에게는 제자가 둘 있지. 자네 나이 또래의 사암이라는 자와 열한 살의 사명."

"그런데요?"

"사명은 판서의 아들이고 사암은 침쟁이의 아들인데 이상하게 사명은 출가할 때부터 도술을 부릴 줄 알았고 침쟁이의 아들은 침쟁이의 아들답게

48

사람의 속을 보는 신기한 눈을 가지고 있었다고 해."

"에이, 설마요."

"설마가 아니야. 내 눈으로 똑똑히 보았으니까."

"뭘요?"

"그 아이가 도술 부리는 것을."

그래도 율곡은 어린아이가 무슨 도술? 그렇게 생각하고 말았다. 그런데 주지스님도 그런 말을 했다. 서산과 사명 두 사람 다 도력이 깊어 도술 시합을 하다가 사제지간이 되었다는 것이다. 어릴 때부터 도력을 타고 태어난 사명은 어느 날 도력으로 유명하다는 서산을 찾았는데 그게 인연이 되었다는 것이다.

그때까지도 율곡은 지대방 늙은 스님들이 할 일 없어 만들어낸 낭설이라고만 생각했다. 너무 터무니없었던 것이다.

아무튼 그들의 말은 이랬다.

연화도인이라는 이가 있었다고 한다. 그의 호가 왜 연화가 되었느냐 하면 연산군 시절 폭정에 못 이겨 한양 삼각산에서 수도하던 스님이 섬으로 들어가 수행했는데 어느 날 자신이 갈 날이 보였다. 그는 제자들에게 이렇게 말했다.

"잘 있어라. 수행 열심히들 하고, 내세에도 승으로 태어나 나는 이곳으로 와 정진할 것이다. 나를 저 바다에 그대로 버리거라. 배고픈 물고기 밥이나 되게."

제자들은 스님을 수장했다. 얼마 후 제자들은 스승을 수장한 곳에서 피어오른 한 송이 연꽃을 발견했다. 그때부터 그 섬을 연화도라 하였다. 그리고 그 스님을 연화도인이라 하였다.

그로부터 70년 후 달성 서씨(徐氏) 성을 가진 여인이 해산하던 날 꿈을 꾸었다. 꿈에 구름을 타고 보니 곁에 누군가를 거느리고 있었다. 머리에 황금 두건을 쓴 사람이었다. 그를 데리고 만 길이나 되는 대(臺)에 올라가 보니, 백발의 신선이 앉아 있었다. 그녀는 신선에게 큰절을 하고 산을 내려왔는데 그 꿈을 꾸고 나서 아들을 낳았다.

그때 낳은 아들이 커 승이 되어 비구니 제자 셋을 데리고 연화도에 들어가 여장을 풀었다. 그 스님이 도를 통해 자신의 전생을 보니 바로 자신이 연화도인이었다. 그리고 제자들도 전생의 제자들이었다.

그 스님이 곧 사명이었다. 그리고 그가 데리고 있던 세 사람의 제자 비구니는 연화도인의 제자 성운, 성안, 성철로 불리던 제자들이었다. 그 제자들, 그러니까 성운은 사명의 누이 보운으로, 성안은 사명이 출가하기 전 청혼했던 보월로, 성철은 사명을 연모하는 여인 보련으로 환생했다. 사명이 출가하자 셋이 그 뒤를 따른 것이다.

율곡이 들은 사명의 출생 역시 전설 같은 것이었고 그 후의 이야기들도 대체로 낭설이지 싶었다.

사명은 어릴 때부터 그럴 수 없이 총명했는데 어느 날 서산대사를 찾아갔다고 한다. 어릴 때부터 도술을 부릴 줄 알았다고 하는데 한마디로 웃기는 소리였다. 그 어린것이 서산대사의 도력을 시험하기 위해 흐르는 계곡 물을 거꾸로 흐르게 해버렸다나 어쨌다나.

아무튼 그걸 안 서산대사는 절에서 일하는 처사를 시켜 사명을 데려오게 했다고 한다.

처사가 절 아래로 내려가 보니, 아니나 다를까? 한 동자가 정중히 예를 올렸다.

50

"기다리고 있었어요."

처사는 그렇게 말하는 동자를 멍하니 바라보았다.

기다리고 있었다니, 그럼 내가 올 줄 알고 있었다는 말이지 않은가?

참으로 기이하다고 생각하며 처사는 사명을 서산대사에게 데리고 갔다.

"올 줄 알고 있었다."

방문을 열던 서산대사가 사명당을 잘 아는 것처럼 말했다.

"기다리고 계실 줄 알았습니다."

서산대사의 말에 사명도 그렇게 대답했다.

"그래? 손에 든 것은 무엇이냐? 참새가 아니냐?"

서산대사가 물었다.

"그러하옵니다."

사명이 대답했다.

"잡은 것이냐?"

"오다 보니 저를 기다리고 있더군요."

"너를 기다리고 있었다?"

"이 새가 그렇게 말하였습니다."

"새가 지금도 무슨 말을 하고 있는 것 같은데 무슨 말을 하고 있는 것이냐?"

"아마 자신의 목숨이 걱정되나 봅니다. 살려달라고 하는데, 스님, 묻겠습니다. 지금 제 손아귀에 들어 있는 이 참새가 죽을까요, 살까요?"

사명이 먼저 당돌하게 치고 나서자 서산대사가 고개를 주억거리며 웃었다. 마침 그는 한쪽 발은 법당 안에 있었고 다른 쪽 발은 마루를 짚고 있었는데 그 자세로 서서 사명에게 물었다.

"내 한 발이 법당 안에 있다. 또 한 발은 법당 밖에 있다. 내가 밖으로 나가겠느냐, 안으로 들어가겠느냐?"

사명이 희미하게 웃었다. 그는 자신 있게 대답했다.

"그야 밖으로 나오시겠지요. 애초 나오실 생각이 없으셨다면 문은 왜 열었겠으며, 한 발은 왜 밖으로 내딛으셨겠습니까?"

"그렇구나. 맞다."

서산대사가 사명의 대답에 깨끗이 승복했다.

큰 스승에게서 큰 제자가 나온다던가? 그러나 아직 사명은 아니었다. 사명이 고작 스승의 발의 동작에 주목하고 있었다면 서산대사는 일시적인 몸동작이 아닌 승려 본연의 자세를 말하고 있었기 때문이었다.

"아직 제 물음에 답하지 않으셨습니다."

사명이 우쭐해서는 다시 물었다.

"그렇구나. 하지만 네가 손에 쥔 참새도 마찬가지가 아니냐?"

"예?"

"생각해보아라. 네가 절에 오르면서 어찌 살생을 생각했겠느냐?"

사명이 그 자리에서 새를 허공으로 날려 보내고 서산대사에게 삼배를 올렸다.

"참으로 크나큰 무량한 법문을 들었나이다."

"선재, 선재라."

그때 곁에 있던 사암이 말했다.

"스승님, 저 새는 이곳으로 돌아와 죽을 것입니다."

"어째서?"

서산대사가 깜짝 놀라 물었다.

"저 새의 눈은 본시 푸른 눈입니다. 그런데 잡히는 순간 살성이 심장을 침범했어요. 그래도 먹이를 봐둔 것이 있어 이곳으로 돌아와 죽을 것입니다."

다음 날 그들은 보았다. 돌아온 새가 먹이를 먹다가 꼬꾸라져 죽은 모습을.

그 후 유가에 몸을 담은 율곡은 고봉 기대승 사형과 함께 그들을 만날 기회가 있었다. 솔직히 그때까지도 남이 꾸며낸 이야기라고만 생각했다.

율곡이 나중에 알게 된 것이지만 사명은 그 후 사암과 열심히 불가 공부를 하여 열여덟 살 되던 해(1561년) 한양 봉은사에서 시행한 승과 시험인 선과(禪科)에 장원급제했다.

그러나 억불숭유 정책은 갈수록 심화 되고 있었다. 그 와중에도 사명은 그 당시 쟁쟁한 젊은 학사들과 교유하고 있었다. 대제학 자리를 스승에게 물려준 사암 박순(思庵 朴淳), 아계 이산해(鵝溪 李山海), 제봉 고경명(霽峰 高敬命), 가운 최경창(嘉運 崔慶昌), 하곡 허미숙(荷谷 許美淑), 백호 임제(白湖 林悌), 손곡 이익지(蓀谷 李益之) 등이 그들이었다. 율곡이 그들을 만나 보니 사명의 경지가 보통이 아니었다.

어느 날 하곡 허미숙(허균의 친형)이 율곡과 기대승이 있는 자리에서 사명을 칭찬하다가 율곡이나 기대승이 믿지 않자 그럼 사명의 총기를 시험해 볼 테니 두고 보라고 했다.

하곡은 한유(韓愈)의 서책을 골랐다. 그는 그것을 사명에게 주며 한 번 보고 외울 수 있겠느냐고 했다. 율곡이나 기대승은 설마 했다. 아무리 머리가 비상하다고 해도 도저히 그럴 수는 없다고 생각했기 때문이었다. 그런데 사명은 그 서책을 받아 척 일별하고는 외우기 시작했다. 한 자도 틀림이 없었다.

"오호, 역시 하늘이 내린 천재로다."

무릎을 치는 하곡의 말을 들으면서 그때 율곡은 고개를 갸웃했다. 이 사람 도술을 부린다더니 낭설이 아닌가보다 하는 생각이 들었기 때문이었다. 그래서 중이라면 멸시하던 유림들이 사명을 지기지우가 될 것을 청하는 것이 아닐까 싶었다.

그런데 기대승 사형은 달랐다. 그런 사명을 날카롭게 비판했던 것이다.

"재주가 승하다. 그 재주만 믿고 더욱 더 학문에 정진하지 않으면 결국 공(公)을 그르치게 될 것이다."

그러자 사명이 발끈할 줄 알았는데 아니었다. 역시 큰 인물은 어딘가 달랐다. 그 즉시 머리를 조아리고 가르침을 달라고 청하는 것이었다.

"그럼 내일 내 서재로 오시게."

그게 인연이 되어 사명은 고봉으로부터 많은 가르침을 받았다. 사명은 거기에서 끝나지 않고 소재상(蘇齋相) 노수신(盧守愼)에게 노자, 장자, 열자, 이백, 두보의 시도 배웠다. 그렇게 사명은 유가의 모든 것을 섭렵하고 다시 산으로 몸을 숨겨버렸다.

그런데 사명의 나이 32세, 율곡의 나이 40세 때, 서산대사의 시 한 수를 고봉이 어느 날 율곡에게 보였다.

"누구의 시입니까?"

"서산대사 아시지? 그분이 제자 사명을 두고 쓴 시라네."

"예?"

그러면서 시를 읽어보니 기가 막혔다.

만국의 도성은 개미 둑 같고
천가 호걸은 초파리 같은데
창가에 비치는 달은 청허의 베개에 머물고
한 없이 부는 솔바람은 결이 고르지 않네

萬國都城如蟻蚯　千家豪傑等醯鷄　一窓明月清虛枕　無限松風韻不齊

예사롭지 않았다. 사명의 그릇됨과 기개를 짐작할 수 있게 하는 시였다.

얼마나 그 경지가 뛰어났으면 스승이 제자를 이렇게 표현했을까 싶었다. 그길로 기대승과 함께 서산대사와 사명이 있다는 곳을 찾아갔다.

마침 장터거리를 지나 산사로 오를 수 있는 길목에서 그들을 만났다. 그들은 그때 정자에서 쉬고 있었는데 한 여인이 광주리에 달걀을 사 돌아오는 모습이 보였다. 그 여인을 보고 있던 서산대사가 두 제자에게 물었다.

"저 광주리 안에 달걀이 몇 개 들었겠느냐?"

율곡이 보니 여자가 시장에서 달걀을 사 광주리에 넣어들고 손을 팔팔 휘저으며 걸어오고 있었다.

사명이 대답하지 않자 서산대사가 한마디 했다.

"이상하구나. 흐르는 계곡물도 거꾸로 흐르게 할 수 있는 네가 어찌 대답을 못하는지?"

"대답할 필요성을 느끼지 못해서입니다."

율곡은 고개를 갸웃했다.

"그럼 관물점의 격물치지에 대해서 말해보라."

"사물의 형상을 보아 그 속내를 알 수 있으니 이를 관물점의 격물치지라 할 것입니다."

사명이 대답했다.

"그러니까 사물의 이치를 보아 깨달음이 오면 비로소 참 지식을 알게 된다는 말이다?"

서산대사가 되물었다.

"그렇습니다."

"틀렸다."

무슨 말씀이냐는 표정으로 사명이 서산대사를 쳐다보았다.

"그럼 대답해보아라. 저 광주리 속에 달걀이 몇 개냐?"

"예순네 개가 들어 있구면요."

"그럼 가서 확인해보고 오너라. 내가 보니 예순세 개로구나."

"그럴 리 없습니다."

"확인해보면 알 것이 아닌가?"

사명이 여자를 향해 달려갔다. 다가가 확인을 해보더니 돌아간 사명이 어깨가 으쓱해져서 말했다.

"분명히 예순네 개였습니다."

"그래? 그럼 내가 틀렸구나. 그런데 어떻게 알았느냐?"

"저 아녀자의 걷는 모습을 보십시오. 팔팔(八八) 걷고 있지 않습니까?"

"그래서 예순네 개다?"

"그렇습니다."

"틀렸다."

"예?"

"참 진실이란 거짓 뒤에 숨어 있는 것이다. 그렇기에 참 진리를 보려면 논리 추리로는 통하지 않는다는 것이다."

"그 정도는 알고 있습니다."

"그럼 다시 가보아라."

사명이 다시 그곳으로 갔다. 그가 확인해보고 나서 시선을 떨구었다.

율곡이 왜 그러는지 살펴보니 달걀 모습을 한 빈 달걀이 하나 나온 모양이었다.

"왜 이런 달걀을 샀소?"

사명이 여자에게 물었다. 그러자 여자는 잠시 부끄러워하다가 용기를 내어 말했다.

"시어머니의 시집살이가 어떻게나 심한지 계란 하나 마음대로 못 먹게 해 몰래 바늘로 구멍을 뚫어 제가 빨아 먹었습니다. 어차피 남편 밥상의 계란을 내가 지져 올리니까요."

사명이 그제야 고개를 숙였다.

그런데 그때 곁에 있던 서산대사의 다른 제자가 나섰다.

율곡이 보니 침쟁이의 아들이라고 하는 사암이라는 제자였다.

"제 눈에는 계란이 예순하나입니다."

사암이 말했다.

"응?"

서산대사가 놀라 사암을 쳐다보았다.

"예순네 개 중 두 개는 썩었고 한 개는 빈 것입니다. 그러므로 온전한 달걀은 예순한 개인 것입니다."

"저 여자의 계란을 모두 사 오너라."

제자들이 가 사정을 이야기하고 계란을 모두 사왔다.

여인이 이상한 사람들 다 봤다며 다시 장으로 돌아갔다.

제자들이 계란을 모두 깨어보니 사암의 말이 맞았다.

"너는 산을 내려가 심신이 아픈 이들을 제도하거라."

그러면서 서산은 그날 사암에게 침통을 내밀었다. 사암이 제몸처럼 아끼며 가지고 다니던 아버지의 침통이라고 했다.

집으로 돌아온 율곡은 몸을 떨었다. 사명이나 사암에 대한 전설 같은 말들이 사실이라는 생각이 비로소 들었던 것이다.


율곡은 그날의 사암을 멍하니 바라보았다.

서산대사보다, 사명보다 한 수 위였다는 사람, 사암. 기녀를 데리고 이곳으로 와 몸을 누인 저자가 그때의 사암이란 말인가?

그의 눈이 먼 사연을 들으면서 율곡은 자신의 귀를 의심하고 말았다.

사암은 박순 대감을 통해 상감의 명으로 첨사벼슬을 얻어 궁으로 들어갔다. 얼마 뒤 그는 어의도 고치지 못하는 반위(위암)와 마주쳤다. 그 병을 얻은 사람이 하필이면 왕비였다.

"그대의 신침이 그렇게 용하다고 하니 반위를 고칠 수 있겠는가?"

임금이 그렇게 물었을 때 사암은 잠시 주저하다가 이렇게 대답했다.

"고쳐보겠습니다."

임금이 눈을 감았다. 곤혹스런 표정으로 무엇인가를 생각하던 임금은 다시 이렇게 말했다.

"자신이 없다면 지금 말하라. 대국에서 제일가는 어의를 모셔올 생각이니……."

"아닙니다. 해보겠습니다."

"자신 있는가?"

"있습니다."

"만약 네가 병을 고치지 못한다면 이 나라는 국모를 잃는 것이다. 그 책임을 면할 수 없으리라. 그래도 자신 있느냐?"

"고치겠습니다."

"좋다. 너를 믿겠다. 시행하라!"

"상감마마, 먼저 드릴 말씀이 있사옵니다."

"무엇인가?"

"반위는 냉기에 의해 일어나는 병입니다. 그러므로 열에 약하옵니다. 침을 버리고 강화 바닷가에서 나는 쑥으로 다스릴 것인데 중전마마의 몸에 쑥으로 인해 화상 자국이 남을 것이옵니다."

"아무리 그 화상 자국이 크다고 해도 죽는 것보다야 낫지 않겠는가?"

"성은이 망극하옵니다."

그날부터 밤톨만한 강화쑥이 반위의 혈자리에 놓였다. 왕비는 사지가 꽁꽁 묶인 채 통증을 참아내야 했다.

사흘 째 되던 날, 왕비는 그만 혀를 빼물고 넋을 놓고 말았다.

그러자 어의가 달려와 진맥을 해보고 나서, 어의는 왕 앞에 엎드려 울부짖었다.

"상감마마, 저를 죽여주시옵소서. 이는 신이 부족하여 생긴 일이옵니다."

"무슨 소린가? 가망이 없다는 말인가?"

"겨우 숨을 쉬고 있을 뿐이옵니다."

"어허, 이런 변이 있나? 여봐라!"

그때 사암이 들어섰다. 그는 임금 앞에 부복하고 이렇게 아뢰었다.

"상감마마, 심려 놓으소서. 오늘로 쑥 치료가 끝났나이다. 잠시 혼절한 것이오니 깨어날 것이옵니다."

"이놈, 어의의 말을 들어본즉 겨우 명만 붙어 있다고 하는데 쉰소리를 지껄인 참인가? 여봐라, 저놈을 끌고 나가 목을 베어라!"

내금위 군졸들이 그를 끌어내어 형장으로 데려갔다.

그 사이에 어의를 내보내고 왕은 고심하다가 자기도 모르게 꾸벅꾸벅 졸기 시작했다. 이상한 환영이 잠시 그의 눈앞을 스쳤다. 분명히 왕비였다. 죽어가는 왕비였다. 그가 슬픈 눈으로 간하고 있었다.

"상감마마, 저 세상으로 가면서 피는 보고 싶지 않사옵니다. 더욱이 저를 치료하던 분의 피라면요. 그러하오니 그 의원을 살려주시옵소서. 저는 느낄 수 있었나이다. 그분은 쑥 한 뜸에도 정성을 다하던 사람이었나이다."

임금이 눈을 떠보니 꿈이었다. 죽어가면서 피를 보고 싶지 않다는 왕비의 말이 가슴을 찔렀다.

임금은 아랫사람에게 목숨을 거두지 말고 눈만 멀게 하라 일렀다.

내금위 군졸들이 불에 단 인두로 사암의 눈을 파내지 않고 지졌다.

사암은 그길로 궁에서 추방되었고 평소 잘 가던 청라옥 기방으로 숨어들었다. 그리고는 자신을 연모하던 기녀 월향을 데리고 나섰다. 사암은 그녀를 데리고 평소 존경하던 시대의 혁명아, 조광조의 집으로 숨어들었다. 산을 내려와 한동안 몸을 풀었던 곳이 바로 이 집이었다.

# 장부의 길 ②

## 1

"사암은 언제 아시게 된 겁니까?"

잠시 기녀 월향이 폐가를 비운 사이 율곡이 퇴계에게 물었다.

눈 먼 사암은 무슨 생각을 하는지 토담에 등을 붙이고 앉아 눈을 감고 있었다.

"오래 됐어. 서산대사를 만날 때마다 봤지. 그 후 내가 키우는 말과 망아지를 치료해준 적이 있었고. 예사 사람이 아니야."

율곡은 사암을 흘끔 다시 살피고 퇴계를 내려다보았다.

"그러나 저러나 언제까지 이 폐가에서 죽칠 것입니까?"

퇴계가 멍하니 그를 올려다보았다.

"죽치다니? 말본새 하고는……."

퇴계가 율곡의 상을 보니 사암은 사암이고 하지 못한 말부터 하자는 것 같았다.

"도대체 언제부터였습니까? 제가 알던 선생님은 드러내놓고 환정이나 하는 도학자들을 가까이 할 분이 아니지 않습니까?"

화르르 꽃잎이 쏟아져 내렸다. 지지한 풀숲 사이에 자태를 뽐내듯 서 있는 이름 모를 나무에 바람이 든 모양이었다. 그 모습을 바라보다가 퇴계는 율곡을 향해 "갑자기 왜 그러나" 하고 물었다.

율곡이 눈에 정기를 모았다.

"갑자기가 아닙니다."

"그만하세. 우리만 있는 것도 아니고."

"대답이나 하십시오. 저 사람은 업어 가도 모르겠으니."

그렇게 말하고 율곡이 부채를 휙 던졌다.

"어허, 화난 것이 아닌가?"

그렇게 중얼거리며 퇴계는 율곡의 표정을 살폈다.


퇴계가 도교에 관심을 가지기 시작한 것은 그의 나이 35세 때였다. 건강은 학자에게 있어 기본 조건이다. 아니, 생명체에게 있어 필수조건이다. 신외무물(身外無物)이라는 말이 있다. 불가에서 온 말인데 몸이 있어야 도도 있다는 뜻이다.

공부를 하느라 퇴계의 건강은 말이 아니었다. 직지방(直指方)이나 동의방(東醫方), 화제방(和劑方), 명의잡서(名醫雜書) 등으로 건강을 지키던 퇴계는 27세 때 본부인 허씨가 죽자 한약과 침, 비방 등으로만 생명을 관장할 수 없음을 깨달았다. 부인을 상실한 아픔은 그만큼 컸고 한 가문을 이끌어야 할 가장으로서 가족들의 건강은 자신이 지켜내야 할 과제였다.

아내 허씨가 죽고 난 뒤의 그 아픔을 어떻게 표현할 수 있을까? 그녀를 만나기 전까지만 해도 학문에 빠져 세상사에 관심이 없었다. 노모의 성화로 아내를 맞았지만 점차 이래서 남자와 여자가 사는 것이구나 싶었다. 그래서 정도, 사랑도 생겼다. 그래, 이게 사랑이지, 싶었다. 과거에 낙방해도 따뜻했던 그녀의 손길. 그게 사랑이었다.

과거에 붙었을 때 함박 웃던 그녀의 웃음. 기뻐서 어쩔 줄 모르던 그녀의 눈물. 그런 그녀가 세상을 떠났을 때 퇴계는 아픈 마음을 안고 매일이다시피 장모 문씨를 찾아갔었다. 그녀의 모습에서 아내 허씨를 보고 싶었기 때문이었다. 홀로 돌아오는 길에 석양에 어깨를 들먹이며 울었다. 닮았던 것이다. 장모의 그 이마가, 그 눈이, 그 코가, 그리고 손톱까지도……. 장모가 돌아가시는 날까지 살뜰하게 보살핀 것도 그 때문이었다.

1535년 6월, 관리가 되어 동래로 출장을 가던 중에 여주 신륵사에 묵게 되었다. 그 고을의 목사 이순(李純)을 만났다. 그는 당시 관심이 높았던 황극(皇極)에 대해 10년 전에 관천기목륜(觀天器目輪)을 저술해서 나라에 바쳤을 만큼 고명한 이었다. 그와 하룻밤을 함께 지내게 되었는데 그때 황극 내편과 참동계의 수련법을 배웠다.

이 나라 참동계의 연원은 최치원이다. 그가 외숙 현준(玄俊)으로부터 보사유인지술(步捨遊引之術)을 배워 가야보인법(伽倻步引法)을 저술했는데, 이는 최치원이 중국에서 참동계를 배워왔기 때문이었다. 그의 저작은 선도(仙道)의 오묘한 경지인 시해(尸解)에 관한 것이었다. 시해란 몸만 남기고 넋이 빠져나가 신선이 되는 것을 말한다. 그의 환반지학(還反之學) 중에서도 참동계16조구결은 특히 뛰어났다. 금, 목, 수, 화, 토 다섯 가지의 법이 있음을 말한 것이다.

최치원의 법은 정렴, 토정 이지함, 곽재우, 최명룡으로 이어졌다. 정렴은

단가요결, 이지함은 복기문답, 곽재우는 보기조식진결, 최명룡의 제자 권국중은 나중 참동계주해를 지었다.

과다한 공부로 몸이 허약했던 퇴계로서는 여간 뜻 깊고 다행한 일이 아닐 수 없었다. 이순 목사로부터 도교의 참동계 수련법을 배우게 되었으니. 훗날 퇴계가 유학자로서 수련법을 활용할 수 있었던 것도 그의 영향이 컸다. 정좌(靜坐), 정와(靜臥)를 한 것은 이때 두 사람의 만남이 계기가 되었다. 그로 인해 산수를 즐기며 수양하여 자득(自得)하는 도가 더 깊어진 것도 그래서였다. 경치 좋은 자연 속에서 심기를 단련하는 묘법을 그는 끝없이 수련했고 그로 인해 인성을 함양하고 호연지기를 길렀다. 퇴계는 언제나 아름다운 자연환경과 하나였다. 혼연일체가 되어 높은 학문을 성취해 나갔다.

퇴계는 진실로 산에서는 경중(輕重)과 진은(眞隱)의 참맛을 알 수 있다고 생각했다. 고요와 정적의 참뜻을 알 수 있다고 생각한 것이다. 아니, 알 수 있었다. 인간의 영욕과 그것에서 벗어날 수 있는 길이 그곳에 있었다.

퇴계는 그때 그 경지를 얻을 수도 있다고 생각하면서 신선이 되기를 열망했다. 그는 자연과 융회(融會)하고자 맹자의 양기법(養氣法)과 주자의 수양법을 체득했다. 그의 실험은 66세 때까지 계속되었다.

예순여섯이 되던 해 10월에 하루는 꿈을 꾸니 자신이 신선이 되어 있었다. 퇴계는 그 꿈을 꾸고 10월 24일 월란으로 떠났다. 월란대 수련에 든 것이다.

퇴계의 유산(遊山) 목적은 그냥 산을 아는 데만 있지 않았다. 경치를 구경하는 데만 있지 않았다. 선배 철학자들과 함께 산에서 호연지기를 기르고, 참동계를 수련하고, 선을 실지로 체험하는 수련생활이었다.

어느 날 퇴계는 꿈에서 만학동천(萬壑洞天)의 선경(仙景)을 다녀와 그것을 시로 읊었다. 제자 간재 이덕홍이 물었다.

"선생님, 왜 밤낮 산에 가 계셨는지 그 까닭을 물어도 되겠습니까?"

퇴계는 이렇게 대답했다.

"꿈속에 본 산천을 보고 싶었다. 실제로 찾아가서 체험해보고 싶었어."

"선생님, 어린애 같으십니다."

"선배 유학자들의 산수관을 알고 싶었을지도 모르겠구나. 그들을 통해 신선의 묘법을 함양하지 않았느냐? 그 때문에 실험해 본 것이다. 신선이 노는 경지를 맛보고 싶었던 내 마음을 아직도 모르겠느냐?"

퇴계는 그렇게 선배 유학자와 함께 신선의 수양방법을 몸소 겪어서 깨닫고 있었다. 그들 역시 신선사상이 도교의 갈래라 하여 배척하지 않는 인물들이었다.

퇴계는 그렇게 오히려 그 속으로 들어가 겪어보고자 했다. 그리하여 옳은지 그른지를 알아보고 제자들에게 하나라도 진실로 가르치고 싶었다. 그가 도교도들과 행동을 함께 했던 것도 그 때문이었고 필생의 꿈인 도산서당을 불교도들에게 맡긴 것도 그 때문이었다.

그뿐만이 아니었다. 명나라 도학자 주권(朱權)이 쓴 활인심을 가져다 활인심방을 저작했다. 주권은 명나라를 세운 주원장의 아들로, 왕 노릇을 하기도 했다. 만년에 자호를 구선이라 한 주권이 저작한 활인심은 도가의 양생사상을 바탕으로 하고 있었다.

주자학이 존숭되는 사회에서 활인심을 가져와 저작에 몰두하자 사람들이 퇴계에게 물었다.

"그것은 도교의 양생서가 아닙니까?"

"도에 네 것 내 것이 어딨겠는가? 이것은 장생귀도의 한 방법으로서 도인법을 통해 인간이 장수할 수 있다는 사실을 글로 쓴 것일세."

"그것은 우리 것이 아니지 않습니까?"

"이제 우리 것이 될 걸세. 보시게. 우리를 건강하게 할 취구호흡과 토고납신, 태경조신이 여기에 있네."

그때마다 사람들은 고개를 갸웃거렸다. 유학의 태두로 존경 받는 그가 도가의 저작을 필사, 첨삭했다는 것은 불교와 도교를 멀리하고자 하는 작금의 선비사회에서 참으로 이례적인 일임에 틀림없기 때문이다. 노자와 장자, 불교의 교주인 석가를 학문적으로 비판하던 그의 입장을 생각한다면 어림도 없는 일이었다.

퇴계가 활인심방을 저작하는 동안 단양에서 올라온 문향이 곁에 있었다. 퇴계 선생은 그녀와의 공간을 마련하고 도인법(道引法)을 저작했다. 문향이 저작을 도왔다.

퇴계는 서문에 이렇게 썼다.

> 모든 병의 원인은 마음에 있다. 성인(聖人)에게는 병이 없다. 마음을 잘 다스리기에 병이 나지 않도록 사전에 예방하기 때문이다. 세상에는 의술에 관한 책이 수없이 많다. 그러나 인간의 질병을 근본적으로 치료할 수 있는 가르침은 별로 없다. 내용은 많지 않으나 병의 원인을 근본적으로 제거하고 신선과 같이 살아갈 수 있는 방법을 기록해놓았다. 활인으로 살아가는 마음으로 닦는 의술이므로 활인심방이라 하였다.

활인심방이 무엇인지 모르는 이에게는 그저 심신 단련의 건강서로 비치겠지만 아니었다. 양생 최고의 비법이 그 속에 숨어 있었다. 그리고 먹거리와 비약의 조제술까지 곁들여졌으니 가히 필생의 역작이라 할 만했다.

도인법은 천지의 기운을 자기에게로 끌어들여 유통시키는 법이다. 매일 계속하면 무병장수할 수 있는 신선법이다. 손과 발의 가벼운 동작으로 기혈의 유통을 원활히 하는 것이 기본이었다.

활인심방이 거의 마무리 되어갈 무렵 일정한 경지에 이른 퇴계는 손바닥으로 방바닥을 치며 노래를 지어 불렀다. 그의 곁에는 그때까지도 문향이 있었다. 그녀의 거문고가 울었다. 금보가(琴譜歌)였다.

거문고의 산란한 음이 천하를 흔들었다. 그것은 우주의 울림통이었다. 거기에 우주가 있고, 철학이 있고, 도가 있고, 군자의 예가 있었다. 예와 도가 하나였고 도와 수행이 하나였다. 선비가 따로 없었고 기녀도 따로 없었다. 그저 이 풍진 바다에서 떠도는 나그네가 한 몸이 되었을 뿐이었다. 그녀는 비로소 퇴계와 한 몸이 됨으로써 자신도 하나의 목숨을 받고 태어난 생명이요, 여자요, 진정한 퇴계의 활인심방이 되었다. 그녀는 이 세상에 둥드럿이 피워 올린 꽃이었다.

하루는 누군가 퇴계 선생에게 물었다.

"낮 율곡 밤 율곡, 낮 퇴계 밤 퇴계라는 말이 있는데 이 말을 어떻게 생각하시는지요?"

그러니까 퇴계가 대선비인 줄 알고 존경의 염을 일으켰는데 정작 여자와 밤을 새우는 걸 보니, 낮이나 밤이나 변함없는 율곡의 잠자리를 떠올리며 묻는 말이었다. 그러자 그 말을 알아들은 퇴계가 되물었다.

"율곡당의 잠자리가 어떻던가?"

"지극히 조용했습니다. 대선비답더군요."

"큰선비는 사람이 아닌가?"

"선비라면 선비답게……."

"으하하, 그러니 율곡당에게는 자식이 귀한 게야."

사실이었다. 율곡은 자식이 귀했다.

퇴계와 문향은 가끔 강선대를 찾기도 했다.

강선대에서 거문고를 켜면서 두 사람은 서로의 사랑을 확인했다.

"왜 우느냐?"

퇴계가 그녀의 눈물을 닦아주며 물었다.

"어찌 나으리가 아니라면 제가 사람 구실을 제대로 할 수 있겠습니까?"

"아니다. 아니야. 너는 내게 진정한 사내로서 살아가는 법을 가르치지 않았느냐?"

"이렇게 행복해도 될까 겁이 나옵니다."

"허허허, 네가 나이고 내가 너이다. 내가 복이 많아 너를 얻은 게 아니겠느냐? 이 나이에 꽃이 피었으니 어찌 내가 복 받지 않았다고 할 수 있으리?"

그렇게 두 사람의 사랑은 깊었다. 서로를 굄(사랑)하며 퇴계가 읊은 혹애매(惑愛梅)의 시는 100여 수가 넘었다. 문향을 향한 퇴계의 진실한 사랑은 그가 젊은 시절 마음을 잡지 못하고 방황하던 때의 사랑이 아니었다. 그런 세월을 보내고 이제 그는 그의 생애에서 가장 아름다운 사랑을 굄하고 있었다.

어느 날 퇴계는 도반에게 자신의 속마음을 이렇게 쏟아놓았다.

"유가에 몸담고 있었으나 젊은 시절, 피가 끓는 세월이 나에게도 있었다네. 의정부의 사인(舍人, 정4품 벼슬)으로 있을 때 어느 날 노래하는 기생들에게 연정을 느끼지 않았겠나? 선비로서 이래선 안 된다고 다잡았으나 마음이란 자신이 이렇게 하자고 해서 그렇게 되는 것이 아니더이. 모진 시련을 겪고 나서야 비로소 정신이 들었다고나 할까? 그랬기에 나이를 먹으면서 다시 마음이 달뜰 때면 마음의 죄지음이 곧 학자로서 삶과 죽음의 갈림길이라고 생각했다네."

그때 퇴계는 리와 기의 모습을 철저히 보고 있었다. 기를 다스리지 못하면 결코 군자로 일어설 수 없다는 걸 뼈저리게 느꼈다. 기를 다스리지 못하면 사람의 마음은 어지러이 시끄럽게 날 뛰는 것이라고 그때 깨달았다.

숙부 송재공이 안동부사로 있을 때 퇴계는 안동 관아에 따라가 있었다. 하루는 사냥을 나갔다가 술에 취해 말에서 떨어졌다. 술이 깨자 부끄러워 견딜 수가 없었다. 그 후 술을 경계하는 것을 잊지 않았었는데 여자를 향한 마음이 그랬다.

퇴계는 자신이 저작한 글을 정성스레 묶고 제목을 달았다. 활인심에다 그녀를 뜻하는 방자를 붙여 활인심방이라 했다.

그날 퇴계는 문향에게 이런 말을 했다.

"네가 나의 활인심방이다. 목숨을 다하는 순간까지 나의 심신을 지켜줄 술법[方]을 내게 주었으니 어찌 나의 활인심방이 아니겠는가? 너는 나의 활인심방이다."


잠시 생각하던 퇴계는 율곡을 쳐다보았다.

"방금 내게 도학(道學)을 가까이 한 것이 언제부터였는지 물었는가?"

"그렇습니다."

율곡은 건조한 음성으로 대답했다.

사암은 여전히 토담을 기대고 나무 그늘 밑에서 눈을 감고 있었다.

"뭘 오해하고 있는 모양인데……."

퇴계가 퉁기듯이 말을 내뱉었다.

"다행이군요, 제가 오해하고 있다면. 도대체 도학을 가까이 하시면서 무엇을 얻으셨는지 궁금합니다."

"허허허, 사실 나도 그랬다네."

"네?"

"도학을 하면서 돌아볼 수 있었거든. 내 친절하고 자세한 성리학의 분석이 얼마만큼 도움을 주고 있었는지?"

"그래서요?"

"반성할 수 있었다고 할까? 이해할 수 있을지 모르지만 도가문화와 불교문화와 다른 세속의 실천적 윤리와 행동을 깨우칠 수도 있었다고나 할까?"

"그만 하십시오."

율곡이 사람의 동태를 살피며 날카롭게 소리쳤다.

"인간탐구, 인간수양이 더욱 중요하다는 거 말일세. 그리고 실천적 실학 사상을 만들어야 한다는 거 말일세."

"선생님!"

율곡이 짜증스럽다는 듯 소리쳤다.

퇴계는 아랑곳하지 않았다.

"생각해보게. 우리들이 추구하는 유교, 그것은 사실 도교와 불교의 사상적 충돌 속에서 상호 자극과 영향을 받으면서 광범위한 역사를 이루어온 것 아닌가?"

"그래서요?"

"우리의 유교, 그 유교는 공자가 처음 개창했던 그 모습 그대로인가? 아닐세. 아니야. 도교나 불교, 그 외 다른 사상의 비판과 도전과 부침 속에서 여물고 확장되어 온 것이네. 그렇다면 우리가 지금도 간과해서는 안 될 것이 바로 수행과 공부론일세. 도교와 불교의 영향을 받지 않고 독자적으로 유교가 성립되었다고 볼 수 없다면 말일세. 그 과정 속에서 무엇이 모자라겠나? 아직도 수용되고 체계화해야 할 사상적 지반이 모자란 것이 사실이며 나는 그것이 어떤 것이라도 유교적으로 접근하고 설명될 수 있다면 수용하고 받아들여야 한다고 생각하네. 맹목적으로 멀리한다면 어떻게 진리의 당체와 만날 수 있겠나?"

퇴계의 말에 율곡이 어금니를 씹으며 고개를 떨구었다. 그는 잠시 고개를 떨구고 있다가 말을 내뱉었다.

"좋습니다. 그래서 양생법이었습니까? 월란대 수련, 그게 뭡니까? 참동계를 수련하고, 선(禪)을 실지로 체험하다라고 쓰셨습니다. 참동계, 선, 그게 뭡니까? 참동계는 신선사상이요, 선은 불가사상 아닙니까? 유학자에게 그것은 외도의 법 아닙니까?"

"어허, 이 사람……."

"이제야 이해가 되는군요."

"무엇이?"

"혹 도교의 환정법을 만나기 위해서?"

"무엇이라? 으하하……."

"그렇지 않습니까? 도척이라는 사람, 환정법의 대가라고 들었습니다. 그 사람은 왜 만나셨습니까? 그들에게 환정법을 배우기 위해서 아닙니까? 거기 그렇게 쓰여 있더만요, 뭐."

"어허, 이 사람 터진 입이라고……."

"생각해보십시오. 그러니 선생님이 도가의 밀행자들을 만나고, 불교의 스님들과 교류하고 그들에게 유가의 전당인 서당 짓는 일까지 맡기고, 지금도 그곳을 스님에게 맡겨 놓고 있는 거 아닙니까? 그게 다 무엇 때문이 겠습니까?"

"이 사람, 이제 본격적으로 나오는군. 그래, 그렇다고 하세. 그것이 뭐 잘못 되었는가?"

퇴계도 화가 나 말을 엇질렀다.

"무엇이라고요? 이런 말씀까지는 안 하려고 했습니다만 결국 환정법을 배워 질탕하게 한바탕 즐기고 싶다 그 말 아닙니까?"

퇴계가 어이가 없어 허허 웃었다.

"내가 사람을 잘못 보았나? 이율곡이 그런 사람이 아닐 터인데. 허허, 참……."

주먹만 한 쥐 한 마리가 소리를 내며 어디선가 튀어나와 그들의 앞을 가로질렀다. 율곡이 흠칫 놀라다가 이내 쥐가 사라지자 말을 이었다.

"선생님이 무어라고 하셔도 이제 피해 나가실 수 없다는 걸 모르십니까? 도대체 어디에 서 계신 것입니까? 모르겠군요. 차라리 선생님이 불가로 출가했었다면 이해가 빨랐을 것입니다."

"우하하하, 내가 머리를 깎는다? 그러니까 불교에 빠졌다면 이해가 빠르 겠다? 하하하, 불교와 도교가 다른 것이 무에 있다구?"

율곡의 싸늘한 시선이 퇴계의 시선을 파고들었다.

"선생님, 지금 그걸 말이라고 하십니까?"

"그럼 말이 아니고 뭔가?"

"유가의 선비로서 그런 말조차 입에 올리는 게 부끄럽지 않으십니까?"

"어허, 이 사람. 어떻게 글 잘 읽는 선비에게만 도가 있다고 생각하나? 쇠를 두들기는 대장장이도 그것이 업이 되면 도가 되는 법이고, 살생을 업으로 삼는 쇠백정도 그가 잡은 고기가 제상에 올려져 효를 다한다면 거기에 도가 있는 것을. 그런 것 정도는 소를 잡는 백정도 알고 있었어. 그가 먼저 알고 하던 소리야. 하물며 도가의 최상층에 자리한 양생법을 도가 아니라고 하다니?"

"그래서 그 도를 잡으러 그런 곳엘 가셨다고 계속 말하고 계신 것입니까?"

"왜, 그러면 안 되는 것인가?"

"어이없군요."

"말을 하려면 제대로 알고나 말하게. 도가의 양생법은 양생법대로 초기에 그 맥을 알아야 잡을 수 있는 것이었어. 그래야 단(丹) 수련을 거쳐 관(觀)의 이치에 이를 수 있는 것이란 말일세."

퇴계가 확 뿌리치듯이 말을 내뱉었다.

율곡이 멍하니 있다가 먼지가 가득 쌓인 마루 끝에 엉덩이를 걸치고 앉았다. 그러자 퇴계가 율곡이 앉았던 섬돌로 내려앉았다. 이제 퇴계를 율곡이 내려다보는 꼴이었다. 율곡은 마루 끝에서 퇴계를 내려다보며 말을 고추 세웠다.

"바로 그 경지가 리기의 이치가 아니겠느냐는 말처럼 들리는군요."

퇴계가 일어나 율곡 가까이 다가가 마루 끝에 앉았다.

"그 경지를 거치고서야 신선에 이를 수 있다는 말을 하고 있는 걸세."

"듣기 싫습니다. 신선, 신선, 신선……. 창피하지도 않습니까? 신선이

되고 싶었다니요? 신선이 되고 싶어 꿈에 선경을 유람할 정도라니요? 대유
학자로서 위신과 명예는 저버린 마당에 부끄럽지 않으십니까?"

"위신과 명예가 뭐 그리 대수라고."

심드렁하게 퇴계가 내뱉었다.

"선생님, 선생님을 바라보는 이들은 그렇지 않다는 걸 아시면서 왜 그러
십니까?"

"도가의 양생법도 리기의 법을 증득하지 않고는 가져올 수 없는 법임을
알고 싶었던 것일세. 수양이 되지 않고 제 몸 하나 제대로 건사할 수 없다면
기를 잡도리하지 못했다는 증거일 테니."

"정말 왜 이러십니까?"

"맞아. 일리가 전혀 없는 말이 아니었어. 생각해보게. 우리의 기가 최고
조에 이를 때가 언제인가? 남녀가 교합할 그때가 아니겠는가?"

"그래서 그 세계로 가셨다 그 말입니까?"

"이 사람아, 그들은 그렇게 이해하고 있었다는 말이야. 지금 그 말을
하고 있는 것이야. 왜 자꾸 오해하지 못해 안달인가? 나를 도가법에나
미친 늙은이로 몰아가야 속이 시원하겠는가? 나는 유학에 골수까지 병이
든 사람이야. 그런 내가 어딜 가겠는가? 나는 삶 자체, 그 일상 속에 진리가
있다고 생각하는 사람이야."

"그들의 양생법, 그 최상층에, 남녀의 명합에서 오는 양생법 최고의 경지
가 있다면서요?"

"어허, 이 사람. 정말 왜 이러나?"

"아주 애통을 채워 넘어가는 꼴을 보시려고 작정을 하지 않으시고는
어찌 후학들이 눈 시퍼렇게 지켜보고 있는데 그러실 수 있습니까? 도대체

그 진실이 무엇인지 모르겠지만 천만의 말씀입니다. 윗대 선인들이 한 눈 파는 걸 보셨습니까? 조광조 선생이 왜 그렇게 도교를 밀어내려고 했겠습니까? 왜 목숨을 걸고 그들의 소굴인 소격서를 겨냥했겠습니까? 그분의 글에서 그들의 영향을 받은 구석이 있습니까? 그분들의 정신이 선생님으로 이어졌다는데 정작 어떻습니까? 선생님은 그분들이 그렇게 배격하던 그 사상에 동조하고 있는 꼴이 되어버렸지 않았느냐 그 말입니다. 이유야 어떻든 그래서 상감도 화가 난 것이고 유림도 뒤집어진 것이 아닙니까? 대학자로서 어떤 학문이든 섭렵하지 못할 이유는 없겠지요. 하지만 도척이라는 자의 곁에서 나온 글은 결코 유학자로서 써서는 안 되는 글이지 않습니까? 신선이라니요? 군자의 길을 가야 할 사대부가 신선이라니요? 신선이 되기 위해 유학을 하셨습니까? 그것은 분명 외도의 법 아닙니까? 신선만 될 수 있다면 외도의 법도 취할 수 있다는 그 터무니없고 무엄한 사고방식. 그것은 선생님 속에서, 선생님만이 가지고 녹이고 있어야 할 것이었습니다. 그런데 그 속을 아무렇지도 않게 내보여 이런 지경을 만들었으니 이 일을 어떡하실 것입니까? 그렇게 두루뭉술하게 어우러진 것이 퇴계의 법이었습니까? 도대체 후학이 무엇을 본받아야 하고 믿어 들어가야 하겠습니까? 어림없습니다. 그것이 공부자께서 정말 도학에 감복하여 남기신 것이라면 포은 선생이나 정암 선생이 그렇게 애지중지 했을 리가 있겠습니까?"

"내 말이 그 말일세."

"선생님 스스로도 믿지 못하는 것이 아닙니까?"

고함치는 율곡의 목에 핏대가 섰다.

퇴계는 아랑곳하지 않았다. 그는 신발 한 짝을 벗어 버선발을 마루 위로 올려놓았다. 그리고는 율곡을 놀리듯이 한마디 뱉었다.

"누가 아니래냐."

"예?"

되뇌는 율곡의 가슴이 뒤집어졌다.

"도가의 양생법에 미치시더니 이제 하늘같은 성현들을 욕보이시려는 것입니까? 정말 미치신 것이 아닙니까? 헛소문에 휘둘리는 것도 그렇고……."

허허허 하고 퇴계가 웃었다. 진실을 위해 타인의 타율적인 눈과 견해가 무슨 소용이 있겠느냐는 듯한 웃음이었다. 이내 퇴계의 음성이 이어졌다.

"수행에는 공(功)과 덕(德)이 있을 뿐, 어찌 수행인이 어설프게 수행의 방법을 택할 것인가? 내 세상을 살면서 성(性=知)과 명(命=行)을 놓아본 적이 없었으니. 그러므로 성을 수도로 인식한다? 천만의 말씀이야. 나의 성은 나의 지에 의한다네. 나의 생각, 나의 경험, 나의 교육, 나의 바탕에 의한다 그 말일세. 그리하여 명, 즉 행에 이른다 그 말일세. 처신하는 요령에 따라, 성숙된 행동에 따라 궁극에 이른다 그 말이야. 그것이 바로 나일세. 그러고 보면 그대는 활 쏘는 법을 좀 배워야 할 것 같아."

"무슨 말입니까?"

"그대의 성 그것이 무엇인고 생각해보니 적(的)이다."

"적?"

"왜 유림들이 불교의 밀교행자들이나 도가의 환정인을 손가락질 하겠는가? 바로 양기에 편중하여 성을 왜곡하고 천하게 만들어 버리고 있기 때문 아니겠는가? 적(的) 말이다, 적. 이제 보니 졸장부가 아닌가? 솔직히 조광조 선생이 살아 있다는 걸 믿고 있지 않지?"

"물론입니다."

퇴계의 말이 떨어지자마자 율곡이 대답했다. 퇴계의 말에 심통이 난 목소리였다.

"그럼 아직도 성물의 존재를 믿고 있지 않다는 말이지 않은가?"

"그렇습니다. 공부자를 그만 욕보이십시오. 공부자께서 미쳤다고 리학경을 다시 써 숨겼겠습니까?"

"그렇다면 우탁 선생이 그것을 정암 선생에게 남겼다는 그 말도 믿지 않는다는 말이로군?"

"그것이야 우리와 주장을 달리하시는 선생님 측에서 나온 주장 아닙니까?"

"하지만 두고 보시게. 그대 또한 그것을 곧 만날 수 있을 테니."

그 말을 듣자 율곡은 문득 그동안 잊고 지냈던 구봉 송익필(龜峯 宋翼弼) 선생이 생각났다. 그분도 언젠가 그런 말을 했었다.

구봉 선생은 조모가 비첩(婢妾) 사이에서 태어난 서녀 출신이었으므로 그의 출신도 서얼이었다. 더욱이 출세를 위해 그의 아버지가 안씨 일가를 역적으로 고변해 당상관 벼슬을 받았으나 이내 탄로나 그 안씨 일족에게 직접 환급되는 수모를 당하였다. 그로 인해 그는 과거를 볼 수 없었고 경기도 고양 귀봉산 속에서 유가 공부를 해야 했다. 비록 정상적인 교육을 받지 않았지만 그의 경지는 유학의 거유 조광조에 비견될 정도로 뛰어났다. 그는 20대에 이미 이산해, 최경창, 백광훈 등과 함께 8문장가 중 한 사람으로 추앙받았다. 그랬으니 내로라하는 당대의 명사들이 그와 지우지기를 맺으려고 하지 않을 수 없었다.

어느 날 별을 보니 동쪽 하늘가에 숨은 듯이 홀로 빛나는 별이 하나 있었다. 참으로 그 빛이 그윽하였다. 율곡은 그 별의 임자가 누구인지 알 수가 없었다. 분명히 어딘가에 숨어 지내는 재사가 있을 것이라는 생각이 들었다. 율곡은 그 별의 임자를 찾아보기로 했다. 그 별의 방향을 따라갔다. 별의 임자는 쉬 나타나지 않았다. 드디어 그 별의 빛을 바로 받는 집을 찾았다. 집은 참으로 초라했다. 잠시 망설이는데 저만큼서 소를 타고 삿갓을 쓰고 돌아오는 농부가 보였다.

그가 율곡 앞으로 오더니 삿갓을 올리며 물었다.

"뉘시오?"

율곡이 그의 얼굴을 쳐다보다가 깜짝 놀랐다. 바로 자신이 찾던 사람임을 직감할 수 있었기 때문이었다. 자신을 쳐다보는 눈에 정기가 가득했다.

"지나가는 나그네입니다."

그러자 소를 탄 사람이 껄껄 웃었다.

"보아하니 그대는 율곡 선생이 아니시오?"

율곡이 깜짝 놀랐다.

"그걸 어떻게?"

"저를 찾아오실 것 같아 급히 마실에서 돌아오는 길입니다."

사내는 모를 말만 하고 있었다.

"정말 제가 올 줄 알고 있었단 말입니까?"

율곡이 물었다.

"들어가시지요. 차나 한잔 하면서 얘기하십시다."

율곡이 별을 보고 찾아낸 사람, 그가 바로 구봉 송익필이었다.

앞날을 예견하는 데 신의 경지까지 이른 송구봉의 사연을 율곡은 그날 알았다. 서얼이다 보니 그는 아버지를 대감마님이라고 불러야 했고 언제나 제 또래 아이들에게 손가락질을 받아야만 했다. 참다못한 그는 양반 자제를 구타하고는 그길로 집을 나왔다. 전국을 떠돌다 오두막을 지어 들어앉은 집이 바로 율곡이 찾아온 집이었다. 그는 그곳에서 신선이 되기 위해 열심히 수행했는데 어느 날 머리가 터져나가는 것 같더니 그때부터 앞날이 훤히 보였다.

송구봉이 율곡보다 두 살이 많았지만 그날로 두 사람은 친구처럼 지냈다. 가끔 송구봉이 율곡을 찾기도 했다. 어느 날 송구봉이 이런 말을 했다.

"날더러 참으로 태평하게 산다고 했는가?"

"내가 보기에는 세상 시름 다 놓았으니 그게 태평이 아니고 무엇인가?

송구봉이 고개를 내저었다.

"자고로 태평이 위급한 법이라네."

그렇게 말하고 구봉이 서찰 하나를 써주며 말했다.

"가는 길에 좀 전해주게나."

"누구에게 전하란 말인가?"

그러자 송구봉이 마당에 매어져 있는 소를 가리켰다.

"저 소를 타고 가다가 알게 될 걸세."

율곡은 느껴지는 게 있어 타고 온 말을 놔두고 소를 타고 사립을 나섰다. 송구봉이 그에게 다시 말했다.

"가다 보면 젊은이를 하나 만나게 될 걸세. 그 청년에게 주게나."

율곡은 소가 가는 대로 내버려두었다.

어느 한순간 앞쪽에서 말을 타고 오는 젊은이가 있었다. 율곡은 송익필의 말이 생각나 그 젊은이 앞에서 소를 멈추었다.

"어디 가시는 길이시오?"

율곡이 물었다.

"어젯밤 꿈에 이 산으로 오면 소를 탄 사람을 만날 것이라 했는데 그대가 그분이신지요?"

율곡이 송구봉의 말을 생각해내고 답했다.

"내가 그 사람인지는 모르겠소만 나도 이 소가 가는 대로 가고 있다오. 젊은이를 만날 것이라 했는데 이 서찰을 전하라고 했소."

젊은이가 서찰을 꺼내 읽었다.

"월흑안비고 선우야순도(月黑雁飛高 單于夜循道). 달빛 어두운 밤 기러기 높이 나니 선우는 밤에 도망치리라."

그렇게 읽고 젊은이는 갑자기 사라져버렸다.

율곡은 주위를 이리저리 살펴보았으나 아무리 찾아도 젊은이가 보이지 않았다. 율곡이 홀로 소를 타고 송구봉 집으로 돌아와 그에게 사실을 말했더니 웃었다.

"그 사내 나이는 속세 나이로 이제 열두 살이라네. 내가 그 아이의 장성한 모습을 보여준 것이라네."

율곡은 깜짝 놀랐다. 아무리 도력이 깊다 하더라도 이게 말이 되는 소린가? 율곡은 한동안 어이없어 하다가 "내가 그에게 전해준 것이 무엇인가?" 하고 물었다.

"청사목(蛇聽目)이라네."

"청사목이라니?"

"언젠가 그 젊은이는 자네가 본 나이가 되면 자네를 찾아올 걸세. 그때 이 시를 가르쳐주게나. 그러면 청사목 거북선이 완성될 것일세."

그렇게 말하고 그는 율곡에게 시 한 수를 주었다.

율곡은 그 시를 읽어보았다.

독룡이 숨어 있는 곳의 물은 편벽되게 맑고
산에서 나무 찍는 소리가 '정 정' 울리니 산은 다시 그윽하다

**毒龍潛處水偏淸　伐木丁丁山更幽**

"도대체 이게 무슨 뜻인가? 청사목은 무엇이고 거북선은 무엇인가?"
율곡은 송구봉에게 다시 물었다.

"거북선의 눈이 청사목이라네. 두고 보시게. 그대 또한 그것을 곧 만날 수 있을 테니."

"무엇을 만난다는 말인가?"

송구봉은 결국 그 대답을 해주지 않고 갔다. 지금 퇴계도 그날의 송구봉이 하던 말을 그대로 하고 있었다.


## 2

벌써 해가 지는 것일까? 설핏하던 햇살이 사라지고 어디선가 연기 냄새가 흘러들었다. 대문 열리는 소리가 나더니 월향이 들어섰다. 아마 기방에 갔다 오는 모양이었다. 그제야 사암이 눈을 들었다.

그는 보지 못했다. 바로 월향의 뒤를 따라온 그림자 하나가 집 뒤껼으로 숨어드는 것을. 그것은 월향이 나갈 때 뒤를 따라 나가던 그 그림자였다.

"이제 오는구나."

"기다렸어요?"

그렇게 물으며 배시시 웃는 모습이 곱다.

그 모습이 고와 퇴계가 흐뭇하게 웃는데 율곡이 보고 있다가 이맛살을 찡그렸다.

"아이고 못 말린다니까? 그저 여자라믄……."

먼지를 닦지도 않고 벌렁 마루 위로 드러누워 있던 퇴계가 일어났다.

"허어, 사람하고……."

월향이 섬돌을 밟고 올라 마루에 엉덩이를 걸쳐 앉으며 보따리를 풀었다. 그 속에서 갖가지 떡과 밥, 나물, 과일이 나왔다.

"한상 차려왔네, 그려."

퇴계가 내려다보다가 환하게 웃으며 말했다.

"어서 들어들 보셔요. 시장하실 터인데."

포식을 하고 나자 식곤증이 찾아들었다. 사암이 월향을 데리고 안방으로 가 누웠고, 율곡은 쏟아지는 잠을 떨쳐버리듯 폐가 이곳저곳을 둘러보고 있었다. 율곡은 정암 선생이 살았을 때의 흔적을 찾으려는 것 같았다.

퇴계는 율곡을 보고 있자 꼭 한 번 보았던 정암 선생의 모습이 생각났다.

저랬을 것이라는 생각이 들었다. 저 율곡처럼 그렇게 집안을 서성거렸을 것이다. 바로 이 집에서 그렇게 그분의 일상이 이루어지고 있었을 것이다. 그분의 일상의 행동거지가 곧 성인(聖人)의 거동과 법도와 같았다고 하던가? 남의 비위(非違)를 보면 그를 넌지시 타일렀다던가? 대부인(大夫人)을 섬기면서 여가마다 학문을 해 뜻을 이루었다고 하던가? 이곳을 천천히 거닐며 시를 읊었고 숙연히 진세(塵世)를 벗어난 듯한 생각을 가졌을 것이다. 헛된 명예가 드러나는 것을 부끄러워했고 이 나라를 개혁할 꿈을 이곳에서 꾸었으리라.

"자네 알고 있나? 이 집에 어린 사연을?"

퇴계가 문득 일어나는 기억을 잡아 입을 열자 꽃에 코를 갖다 대고 향기를 맡던 율곡이 고개만 돌려 보았다.

"이 집 주인 정암 선생께서 과거시험을 위해 공부하고 있을 때, 그해 유난히 가뭄이 극심했다네."

무슨 말인가 하고 율곡이 허리를 폈다.

"어느 날 공부를 하다가 갑자기 천둥치는 소리를 듣지 않았겠는가? 조금 있자 시원하게 비가 쏟아져 내리는 게야."

율곡이 할 일 없는 사람처럼 팔짱을 끼고 깨어진 정원석 위로 앉았다.

"정암 선생이 얼마나 기뻤겠는가? 오호, 비가 오는구나. 일어나 문을 열고 비를 구경하다가 돌아보니 귀신이 자신을 쳐다보고 있는 것이야."

그럴 줄 알았다는 듯이 율곡이 피식 웃었다.

"정암 선생이 물었지. '누구냐?' 그러니까 귀신이 '저는 비를 관장하는 뇌성귀신입니다. 지금 쫓기고 있답니다.' '쫓기다니, 누구에게?' '가뭄귀신들이 저를 죽이려듭니다.'"

아하하하 하고 율곡이 웃었다.

"비귀신, 가뭄귀신이라……. 재밌기는 한데 왜 이러십니까?"

상황이 상황이라 정말 실성하지 않았느냐는 듯이 율곡이 바라보았다.

퇴계도 생각해보니 그렇다 싶어 피식 웃었다. 그리고는 그럴 수도 있지 뭘 그러느냐는 표정을 지으며 말을 이었다.

"정암 선생은 나는 사람이다. 사람이 어찌 귀신을 도울 수 있겠느냐 하고 물었어. 그러자 귀신이 도울 수 있다고 하는 것이야. 어떻게 도울 수 있겠느냐고 했더니, 귀신은 눈을 감고 아 하고 입을 벌려달라고 해. 정암 선생이 아 하고 입을 벌렸지. 귀신이 그 입속으로 쏙 들어갔어. 입안에서 귀신이, '이제 입을 다무세요' 한단 말이야. 정암 선생이 입을 다물었지. 그러니까 정말 귀신의 모습이 보이지 않아. 잠시 있으니까 시퍼런 칼을 든 가뭄귀신들이 들이닥쳤어. 그들은 칼을 휘두르며 비귀신을 내놓으라고 하는 것이야. 정암 선생이 입은 벌리지 못하고 고개만 내저으니까 그들이 이곳저곳 살피다가 몰려가버렸는데 그 후 정암 선생은 개혁 정치를 진행했고 실패해 바다를 건너 유배지로 가게 되었다네. 그런데 갑자기 날씨가 흐려져 폭풍우가 치지 않겠나. 배가 뒤집어질 찰라 옛날의 비귀신이 나타난 것이야. 아이구 어르신인 줄 몰라 뵈었다고."

"당장에 비가 그쳤다?"

율곡이 넘겨짚었다.

"맞아."

"재밌네요."

대답과는 달리 싱겁다는 듯이 율곡은 일어나 화초담 쪽으로 가버렸다.

화초담의 문양을 다시 살피고 있는 율곡을 바라보고 있노라니 퇴계는 천성이다 하는 생각이 들었다. 그러자 그를 지켜보던 세월이 뇌리를 스쳤다. 퇴계가 율곡을 의식하고 지켜보기 시작한 것은 그가 안동으로 내려온 뒤 어느 날부터였다.

별의별 소문이 다 돌았다. 안동을 다녀간 젊은 유생은 그 후 과거를 아홉 번 장원했다고 하였다. 그래서 그의 별명이 구장원공이라고 한단다.

과거에서 젊은 유생이 썼다는 글이 세간의 이목을 끌며 중국에까지 소문이 나 내로라하는 학자들도 칭송해 마지않는다는 소문이 돌았다. 퇴계는 제자에게 그를 좀 자세히 알아보라 일렀다.

 알고 보니 그는 강릉 출신이었다. 1536년이 저물어갈 무렵 강원도 강릉부 죽헌동에 있는 외가인 오죽헌에서 태어났다고 했다. 덕수 이씨 통덕랑 사헌부 감찰 이원수가 아버지였고 평산 신씨 신사임당이 어머니였다. 사임당은 진사 신명화(申命和)의 딸이었다. 신명화는 조광조 선생과 가까이 지내던 올곧은 선비였다. 기묘사화 때의 의리를 지켜 벼슬에 나가지 않을 정도였다. 그는 아들 없이 딸만 여럿 두었다고 알고 있었는데 신사임당이 그의 딸인 모양이었다. 올곧은 선비답게 딸들에게도 유교, 성리학을 가르치고, 공자, 맹자, 주자의 도리를 가르친 모양이었다. 율곡은 신사임당의 셋째 아들이었다. 율곡을 오죽헌 별채에서 낳은 신사임당은 참으로 지혜로운 여인이었음을 알 수 있었다. 율곡이 태어나기 전에 꿈을 꾸었는데 흑룡이 하늘로 올랐다. 그래 그 아들의 이름을 '현룡(見龍)'이라 지었다가 뒤에 이(珥)로 바꾸었다.

 율곡의 아버지 이원수는 야심이 큰 사람이었다. 그러나 벼슬은 고작 통덕랑이었다. 그는 기회를 보고 있었는데 그의 부인은 처음과는 달리 그에게 벼슬을 하지 말라고 말렸다. 아내가 남편의 성품을 알아본 것이었다. 그러나 그는 아내의 말을 무시하고 김종직의 문인이며 종조부인 이기를 찾아갔다. 그때 이기는 실권자였다. 이원수는 윤원형, 윤원로, 윤춘년, 임백령 등 이른바 소윤 세력이 을사사화를 일으켜 윤임(尹任) 일파와 사림을 제거하는 데 가담했다.

 그러고 보면 율곡은 퇴계에게 있어 원수의 집안 자식이었다. 양재 벽서 사건 때 형님 이해를 죽인 인물이 소윤 세력이었기 때문이다.

 퇴계는 고개를 돌려버리고 싶었으나 율곡에게 무슨 죄가 있을까 하여 더 알아보았더니 역시 이원수의 아내는 지혜로운 여자였다. 남편 이원수가 승진하고자 이기의 집에 출입하기 시작하자 적극 말렸다.

"가지 마오. 분명 화를 당할 것이오."

얼마 가지 않아 이기는 을사사화에 가담한데다 권력을 남용한 탓에 관직을 삭탈 당했다.

이율곡은 어려서 어머니에게서 학문을 배웠다.

사임당은 자녀들 중 특히 율곡 이이에 대한 애정이 각별했다. 부부관계는 원만하지 않았지만 아들 이이는 언제나 그녀의 자랑이었다. 아들 이이는 생후 1년도 안 돼 말과 글을 깨우쳤고 어미의 글과 그림을 흉내 낼 정도였다. 네 살 때 중국의 역사책인 '사략'의 첫 권을 배웠는데 가르치는 스승이 혀를 내두를 정도였다. 스승보다도 더 토를 잘 달았기 때문이었다.

다섯 살 때 어머니가 병을 얻어 누웠다. 그러자 다섯 살밖에 안 된 이이는 외할아버지의 위패를 모신 사당에 들어 매일 기도를 올렸다.

열한 살 때에 아버지가 병으로 자리에 눕자, 칼로 자기의 팔을 찔러 흘러내리는 피를 아버지의 입에 넣어드렸다. 놀란 어머니가 아들의 효성에 눈물을 흘리며 급한 나머지 자신의 옷고름으로 상처를 싸매고 약을 가지러 안방으로 뛰어갔는데 그 사이에 아들이 없어져버렸다. 집안사람들이 걱정하며 이곳저곳 찾다 보니 아들은 사당에 들어가 있었다. 아들은 그곳에서 아버지의 병을 낫게 해달라고 눈물을 흘리며 기도하고 있었다.

그런 율곡이 어머니를 잃은 것은 열여섯 살 때였다. 그때 사임당의 나이는 46세였다. 그의 아버지는 어머니보다 나이가 세 살 많았다.

사임당은 죽어가면서 남편 이원수에게 재혼하지 말라고 유언했다. 영의정 권흥의 일가붙이 처자가 자신에게 그림을 배우러 오자 남편이 이상스런 눈빛으로 바라보던 모습을 기억했기 때문이었다. 아내가 죽은 후 이원수는 약속을 지키지 않았다. 마음을 빼앗긴 처자 권씨를 동거녀로 받아들였다.

율곡은 그걸 알면서도 어머니의 삼년상을 치르고, 서모인 권씨를 극진히 모셨다. 서모의 성질은 괴팍했다. 율곡은 수모를 당하면서도 극진히 서모를 모셨다. 서모의 성질은 나아질 줄 몰랐다. 계속 괴롭히자 율곡은 더 참을 수 없어 금강산 마하연(摩訶衍) 유점사로 출가하고 말았다.

서모는 전처의 아들이긴 하지만 비로소 그가 떠나고 나자 잘못을 뉘우쳤다. 서모가 유점사로 찾아가 보니 생불이 났다고 야단이었다. 서모는 율곡을 만나 이렇게 물었다.

"오다가 들으니 네가 부처가 되었다고 하는데 사실이냐?"

율곡은 고개를 내저었다.

"천만의 말씀입니다, 어머님."

그랬다. 도반들은 그가 깨쳤다고 하지만 정작은 그렇지 못했다. 생사의 문제를 그때까지도 풀지 못하고 있었던 것이다.

아들이 회의하고 있다는 걸 안 서모는 환속을 권유했다.

율곡은 현실적인 서모를 보면서 어쩌면 그 대답이 이곳에 있는 것이 아니라 저자거리의 현실 속에 있을지도 모른다는 생각을 했다. 그렇다면 현실적인 유교, 그 속에 해답이 있다는 생각이 들었다.

율곡은 금강산으로 들어간 지 1년 만에 마하연을 떠나 환속했다.

그는 하산하면서 다음과 같은 시를 남겼다.

솔개 날고 물고기 뛰는 이치야 위나 아래나 매 한가지로세
색도 아니요 공도 아니라오

한번 실없이 웃고 나를 돌아보았더니
석양은 지고 나무 빽빽한 수풀 속에 홀로 서 있었네

鳶飛魚躍上下同 這般非色亦非空 等閑一笑看身世 獨立斜陽萬木中

율곡이 하산하자 그가 입산하기 전에 글을 가르친 야족 어숙권(也足 魚叔
權)의 종이 찾아왔다. 어숙권은 문인으로 학식이 깊은 사람이었다. 중국말
에 능해 명나라를 자주 오가던 사대부였는데 율곡의 천재성을 아까워하던
차에 환속했다고 하자 아랫것을 보낸 것이다. 그렇지 않아도 인사를 드리
려 갈 참이었는데 잘됐다며 어숙권의 집으로 가자 어숙권이 기다리고 있다
가 대뜸 의관부터 벗어보라고 했다.
"왜 그러십니까?"
"벗어보라니까!"
어숙권이 눈을 부라리고 재촉했다.
율곡이 갓을 벗자 어숙권이 눈을 크게 뜨다가 으하하 웃었다.
"다행이로세. 어찌 머리가 그대로인가?"
"행자 생활도 끝나지 않아 내려오지 않았겠습니까?"
"허허허, 다행이네, 다행이야. 범도 안 잡아먹게 생겼으니."
"무슨 말입니까?"
"범이 머리 기른 이들을 잡아먹어 보니 자꾸 머리카락이 목에 걸려.
그런데 중을 잡아먹어보니 머리카락도 걸리지 않고 좋거든. 다행이로세.
그냥은 잡아먹히지 않게 생겼으니."
서모는 그에게 과거를 보게 했다. 그런데 유가 사회에서 절로 들어가

머리를 깎고 중이 되었다는 것이 흠이었다.

"어찌 오랑캐의 사상에 물든 자가 공자를 모신 곳에 발을 들여 놓을
수 있는가? 물러가라."

안 되겠다고 생각한 서모는 영의정으로 있는 권철을 찾아갔다. 그의
막강한 힘을 이용하기로 한 것이다.

그리하여 율곡은 성균관으로 갈 수 있었다.

특혜 논란이 한동안 꼬리를 물었다. 그럴 수밖에 없었다. 성균관 교육과
국가 교육목표는 불교 타도에 있었다. 권력이 개입하지 않고서는 있을
수 없는 일이었다. 그제야 율곡은 어숙권의 말이 실감났다.

참다못한 율곡은 어느 날 날을 잡아 자신의 머리를 풀어보였다. 그동안
기른 머리가 발등을 덮었다. 그래도 오해는 풀리지 않았다. 그가 절로
들어간 것 자체가 문제라는 것이다. 권당이라고 하여 불의를 보면 불같이
일어나는 유생들 틈에서 율곡은 모진 수모를 당하면서 시대의 기린아가
되었다. 그가 살아남을 수 있는 길은 그 길밖에 없었다.

그가 과거를 볼 때마다 급제하자 그제야 보는 눈이 달라졌다. 이제는
시대의 영웅이라고 추켜세웠다.

퇴계는 그가 과거볼 때 시관을 맡은 바 있는 정사량(鄭思亮)을 어느 날
불렀다. 율곡의 사정을 헤아리지 못할 것은 없었지만 오히려 그래서 그
당시의 시관들이 율곡의 양어머니가 권씨 집 피붙이임으로 권철의 압력을
받았을지도 모른다고 퇴계는 생각했던 것이다. 퇴계가 부른 정사량은 시문
에 뛰어나고 음률에도 밝은 이였다. 퇴계가 이율곡이라는 인물에 대해서
묻자 정사량은 머리부터 내저었다.

"왜 그러오?" 하고 퇴계가 묻자 허허 웃었다.

"세상에 나서 그렇게 영리한 사람은 처음 보았습니다."

"무슨 말씀이오?"

"말도 마십시오."

"왜요?"

"내 살다 살다 그렇게 떨어보긴 처음입니다."

퇴계가 정사량을 뜨악하게 건너다보았다.

정사량의 말은 이랬다.

양응정이라는 이와 함께 판관으로 참여해 시험 문제를 출제했는데 올라온 답안지를 훑어보던 그는 율곡의 답안지를 보고 깜짝 놀랐다. 그 글은 인간의 글이 아니라는 생각이 들었기 때문이었다.

"어느 정도였기에?"

퇴계가 물었다.

"나를 위시해 그래도 이 나라에서 내로라하는 최고의 시험관들이 석 달에 걸쳐 그 문제를 만들지 않았겠습니까? 그런데……."

정사량이 말을 못 맺고 고개를 홰홰 내저었다.

"그런데?"

퇴계가 되물었다.

그제야 정사량이 입술에 침을 궁글여 바르고 말을 이었다.

"낮도깨비 같은 어린애 하나가, 키가 작아 그렇게 보이더구먼요. 스물셋이라고 하는데 얼굴이 동글고 앳돼 보여 영판 애 같더란 말입니다. 그런데 세 점 만에 완전히 풀어내고 하는 말이 어이없더구먼요."

"뭐라 했기에?"

"누가 내었는지 그 수준 알만하다, 그러질 않겠습니까?"

"정말 율곡이라는 젊은이가 그렇게 말했단 말이오?"

퇴계가 놀라 되물었다.

정사량이 다시 생각해도 어이가 없는지 웃었다.

"제가 들은 소리는 아니고 시관 양응정이 지나가다 들었다고 합니다. 그 사람이 어이가 없어 펄펄 뛰더구먼요. 목을 내놓고라도 저런 놈은 떨어뜨려야 한다며…… 헌데 제가 답안지를 보니 기가 막혔습니다. 사람의 솜씨가 아니었기 때문입니다."

"그렇게 뛰어났다는 말이오?"

"두고 보십시오. 언젠가 이 시대의 기린아가 나올 겁니다."

갑자년에 연방(蓮榜)이 있었다. 연방은 과거시험 중 소과인 사마시에 합격한 사람의 명부를 말하는데, 결국은 사마시를 가리키는 말로 통용되었다. 퇴계가 그 과거에 시관으로 나가게 되었다. 그는 천도를 책문의 문제로 내었다. 책문이 너무 어렵다는 말이 돌고 답을 쓸 수 없다고 하여 문제를 바꾸자고 하였다. 그러나 일찍이 율곡을 생각하고 있던 퇴계는 책문을 바꾸지 않았다.

문: 천도(天道)는 알기도 어렵고 말하기도 어렵다. 해와 달이 하늘에 달리어 하루 낮 하루 밤을 운행하는데 더디고 빠름이 있는 것은 누가 그렇게 시키는 것인가? 혹 해와 달이 한꺼번에 나와서 일식과 월식이 있는 것은 어째서인가?

그렇게 시작되는 문제는 점입가경이었다. 문제 중에 와설(臥雪)과 입설(立雪), 영빈(迎賓)과 방우(訪友)의 일을 누누이 말할 수 있겠는가 하는 부분이 있었다. 각기 서로 다른 네 개의 고사를 나열하고 그 고사를 모두 알고 있는가, 그리고 그것을 예를 들어 답할 수 있겠는가를 묻는 문제였다. 방대한 책을 꼼꼼히 읽지 않았다면 결코 답할 수 없는 고사들을 한 번에 묶어 답하라는 문제였다. 그런데 여기에 사실은 함정이 있었다.

퇴계는 그렇게 문제를 내고 그를 주목해보라 일렀다. 시관들이 보니 율곡이 얼핏 한 번 웃더니 일사천리로 답변을 적어나갔다.

퇴계는 올라온 답안지를 보고는 자신의 눈을 의심하지 않을 수 없었다. 명문이었다.

> 대(對): 상천(上天)의 일은 무성무취(無聲無臭, 하늘이 하는 일은 소리도 없고 냄새도 없다는 말)하여 그 리(理)는 지극히 은미하나 상(象)은 지극히 현저하니 이 설(說)을 하는 사람이라야 더불어 천도를 논할 수 있습니다.

이렇게 시작되는 그의 답은 명문 중의 명문이었다.

와설은 후한서에 나오는 내용이다. 원안이라는 사람이 눈 때문에 집에 갇히게 되자 사람들이 그를 구하려고 눈을 뚫고 들어갔다. 가보니 태평히 방 안에 누워 책을 읽고 있었다는 고사다. 입설은 주자어류에 나오는 내용이다. 유명과 양시라는 사람이 당대 최고의 유학자 정이천을 뵈러 가 눈이 한 자가 쌓이도록 서서 모시고 있었다는 고사다. 영빈은 당나라 왕원빈이 눈이 많이 올 때마다 길의 눈을 치우고 술과 안주를 준비해놓고 손님을 맞아들였다는 고사다. 방우는 진나라의 왕자유란 사람이 눈이 많이 내리는 날 배를 타고 친구를 찾아갔다가 막상 친구 집 앞에 다다라 눈도 그치고 흥도 식자 그냥 돌아섰다는 고사다. 그러니까 서로 시대도 다르고 공통되는 점은 '눈'에 대한 이야기여서 이것을 어떻게 엮어 글을 쓸 수 있을까를 보았는데 그는 조금의 망설임 없이 틀림없이 대답하고 있었다.

몇 번을 읽어봐도 율곡의 답은 멋졌다. 퇴계가 율곡을 장원으로 뽑을 움직임이 보이자 한때 입산한 것을 트집하며 그럴 수 없다고들 했다. 같이 참여했던 시관 유홍(兪泓)이 퇴계의 결정에 힘을 보태었다. 절이 아니라 죽었다 깨어나도 이런 답을 얻을 수 없을 것이라 했다.

퇴계의 예감은 빗나가지 않았다. 율곡의 답은 이내 과거 역사상 최고의 명문으로 꼽혔고 중국까지 알려져 명문의 하나로 평가받았다.

퇴계는 그 후로도 계속해서 율곡을 지켜보았다. 지켜보면 지켜볼수록 대단하다는 말밖에 나오지 않았다. 그는 지극히 현실적이었다. 퇴계가 벼슬자리를 사양하면 적극적으로 막고 나섰다. 바로 퇴계 같은 인물이 이 시대에 필요한데 왜 몸을 숨기려 하느냐는 것이었다. 그는 사양의 부당함을 조목조목 기록해 임금에게 간했다.

그런 그를 보며 퇴계는 자신의 젊은 날을 떠올렸다. 벼슬을 받지 않기 위해 질기게 줄다리기 하던 세월을 떠올렸다.

참으로 질긴 줄다리기였다. 초년기의 혹독한 학문을 거쳐 벼슬길에 나갔지만 고향으로 돌아가고자 해도 돌아갈 수 없는 세월 속에 그는 있었다.

다른 이들은 벼슬을 하지 못해, 권력의 끈을 잡지 못해 애 태우는 반면, 퇴계는 평생 그것으로부터 돌아서지 못해 몸부림쳤다. 무려 140여 회나 벼슬을 고사한 것이 바로 그것의 증명이었다. 말이 140번이지 그것은 전쟁이었다.

그때가 언제이던가? 아마 새 임금 명종이 들어서고 얼마 되지 않았을 때였을 것이다. 임금이 불러도 나아가지 않자 임금은 다시 관직을 내렸다.

지방 관아의 수령에게 아예 새 옷을 맞추어 퇴계를 찾아가 한양으로 입성하여 입궁을 알리라 일렀다.

퇴계는 관에서 보낸 새 옷을 보며 옷을 가져온 사람에게 물었다.

"웬 옷이요?"

"새 벼슬을 받으셨으니 지어온 것입니다."

"쓸데없는 짓을 했구려."

퇴계는 옷을 받지 않았다.

임금이 입성하지 않을까 하여 다시 사람을 보냈다. 하는 수 없이 그는 평소에 입던 옷을 기워 입고 상경했다. 누구나 두 벌 정도 가지고 있다는 의관이 딱 한 벌밖에 없었으므로 입궁하던 날 채 마르지 않은 옷을 입고 들어갔다. 입관하자 신하들이 비단옷을 입고 등청한 줄 알고, 청빈하다더니 비단옷을 입고 나타나지 않았는가 하며 입을 비쭉였다.

임금이 그럴 사람이 아니라며 알아보니 젖은 옷이었다. 옷이 젖어 비단옷처럼 보였을 뿐이었다. 임금은 감동한 나머지 화가 나 신하들을 꾸짖었다. 비단옷도 아니고, 새 옷을 보내도 받지 않는 이를 모함하는 그대들이 곁에 있다는 것이 부끄럽다고 호통쳤다.

퇴궁해 돌아오자 주위 사람들이 그의 출사를 기려 연희를 베풀려고 했다. 이번에는 퇴계가 호통쳤다.

선생님.

임금께서 나이 젊고 자질이 아름다워 향학을 게을리 하지 않으시니, 만약 배양(培養)하고 보도(輔導)하여 능히 윤덕(允德)을 이루면 태평의 터전이 여기에 있지 않겠습니까?

......

엎드려 바라건대, 서둘러 이에 앞서 따뜻한 날을 이용하여 올라 와서 성주(聖主)의 성의에 부응하고 국가의 뿌리를 북돋우며 사람들의 기대를 위로하면 천만 다행이겠습니다. 저는 경부(經浮)하고 박잡(駁雜)한 버릇이 벼슬을 하면서 더욱 심하니 이런 식으로 계속하다가는 아마도 사람 짓을 못할 듯합니다. 밤중에 조용히 생각하노라면 소름이 온몸에 오싹 끼칩니다.

......

무진년, 퇴계 선생에게 올리다

그렇게 간하던 이율곡이 이제 눈앞에 있다. 임금의 명을 받고 자신을 잡으러 와 있다. 그럴 만도 했다. 그렇게도 부를 때는 입궁하지 않다가 느닷없이 이상한 사건에 휘말렸으니…….

생각에 잠겨 있던 퇴계는 눈을 감았다 떴다.

어느 사이에 화초담의 문양을 살피던 율곡이 가까이 와 있었다. 곁에 와 앉는 그를 보자 실없는 웃음이 입가에 물렸다.

"허허허……."

왜 웃느냐는 듯이 율곡이 눈으로 물었다.

"그러고 보니 내가 좀 심하긴 심했지? 그렇다고 날 의심하다니…….."

율곡이 대뜸 말을 알아듣고는 눈을 빛냈다.

"오죽 했으면 주상이……. 의심하지 않게 되었습니까? 그나저나 이곳을 나가시면 어떻게 모든 걸 밝히신다는 것인지 알 수가 없구먼요?"

"걱정 말게."

"선생님, 선생님의 목숨이 달린 문제 아닙니까?"

"내 죽지 않을 테니 걱정 말게."

"왜 도가에 빠져가지고는⋯⋯. 좋습니다. 저는 이해할 수 있습니다. 그럼 주상께는 어떻게 변명하실 것입니까? 주상을 설득할 자신이 있으시다면서요? 그 말은 곧 선생님을 바라보는 여타 사람들의 오해도 풀실 수 있다는 말인데, 어떻게요? 주상은 소위 유학하는 선비가 어쩌고 하면서 기다리고 계시는데⋯⋯."

"내가 도척이라는 사람을 만난 것도 맞고 그 글이 그때의 상황을 되살린 것도 맞아. 하지만 도학에 관심이 있다 보니 알게 된 사람일 뿐이야. 그 글은 아마 지니고 있다가 그날 빠뜨린 것일 게야."

"문제는 그게 아니지 않습니까?"

퇴계는 고개를 내저었다.

"이해 못할 것이 뭐 있다고?"

"네?"

"아, 공부를 하다 보면 그럴 수도 있지 뭘 그래. 그러면서 크는 거지."

"하이고, 제가 데리고 다니던 놈이 그런 소리를 하더니만 선생님도 그렇게 생각하십니까? 유학의 태두께서?"

"그래, 물어보자. 세상 사람이 다 이해 못한다고 해도 정말 그대도 이해가 되지 않아?"

"어떡할까요? 이해되기는 합니다만 잘하셨다는 말이라도 해드릴까요?"

율곡의 사나운 음성이 마른 갈대처럼 흔들렸다. 그리고 율곡은 화를 더 참을 수가 없어 고함을 질렀다. 엉엉 울며 달려들고 싶은 심정이었다.

퇴계가 허허허 하고 웃었다.

"글쎄, 나도 모르겠다네. 그러고 보면 대단한 발전이지? 나이가 들어가니까 몸이 예전 같지 않아 자연히 양생에 신경을 쓰게 되었고 참동계에도 나가게 되었는데 그런 경지를 잠깐이나마 볼 수 있었으니……. 허허 참, 그게 그렇게 죄 되는 일인가?"

다독이는 듯한 퇴계의 음성이 흘렀다.

"솔직히 유교사상의 이해 못할 부분들, 혹은 그 사상의 모순점들에 부딪칠 때마다 외로웠다네. 그리고 그러한 점들을 도가에서 찾으려 했던 것도 사실이고."

"어허, 이제야 솔직하게 나오시네요. 하지만 어찌 되었든 선생님은 이 나라 유가의 태두이십니다. 모두가 지켜보고 있기에 하실 일이 있고 삼가야 할 일이 있다, 그 말입니다."

"치열한 사상싸움의 과정을 거치면서 지쳤던가 보이. 내가 열망했던 길, 그 길을 가기 위해서라면 불길 속인들 마다하겠는가? 산에 나는 풀포기 하나, 나무들이 어려운 환경을 딛고 싹이 자라는 모습을 보며 우리 인간이 살아가고 물체가 자라 움직이는 원리를 발견하고 싶었는지도 모르겠네. 그리하여 인간의 영욕과 그것에서 벗어날 수 있는 길을 얻을 수도 있을 것 같기에. 도가의 양기법을 알고자 했던 것을 부정하지는 않겠네. 그러나 나의 양기법은 자연과 융회(融會)하고자 맹자의 양기법과 주자의 수양법을 체득, 실험하는 것이었어. 그래서 내 나이 예순여섯 10월에 월란대의 수행에 든 것이네."

"그런데 왜 참동계를 들먹이고, 선을 실지로 체험하는 수련생활을 했다고 하셨습니까? 또 활인심방은 어떻게 설명하시겠습니까? 도가의 양기법에서 가져오지 않았다고 할 수 있습니까? 문제는 유가의 선비가 도학을 취했다는 것입니다. 뭣 모르는 이들이 알아보십시오. 뭐라고 하겠습니까? 그렇다면 하성구가 선생님을 보았다는 것도 거짓이겠군요?"

"내가 왜 도척을 해하겠는가? 난 그런 적 없네."

"그럼 왜 하성구가 그랬다는 것입니까?"

"걱정하지 말게. 내 나가면 모든 것을 밝혀 줄 테니."

"좀 전에도 그랬습니다. 나가면 밝힐 수 있다고. 어떻게 밝히겠다는 것입니까?"

"하성구가 도척의 아들이라고 했으니 맞는지 안 맞는지 밝히면 될 것이 아닌가? 하성구란 사람을 만나면 오해가 풀릴지도 몰라."

"무슨 오해 말입니까?"

"뭔 오해가 있어도 단단히 있으니까 날 보았다고 한 것이 아니겠는가?"

"보십시오. 하찮은 일에도 오해를 하고 모함이 들어옵니다. 그래서 상감께서 화가 난 것이 아니겠습니까? 세상의 모범이 되어야 할 분이 그랬으니."

"그렇다 하더라도 이 사람아, 도가사상은 그렇게 만만한 것이 아니었네."

"아직도 도가에 미련이 남았다 그 말씀이십니까? 그렇겠지요. 그렇게 열망하던 신선되기가 그리 쉽겠습니까?"

"이 사람아, 난들 몰랐겠나? 그들이 노자의 법을 묘하게 묘용하고 있다는 걸. 하지만 그들의 그러한 궤변이 예사롭지 않았던 것은 법의 성질은 언제나 발전되고 묘용되는 데 있다는 생각 때문이었네."

"선생님!"

"우리는 유학자로서 도학을 부정하네만 우주만물의 존재이치를 밝힌 것이 노자의 도덕경이야. 우주만물이 생멸하는 이치를 밝혀 신선에 이르는 길을 알아보았다는 것이 그렇게 잘못된 것인가?"

율곡이 어이가 없어 머리를 내저었다.

"그 때문에 선생님을 죽이기 위해 눈을 치뜨고 있는데 왜 이러십니까? 그것은 그들의 주장이라 생각하고 그대로 두십시오."

"이보게. 낸들 왜 그걸 모르겠는가? 다만, 그러려니 하고 들어가 볼 수도 있는 거지."

"선생님, 정말 딱하십니다. 길이 아니면 가지 말라는 말을 아시잖습니까? 사실 전 간파하고 있었습니다. 선생님의 시나 글을 읽다 보면 유학의 태두로서 표면적으로는 불교나 노장을 배격하고 있지만 그게 아니라는 것을요."

"아니라니?"

"선생님이 쓰신 시만 해도 그렇지 않습니까?"

"뭐가?"

"선생님의 시에서 쓴 전고(典故)를 보면 그렇다는 말입니다. 장자나 신선들에 관련된 이야기를 수없이 인용하고 있지요."

"허허허, 그런데 왜 그러나? 이제 와 시체 곁에서 나온 그 글 하나 가지고? 그래서 나는 나대로 기가 막히는 걸세."

"그 글을 보고 누가 유학자로서 변절하지 않았다고 할 수 있겠습니까? 더욱이 환정법이나 하는 사람 곁에서 나왔다면 말입니다."

"그렇다 하더라도 나는 노장을 말하면 안 되나? 불교를 얘기하면 안 돼? 노장이나 석씨를 찾으면 안 되는가? 그들을 즐겨서는 안 되느냐 그 말일세? 내가 불교를 이야기하고 신선을 논한다 해서 그게 뭐 이상하단 말인가? 그런 나를 이상하게 보는 그대들이 오히려 이상한 것 아닌가? 내가 인간적인 면모를 잃고 도학자로서만 무미건조하게 비쳐졌으면 좋겠나? 나도 학문을 사랑할 줄 알고 내 일상을 사랑하며 여자도 사랑할 줄 아네. 나는 나일세. 내가 도학자로서 성(性)을 모르는 자에게 성을 가르쳐 준다고 해도 나쁠 것이 뭐 있는가? 그렇다고 퇴계가 아닌가? 그 사람도 엄연히 퇴계인 것일세."

"할 말이 없군요."

"당연하지. 그대도 산중재상(山中宰相)이라 일컫는 중국의 도홍경(陶弘景)을 흠모하고 있지 않은가? 그는 도교사상 불후의 도사(道士)였네. 그대가 미쳤을지도 모르는 도연명(陶淵明)은 어떤가? 난 어릴 때 그분의 시를 걸어 놓고 일과를 시작할 정도였네. 그렇다고 오늘의 퇴계가 아닌가? 내가 앵무새처럼 주자를 찾는다고 해서 그게 진짜 퇴계이고 도교의 영향을 받았다고 해서 거짓 퇴계라는 근거는 도대체 어떻게 매겨지는 것인가? 당신은 이러이러하니 유학자로 50점이고 당신은 도교에 물들었으니 겨우 10점이라는 그 잣대 말일세. 난 마흔둘에야 겨우 주자대전을 이해할 수 있었네. 그렇다고 주자 성리학자가 아닌가? 좀 크게 보면 어디가 덧나는가? 아무리 그대들이 나를 유학자의 틀에 가두려고 해도 나는 나일세."

"도리에 어긋나니까 하는 말 아닙니까? 유학자가 그 본분을 잃고 허랑방탕하니까 드리는 말씀입니다. 선생님의 사상이 도교로부터 영향 받았던, 불교로부터 영향 받았던, 그것이 독자적인 것이든 그게 문제가 아닙니다. 지금 상감이나 선생님을 모함하려는 자나 선생님을 바라보고 있는 사람들의 눈과 귀는 왜 도척이라는 자의 주검 곁에서 하필이면 도학에 물든 대유학자의 글이 나왔느냐 하는 것입니다. 그것도 환정이나 하는 자의 주검 곁에서 말입니다. 그것을 아실 분이 무슨 말씀을 하시는지 모르겠습니다. 좋습니다. 그렇다면 물어보겠습니다. 한마디로 정의해보시지요. 도대체 선생님이 유가의 품을 떠나 도가의 품에서 느낀 것이 무엇인지? 대답하시면 퇴계인지 아닌지 드러날 테니까요."

"지금까지 입이 닳도록 말해주었는데 정말 몰라서 묻는 것인가?"

"이해하지 못하는 것이 아니라 이해하기가 싫다 그 말입니다. 그러니 저를 설득해보십시오. 그럼 주상과 다른 이들도 설득할 수 있지 않겠습니까?"

"허허, 이런 참……."

퇴계가 마저 신발 하나를 벗고 올라앉았다.

"왜 그러십니까?"

"너무 얼척없어서 말일세. 자네가 의외로 멍청이가 아닌가 싶기도 하고……. 그렇지 않은가? 내가 지금까지 해온 공부를 딱 한마디로 정의해보라니……."

말을 마친 퇴계의 입가에 희미한 웃음이 물렸다. 율곡이 마음에 없는 말을 내뱉고 있다는 걸 그는 알고 있었다. 하지만 그는 늙은 유학자를 위해 최소한도 일정한 경지에 가 있지 않고는 감히 엄두도 못낼 대답을 원하고 있었다. 만약 대답한다면 그 모든 것의 핵심이 드러날 것이다. 유가의 세계와 도가의 세계, 불가의 세계 그리고 무엇보다 늙은 유학자가 해온 공부들……. 그런 것들이 머리를 들고 일어설 것이다.

잠시 후에야 퇴계의 입에서 그 대답의 첫 성이 떨어졌다.

"마음은 만사의 근본이요, 성(性)은 만선(萬善)의 근원이더이."

퇴계의 말이 떨어지기가 무섭게 그럴 줄 안 율곡이 웃음을 터트렸다.

"하하하, 진저리가 나는군요. 눈만 뜨면 신물 나게 들어오던 말이올습니다."

율곡이 비아냥거리자 퇴계도 그렇다는 듯이 쿡 웃었다.

"모질군, 모질어. 그러니까 도가와 불교의 마음공부 그리고 내 심학을 어떻게 깨쳤는지 말해보아라 그 말이로다?"

퇴계가 웃다 말고 가당찮다는 듯이 확인하듯 물었다.

"그렇습니다."

"그러고 보니 생각이 나는군. 내가 도척을 찾아갔을 때 말일세."

율곡의 눈빛이 빛났다. 드디어 모든 것이 밝혀질 것이라는 기대에 찬 눈빛이었다.

"도척이 내게 도가의 법은 그대의 반쪽을 찾는 작업인데 점잖은 사대부가 그 법을 체득할 수가 있겠느냐고 묻더군. 처음에는 이게 무슨 말일까 했는데 나중에 생각해보니 그 자신에 입각한 말이더구만 그래."

"뭐라 대답했기에요?"

"그때엔 그 법의 실체를 모를 때였으니 선뜻 대답을 못했던 게 사실일세. 그래서 이렇게 말했지."

"?"

"도척, 주제넘겠지만 예를 한 번 들어볼까? 대장장이 예를 한 번 들어보지. 그대는 환정론자이니 여자에게서 도를 본다고 하지만 그럼 대장장이에게는 여자가 도가 아니라 낫과 호미가 될 것이네. 왜 하필이면 여자에게서 도를 봐야 하는지 그걸 모르겠단 말이네 라고 말했지. 사실은 억지였다네. 내가 도법을 알겠다고 갔으면서 왜 그걸 몰랐겠는가?"

"기를 잡음에 있어 이 세상을 존재하게 하는 그 이상의 것이 없기 때문이라고 했겠지요?"

"잘 아시는군. 그래 더 억지를 부렸다네. 좀 쉽게 말해달라고. 그랬더니 허허 웃으며 그가 말했어. '이놈아, 우리들이 이 세상에 어떻게 왔냐? 너희 부모가 그 짓을 해 너를 낳았다. 드디어 이 세계가 존재하게 된 것이다. 그럼 그것보다 중요한 것이 무엇이냐? 세계가 있어야 호미도 있고 낫도 있다. 그래서 파정치 말라고 하는 것이다. 바로 그 경지가 양생의 핵심이기 때문이다.'"

"바로 그것입니다."

듣고 있던 율곡이 소리쳤다.

"그것이라니?"

율곡이 갑자기 소리치자 말을 하고 있던 퇴계가 물었다.

"파정치 않는 데에 그 법의 궁극적 목적이 있다면 결국 세계와의 단절이 아닙니까? 파정치 않으면 어떻게 이 우주가 존재할 수 있겠습니까?"

율곡의 말에 퇴계가 멍하니 율곡의 얼굴에 시선을 붙박았다. 도저히 율곡답지 않다는 생각이 다시 들었기 때문이었다.

퇴계는 이 사람을 오늘 진심으로 한번 떠봐야 되겠다는 생각을 문득했다. 그렇다면 그에 맞는 대답이 필요할 것이었다. 퇴계는 잠시 사이를 두었다가 대답했다.

"그래, 나도 그렇게 대답한 것 같아."

"그러니까요?"

그렇지. 그렇게 물어야지. 퇴계의 입가에 또다시 미소가 번졌다.

"그가 그러더군. '그러므로 고(苦)도 낙(樂)도 없다.'"

"그건 불가의 법 아닙니까?"

"그렇지. 그래서 나도 그렇게 물었어. 그러니까 그가 '바로 도가의 법이기도 하다'라고 대답하더군."

"그래서 유교가 우리에게 온 것 아닙니까? 유교는 가르치고 있지요. 우리들의 일상, 그 자유로움, 인간답게 사는 길을 제시하고 있다 이 말입니다."

"허허허."

퇴계는 웃었다.

그래 그렇게 대답할 줄 알고 있었지. 나도 그렇게 대답했으니까. 하지만 그뿐만이 아니었어. 좀 전에 들었던 대장장이 예를 다시 들고 있었으니까.

"나는 아마 이렇게 물었던 것 같아. 대장장이들은 무식해 도가 무엇인지 모르고 살아간다. 낫 한 자루 호미 한 자루를 만들며 도를 운운한다는 건 이상하다고 생각하며 살고 있다. 그렇지 않느냐? 그냥 생활이니까. 그들은 대장장이 짓을 오래 하다 보니 그 분야에선 도가 튼다. 그것이 진정한 도의 모습이 아니냐? 그렇게 억지를 부리고 있었다는 말일세."

"그러니까 일상이 도라는 걸 말하고 있었다 그 말씀인가요?"

그렇지. 그렇게 물어야지.

"그들은 결코 단절을 노래하지 않는다는 말을 하고 있었지. 낮에는 쇠를 두드리고 밤에는 여자를 안고 즐기고 새끼를 낳고 그 새끼를 인간답게 키우며 인간다운 세상을 만들어가고 있다고 말하고 있었지."

"이제야 알겠군요. 그것이 유교다 그 말씀을 하고 싶으신 거지요?"

이번에는 율곡이 눈치를 채고 퇴계를 떠보듯 되물었다.

"맞아. 나는 그렇게 유교를 말하고 있었어."

"그러니까 뭐라고 하던가요?"

율곡의 눈이 반짝거렸다.

"좋다, 그러더군."

"네?"

"너희 같은 놈들을 다루는 방법이 있지, 그렇게 말했어."

"무슨 말입니까?"

"파정치 말라고 하니까 파정하겠다고 하니 파정해라, 그러더군."

"네?"

"고와 낙도 없는 대해탈을 나는 노래하는데 고와 낙만이 존재하는 세상에 남겠다고 하니 그러면 남아라. 대신 바로 대장장이가 낫을 만들듯이 호미를 만들 듯이 살아남아라. 그렇게 말해."

율곡이 눈을 감았다 떴다.

"그리고는 이렇게 말했어. '여자와의 정사도 호미나 낫을 만들 듯이 하라는 말이다. 이 우주와 영적으로 교감하라는 말이다. 왜냐? 그래야 대략을 탄금할 수 있을 테니까. 그래야 하나가 될 수 있을 테니까. 하나는 절대다. 그 경지를 얻으려면 너를 하루 빨리 시험하려고 노력해서는 안 될 것이다. 자칫하면 호미도 낫도 망쳐버릴 테니까. 더욱이 여자와의 관계는 국부적인 속된 세계로 떨어져버릴 테니까. 그러기 위해서 너는 여자를 만족시켜야 할 것이며 그녀를 다스릴 수 있어야 할 것이다. 자 어떻게 다스릴 것인가? 그 여자가 네놈이 지금까지 믿어왔던 공자라고 생각하지 않으면 안 될 것이다.'"

"그래서 여자를 안았습니까?"

율곡이 침을 꼴깍 삼키며 다급하게 물었다.

"이 사람아, 어찌 그대는 육체적으로만 모든 것을 제단하려고 드는가? 도척이라는 자의 말이 그렇다는 말이지. 이해되지 않는가? 말을 바꾸어 보면 가야금의 장인이 탄금할 가야금의 줄에 손을 놓지 않고도 그 음을 들을 수 있다 그 말일세."

"왜 이러십니까? 유학자란 주어진 일상을 사랑하며 안고 뒹구는 사람을 말합니다. 부정의 협곡을 넘어 가는 법은 석씨의 법이요 바로 도가의 법입니다. 양생을 배워 그 궁극에 이르러 파정치 않는 법, 그 환상적 법으로 인해 유가 사회가 병든다는 사실을 왜 간과하십니까?"

퇴계가 고개를 치켜들고 웃기 시작했다.

"하하하, 하하하, 하하하!"

바로 그것이야. 그것.

퇴계는 속으로 부르짖으며 한참을 웃고 있다가 웃음을 끝내고서야 율곡을 향해 시선을 옮겼다.

"내가 생각하기에 그대는 몸이 너무 약해. 양생법은 그대가 배워야 할 것 같아."

그를 시험해본 결과를 대답하듯이 퇴계가 말하자 생각했던 대로 율곡이 발끈했다.

"지금 그걸 말이라고 하십니까?"

"확실한 것은 그 길이 우리를 앞서간 선비들이 갔던 길이라는 것일세. 학문을 논함에 있어 반드시 거쳐야 한다는 수방심(收放心, 늘 마음을 주시하며 다잡음)이나 양덕성(養德性, 흐트러진 마음을 구하고 덕성을 기름)보다는 어렵지. 하지만 이제 대답할 때가 된 것 같군. 그대가 매우 궁금해 하는 그 대답. 한마디로 대답해주겠네."

저녁밥을 먹고 다시 몰려나왔을지도 모르는 아이들의 노는 소리가 들려왔다. 저물어가는 빛살 속에 고가는 검게 웅크린 괴물 같았다.

"그대 김시습 선생을 알겠지?"

퇴계가 갑자기 물었다.

"압니다."

율곡이 시선을 돌리며 대답했다.

"그렇지. 그대는 그분의 사상을 계승했지. 내가 도가의 법을 알아보다 보니 그대는 내가 변절해 그들 무리라도 된 양 하지만 내 이제 그분의 말을 빌려 한마디로 대답해주겠네. 이제 그럴 때가 된 것 같고 대답할 수 있을 것 같거든. 그분이 이렇게 말했네. '도교에는 체(體)는 있되 용(用)이 없다.' 무슨 말인지 알겠는가?"

율곡이 숨을 멈추었다.

"체는 있는데 용이 없다? 이걸 쉽게 풀어보세. 체는 몸이네. 용은? 쓰임이지. 그분은 어떻게 해서 도교를 그렇게 보았을까? 내 속물적으로 한번 말해볼까? 여기 한 사내가 있네. 그 사내가 성적으로 세상을 얻으려 하네. 어떻게 해야 하나? 먼저 몸(體)이 있어야 할 것이고 그 몸의 쓰임(用)이 필요할 걸세. 몸의 쓰임을 통해 기(氣)는 정점에 이르네. 그 기는 정점에 이르러 본래부터의 성(性)인 리에 이르러 하나가 되네. 그 경지를 도교의 환정법은 기의 정점이라고 주장하네."

퇴계는 잠시 숨을 쉬었다.

"어느 날 임거정이라는 백정이 꿈에 와 이런 말을 하더군. 내가 소를 잡는 것은 그대의 효를 위해서가 아니오. 그런데 왜 우리를 천하다고 괄시하시오? 소를 잡아 보시었소? 내가 칼 한 자루 드리리다. 우리는 그 칼을 신행이라 하오. 그 칼로 뼈를 발기고 살을 바르오. 우리는 알고 있지요. 그 소의 몸이 어디에 어떻게 쓰일 것이라는 걸. 그 꿈을 꾸고 난 뒤 나는 생각했네. 그의 칼질은 고기의 쓰임을 통해 그 기가 정점에 이르렀으리라. 번쩍이는 칼날, 베어지는 뼈와 살. 그리하여 정점에 이르러 비로소 본래의 성인 리에 이르리라. 그러나 그대의 스승 김시습은 아니라고 해. 왜? 몸은 있으나 쓰임이 없다는 말이 그 말이라는 것이야. 대경대법이 나오지 않는다는 것이지. 그 약점을 도교가 안고 있다는 것이지. 자, 그렇다면 어떻게 되는 것인가? 이제 대답이 되었나? 그럼 불교는? 좀 전에 그대가 말하지 않았나? 단절 말일세. 세계와의 단절. 그래서 모든 것을 버리고 출가하지 않는가? 그럼 유가는? 그 셋을 다 인정하는 세계이지. 단절이 아니라 영속, 인간다운 세계. 우리의 삶 그 자체를 종교로 보는, 그것이 곧 성리학이 아니던가?"

"좋습니다. 그 말씀을 하기 위해 서론을 그렇게 오래 세웠군요. 그런데 왜 여기에 있는 것입니까? 리학경이 무슨 소용이기에?"

"리를 본성으로 보고 기를 다스린다는 나의 주장은 바로 그 수양법에서 온 것일세. 기를 잡는 공부, 마음을 한 곳에 집중하는 주일무적 공부, 그 공부는 마음의 동정(動靜)에 통하는 것이기에. 내가 양생법을 배운 것은 몸이 있어야 도가 있으리라 생각했기 때문이라네."

율곡의 입가에 조소가 흘렀다.

퇴계는 흔들리지 않았다.

"나는 오늘 날까지 심(心)과 경(敬)의 두 축을 구축해왔네. 심은 수양이 이루어지는 바탕이요, 경은 수양을 실천하는 방법이라고 생각했으니까."

율곡이 잠시 생각하다가 시선을 들었다.

"선생님의 수양론을 듣고 있으니까 이런 생각이 드는군요."

"?"

"선생님은 그 경지를 얻었을까 하고 말입니다."

퇴계가 멈칫했다.

그때였다.

가까이에서 쉭 하는 소리가 들려왔다.

두 사람은 놀라 동시에 소리 나는 곳으로 시선을 던졌다.

"으악."

율곡이 갑자기 비명을 지르며 섬돌 위로 굴러 떨어졌다.

하하하…….

놀란 율곡이 섬돌 위로 나자빠진 모습을 내려다보며 퇴계가 웃었다.

쉭 하고 소리를 내며 율곡의 가랑이를 스쳐간 것은 고양이만한 쥐였다. 쥐 한 마리가 열매를 물고 가다 놓친 모양이었다. 그 바람에 율곡은 가랑이를 스쳐가는 쥐를 보고 굴러 떨어진 것이었다. 참으로 겁 많고 소심한 사람이었다.

"벌 받은 게야, 암! 그 경지를 얻었느냐고?"

그렇게 말하면서도 퇴계는 무슨 쥐가 그렇게 클까 싶었다. 빈집이라 먹을 것도 없을 텐데. 아마도 나무 밑에서라도 열매를 물고 오다가 놓친 모양이었다.

그때까지도 그들은 모르고 있었다. 그 큰 쥐가 검은 그림자에 쫓겨 엉겁결에 그들 곁을 스쳐갔다는 것을.

# 깊어가는 강

## 1

월향이 가져온 음식을 욕심 부린 것이 잘못이었다. 배가 살살 아파오는 것 같더니 기어이 설사가 터졌다. 뒷간 출입을 서너 번 하고 나니 퇴계는 허리 펼 힘도 없었다.

"왜 그러십니까?"

사암이 눈치 채고 지키고 있다가 물었다.

"체한 모양일세."

"이리 누우시고 손목을 줘 보십시오."

퇴계가 누우며 손목을 내미니 사암이 맥을 집어보고 고개를 끄덕였다.

"신이 매우 안 좋습니다. 말랐어요."

사암이 고개를 돌리더니 안방을 향해 소리쳤다.

"이보시게. 내 봇짐 속에 침통이 있으니 좀 갖다 주시게."

이내 월향이 침통을 가져왔다.

율곡이 침을 꽂은 퇴계를 살피다가 애써 모른 채 하고 돌아누웠다. 퇴계
는 뱃속이 한결 편해졌다.

"대단하이."

그렇게 말하면서 율곡을 보았더니 기척이 없다. 문득 쥐 때문에 놀라던
율곡의 모습이 떠올랐다.

허허 웃자 사암이 물었다.

"왜요?"

"저 사람 말일세."

"누구요?"

"이율곡이 말이야."

"이 공이 왜요?"

"덩치가 산만해도 쥐 한 마리 이기지 못한다네."

사암도 따라 웃었다. 퇴계는 율곡을 떠보려다가 뺨이나 한 대 얻어맞은
것 같은 기분이어서 좀체 속이 풀릴 것 같지 않았다.

에이 시건방진 놈. 그 경지를 얻었느냐고? 그래도 배웠다는 인사가 느물
거리기나 하고……. 선비나 수행자에게 그런 말만큼 모욕적인 것도 없다는
걸 모르지 않을 터인데. 암튼 시건방지게 무례한 인사였다.

도교의 양생법에 관심이 있다고 하니까 성리학자로서 변절한 것이 아니
냐, 그렇게 생각하는 모양이지만 퇴계는 양생을 삶의 일부분이라고 생각해
왔었다. 성리학의 개창자 이고가 왜 철저히 버림받았겠는가? 그는 단지
유교를 도교, 불교와 섞어서 자신의 사상을 피력했기에 매장된 것이 아닌
가? 한마디로 말해 양생법은 육체를 통해 내 정신을 보는 세계였다. 즉
정신의 물화상태. 그러니 그 세계만이 어떻게 기의 정점이라 할 수 있겠는

가?

오늘날까지 학문적 기본입장에서 리기 사상을 주장해온 것이 아니었다. 진리는 우리의 일상 속에 있다고 퇴계는 언제나 생각해왔었다. 우리들의 일상 그 자체가 바로 진리라는 말이었다. 바로 이것이 선비가 지향하는 유학이요 현실 지향적인 일상의 종교였다. 그런데 변절이라니? 바로 그것이 내 사상의 핵심이요 리기심성론이며 심학이요 기본적 인식인데 변절이라니?

퇴계는 그런 생각을 하며 넌지시 율곡을 바라보다가 사암을 향해 입을 열었다.

"한의학에서는 기(氣)를 어떻게 보나?"

사암이 빙그레 웃었다. 그의 웃는 얼굴이 보기가 좋았다. 퇴계는 눈의 상처만 아니라면 참 선량한 얼굴이라고 생각했다.

"세상의 운행이 기 아니겠습니까?"

"그럼 어떻게 그 운행을 통제하는가?"

"글쎄요. 불교에는 선이 있고 유가에는 리가 있지 않습니까?"

"그럼 도가에는?"

"도만 있더군요."

"도만?"

도만이라는 말이 이상해 퇴계가 다시 물었다.

"모든 것을 도로 본다는 말입니다. 여자와 남자가 관계를 가져도 도, 물레방아가 돌아가도 도, 개미가 집을 지어도 도……. 일상 자체가 도라고 할까요?"

"허허허, 이제야 알겠네. 그대의 도력이 어디서 오는 것인지. 그래 그 정도는 되어야지. 그래야 그 세계를 보았다고 할 수 있지. 여인을 품어도 죄가 될 수 없는 경지. 그게 뭐가 나쁘다는 것인지……."

"그것이 죄가 된다면야 이 세상이 존재하겠습니까?"

"허허허, 내 말이 그 말일세."

"그럼 저는 이만 가보겠습니다."

"고맙네."

"별 말씀을요. 이것도 인연 아니겠습니까?"

"그러나 저러나 자네는 여기에 어떻게 오게 된 것인가? 평소 정암 선생을 흠모해왔다고 했네만."

설명이 부족해 이해가 쉽지 않다는 말에 그가 잠시 주저하다가 운을 뗐다.

"이런 말을 해서 어떨지 모르겠습니다."

"응?"

"참 이상했어요. 형장에서 말입니다. 시뻘겋게 단 쇠에 양 눈이 터져나가는 순간 전생의 내 모습이 환히 보이지 않겠습니까? 제가 가본 집이더군요. 그 속을 거닐던 모습이 환하게 다가오는 겁니다."

"그럼 바로 이곳?"

퇴계가 눈을 크게 뜨며 물었다.

"글쎄요?"

그렇게 말하고 사암이 웃으며 일어났다. 그는 더듬거리며 안방으로 걸어갔다. 그가 오는 소리를 듣고 월향이 나와 방안으로 데리고 들어갔다.

한동안 두 남녀의 웃음소리가 들려왔다.

퇴계는 돌아누운 율곡을 흘끔거렸다.

어느 순간 율곡이 더는 못 참겠다는 듯이 벌떡 일어났다. 그리고는 사암이 있는 안방을 한 번 쏘아보고는 퇴계의 앞자리에 와 털버덕 주저앉았다.

"무슨 소립니까? 그 정도는 되어야 한다니. 그거 저를 두고 한 말이 아닙니까?"

"설마 그럴 리가?"

퇴계는 기다렸다는 듯이 시큰둥하게 율곡의 말을 받았다.

율곡이 약이 올라 더 바짝 다가들었다.

"제가 이곳까지 어떻게 왔는데 어찌 이럴 수가 있습니까?"

퇴계는 뜨악하게 율곡을 올려다보았다.

"사실, 말이야 맞지 뭘 그러는가?"

"예? 맞다니요?"

"그럼 그 세계를 자네는 보았는가?"

퇴계의 느닷없는 질문에 율곡이 미간에 쌍심지를 세웠다.

"무슨 말씀입니까?"

"보았느냔 말일세?"

"뭘 말입니까?"

"그대가 유학만으로 이 몸을 다스릴 놈을 보았느냐 그 말일세?"

비로소 율곡의 얼굴에 칼날 같은 조소가 떠돌았다.

"선생님, 왜 이러십니까? 유학 그 자체가 우리들의 몸이요 정신이라는 걸 모르시고 하시는 말씀이십니까?"

"그걸 몰라서 묻는 말이 아니야."

"그런데 왜 물으십니까?"

"성리학이 뭔가? 나는 보았네."

"무엇을요?"

율곡이 물으며 더 다가들었다.

"양생법을 체득하면서 저기 하늘이 있듯이, 조화를 따라 춘하추동이 있 듯이, 리와 기의 합일체인 우리의 마음이 어떻게 육체를 통어할 수 있겠는 가 없겠는가, 그 가능성을 보았다는 말이네."

하아 하고 율곡이 어이가 없다는 표정을 지으며 허공으로 시선을 들었 다. 율곡은 허공에 시선을 붙박고 잠시 생각하다가 이윽고 물었다.

"역시 기의 운동력을 다스리지 않고는 하나가 될 수 없음을 보셨다 그 말씀인가요?"

"리는 여기 있는데 기가 노해 바람이 되었네. 쓸개는 구름이 되고 콩팥은 비가 되고, 내 욕망은 사나운 폭풍이 되더이. 그렇게 천지의 기가 서로 뒤엉키고 있었네. 양기가 승해 흩어져 이슬이 되고, 음기가 승해 응결되어 서리와 눈이 되었네. 확인할 수 있었네. 그 기의 모습. 청묘한 정기가 하나 로 모여 하늘이 되더이. 무거운 정기가 응결되어 땅이 되더이. 천지의 정기가 모여 음과 양이 생겼고, 정기가 흩어져서 만물이 되더이. 양의 열기 가 쌓여 불이 되었고, 화기(火氣)의 정기가 모여 해가 되었고, 음기가 쌓여 서 물이 되었고, 수기(水氣)의 정기가 달이 되더이. 생김[生]이 있기에 죽음 [死]이 있었네. 죽음이 있기에 생겨남이 있었네. 가능이 있기에 불가능이 있고, 불가능이 있기에 가능함이 있었네. 옳음[是]으로 인해 그름[非]이 있었 고, 그름으로 인해 옳음이 있더이. 그렇기에 성인은 옳다, 그르다의 대립을 떠나 그것을 하나로 모아 인위적인 차별이 없는 자연의 경지[天均]에 안주하 는 것이니 이것을 양행(兩行)이라 하더이."

"제게 지금 그 법의 오묘한 도를 말하고 계신 것입니까?"

율곡이 새파랗게 질린 얼굴로 물었다.

퇴계의 얼굴에는 변화가 없었다. 차디찬 어조로 다음 말을 내뱉었다.

"아닐세. 지극한 자연의 도리를 말하고 있는 것이네."

"자연의 도리라고 하셨습니까?"

"내가 그들에게서 볼 수 있었던 것은 무엇이었겠나? 부정이 아니라 긍정의 협곡을 넘어 간다? 초월인가? 조화인가?"

"그래 무엇이었습니까?"

"나는 그들에게서 역으로 일상의 조화를 보고 있었네. 일상을 찾아가는 그들의 양기는 기혈(氣血)의 기름이 아니라 리기 그 자체임을 확인하고 싶었다는 말이네."

"그렇다면 그 세계에서도 아직 답을 찾지 못했다는 말씀이 아니십니까?"

율곡이 상처 난 곳에 소금을 문지르듯 잔인한 어조로 물었다.

퇴계의 입가에 미소가 물렸다.

"그래서 여기 있지 않은가? 성현의 말씀이 여기에 있다고 해서이네. 성태 장양이라는 말을 아시지 않는가? 내가 조금 깨달았다 하여 어찌 앞서 간 성현의 말씀을 공고히 하지 않을 수 있겠는가?"

"그렇다면 지금 그 해답을 찾고 있다는 말씀입니까?"

"그렇다네. 바로 그것일세. 이 어딘가에 그 해답이 있을 것이네. 공부자께서 우리의 일상 속에서 본 리기의 정점, 이 나라 이학의 조종이신 포은 선생이 눈물 흘리시고 김굉필 어른과 조광조, 이언적 어른의 얼이 담긴 경이 있을 것이네. 그 속에 우리를 속 시원하게 해줄 해답이 있을 테니 말일세."

율곡이 갑자기 하하하 하고 웃었다.

웃던 율곡은 그 자리에 석상처럼 굳었다. 가라앉았던 의혹이 다시 불쑥 머리를 쳐들고 있었기 때문이었다.

어떻게 진실을 규명하시려고 이리도 태평하단 말인가? 죽음을 목전에 두고도 이리도 자신의 주장을 관철하고 싶으실까? 죽음을 각오하지 않고서야 어떻게? 아니, 그보다 어떻게 진실을 규명하시겠다는 것인지?

# 매화 한 분

## 1

퇴계와 율곡이 정암의 고가에서 그런 말을 나누는 사이 문향은 여느 때처럼 움막 앞에 앉아 있었다. 눈물이 흘러내렸다. 무려 한 달 동안 그이를 찾아 안동으로, 한양으로 돌아다녔다. 어디에도 그이는 없었다.

문향은 흐르는 눈물을 그대로 두었다. 바람이 불어와 실없이 이마로 쏟아진 머리카락을 흔들었다. 꼭 다문 입가에 울음이 물렸다.

무정한 사람.

눈을 감자 기억의 골방 속에서 그와 몸을 섞고 난 후 노곤함에 몸을 뒤척이며 하던 말들이 떠올랐다.

"어머니가 저를 낳을 무렵 팔도를 주름잡던 외눈박이 관상쟁이 하나가 집으로 들어서더니 이렇게 말했다고 해요. 그때 아버지는 두보의 시를 읊조리고 있었는데 배가 고프다며 밥을 얻어먹던 관상쟁이가 자신을 신기하게 보고 있는 저를 보고 하는 말이 '두보라, 좋구나. 애야, 너는 두향이

118

되어라.' 그래 제 이름이 두향이 되었지요. 아버지가 집안을 돌보지 않고 밖으로 돌 때면 살기 위해 어머니는 저를 데리고 천것이나 하는 기방의 허드레 일을 하기도 했지요. 그렇게 나이를 먹었는데 나중 보니 자연스럽게 기녀가 되어 있더군요. 그때 우리 만났었지요?"

퇴계는 고개를 끄덕였었다.

"그랬지. 그랬어."

"그래요. 지금도 그때 모습이 생생해요."

문향은 눈을 감았다. 그녀의 머릿속으로 아름다운 음악 소리가 스치고 지나갔다.

아아, 그 음, 그 소리……

문향의 망막으로 고고한 학처럼 앉아 가야금을 퉁기던 한 사내의 모습이 흘러갔다.

그 누가 예로부터 거문고는 음이 웅장하여 남성적인 맛이 있고 가야금은 음이 가녀려 여성적인 맛이 있다고 했던가? 아, 가슴을 천 길 낭떠러지로 떨어뜨리던 그 음.

생각이나 했으랴? 그녀가 취화정으로 올랐을 때 이미 취흥은 도도했다. 선녀가 내려앉듯 예를 올리고 술판으로 나아가서야 두향은 자신도 모르게 주먹을 쥐었다.

형형한 눈빛으로 자신을 바라보고 있는 중년의 사나이.

언제이던가? 그를 처음 본 때가. 아마도 향교 뜰 가에 매화가 흐드러지게 피었을 때였을 것이다. 향교에서 시회(詩會)가 열렸다. 단양 고을의 내로라 하는 선비들이 향교에 모여 들었다.

그날 시회가 끝나고 취화정으로 올랐을 때 선비들은 도도하게 술이 취해 있었다. 어떤 이들은 솔직히 자신의 문천(文淺)함을 한탄하고 있었고, 어떤 이는 시의 치명적 맹점인 추상적 관념성을 준엄하게 극복하지 못했다며 남의 시를 나무라고 있었고, 또 어떤 이는 상대방의 시가 새로움을 창출하긴 하였지만 어디에선가 본 듯해 신선감이 떨어진다는 등 그렇게 남의 시의 허점을 칼질하고 있었다. 그런데 딱 한 사람 고고하게 앉아 술만 들이키는 사내가 있었다. 나중에야 알았다. 그가 이황이라는 이름자를 쓰는 선비라는 것을.

선비들이 그날 그의 시를 입에 닳도록 올렸는데 그래서 두향도 그 시를 읽어볼 수 있었다.

매화나무 한 그루 가지마다 눈 가득 피었는데
세상일 어지럽고 마냥 꿈은 어수선하구나
봄밤 옥당에 앉아 달을 바라보노라니
기러기 우는 소리 생각 산란하구나

一樹庭梅雪滿枝 風塵湖海夢差池 玉堂坐對春雪月 鴻雁聲中有所思

그날 사대부들은 무릎을 치면서 음미하면 음미할수록 좋다며 그를 부추겼다.

"내 이렇게 좋은 시를 읽어본 적이 없소이다. 이건 단순한 매화의 시가 아니로세."

"맞구먼. 이 나라의 어지러움을 개탄하는 우국지정이 느껴지지 않는가?"

유달리 어릴 때부터 난과 매화를 좋아했던 두향이 보아도 참으로 좋은 시라는 생각이 들었다. 예사롭지가 않았다. 세상은 어지러운데 그것을 바로잡지 못하는 자신의 부덕함을 개탄하는 시임에 분명했다.

그때 퇴계는 모르고 있었다. 그녀와 하나가 되리라는 것을. 두향은 가무에도 뛰어났지만 특히 시화에 능했다. 코가 오뚝하고 눈매가 깊었다. 눈썹은 초승달 같고 입 매무새는 야무지고 앵두처럼 붉었다. 단양 호색한들이 그의 미색에 반해 군침을 흘릴 만했다.


신임 사또가 부임하던 그해.

사또가 부임하던 날 두향은 퇴계를 생각하며 어머니가 기르던 매화를 당겨 매화 잎사귀를 밤새도록 닦았다.

부임하는 날부터 그의 인격을 알아보았다. 그날 기방 어미가 달려와서는 신임 사또가 아무래도 이상하다고 했다. 왜 그러느냐고 두향이 물었더니 신임 사또가 기생들이 마중 나오지 못하게 하고 점고도 받지 않겠다고 했다는 것이다. 신임 사또가 부임할 때면 오리정까지 마중을 나가야 하고 동헌으로 들어가 점고를 받아야 하는 것은 상례였다. 그런데 이번 사또는 이상하게 그러지 않겠다고 했다는 것이다. 그러면서 예사 인물이 아니라고 했다.

"말을 들어보니 예전에도 사양했다는 말이 있더구나. 아니, 사양이 아니라 화를 냈다고 하더라. 참으로 그 인품이 고결하여 사화 당시에 인연이 된 스승의 간곡한 부탁을 뿌리치지 못해 젊은 사람이 스승의 딸과 혼인을 했다고 하더라. 사화 당시 가족들이 처참하게 맞아죽는 모습을 보고 정신이 이상해진 여자라 갈 곳 없는 스승의 딸을 아내로 맞아들였으니 그 또한 대장부가 아니겠느냐? 하지만 이곳에 오기 전에 두 번째 부인마저 죽자 아들들에게 친모와 동등하게 상을 치르게 했다는 것이다. 어느 날 고기 좋아하는 감사(監司)가 찾아오자 마침 아내의 기일인데도 내색하지 않고 고기반찬으로 상을 차려 대접했는데 감사가 보니 정작 주인은 채소 반찬뿐이라 왜 그러냐고 했더니 본시 고기를 좋아하지 않는다고, 맛나게 드시라고 했다. 그제야 감사가 '그대가 고기 좋아하는 것을 알고 있는데 내가 눈치가 없었소이다' 하고는 상을 물렀다고 하더라. 그렇게 아내 기일에는 결단코 아내를 생각하여 고기를 입에 대지 않았다고 하니 세상에 그런 대장부가 어디 있겠느냐?'

"그 아내 참 복 많은 여자요."

"아내를 백지산에 묻고 그 건너편에 자신의 무덤을 정했다는데 부부의 정이 그 정도라면 기녀에게 눈길을 준다는 게 이상하지. 에이구, 우리 두향이 이번에는 사또 눈에 들려나 했는데 또 틀려 부린 거 같으니 네 나이 몇이냐? 기녀 나이 스물이면 다 된 인생인데 언제나 머리 올려줄 사내가 나타나려는지 쯧쯧……."

다음 날 두향은 가꾸던 난을 사또가 머무는 동헌에 가져다놓았다.

한편, 퇴계는 새 임지에서 첫 밤을 잘 적응하지 못하고 새벽에 일찍 일어났다. 그가 일어나 문밖을 보니 매화가 있는데 예사 매화가 아니다. 누군가 아주 정성스럽게 키우던 것이 분명했다. 퇴계는 매화를 살펴보다가 아랫사람을 불렀다.

"여봐라. 거기 누구 없느냐?"

이제나 저제나 기침을 기다리다가 잠시 자리를 비웠던 종복이 부리나케 달려왔다.

"나으리, 이제 기침하셨습니까?"

"오냐. 그런데 이게 무엇이냐?"

종복이 대답을 못하고 허리를 굽히고 시선을 피했다.

"이 매화 말이다. 누가 가져다 놓은 것이냐?"

종복이 머뭇거렸다. 그는 퇴계의 심기를 짐작해보려는 듯 머뭇거리며 눈치를 살피다가 입을 열었다.

"사실은……."

종복은 무슨 말을 하려다가 다시 머뭇거렸다.

퇴계가 그를 쏘아보았다.

"무슨 말이더냐?"

"사실은 이 고을 관기 중에 두향이라는 기녀가 있사온데……."

"두향?"

퇴계가 눈살을 찌푸리며 물었다.

"그년이 아침부터 어찌나 그것을 가지고 와 성화를 부려대는지……."

"성화를 부려대다니?"

"그 매화를 사또 나리의 방 앞에 놓아달라고……."

그제야 퇴계는 매화 앞에서 일어났다. 무슨 말인지 알 것 같았다. 벼슬아치들이 고을을 맡아 부임하면 그 지방의 유지들이 주로 수청을 드는 관기들을 시켜 그런 식으로 뇌물을 전달하기 마련이었다. 신임 사또가 매화를 좋아한다는 것을 알고는 분명히 지방유지 누군가가 관기를 시켜 동헌으로 그렇게 들였을 것이다.

"허허허, 사또도 할 만한 것이구나. 그래서 기생 점고도 하지 않았거늘 당장 돌려보내도록 해라. 내 무슨 힘이 있다고 나에게까지……."

종복이 허리를 굽히고 매화를 막아서며 재빨리 말을 받았다.

"알겠습니다. 당장 거두어 돌려보내겠습니다. 어찌나 그 아이가 간곡하게 부탁하는지라……."

"그래도 그렇지."

매화를 돌려보내라고는 했지만 퇴계는 뭔가 아쉬웠다. 아무리 봐도 보통 매화가 아니었다. 보면 볼수록 기묘한 형상을 한 늙은 매화였다. 세상의 풍파를 견디느라 허리가 굽었다 비틀리고 뒤틀어졌어도 기상을 잃지 않은 기품을 보이고 있었다. 흡사 용이 승천하듯 몸을 비틀며 위로 치솟아 오르는 모습이 상서롭기까지 했다. 그 끝머리에 꼭 여의주를 닮은 듯한 아직도 터지지 않은 붉은 꽃봉오리가 아침이슬까지 머금고 있었다. 매화는 분명히 백매였다. 그런데 예닐곱 꽃송이 맨 위에 홍매 한 송이가 이제 막 봉우리를 열려고 피어나 있으니 참으로 신묘하고도 기묘한 일이었다.

퇴계는 그 바람에 매화 앞에 쪼그리고 앉았고 행여 홍매 가지를 꺾어 백매에 꽂아 놓았을지도 모른다는 생각에 그 가지를 건드려 보기까지 했는데, 분명히 한줄기였다.

천하에 없는 이 정도의 진기한 것을 내놓을 정도라면 청이 있어도 보통 청이 아닐 것이다.

잊기로 했다. 당장 그 관기를 불러 물어보고 싶었으나 머리를 내저었다. 잘못하다가는 신임 사또의 측근이 권력을 미끼로 뇌물에 미련이라도 있다고 오해 받을지도 모를 일이었다.

종일 심기가 편치 않았다.

다음 날 새벽에 퇴계는 소리죽인 실랑이 소리에 눈을 떴다. 분명 동헌 앞에서 종복과 낯선 여자가 실랑이하는 소리였다.

"이년, 무슨 짓이냐? 내가 네년 때문에 얼마나 혼이 났는지 아느냐? 얼른 가져가거라. 나으리가 아신다면 네년 목숨 부지하기가 힘들 것이다."

"그게 아니라니까요. 부정한 것이 아닙니다. 제가 아끼고 아끼는 것이라니까요."

"이년, 글쎄, 왜 네가 그것을 그분께 받친다는 것이냐? 이유가 있을 거아니냐? 이유가? 네년이 아주 머리를 못 올려 환장한 것이 아니라면 무엇이냐? 네년이 그런다고 그분께서 곁눈질이라도 할 것이라고 생각했다면 아주혼쭐이 날 것이다. 가거라, 이년!"

퇴계가 나선 것은 그때였다. 퇴계가 문을 열고 보아하니 종복과 분매를든 관기 하나가 마주 서서 실랑이를 하고 있다.

"여봐라, 아침부터 왜 이리 소란스러우냐?"

문고리를 잡은 채 묻는 퇴계를 향해 종복이 후다닥 달려왔다.

"기침하셨습니까요, 나으리?"

"무슨 일이냐?"

종복이 기녀를 향해 눈을 힐끗거리며 뒷머리를 쓸었다.

"글쎄, 저 어린 것이 아침부터 또 난을 가져와……."

퇴계가 시선을 들어 기녀를 바라보았다. 가녀린 여자애 하나가 화분을들고 고개를 숙이고 서 있었다.

"바로 저 아이가 어제 매화를 가져온 아이란 말이냐?"

"그렇사옵니다."

"그런데 오늘 또 가져왔다?"

"예, 꼭 나으리에게 드려야겠다며……."

퇴계는 잠시 생각하다가, "데리고 오너라" 하고 말했다.

종복이 멍한 표정을 지으며 머뭇대다 이내 몸을 돌려 쪼르르 달려갔다.

종복이 그녀를 데리고 왔다. 기녀가 고개를 숙이고 있어 퇴계는 그녀의 얼굴을 살펴볼 수 없었으나 그녀가 든 매화가 눈에 들어왔다.

매화가 눈에 들어오는 순간 퇴계는 가슴 한 쪽이 쿵 하고 내려앉았다. 이상했다. 매화를 보는 순간 퇴계는 어떤 눈부신 빛 한 줄기가 가슴 속으로 흘러들어오는 느낌을 받았다. 지금의 매화는 어제의 그 매화가 아니었다. 그녀는 어제와는 다른 매화 한 분을 들고 있었다.

어제의 그 매화와는 완전히 다른, 이번에는 푸르디푸른 어린 매화였다. 매화는 이른 새벽 우물가에서 만난 처자가 수줍어 고개를 돌리고 얼굴을 붉히는 듯한 홍매였다. 어제의 매화는 분명 백매였고 그래서인지 늙은이가 흰옷을 입고 조용히 저물어가는 저녁노을을 도도하면서도 허허로운 모습으로 응시하는 것 같았다. 그런데 오늘의 매화는 이제 갓 깨어나는 새벽처럼 청련하면서도 순결하며 청랭하면서도 청순한 기운이 감돌았다.

"얼른 인사 올리어라."

그녀가 매화분을 땅에 놓고 큰절을 올렸다.

"말을 들으니 이 고을 기녀라고 하는데 어찌 영을 어기고 아침부터 다시 동헌을 찾았단 말이냐?"

퇴계의 말에 그제야 기녀가 고개를 들었다.

불현듯 취화정에서 본 기녀의 모습이 눈앞을 스치고 지나갔다.

그녀로다!

곱다. 기녀라기에 천박하게 아침부터 지분 냄새나 풍길 줄 알았는데 아니었다. 화장기 없는 얼굴, 가녀린 몸매, 이제 스물이나 되었을까? 눈동자가 유난히 검고 코가 오뚝한 것이 자로 잰 듯이 곱다. 아직도 젖 냄새가 날 것 같은 얼굴이 유난히 희고 보송보송해 보인다. 도저히 기녀라고는 생각되지 않는 모습에 퇴계는 적이 놀라며 눈을 한 번 감았다 떴다.

"들자하니 어제 아침에도 매분을 가져왔다고 하던데 사실이냐?"

퇴계가 한동안 말을 잃고 그녀의 모습만 살피다가 물었다.

"그러하옵니다."

그녀의 음성 또한 자태만큼이나 고왔다.

"매화를 보니 어제와는 다른 것 같은데 예사롭지가 않구나. 누가 보냈느냐?"

그제야 그녀가 퇴계를 보기 위해 똑바로 시선을 들었다. 눈에 총기가 가득하고 여리지만 감이 범치 못할 기운이 넘쳐났다.

오호, 참으로 괴이하구나.

"나으리, 누가 보내서 온 것이 아닙니다."

그녀의 음성은 또렷했다.

"그럼?"

그녀는 무슨 대답을 하려다가 입을 다물고 고개를 숙였다.

퇴계는 다시 물으려다가 눈을 감았다. 누가 시켜서 오지 않았다는 말이 예사로 들리지 않았다.

"그 매화를 들고 방으로 들어라."

퇴계는 잠시 생각하다가 문을 닫으며 말했다.

종복이 눈을 크게 떴다.

그녀가 매화분을 들고 조용히 섬돌을 밟고 올라 청을 통해 퇴계의 방으로 들었다.

"앉거라."

들어서는 그녀를 향해 퇴계가 말했다.

그녀가 매화를 놓고 다소곳이 고개를 숙이고 앉았다.

"네 이름이 무엇이냐?"

"성은 안(安)가이옵고 본이름은 두양(杜陽)이온데 두향(杜香)이라 합니다."

퇴계는 종복에게 얼핏 들은 그녀의 이름자를 떠올렸다.

"두향은 기방에서 부르는 이름이옵니다."

"두향이라. 그래 말해보아라. 왜 아침마다 매화를 들고 나를 찾는지?"

이유가 있어도 예사롭지 않을 것 같다는 생각을 하며 퇴계가 말했다.

그녀는 말이 없었다.

"아침마다 매화를 들고 나를 찾았다면 그 이유가 있을 것 아니냐? 보아하니 보통 매가 아닌 것 같은데……."

그제야 그녀가 시선을 들었다.

"사실 이 매화는 제가 기른 것이 아닙니다."

"네 것이 아니다?"

"제 어미가 기른 것입니다."

"네 어미가?"

"이미 이 세상 사람은 아니오나 제게 매화의 참뜻을 가르쳐준 이었습니다."

"그래?"

"제 어미는 눈을 감으면서 말씀하셨지요. 언젠가 이 매화의 주인이 나타나리라고 말입니다."

"주인이?"

"매화는 인격화라 하였습니다."

"인격화? 인격을 뜻하는 꽃이다, 그 말인가?"

"그렇습니다. 그렇기에 주인이 따로 있다 하였습니다. 소녀, 박복하여 어미의 뒤를 이어 기녀가 되었습니다만 어머니의 말씀을 잊지 않고 매화의 꽃을 피우기 위해 정성을 다하였습니다."

"어허, 그러니까 어미의 유산을 수신(修身)의 경(經)으로 삼았다 그 말인가?"

"그러합니다."

"그런데?"

"얼마 전에 이 매화의 주인을 만난 것입니다. 나으리를 뵈는 순간, 그리고 나으리가 지으신 시를 읽는 순간 나으리가 이 매화의 주인임을 알게 되었습니다. 그러하오니 제 어머니를 생각해서라도 부디 미천한 년의 정성을 물리치지 마옵소서."

비로소 퇴계의 눈에 짙은 화장을 하고 춤을 추던 기녀의 모습이 스치고 지나갔다. 시회가 열렸던 날 취화정에 올라 춤을 추던 그 기녀. 그때 그 기녀의 눈빛이 바로 저러했던가?

이 풍진 세상에서 매화처럼 살고자 했던 속마음을 일개 기녀에게 들켜버렸다는 생각에 퇴계는 스르르 눈을 감았다.

# 하늘 사람

## 1

검은 그림자가 뒤꼍에서 살며시 나와 그들이 잠든 방안으로 숨어들었다. 섬돌을 밟는 발끝에 바람이 일었다. 그는 살며시 방안으로 숨어들다가 옆방에서 사암의 인기척이 들리자 후딱 방문 뒤로 붙어 섰다.

탁, 하고 율곡이 다리에 달라붙어 피를 빠는 모기를 잠결에 때렸다. 퇴계 역시 꿈속을 헤매고 있었다.

방문 뒤에 숨어든 검은 그림자의 눈길이 퇴계를 날카롭게 쏘아보았다.

밤새 모기에 뜯기다가 겨우 잠이 든 퇴계의 잠자리로 정암이 다가서고 있었다. 정암 선생이 임금이 내린 사약을 앞에 두고 앉았다. 그곳은 정암 선생이 귀양 가 있는 능성이었다. 그는 임금이 있는 북쪽을 향해 앉아 있었다.

한동안 눈을 감고 있던 그가 도사 유엄에게 물었다.

"사사하라고 명만 있고 문자는 없는가?"

유엄이 임금이 내린 어보를 내보였다.

"내 일찍이 대부의 반열에 들었다. 그런데 종이쪽지를 도사에게 주어 죽이게 한단 말인가? 국가에서 대신을 대접하는 짓이 이 같이 초라해서야 되겠는가? 그 폐단이 장차 간사한 자로 하여금 미워하는 이를 함부로 죽이게 할 것이다. 내가 상소하여 한 말씀 드리고 싶지만 하지 않겠다. 그래 임금의 기체후는 어떠신가?"

"강녕하오."

도사 유엄이 대답했다.

"누가 정승이 되었는가? 심정은 지금 어떤 벼슬에 있는가?"

"어서 사약을 받으시오."

"조정에서는 우리들이 어떻다고 하는가?"

"왕망(王莽)의 일과 같다고 말하는 이가 있는 듯하오."

왕망은 유방이 창건한 한을 멸하고 새운 신(新, 서기 8년~24년)의 창시자로, 온갖 권모술수로 황위에 오르고 개혁정치를 폈으나 실패하고 후한 광무제에게 멸망했다.

정암이 웃었다.

"왕망은 사사로운 짓을 한 자이다."

그렇게 말하고 집안으로 들어가 목욕하고 새 옷으로 갈아입고 나왔다.

정암은 단정히 앉아 집에 보내는 글을 썼다. 한 자도 틀리지 않았다. 그는 집으로 보내는 마지막 글을 쓴 후 시자(侍者)에게 이렇게 말하였다.

"내가 죽거든 관은 두텁고 무겁게 하지 마라. 먼 길을 돌아갈까 염려되는구나."

"어서 사약을 받으시오!"

유엄이 재촉했다.

정암은 마지막 시 한 수를 읊고는 약을 마셨다. 숨이 금방 끊어지지 않자 금부의 나졸들이 달려들어 목을 조르려고 했다.

정암이 눈을 부릅뜨고 소리쳤다.

"이놈들, 성상께서 하찮은 신하의 머리를 보전하려 하시는데 어찌 너희들이 이러느냐! 더 독한 약을 가져오라."

더 독한 약을 가져다주자 그걸 마시고 정암은 구멍구멍 피를 쏟으며 죽었다.

무지개가 떴다. 해를 둘러싼 무지개였다. 동서쪽으로 각각 두 둘레, 남북쪽으로 한 둘레, 그렇게 큰 띠를 드리운 듯 무지개가 하늘에 뻗쳤다.

누군가 중얼거렸다.

"하늘 사람이 분명하구나!"

퇴계는 그 말을 들으며 눈을 떴는데 꿈이었다.

그 순간 칼을 들고 퇴계를 노려보고 있던 그림자가 연기처럼 문 뒤로 사라졌다. 퇴계가 그것도 모르고 일어나 보니 율곡은 이미 수세를 끝마치고 의관을 정제한 다음이었다.

밖으로 나서자 사암과 월향이 들어서고 있었다. 둘 다 머리를 감았는지 채 마르지 않았다. 아마도 새벽바람에 나가 어둠을 이용해 몸을 씻고 사람의 눈을 피해 돌아오는 것 같았다.

네 사람은 먹다 남은 음식으로 요기를 했다. 소고기를 졸여 말린 포무침이 퇴계의 입에는 무척 질겼다.

"낮에 한 번 더 갔다 와야 되겠어요."

그릇이 하나하나 바닥을 내보이자 월향이 말했다. 기방으로 가 음식을 더 가져오겠다는 말이었다. 사암은 말이 없었다.

퇴계는 음식을 입에 넣었지만 소태를 씹는 것 같아 물러앉아버렸다.

월향이 기방으로 가고, 율곡이 잠시 자리를 비운 사이 사암이 물었다.

"왜 어르신이 여기에 계신지 대충 감이 잡힙니다마는?"

"소문 때문에 이러는 건 아닐세."

퇴계가 생각에 잠겨 고개를 끄덕이다가 말했다.

"그 정도야 알 수 있습니다. 그런데 무엇을 찾으시려고?"

"허허허, 눈치가 빠르시구면."

"예전에 서산 스승으로부터 들은 말이 있어서요. 정암 선생께서 소중히 하던 경전이 있었다던가? 그 경전이 기묘사화를 겪으면서 사라져버렸다는……."

"맞네."

"역시 그 때문이었군요."

비로소 퇴계는 그에게 그간의 사정을 설명했다.

다 듣고 난 사암이 고개를 주억거렸다.

"하지만 언제까지 이러실 수는 없는 게 아니겠습니까?"

"내가 저 화상에게 이곳을 나가면 무슨 복안이 있다고 하지만 사실 나로서도 답답하다네. 한 가지 방법이 있기는 해 저 사람에게 큰소리를 치긴 하지만……. 오늘은 집안을 뒤져봐야 되겠네. 저 화상은 날 미친 늙은이 취급해."

"그럼 미치지 않았습니까?"

율곡의 음성에 두 사람이 놀라 뒤를 돌아보았다. 어느 사이에 돌아왔는지 율곡이 그들 뒤에 서 있었다.

사암이 슬며시 일어나버렸다.

그의 뒷모습을 바라보던 율곡이 사암이 앉았던 자리에 앉았다.

"실망했습니다. 뒤에서 제 욕을 하시다니요?"

"누가 욕을 했다고 그러는가?"

"전 선생님에게 미쳤다고 한 적 없습니다. 그럼 욕이 아니고 무엇이겠습니까?"

"허허, 이 사람, 날 미쳤다고 한 적 없다고? 방금 하지 않았는가?"

"그야……. 모르겠습니다. 밖에서는 죽이겠다고 난린데, 겁도 안 나십니까?"

율곡은 그렇게 말하고 이해 못할 분이라는 듯이 고개를 내저었다.

율곡은 아무리 생각해도 퇴계가 이해되지 않았다. 상황을 설명할 만큼 했는데도 여유만만이니 알다가도 모를 일이었다. 상황을 인식했다면 밖으로 달려 나가 목숨 보전부터 하고 볼 일인데 그런 생각은 전혀 하지 않고 있었다.

"선생님이 밖으로 나가 진실을 규명할 것이라는 게 아무래도 믿어지지 않습니다. 내로라하는 사람들을 다 찾아다니며 구원을 요청했지만 친자를 밝힐 방법은 없다고 했습니다. 그런데 지금 걱정도 하시지 않고 있으니……."

율곡이 사암이 사라진 곳을 다시 힐끗 살피고는 말했다.

"날 못 믿는 겐가?"

"에이, 관두세요. 무정한 영감탱이 같으니라구."

율곡이 벌떡 일어나며 씹어 뱉었다.

"뭐, 영감탱이?"

퇴계가 눈을 치떴다.

"그러면 젊은이이십니까?"

손바닥으로 입술을 쓸며 율곡이 노골적으로 대들었다.

"이, 이놈이 터진 입이라구!"

"맞습니다. 그렇게 화라도 내십시오."

"허허, 고얀 놈이로세."

주루막을 챙기는 퇴계의 손길이 빨라졌다.

자신도 모르게 무례한 말이 터져 나왔다는 생각이 들자 율곡은 시선을 떨구었다.

"모르겠습니다. 저도……."

퇴계의 눈길이 더 사나웠다.

"그러니 지금이라도 나가십시다."

퇴계는 거들떠보지도 않았다.

"선생님!"

"말씀하시게. 아직 귀는 멀지 않았으니."

그제야 무심을 가장한 퇴계의 음성이 들려왔다.

율곡이 느끼기에 화를 삭이고 있는 것이 분명했다.

"아무래도 심사가 가볍지 않은 모양입니다?"

율곡도 이상하게 심사가 뒤틀려 가시 돋친 말을 그대로 내뱉었다.

"꼬인 것은 그대의 심사인 것 같네."

"그렇습니다. 저도 심사가 가볍지만은 않습니다."

"그렇겠지."

두 사람 사이에 침묵이 흘렀다. 한 사람은 돌아앉은 자세로, 한 사람은 밖을 향해 그저 앉아 있기만 했다.

율곡은 화가 나 돌아앉은 퇴계의 모습이 낯설었다.

퇴계는 여전히 말이 없다. 단단히 화가 난 것이 분명했다.

그런 어느 한순간이었다. 대문을 와락 열며 마당으로 달려오는 여자가 있었다. 치맛말을 확 둘러쳤는데 이제 삼십대나 되었을까? 얼굴이 부영이 같고 얼굴빛이 허여멀건 했다. 화분을 바른 꼴이 기방 여자가 분명했다.

"아이고, 이 집이 맞는 모양이네."

그녀는 마당으로 달려 들어오다가 사암을 발견하고 손뼉을 탁 쳤다.

눈치를 챈 사암이 눈을 희번덕거렸다.

"누구요?"

사암이 여자에게 물었다.

퇴계와 율곡이 마루로 나갔다.

"나, 청라옥 이화요."

"이화?"

여자의 대답을 듣고 사암이 되뇌었다.

"어서 피하시오. 큰일 났소."

"예?"

"아이고 소식이 정말 꽝이네. 월향이 말이오. 월향이가 잡혀 갔소."

"뭐라고?"

사암이 놀라 허둥거리며 소리 질렀다.

퇴계와 율곡이 마주 쳐다보았다.

"월향이 왜 잡혀 갔단 말이오? 누구에게? 응?"

"잡으러 온 사람들이 오자마자 사암이라는 사람 어딨느냐고……."

"그래서요?"

사암이 다급하게 물었다.

"월향이 어디서 온 것이냐고 물으니까 궁에서 나왔다고 합디다."

사암이 그 자리에 풀썩 주저앉았다.

퇴계가 혀를 츱 찼다.

"국모가 죽은 모양이구나."

"어서 피해야 할 것 같은데?"

율곡이 사암의 뒤에서 그를 향해 말했다.

사암이 뒤도 돌아보지 않고 눈물을 흘렸다.

"내가 너까지 죽이는구나."

여자가 화다닥 사암 앞으로 다가오더니 고함을 질렀다.

"우째 이러고 있소? 빨랑 피하지 않고?"

그러나 사암은 일어날 기세가 아니었다.

그때 밖에서 낯선 사내의 음성이 들려왔다.

"이 집인가?"

"그래요."

분명 월향의 목소리였다.

뒤이어 댓 명의 의금부 군졸과 월향이 들어섰다.

눈치를 챈 사암이 일어났다.

"여기 사암이라는 사람 어디 있소?"

앞선 군졸이 물었다.

"나요."

사암이 서슴없이 나섰다.

"왜들 이러시는가?"

위기감을 느낀 퇴계가 소리치며 섬돌로 내려섰다. 버선발이었다.

"그대가 사암이오?"

군졸이 퇴계를 무시하고 사암에게 물었다.

"그렇소. 내가 사암이오."

사암은 이미 생명을 포기한 듯이 대답했다. 그의 손이 어느 사이에 가까이 다가온 월향의 손을 잡고 있었다.

"어떻게 된 거요?"

사암의 물음에 월향이 눈물을 흘렸다.

"아!"

율곡이 절망적인 신음을 터트렸다.

"사암은 나서시오. 모셔오라는 상감의 명이오."

"상감?"

사암이 되뇌었다.

"그렇습니다. 모시라는 분부이십니다."

"모시라는?"

말이 이상해 이번에는 율곡이 뇌까렸다.

"자, 가십시다."

군졸이 재촉했다.

"어떻게 된 것이오?"

사암이 월향을 쳐다보며 물었다.

그제야 월향이 눈물을 거두고 환하게 웃으며 대답했다.

"왕후마마께서 쾌차하셨답니다."

"무엇이?"

사암은 정작 말이 없는데 퇴계가 놀라 소리쳤다.

사암이 뒤늦게야 눈물을 흘렸다.


## 2


한바탕 소나기가 지나가고 나자 그나마 살 것 같았다. 율곡이 이곳저곳
을 뒤져 종이로 부채를 하나 만들었는데 재주가 없어 흉내만 내다 말았으므
로 제대로 바람이 일지 않았다.

"선생님."

"……."

기다리다가 율곡이 채근했다. 무례하게 느물거리던 좀 전의 율곡이 아니
었다.

"……."

"말씀을 좀 하십시오."

"……."

"그 사람들도 갔는데 도대체 언제 이곳을 나가실 것입니까?"

"왜 겁이 나는가? 하긴, 아직 젊은 나이이니……."

퇴계의 음성에 가시가 박혔다.

"정말 마음의 문을 닫았다고 생각했지 뭡니까?"

퇴계의 굳은 얼굴을 살피며 율곡이 말했다

"살만큼 살고 나면 겁이 없어지는 법이지."

"정암 선생이 살아 있다고 정말 믿는 건 아니겠지요?"

에라 모르겠다, 하고 접어버릴 수도 없는 입장이어서 기껏 말을 한다는
게 또 볼멘소리가 나왔다.

"두고 보면 알겠지."

"좋습니다. 믿음이 그러시니……. 그래요, 살아 있다고 해요. 그러니까
그분만 만나면 리학경인지 뭔지, 아니 공자가 남겼다는 그 성물을 찾을
수 있다고 해요."

"거 참, 말이 많구먼."

퇴계가 짜증난다는 표정을 지으며 돌아보았다. 신경질을 부리는 모습이
늙은 살쾡이 같았다. 정말 볼품없이 늙어 정신 빠진 늙은이였다.

"알았습니다. 알았어요. 믿어보지요, 뭐."

퇴계는 집을 뒤지기라도 할 듯이 안방으로 들어갔다.

율곡이 뒤따라 들어가자 퇴계의 말이 건너왔다.

"이제야 묻는 말이네만 날 잡으러 오는 사람이 어째 달랑 혼자인가?
군사라도 데려왔어야 묶어 갈 게 아닌가?"

"주상도 이 지경일 줄 알았겠습니까?"

예전에는 살림살이가 들어찼을 빈 방을 둘러보며 율곡이 말했다. 곰팡이
냄새가 코를 찔렀다. 비가 새 천장이 내려앉았고 곁문이 부서져 하늘이
보였다.

"흐흠, 그저 힘없는 늙은이일 터이니 가서 데려오라고 했다?"

퇴계가 안방의 다락을 둘러보며 말했다.

"뭐 세상 물정 모르는 임금께서 알아봐야 얼마나 알겠습니까?"

"허긴, 허허허……. 내 이곳에서 나가면 주상께 그대로 이름세."

"주상께 나아가기도 전에 치도곤이나 맞지 마십시오."

"하하하."

"하하하."

둘이 웃고 나니 마음이 조금 훈훈해졌다.

안방을 살펴보던 그들은 별채로 갔다.

"등극한 지 얼마 되지 않은 성상이 무슨 힘이 있겠는가? 그대가 잘 돌봐 드려야지."

별채로 들어가면서 퇴계가 말했다.

"그러나 저러나 한편으로는 걱정이 됩니다."

"뭐가?"

"주상이 이 일을 어떻게 해결하실지."

"또 그 소린가?"

"그렇지 않습니까? 정암 선생이 살아 있어도 그렇고 살아 있지 않아도 그렇고."

"살아 있다면 그보다 생광스러운 일이 어디 있겠는가?"

"주상의 입장을 생각해보십시오. 왕실 위엄이 서겠습니까? 죽인 사람이 살아 있다고 한다면 선대 임금의 체면이……. 그렇잖습니까?"

"걱정 말게. 정암 선생은 이미 복관되지 않았는가? 그렇다면 죄인은 아니지. 백성들이 어이 그것을 모르겠는가?"

"그렇긴 합니다만……."

"백성이 주인일세. 우리들 위에 있어. 비가 오지 않아 하늘에 기우제를 지내겠다고 한다면 지내 주어야만 하는 것이 왕과 벼슬아치들일세. 왕이나 벼슬아치들이 그들 위에 군림하겠다면 나라가 어찌 되겠는가?"

"꼭 그렇게 되기를 바라는 것 같습니다?"

"그대의 문제는 백성들이 믿고 따르는 노자 같구만? 백성들이 기우제를 지내는 것이 못마땅한 것이 아니라 그 사람을 신으로 받드는 것이 싫은 거겠지."

"그렇지 않습니까?"

"노자도 성현일세. 그대가 부정할 뿐. 그대의 사상을 옳다고 생각한다면 상대방의 사상도 옳은 것일세. 그래서 끼리끼리 모이고 대립이 생기고 파벌이 생기는 것이야. 생각하기 나름이지. 설령 옳지 않다고 하더라도 성현의 말씀이라면 우리는 공부해야 하는 것일세. 그것이 선비의 자세이며 군자의 도리일세. 문제는 내쫓지 못하는 그대의 고정관념일세. 그것을 내몰지 않는 한 그대는 영원히 거기 있을 뿐이야."

"몸이 허약하시다고 알고 있었는데 신선 공부가 덕이 되었던 모양입니다? 오히려 젊은 저보다 기력이 좋으시니……."

"하하하, 이 늙은이에게 욕을 하는 건 아니겠지?"

그때 문이 닫혔다. 소나기라고 한 줄기 퍼부으려는지 바람이 들이쳤기 때문이었다. 문지방을 잡고 서성거리던 율곡이 비명을 질렀다.

"아악."

문과 문지방 사이에 끼인 손을 털어대며 율곡이 쩔쩔 매자 퇴계가 어이없어 하다가 필필 웃었다.

"벌 받은 게야."

율곡이 얼굴을 찌푸리고 퇴계를 보다가 소리쳤다.

"뭐가 지나갔습니다."

"뭐?"

퇴계가 율곡의 눈빛을 따라 시선을 돌렸다. 이리저리 살피다가 율곡을 향해 시선을 돌렸다.

"뭐가 지나가?"

"문을 밀고 지나갔습니다."

"바람이야."

"바람이 아니라니까요."

"하하하, 정말 미쳐가는군."

율곡이 문밖을 두리번거리다가 아무 것도 보이지 않자 아픈 손을 내저으며 털버덕 주저앉았다.

지나가던 그림자가 그제야 집 뒤꼍에서 가쁜 숨을 몰아쉬었다.

# 도산기

**1**

고가의 이곳저곳을 뒤지다 보니 퇴계는 이 집에 비하면 너무나 초라한 도산서당이 생각났다.

청량산. 꿈이 여물던 그곳. 아침 안개가 물러가고 서리가 덮으면 왜 그 산을 청량산이라고 했는지 실감나는 땅이었다.

어느 날 문득 제자가 물었다.

"선생님, 자고로 산을 사랑하는 사람은 반드시 명산을 얻는다고 했는데 왜 여기에 계십니까? 성인은 누구나 산을 사랑하기에 자신을 그 산에 위탁한다고 하였습니다. 선생님은 왜 청량산에 들어가지 않으시고 이곳에 계십니까?"

그때 뭐라고 대답했던가?

"나만큼 저 산을 사랑하는 사람도 드물 것이다. 저 산은 우리 가산(家山)이야. 5대 이자수(李子修) 고조부께서 송안군(松安君)에 책봉되면서 나라에서 받은 봉산(封山)이다. 부조(父祖)의 학습장이었고, 나의 숙부 송재께서 형설의 공을 닦은 곳이며, 나의 수련장이다. 허나 청량산은 만 길이나 높은 절벽이 위태롭게 깊은 골짜기에 다다라 늙고 병든 사람이 편안히 쉴 곳은 못된다. 낙천(洛川, 낙동강)이 비록 청량산을 흘러가지만 그 산 가운데 물이 있는 줄을 알지 못한다. 나도 청량산에서 살기를 진실로 원한다. 그러나 그것을 뒤로 하고 이곳을 우선한 것은, 여기는 산과 물을 겸하고 또 늙고 병든 이에게 편하기 때문이다."

15년 관직 생활을 내던지고 돌아와 지은 집은 양진암이었다. 무엇이 그리 급했을까? 양진암은 서둘러 지은 탓에 쉬이 물러져 살 수가 없었다. 거기에다 낙강 물과도 가까웠다. 낙강은 관에서 어량을 놓아 고기를 잡는 곳이라 관금이 미치는 곳이었다.

군자는 오얏나무 아래서 갓끈을 매지 않는다고 하지 않던가? 괜한 오해를 살까 양진암을 벗어나 49세에 한서암을 지어 그곳에서 살았다. 부엌과 방 두 개는 부자가 거처했다. 누에를 쳤는데 퇴계는 짚으로 엮은 자리 위에서 생활했다. 옷도 제대로 없이 베옷에 실로 꼰 허리띠가 다였다. 신발도 상것이나 신는 미투리를 신고 대나무 지팡이를 짚고 다녔다.

하루는 영천군수 허시(許時)가 찾아왔다.

"선생님, 이렇게 하고서 어떻게 찌는 더위와 겨울의 추위를 견디십니까?"

"습관이 되어서 별 불편 없이 지낼 수 있다네."

나중 도산서당을 짓는 데 공사 책임을 맡게 되는 이문량(李文樑), 황준량(黃俊良) 같은 이들이 퇴계가 바람과 비를 겨우 피하며 견디기 어려운 생활을 만족하게 여기는 모습을 보고는 자주 술을 들고 찾아왔다.

퇴계는 거처지가 너무 작고 초라해 자연히 대접이 소홀할 수밖에 없었다. 더욱이 누에를 치는 바람에 출타했다가 집안에 들어갈 수 없을 때가 많았다. 그래서 개울 건너 동북쪽 초당골에 자신이 거처할 집을 짓기 시작했다. 그때 퇴계의 나이 50세였다.

퇴계는 한서암을 가솔에게 내어주고 계상서당(溪上書堂)을 지어 그곳에 들어가 살았다. 작업실이라고나 할까? 아니 강학소라고나 할까? 그곳에서 본격적으로 제자 교육에 힘쓸 수 있었다. 샘물을 끌어들여 못(광영당)을 만들고 매화와 버들을 심고 세 갈래의 길도 만들고……. 방안에는 도서가 가득하여 별세계가 따로 없었다.

그러나 영원한 건 없었다. 그곳은 이내 퇴락하였고 다시 서당 자리를 찾아나서야 했다.

> 계상서당에 비바람 불어 침상조차 가려주지 못하니
> 거처 옮기려 빼어난 곳 찾아 숲과 언덕을 누볐네
> 어찌 알았으랴 백년토록 마음 두고 학문 닦을 땅이
> 평소 나무하고 고기 낚던 곳 곁에 있을 줄이야

風雨溪堂不庇床 卜遷求勝偏林岡 那知百歲藏修地 只在平生採釣傍

벌써 그의 나이 57세였다. 그 동안 지산와사에서 시작해 양진암, 죽동을 거쳐 계상에 한서암과 계상서당을 지었다. 그렇게 되기까지 다섯 차례나 옮겨 다녔다. 그리고 드디어 도산 남쪽에 적당한 터를 찾아내었다. 그동안 찾아낸 터 중에서 가장 완벽해보였다. 그 터를 찾는 데 30년이 걸렸다는 생각이 들 정도로 마음에 들었다.

그곳에 도산서당이 섰다. 삼간당(三間堂)이었다. 서쪽에 골방이 딸린 부엄 한 칸, 완락재(玩樂齋)라는 현판이 붙은 중앙의 방 한 칸, 동쪽의 대청 한 칸은 암서헌(巖棲軒).

지금 서당을 지키고 있는 스님은 수곡암 용수사에서 데려왔다. 그 스님을 데려오던 해 서당 기와를 올렸는데 서당을 짓던 법련 스님은 기와도 채 다 올리지 못하고 죽었다. 그때 공사 책임자가 이문량이었다. 퇴계가 한양에서 설계도 옥사도자(屋舍圖子)를 보내주면 군말 없이 그대로 따랐다. 집 모양은 조부이신 이현우(李賢佑) 어르신이 기거하던 사랑을 본뜬 것이었다. 당(堂)은 반드시 정남향으로 하고 재(齋)는 서쪽 정원을 마주 보게 짓도록 했다. 심지어 들보와 문미의 길이, 기둥 사이의 치수까지도 일러주었다. 짓고 보니 마루가 너무 작은 것 같아 암서헌 한 칸을 더 달아내었다.

지금도 서당이 완성되었을 때의 기쁨을 잊을 수 없다.

'서당 터를 찾기 위해 동분서주하던 때가 어제 같은데, 고마워라. 계산 서당에서는 비를 피하기도 힘들었는데 도산의 언덕들이, 남쪽의 강변들이, 흰 구름 깔려 있는 산골들이, 길가의 바위들이, 아름다운 꽃과 풀들이 나를 불러 자리를 내어주었으니 이 아니 고마운가? 착한 사람들을 많이 만들어 갈 것일세. 그들을 위해 혀로 밭을 갈 곳이 이곳이니 평생사업 이곳에서 이루어질 것이네.'

그렇게 읊조리던 때가 어제 같은데…….

그래서인지 그곳에서 특별한 인물들을 만났었다. 계상서당에서 이율곡을 만났다면 도산서당에서는 류성룡을 만났다.

류성룡의 나이 21세 되던 해, 그의 형인 겸암 유운룡(謙菴 柳雲龍)과 함께 온 류성룡을 만났다.

하늘이 낳은 인재라는 생각이 들었다. 뒷날 반드시 대유가 되리라는 생각이 들었다. 인물이 출중하여 신동이었다. 근사록(近思錄)을 여러 달에 걸쳐 가르쳤는데 그의 천재성을 따라 붙을 자가 없었다. 그때 학문을 배우던 학봉 김성일이 물은 적이 있었다. 김성일은 월천 조목이나 한강 정구 등과 직접 가르침을 받은 친자(親炙)였고 고제(高弟)였다. 서경이나 역학계몽을 수강할 정도였으니 그렇게 불릴 만했다. 김성일이 류성룡에게 직접 물었다.

"우리들은 일찍이 퇴계 선생님의 문하에 들어 오늘 날까지 학문에 매진해왔는데도 한마디 칭찬의 말씀도 없으셨는데 유 공은 어찌하여 하늘이 낳은 사람이라는 말씀을 듣게 되었는가?"

류성룡은 웃기만 하였다.

김성일은 류성룡의 학문이 예사롭지 않다는 걸 나중에 알고 탄식했다.

"과연 서애는 나의 사표로다!"

반면에 계상서당에서 만난 이율곡은 한마디로 주어진 천재성으로 인해 당돌했던 사람이었다. 사람들은 율곡이 안동으로 찾아와 무조건적으로 존경의 염을 나타냈다고 하지만 사실은 아니었다. 사흘을 있다가 올라갔는데 싸움닭 같이 자신의 주장을 늘어놓다가 리와 기를 하나로 보지 않는 선생님의 주장은 어불성설이라고까지 했다.

"무엇이라? 어불성설?"

그렇게 퇴계가 되물으니 그는 이렇게 대답했다.

"숨바꼭질입니다."

"숨바꼭질?"

"그렇습니다. 일찍이 주자가 말하였던 '숨바꼭질[迷藏之戲]'."

"이, 이놈!"

퇴계는 그때 그만 자신도 모르게 고함을 내지르고 말았다.

그래도 젊은 유생은 흔들리지 않았다.

"말장난이지요."

"말장난?"

"기발리승일도(氣發理乘一途)!"

천금 같은 말이 젊은 유생의 입에서 떨어졌다.

순간 퇴계는 몸을 떨었다.

그길로 젊은 유생은 안동을 떠나버렸다.

그가 떠나 버리자 퇴계는 내내 적막만이 감도는 서당에 멍하니 앉아 있었다.

무슨 말인가? 기발리승일도.

그러던 어느 날이었다. 퇴계는 자신이 읽던 서책 속에서 서찰 하나를 발견했다. 바로 이율곡이 써놓고 간 서찰이 뒤늦게 발견된 것이다.

시냇물(학통)은 수사(洙泗, 공자의 사상)에서 나뉜 가닥이고
높은 봉우리는 무이산(武夷山, 주자)처럼 빼어났습니다
고요하게 학문을 닦으면서 살아가시니 그 삶은 경서 천 권이요
이룩한 그 출처 이 한 간 집에 가득하십니다
뵙고 싶던 마음 열었으니 구름 속의 달 보는 듯하고
심상한 말씀 듣고 나니 어리석은 저의 생각 바로잡히어 잔잔합니다
소자가 와 뵌 뜻은 도학을 듣고자 함이요
반나절의 한가함을 빌리고자 함이 아니었으니 헛보내셨다고 생각하지 마옵소서

溪分洙泗派 峯接武夷山 活計經千卷 行藏屋數間

襟懷開霽月 談笑止狂瀾 小子求聞道 非偸半日閑

서찰을 읽고 난 퇴계는 그길로 기운을 차렸다. 젊은 유생이 떠난 후로 가슴이 얼음장 같이 얼어붙었는데 사람이란 이상한 동물이었다. 그 얼음장 같던 가슴이 젊은 유생의 서찰 한 장에 봄 눈 녹듯이 녹고 있었다.

퇴계는 먹을 갈아 젊은 유생에게 답을 썼다.


퇴계가 율곡에게

늦게 돌아와 해야 할 일 아득했는데
고요한 이곳에도 틈새로 빛이 비치네
권하니 그대는 때에 맞게 바른 길 추구하면
외진 산골 찾아온 일이 후회되지 않으리

歸來自歎久迷方 靜處纔窺隙裏光
勸子及時追正軌 莫嗟行脚人窮鄕


그 후 율곡은 세 편의 시를 보내왔다. 그 시를 본 퇴계는 올바르게 학문에 힘 써야 한다고 일렀다. 그리고 무엇보다 기(技)의 잡스러움에 빠져 소중한 세월을 허비해서는 안 될 것이라고 경고했다.

어느 날 어린 후학이 이렇게 물었다.

"선생님, 선생님의 학문, 그 개념에 대해서 말해주십시오."

대답할 필요성이 없어 대답을 하지 않으니까 그는 망설이다가 옆방으로 건너가 사형에게 물었다.

"퇴계 선생님의 학문에 대한 개념을 어떻게 생각하십니까?"

그 제자는 이렇게 대답했다.

"퇴계 선생님의 학문은 생활의 실천에 있네."

"어렵습니다."

"어려울 것이 뭐 있겠는가? 학업에 매진하라고 독려하는 것도 완성된 인간으로서의 생활인이 되라는 말이 아니겠는가? 그러기 위해서는 모르는 것을 배우고 의심나는 것을 묻고 학습함으로써 그 길을 찾아 언어와 행동이 하나가 되는 실천적 경지에 들라는 말이지. 그러면 저절로 도덕적 규범이 서게 되어 분명하게 궁리한 뒤에야 실행할 수 있는[實行窮理] 경지에 들 것이라는 말이지."

"바로 그 경지가 선생님의 경지라는 말입니까?"

"내 말은 바로 그것이 퇴계 선생님 학문의 핵심이지 않겠느냐는 말일세. 그분은 평생 정자와 주자의 학문을 모범으로 삼아 공부해온 분일세. 그들의 학문을 규준(規準)으로 삼아 경과 의를 아울렀고 지와 행을 병진하였으며 근본을 살펴 뿌리를 캐고 잎을 피우며 근본 원리를 파악해오셨다고 생각하네."

"바로 그것이 퇴계 학의 핵심이라는 말입니까?"

"맞네. 맞아."

지금도 그 대화가 생각나면 퇴계는 스스로 묻고는 하였다.

정말 나는 그렇게 살아왔고 살고 있는가?

그런 생각이 들 때면 이 세상을 원망하다 잡힌 지 약 15일 만에 죽어간 임꺽정이 생각났다. 그가 준 칼. 도신에 분명하고 깊게 새겨진 그의 이름. 잊어본 적이 없는 그의 이름. 그토록 유가적 세상을 만들기 위해 노력했었는데……. 언젠가 한 사관이 하던 말이 뇌리를 떠나지 않았다.

"나라에 선정이 없으면 어찌 되겠습니까? 교화가 밝지 못할 것입니다. 재상이 멋대로 욕심을 채우고 있습니다. 수령이 백성을 학대해 살을 깎고 뼈를 발리고 있습니다. 고혈이 다 말라버린 백성이 여기저기서 신음하고 있습니다. 거처지가 없어 수족을 둘 데가 없어도 하소연할 곳이 없습니다. 기한(飢寒)이 절박해도 아침저녁거리가 없습니다. 그렇기에 잠시라도 목숨을 잇고자 해 도둑이 되었다고 했습니다. 생각해보건대 그들이 도둑이 된 것은 왕정의 잘못이지 그들의 죄가 아니지 않습니까?"

그럴 것이다. 그랬기에 임꺽정은 신분 차별에 대한 한을 풀어보려고 도적이 되었을 것이다.

그런 생각이 들 때면 퇴계는 들판의 작은 연못이 떠올랐다.

그때가 아마 18세 되던 해였을 것이었다. 연곡(燕谷)이라는 마을로 놀러 갔다가 충격을 받았다. 그곳에 있는 들판의 작은 연못을 들여다보다가 연비어약(鳶飛魚躍)에 관한 깨침을 얻었기 때문이었다. 그 연못 속에서 천지만물의 조화를 보았던 것이다. 거기에 사람의 욕심이 개입되면 안 된다는 주리론, 즉 리와 기의 참모습이 있었던 것이다.

연못의 물낯바닥을 보고 앉았으니 솔개가 하늘을 날고 있었다. 물고기는 물속을 헤엄치다 튀어 오르고 제비는 물낯바닥을 차듯이 난다. 하늘을 날짐승이 나는 것이야 자연의 이치고 물고기가 물속을 헤엄치다 자맥질하는 것 또한 자연의 이치다. 하지만 그대로 받아들이는 것이 학문하는 자세가 아니라면 그 연유를 알아보아야 한다. 당연한 것을 당연하게 받아들인다면 학문할 이유가 없다. 세상은 솔개처럼, 물고기처럼 약동하는 것. 그러면 어째서 약동하게 되는 것인지 알아보아야 한다. 그것이 이른바 소당연

(所當然)의 이치다. 그 이치를 캐는 것이 학자의 본분이다.

　그렇게 천리유행(天理流行)을 깨친 후 다음과 같은 시를 지었다. 야당시
(野塘詩)가 그것이었다.


　들판의 연못

　물가에 핀 고운 풀들 이슬에 젖어 있고
　작은 못의 물은 맑디맑아 티끌도 없네
　나는 구름을 지나가는 새 원래 물에 비치지만
　다만 저 제비 날다 물결 찰까 두렵구나

　野塘
　露草夭夭繞水涯 小塘清活淨無沙 雲飛鳥過元相管 只恐時時燕蹴波


　천지 사이에는 리도 있고 기도 있다. 그것은 분명하다. 우주의 모든
존재는 근본원리인 리와 근본물질인 기로 이루어져 있다. 우리의 몸으로
비유를 해보면 리는 나를 이루는 본성이요 그것은 육체인 기 안에 담겨
있다. 우리의 마음도 마찬가지다. 마음은 우리의 본성이나 그 힘에 의해
악하게 나타나기도 하고 선하게 나타나기도 한다. 그러므로 수양이 필요한
법이다. 기를 잡도리할 수양.

　학문이 깊어지고 수양이 깊어지면 언젠가는 공자, 맹자, 주자를 뛰어넘
어 자신의 세계를 열 수 있을 것이었다. 성취해야 할 성리학의 큰 물줄기,
그들이 도달하지 못한 세계, 그 세계에 도달하기 위해서는 성리학을 더
깊이 이해하고 연구해야 할 것이다. 그리하여 실천해야 할 것이다. 그렇게

함으로써 유학은 종내 완성할 수 있을 것이라는 예감이 젊은 유생의 가슴 속에서 한없이 출렁거렸다.

퇴계는 어느 날 이런 시를 지었다.

감회

숲 속 초당에서 홀로 만 권의 책을 즐기면서
평범한 마음으로 십여 년을 보냈네
이즈음에야 어렴풋이 근원과의 만남이 있어
내 마음 모아잡고 태허를 본다.

感懷
獨愛林廬萬卷書 一般心事十年餘 邇來似與源頭會 都把吾心看太虛

"이언적이라는 분 말입니다. 그분을 뵌 적이 있습니까?"

퇴계가 이런 저런 생각을 하며 이곳저곳을 뒤지고 있는데 율곡이 가까이 다가오더니 문득 물었다.

"그럼, 회재집(晦齋集)도 읽었고 구인록(求仁錄)도 읽었지."

퇴계는 심드렁하게 대답했다.

"그분이야말로 정도전, 권근의 뒤를 잇는 주리론(主理論)의 정통적자이 지. 포은 정몽주 선생을 유종으로 삼아 내려온 성리학을 어깨에 짊어지고 조선 개국의 핵심 주역으로 고려 말기의 사회모순을 해결했던 정도전 선생, 그리고 새 왕조 창업에 중심적인 역할을 했으며 개국 후 각종 제도정비에 힘썼던 권근 선생, 그들의 사상을 고스란히 받은 이가 이언적 선생이니까 말이야."

"그리고 정암 선생으로 이어졌지요. 정암 선생님보다 몇 살 아래라고 알고 있는데요?"

횟대를 살펴보다가 율곡이 말을 받았다.

"세 살 아래지. 무서운 분이었어. 농암 선생과 각별했지. 회재 선생은 그분에 대한 시를 짓고 농암 선생은 차운할 정도였으니까. 나도 마찬가지고."

"서로 아끼는 모습들이 대단하시군요. 그러고 보니 그분의 사상이 이제 선생님에게 이어져 지대한 영향을 미치고 있다는 걸 알겠습니다. 그러고 보면 우습군요?"

"우습다?"

다락을 올려다보며 퇴계가 말을 받았다.

"오늘 우리들의 주장을 그들이 다 해버린 것 같으니 말입니다."

"허허, 그래. 더 넓게 깊게 들여다보면서 가다 보면 그 세계를 넘을 수 있겠지."

"정암 선생님은요?"

이쯤해서 질문을 접을 줄 알았는데 율곡이 다시 물었다.

"정암 선생을 내 나이 열아홉에 처음 뵈었네. 그해가 기묘(1519)년일세. 그러니까 중종 14년 봄에 문과 별거(別擧) 초시(初試)에 응시했다네. 천거취인(薦擧取人)의 과목이 있어, 이미 향선(鄉選, 지방 선발)에 들어 있었거든. 그분의 걸음걸이가 마치 날개를 편 듯하였네. 한 번도 뵌적이 없었는데 겉모습이 우뚝하여 금방 알아 볼 수 있었다네. 그런데 그만 낙방하고 말았지 뭔가? 천보된 120인 안에는 들긴 하였는데 최종 선발된

28인 안에는 들지 못하였지. 나는 상심이 컸다네. 그런데 그날 이상한 꿈을 꾸지 않았겠나? 정암 선생이 부르는 꿈이었어. 깨어보니 이상하더군. 그런데 잠시 있자 정암 선생이 보낸 아랫것이 왔어. 정암 선생이 찾는다고. 그래 아랫것을 따라 갔다네. 그때 정암 선생은 과거에 임한 유생들의 됨됨이를 간파하고 있었던 모양이야. 문을 열어 놓고 기다리고 계시더군. 안으로 들라고 해. 안으로 드니까 선에 들지 못한 유생 몇이 먼저 와 앉았더군. 낙방한 유생들에게 좌절하지 말고 정진하라는 격려 인사를 전한 것 같아. 뵙고 일어나 나오려는데 어떻게 보셨는지 나를 남으라고 해. 다른 유생이 돌아가고 나자 이런 말 저런 말 끝에 정암 선생이 반상 위로 엽전 한 꾸러미와 흙이 담긴 그릇을 내어놓았어."

"엽전과 흙을요?"

"정암 선생이 이렇게 물었다네. 네 앞에는 엽전 꾸러미와 흙이 놓여 있다. 뭘 가지겠느냐? 욕심나는 대로 가져라."

잠시 생각하다가 퇴계는 엽전을 낚아챘다. 흙과 엽전을 놓고 묻는 정암 선생의 속이 뻔해 보였던 것이다. 흙과 엽전. 유가에 몸담은 유생이 흙을 선택해야 하는 것은 상식이다. 그러나 퇴계는 솔직한 모습을 보이고 싶었다. 그게 더 인상적이라는 생각이 순간적으로 들었던 것이다.

"왜 엽전을 골랐는가?"

정암 선생이 퇴계에게 물었다.

퇴계는 그걸 질문이라고 하느냐는 듯이 웃었다.

정암 선생이 알겠다는 듯이 고개를 주억거렸다. 그리고는 물었다.

"왜 흙을 선택하지 않았나?"

"심오함보다 솔직함을 택했기 때문입니다."

"우리는 어른이 되어서도 흙이 죽었다고 생각할 때가 있다. 때려도 아프다고 울지 않고, 속을 파내도 아무렇지도 않기 때문이다. 그런 이가 엽전을 선택했다면 그게 솔직함이다. 그러나 흙이 살아 있음을 알면서도 엽전을 선택했다면 사기꾼이다. 간교한 자이기 때문이다. 그렇기에 정답을 알면서도 돌아가는 자가 있고 곧장 가는 자가 있다. 곧장 가는 자가 바로 선비이다. 자, 여기에 군자의 길이 있으니 보아라."

퇴계는 잠시 숨을 골랐다.

"그렇게 말하고 정암 선생은 일어나 벽에 걸린 오쟁이에서 무엇인가를 가져와 반상 위에 놓았어. 씨앗 한 톨이었지. '이것이 결과이다. 결과는 이미 정해져 있다'라고 하시더군. 그때 보았네. 세계가 열리는 모습을."

"알 만하군요."

듣고 있던 율곡이 짐작이 가는지 고개를 끄덕이며 말했다.


## 2


앞서 가던 초랭이가 문향을 돌아보았다. 지친 모습이 역력했다. 앞머리가 흘러내려서인지 형용할 수 없는 정한이 그의 얼굴에서 느껴진다.

"어서 와, 이년아!"

초랭이가 문향을 불렀다.

"발이 부르텄소."

"쉬었다 갈까?"

"아직은 참을 만합니다."

"얼마 남지 않은 것 같아. 젊은 사람이 그래서야……."

"그러나 저러나 스님이 있을는지 모르겠소."

"한양서 널 찾으러 온 사람들, 심상치는 않더라만 별일이야 있겠냐?"

"그래도 불안해서 안 그러오?"


문향이 그렇게 절에 오르는 사이 퇴계의 눈앞으로 물색 곱던 한 여인의 모습이 스치고 지나갔다.

아아, 그러고 보니 그동안 문향이를 잊고 있었구나.

언제였던가? 그때가? 모처럼 한양에 들러 먼저 올라온 둘째 아들을 만나 보고 돌려보낸 날이었을 것이다. 아들을 돌려보내고 나니 적막강산이었다. 어디에도 정 붙이지 못하고 이리저리 헤매는데 마루 쪽에 놓인 화분 하나가 눈에 들어왔다.

가까이 다가가 보니 늙은 매화[老梅]였다.

"오. 매화로구나!"

화분이 큼직하고 오래 되어 보였다. 아주 정성들여 키워 누군가 가져다 놓은 게 분명했다. 노매 가지에 하얀 백매가 몇 송이 꽃을 피웠다. 그때 그는 자신도 모르게 주위를 돌려보았다.

두향이 또 왔다 갔구나.

어느 날 두향이 유난스레 아양을 떨며 떨어지려고 하지 않았다.

"허허, 왜 이러느냐?"

그녀가 눈웃음을 치며 달라붙었다.

"어디 가십니까?"

"어디 가다니. 네 곁에 있지 않느냐?"

"오늘은 저를 찾지 않으실 것입니까? 그럼 제가 울 것입니다."

"어허 무슨 짓인가?"

"찾아주지 않으시니 그렇지 않습니까?"

그렇게 눈매 곱던 것이.

그녀도 이제 눈 밑으로 주름이 늘어갈 것이다.

소리 없는 한숨이 입가에 물렸다. 벼슬을 제수 받았으나 그녀를 잃은 슬픔에 대부분 사퇴하고 만 세월들이 꿈결처럼 흘러갔다. 그럴 때마다 시로 달래던 세월들.

명종 15년이던가? 그래, 맞아. 그해였어.

그해에 도산서당을 짓고 아호를 도옹(陶翁)이라 정하고 이로부터 7년간 독서, 수양, 저술에만 매달렸다. 그래도 잊을 수 없는 게 그녀였다.

모처럼 단잠을 잔 것 같아 일어나 보면 간밤의 꿈자리가 매달리고는 했다.

문향을 보았던가? 아내를 보았던가?

가만히 꿈자리를 더듬어보고 있노라면 아내를 잃고 아들마저 잃은 후로 이상하게 매화를 꿈에 볼 수 없어 웬 조화일까 했더니 언뜻 꿈에 본 듯도 하였다. 기지개도 잊고 잠시 꿈의 실마리를 쫓다 보면 점점 선명해지는 꿈의 실마리. 아름다운 문향의 모습.

어느 날 홀로 누각을 거닐다가 누각 아래를 내려다보았더니 강물은 어제처럼 도도하게 흐르고 있었다. 문득 자신의 삶도 그렇게 흘러가고 있다는 생각이 들었다.

도산 달밤에 매화를 읊다

뜰을 걸으니 달이 사람 좇아오누나
매화꽃 언저리 몇 번이나 돌았던고
밤 깊도록 오래 앉아 일어나기 잊었더니
향기는 옷에 가득하고 꽃 그림자 몸에 가득하네

陶山月夜詠梅
步躡中庭月趁人 梅邊行遶幾回巡 夜深坐久渾忘起 香滿衣巾影滿身

퇴계는 매화 향기를 맡으며, 들으며, 그렇게 살면서 언제나 문향을 잊지 않았다. 하지만 생활은 말이 아니었다.

퇴계의 비참한 생활을 목도한 문인들이 눈물을 흘렸다.

"스승님 사시는 모습을 그냥 두고만 봐야 하겠는가? 생활이 요즘 들어 더 어려워지신 것 같으시니."

"그러게나 말일세. 그렇게 수많은 벼슬을 거쳤지만 변한 게 없으니."

"높은 지위와 봉록을 버리고 스스로 고통을 자초했으니 그럴 수밖에 더 있겠는가?"

"말도 마이. 방바닥은 냉골이었네. 아침이면 자리끼가 언다고 하지 않는가?"

퇴계는 제대로 걸칠 털옷 하나 변변치 않아 손자 몽재에게 서찰을 보냈다.

……나는 추위를 많이 타기 때문에 털옷이 없어서는 안 되는데 양모장 한 벌로 20년을 지냈더니 이젠 구멍이 나고 다 헤어졌다. 여간 큰 일이 아니다.

살 돈이 없으니 걱정이구나. 베 몇 필이면 살 수 있을지 그 값이나 알아
보거라. 살 궁리를 해보아라……

결국 털옷 한 벌도 장만하지 못한 채 그 겨울을 났다.
봄이 되니 꽃들이 지천이다. 모처럼 여러 제자들과 청량산을 유람하니
저절로 시가 입에서 흘러나왔다.

# 지산와사

**1**

고가를 거의 뒤져도 아무것도 나오지 않자 퇴계는 말이 없었다. 말이 없는 그를 보고 있자 율곡은 퇴계가 이곳을 나가 과연 진실을 규명할 수 있을까 하는 생각이 다시 들었다. 퇴계의 말을 듣느라 잠시 잊고 있었는데 찾아도 아무것도 나오지 않자 생각이 다시 그 쪽으로 모아진 것이다.

어느 사이에 어스름이 몰려오고 있었다.

"그럼, 그 후로 정암 선생을 만나지 못했습니까?"

율곡은 이제 이곳을 나가 상감을 어떻게 볼 것이냐고 물으려는데 불쑥 이런 말이 나와버렸다. 퇴계는 밖으로 시선을 붙박은 채 고개만 주억거렸다. 그는 한참을 말없이 앉아 있다가 회한처럼 불쑥 내뱉었다.

"그때만 해도 어렸었지. 객기라고 할까? 그때 알았다네. 솔직함도 객기가 될 수 있다는 걸. 그 우매함을 질타하던 정암 선생의 말씀이 평생을 따라다녔어."

"언제나 화두는 리와 기였겠지요?"

"어느 날 나갈 일이 있어 말을 탔는데 문득 이런 생각이 들더군. 나와 말…… 우리는 어떤 관계일까? 정신이 번쩍 들지 뭐겠나? 리는 나다. 이 세상의 본질. 그러면 나를 태우고 가는 말은 무엇일까? 이 운동력. 나를 움직이게 하는 바로 이 운동력. 이것이 우주 만물의 힘(氣)일 것이다. 그렇다면 분명히 리와 기는 한 몸이지만, 이는 마땅히 그래야 할 것이므로 저절로 그러하나, 기에는 바램(慾)이 수반될 것이다. 말 타면 견마 잡한다고 하던가? 그럼 리를 천[賤理]하게 만드는 주범이 바로 양기(陽氣)가 될 것이다. 양기에 편중하면 반드시 성(性)을 천하게 할 것이기 때문이다. 그러므로 리는 귀하고 기는 천하다는 말이 된다."

율곡이 갑자기 하하하 하고 웃음을 터트렸다. 그는 웃고 있었으나 두 눈에 광기가 서려 있었다.

뒤이어 내뱉는 그의 어투에도 칼날 같은 서기가 실려 있었다.

"인마지유(人馬之喩). 내 그럴 줄 알았습니다. 그렇군요. 그 말을 하시기 위해 지금까지 기다렸군요. 참으로 기막힌 비유입니다. 말을 타고 출입하는 사람, 그렇습니다. 사람이 말 위에 타고 있다면, 사람은 주인[理]이 되겠지요. 그러므로 말은 기가 될 것입니다. 자연히 말을 부리는 것은 사람이니까 사람과 말은 분별되어야 하겠지요. 하지만 이때 말이 간다고 할 수도 있고 사람이 간다고 할 수도 있지 않겠습니까? 생각해보십시오. 말을 탄 사람이 정신을 잃었다면 그 사람을 데리고 가는 것이 누구입니까? 말입니다. 말이 제 멋대로 싣고 가는 것입니다."

"그럼 정신이 맑은 사람이 자기 뜻대로 말을 몬다면?"

"그래도 사람을 태우고 가는 것은 말이 아니겠습니까?"

"그러므로 하나다? 그러고 보니 고봉 기대승이 생각나는군. 그도 자네 생각과 같은 인물이지? 그는 달에 비유하였지. 사람의 순수한 본성은 하늘의 달과 같다고. 하지만 현실을 어떡할 것이냐고 내가 물었을 때 그는 화를 내기도 하고 온화해지기도 하는 현실의 모습이 물속에 비친 달과 같다고 하더군. 그러므로 하늘에 있는 달만 달이라고 하고 물속에 비친 달은 물이라고 한다면 안 된다는 것이야."

"맞는 말 아닙니까?"

"허허, 참……."

"고봉 기대승 사형이 그러더군요. 선생님과 논쟁을 하면 할수록 모를 것이 그것이라고. 사람이 가면 말도 가고, 말이 가면 사람도 가는 것이 어째서 말이 되지 않는지 저는 도저히 이해할 수 없습니다. 리와 기는 서로 떼려야 뗄 수 없는 관계가 분명하지 않습니까? 그럼 리는 기의 주체라는 것이 증명됩니다. 기는 리가 타는 것이니 리가 아니면 기가 착근할 데가 없으니 말입니다. 기가 아니면 리가 의지할 데가 없다 이 말입니다."

"내 말했지? 거정인지 꺽정인지 그 사람 말일세. 그 사람이 어느 날 날 찾아와 이렇게 말하는 게야."

"뭐라고요?"

"관아를 습격하고 양반네의 재산을 뺏어 가난한 백성들에게 나눠주다 보니 자신이 백성이라는 생각이 들지 않는다는 것이야. 그래 내게 묻더군. 나는 도적입니까? 백성입니까? 자네 같으면 어떻게 대답하겠나? 도적이 백성이요, 백성이 도적이다. 그렇게 대답할 수 있겠는가?"

"네?"

율곡이 호르르 떨었다.

"그렇지 않은가? 어찌 백성을 도적이라 할 수 있겠는가? 도적이 누구인가? 백성 속에서 기를 잘못 다스린 백성. 그가 곧 도적이 아니겠는가?"

모이를 찾아다니던 물총새 한 마리가 지렁이를 물고 빛살처럼 빠르게 움직였다. 순식간에 오동나무 가지로 옮겨 앉은 물총새는 잠시 둘을 바라다보다가 빠른 속도로 날아갔다. 물가 절벽 어디쯤 새끼가 가다리고 있을지 모를 일이었다.

그것을 알 리 없는 퇴계의 음성이 더 높아졌다.

"정말 고집스럽군 그래. 나만 말을 어렵게 하는 줄 알았더니 말 한번 어렵게 하는군. 그래서 하나다? 어쨌건 그렇다면 해답은 나온 것 아닌가?"

"나왔다고요?"

"언젠가 이런 말을 들었지. 자네가 이렇게 말했다더군. 만물을 들어올리기 위해서는 지렛대가 필요하고 힘이 필요하다고. 그 지렛대가 리고 그 힘이 기라고. 기가 막혔었네. 어쩌면 그 비유가 그렇게 적절할까 해서. 단박에 알 수가 있겠더군. 아하, 이 자는 나의 주장을 반박하고 있구나. 리는 기의 구체적인 모습이고 기는 리의 추상적인 모습이라고 지적하고 있구나……. 그대가 안동으로 찾아와 처음으로 내뱉었던 말, 기발이승일도, 그 말, 지금도 기억하고 있네. 내가 얼마나 놀랐는지 아는가? 무섭구나. 무서운 놈이 나타났구나. 그랬지, 암 그랬어. 그런데 그것이 뭔가? 사람과 말처럼 분리되는 것이 아니라 본래적으로 하나이지 않느냐 그 말 아닌가?"

"그렇습니다."

"아하, 이제 이율곡의 본 모습이 보이는군 그래. 그렇지, 그렇게 시시하지가 않겠지. 장원을 아홉 번이나 하셨는데……. 역시 무서워. 그래서 사람이 탄 말이 함께 길을 갈 때 '사람이 간다'고 말할 수도 있고, '말이 간다'고

말할 수도 있다? 마찬가지로 리와 기는 동체, 즉 하나의 몸이다, 그렇게 보기 좋게 감아 붙이고 있다 그 말이지?"

"잘 아시는군요."

"허허허……. 역시 대단하군. 그런데 말일세. 백정이 소를 잡을 때 쓰는 칼, 그리고 그 칼에 가해지는 힘, 그 힘과 칼이 하나라고 부르짖던 임거정이라는 사내와 자네가 무엇이 다른가? 그 무지렁이의 사고와 그대의 사고가 무엇이 다르냐는 말이야. 그 칼과 힘에 의해 살은 조각나 간다. 그래서 세상이 이 모양인가? 한 무지렁이는 자신이 휘두른 칼과 힘에 의해 죽어가고 자네는 그것이 세상의 본질이라고 주장하고 있지 않느냔 말이야. 최소한도 잘 조각내기 위해 수련이 필요한 게 아니겠나? 그것이 내가 말하는 수양이지."

율곡이 두 눈을 감았다. 으음 하는 신음이 그의 입에 물렸다.

어디선가 짐승이 우는 소리가 들려 왔다. 두 사람이 놀라 서로를 마주보다가 주위를 둘러보았다.

"선생님!"

문득 밖에서 짐승의 울음소리가 아닌 사람의 음성이 들려왔다.

"뭐지요?"

율곡이 떨리는 음성으로 물었다.

"짐승의 울음소린 아닌 것 같은데……. 밖에서 들려오는 소리 같아."

"선생님!"

다시 밖에서 사람이 부르는 소리가 들려왔다.

"정말 사람 소리가 아닌가?"

퇴계가 대문 쪽을 보며 말했다.

"맞습니다."

"나가보세."

퇴계가 먼저 문을 밀고 나갔다. 지팡이를 짚은 사내가 여자에게 의지하고 서 있었다. 등불에 드러난 여자의 모습이 먼저 퇴계의 눈에 들어왔다. 월향이었다. 월향의 손에 처음 이곳에 나타날 때처럼 초롱이 쥐어져 있었다.

이내 그 곁에 선 사내의 모습이 보였다. 사암이었다. 그런데 사암은 이곳에 있을 때의 모습이 아니었다. 관복 차림이었다.

"선생님."

퇴계를 의식한 사암이 다시 불렀다.

"자네 사암이 아닌가?"

"아직 계셨구먼요."

"아니 어쩐 일이야? 궁으로 들어가지 않았는가?"

"이렇게 다시 왔습니다."

"아이고, 이 야밤에……. 들어오게. 일단 올라와."

그들은 사암이 쓰던 방으로 들어갔다. 좀 전까지 퇴계와 율곡이 촛불을 켜놓고 있던 방이었다.

방으로 들어와서야 월향이 퇴계에게 큰절을 올렸다. 퇴계가 극구 말렸으나 월향은 그렇지 않다며 절을 올렸다. 퇴계가 맞절로 받았다.

이런 저런 말끝에 율곡이 소피가 마려운지 자리를 떴다. 그 사이에 사암이 품속에서 무엇인가를 꺼냈다. 퇴계가 보니 서책이었다. 누런 표지가 인상적이었다.

"무엇인가?"

"예장왕종전이라는 서책입니다."

사암이 서책을 내밀며 말했다.

"예장왕종전?"

어디선가 들어본 소리라 퇴계가 뇌까렸다.

"선생님의 말씀을 듣고 사정을 안 후 궁으로 들어가서도 영 마음이 놓이지 않았습니다. 가만히 생각해보니 예장왕종전이 생각나지 않겠습니까? 큰 도움이 되지는 못하겠지만 잘만 활용하면 낭패를 면할 수도 있겠다고 말입니다."

퇴계가 서책을 펼쳐 대충 훑어보니 그제야 이것이다 하는 생각이 들었다. 바로 자신이 막연히 생각하고 있던 바로 그것이었다. 율곡이 갑자기 나타나 낭패하게 되었다고 했을 때 맨 먼저 생각해 낸 것이 바로 이 서책이었다. 그런데 젊었던 시절 한 번 읽은 서책이었으나 통 제목이 생각나지 않았다. 아무리 생각해도 기억해낼 수가 없어 사암에게 말했더니 그가 기억해낸 모양이었다.

"오호, 바로 이것이야!"

퇴계가 탄성을 터트리자 사암이 빙그레 웃었다.

"저도 오래 전에 읽었던 서책이라 기억이 희미했습니다. 궁으로 들어가 알아보았더니 바로 예장왕종전이더군요. 의생들이 가장 아끼는 서책이기도 합니다."

"그래?"

"의생들에게도 구할 수 없을 만큼 희귀한 것이라 궁의 서고에서 어떻게 가져오긴 했는데……."

"허어, 내가 단단히 신세진 것이 아닌가?"

"아닙니다."

"아닐세, 아니야. 기억이 정확하지 않아 걱정했더랬어. 이왕 이렇게 된 거 이 집을 나가면 내 경험을 믿어보자 하고 이율곡에게 큰소리를 치긴 했는데 정말 좋은 문헌을 가져다주었네. 이 신세를 어찌 갚아야 하겠는가?"

"별 말씀을요."

"어느 해 오대산 산행을 하다가 이장(移葬)하는 곳에 들렀지 않았겠나. 인부들이 열심히 묘를 파헤쳐 해골을 들어내자 아들이 슬피 울며 아비의 해골을 부둥켜안았다네. 그런데 그때 아비의 해골을 끌어안은 아들의 코에서 코피가 주르르 흘러 아비의 해골 위로 떨어지지 않겠나. 그런데 그 피가 해골로 스며들지 않고 흘러내려버리는 게야. 그때 양무제 생각이 문득 나더구면. 그 후 두어 해가 지나 다시 오대산에 갈 일이 있어 그곳을 지나치는데 한 청년이 야밤에 묘 앞에서 울고 있었네. 내가 사연을 물으니 친아비 묘인데 재작년에 이장했다는 것이야. 그래 내가 물었다네. 우연히 재작년에 내가 이 길을 가다가 그대보다 나이가 어려 보이는 사내가 이장하는 걸 보았는데 형제냐고 말일세. 그러자 동생이라고 하는 것이야. 하지만 친동생은 아니라고 하더군. 아버지가 기력이 쇠해 남자 구실을 못하자 어머니가 종을 불러들여 낳은 자식이라는 것이야. 그로 인해 종이 남몰래 죽임을 당했는데 동생은 그자의 자식이라는 것이야. 나는 그길로 고을 수령을 찾아가 종을 죽인 범인을 찾아내었다네."

"찾아내고 보니 바로 그들의 아비였다는 말인가요?"

사암이 듣고 있다가 앞질렀다.

"아닐세."

"네?"

"바로 그 어미였다네."

"어미?"

"자신이 낳은 아이가 종의 자식임이 밝혀질까 하여 어미 스스로 종을 죽인 것이야."

"그럼 그 어미는 어떻게 되었습니까?"

"종을 죽이고 얼마 후 자진했다고 하였네."

"그럼 두 형제는?"

"아비가 죽자 형은 동생에게 모든 재산을 남기고 어디론가 떠났다고 했네. 동생이 가문을 지켰던 모양이야. 그런데 매일 꿈자리가 하도 사나워 아버지 묘를 이장했다는 것이지."

"그럼 두 해 후에 헤어졌던 형이 돌아온 것이군요?"

"맞아. 그 후 또 몇 해가 흘렀을 것이네. 지인의 집안에 흉한 일이 자꾸 일어나는지라 용한 점쟁이에게 물었다고 하더군. 점쟁이 말이 조상 묘를 잘못 써 그렇다고 지관을 찾으라고 해. 그래 지관을 찾았다고 하네. 지관이 선산으로 올라 둘러보고는 최근에 파묘한 일이 있느냐고 물었다고 해. 없다고 하니까 누군가가 손 본 거 같으니 파묘를 해보자고 하더래. 그래 파묘했어. 마침 기별이 와 나도 참석했는데 묘를 파헤치자 시신은 해골이 되었고 누군가 가슴에 말뚝을 박아 놓은 것이 보였다네. 그분이 살았을 때 한이 맺힌 자가 그 집안을 망하게 하려고 시신을 훼손한 것이야."

"그럼 범인을 잡았습니까?"

"잡지 못했다네. 원한 관계에 있던 사람은 이미 그 마을을 떠 멀리 몸을 숨겨버렸기 때문이야."

"그것 참."

"그런데 그날 보았네."

"?"

"파묘를 하는 사이 지켜보던 그 집 장손이 죽은 아비가 가슴에 말뚝을 맞고 누워 있는 것을 보고는 그만 넋을 놓고 넘어지지 않았겠나. 하필이면 관곽 위로 넘어졌는데 넘어지면서 머리를 크게 다쳤지 뭔가? 그 피가 아비의 해골 위로 뚝뚝 떨어지는 것이야."

"그래서요?"

사암이 다급하게 물었다.

"해골에 떨어진 피가 이번에는 흘러내리지 않았다네."

"그대로 스며들었단 말인가요?"

"그랬네."

사암이 고개를 숙이고 고개를 주억거렸다.

"정말 고마우이. 이제 제대로 된 문헌이 생겼으니……. 여기 보니 그 방법까지 상세히 기록되어 있구먼, 그래."

"아마 서책의 임자가 실제로 실험해 본 것이 아닐까 사료됩니다. 그런데?"

"응?"

무슨 소리냐는 듯이 퇴계가 눈을 크게 떴다.

"실망하지 마십시오."

"실망?"

"어떻게 말씀 드려야 할지……. 이 서책을 가져오긴 하였습니다만……."

"무슨 소린가?"

"사실 하도 신기하여 제가 실험해보지 않았겠습니까?"

"그래?"

"헌데 지관과 함께 은밀히 실험해본 결과 서책의 내용과는 달리 사실이 아니었습니다."

"무슨 소린가?"

"매장한 뼈에 있는 지방이라고 하는 성분이 분해되지 않았으면 아무 소용이 없었습니다."

"혈육이건 아니건?"

"그렇습니다. 그래서 실험을 해보았는데 사실이었습니다."

"어허, 이럴 수가!"

"그러면서도 제가 이리 가져온 것은 그 속에 그 문제를 푸는 방법이 있기 때문입니다."

퇴계의 눈빛이 무섭게 빛났다. 그는 잠시 생각하다가 사암의 손을 덥석 잡았다.

"과연 그대는 의성이라 불릴 만하네. 이리 좋은 묘안을 가져다주었으니 선비의 도리만 잃지 않는다면 참으로 훌륭한 해결 방법이 될 수 있겠네."

"제 뜻을 알아주시니 감사할 뿐입니다."

"고맙네, 고마워. 그러나 저러나 왕후는 이제 건강하시겠지?"

사암이 고개를 끄덕였다.

"그렇습니다. 분에 넘치는 벼슬과 대우를 주상으로부터 받고 있습지요."

"다행이네, 다행이야. 이런 경사가 어디 있나!"

"선생님, 아무쪼록 잘 해결하십시오."

"정말 고마우이."

이번에는 사암이 퇴계의 손을 잡았다.

"생각이 납니다. 제 스승님과 자주 서찰을 주고받지 않았습니까?"

"그래, 그랬었지."

"언제 마주 앉을 수 있지 않겠습니까?"

"스승이 자네의 모습을 보면 얼마나 대견해 하시겠는가?"

퇴계가 잡은 손을 흔들자 사암의 눈에서 눈물이 그들의 손등 위로 떨어졌다. 사암이 눈물을 숨긴 듯 황망이 일어났다.

"선생님, 그럼 우리는 가보겠습니다. 안동으로 내려가시면 한번 찾아뵙도록 하겠습니다. 제가 돌보던 망아지도 보고 싶구요. 먼눈이라도 어딘들 가지 못하겠습니까?"

"고마우이. 정말 고마워."

그때 율곡이 들어왔으므로 퇴계가 얼른 서책을 엉덩이 밑으로 넣었다. 그것을 본 율곡의 눈빛이 번쩍 빛났다.


2


사암을 보내고 돌아서면서 율곡이 몇 번이고 퇴계의 눈치를 살폈다. 사암이 분명 무엇인가를 주고 갔다고 생각한 것이다.

대문을 닫아걸고 방으로 돌아왔는데 집 뒤꼍에서 자꾸만 이상한 소리가 났다.

"무슨 소린지 모르겠네요".

"쥐겠지."

"꼭 숨소리 같지 않습니까? 푸우 푸우, 누군가 자고 있는 거 같아요."

"이 사람아, 누가 있다고 그래?"

"그러게 말입니다. 그러나 저러나 왜 왔다고 합니까?"

율곡이 좀 전부터 목 밑까지 차올랐던 질문을 더 참지 못하고 퇴계에게 물었다.

"뭐 궁으로 잘 들어갔다고……."

"형편이 폈더군요. 기녀도 정실로 맞을 모양이지요?"

"아마 상감이 허락했을지도 모르지."

"그런데 뭘 주고 가는 것 같던데 그게 뭔지 모르겠군요."

"뭘?"

율곡이 문득 퇴계의 눈을 보았다.

퇴계는 의식적으로 시선을 돌려버렸다.

"제가 바보인 줄 아십니까? 그 서책 말입니다. 엉덩이 밑으로 깔던 것."

"이것 말인가?"

퇴계가 방구석에 놓여 있는 서책을 집어 율곡에게 주었다.

율곡이 서책을 보다가 고개를 갸웃했다.

"이거 이곳에 있던 거 아닙니까?"

"사암 그 사람 눈이 멀어서인지 그 서책을 만지작거리더군. 내가 보기가 안 되어 뺏은 것일세."

"그래요?"

율곡이 의심을 푼 듯이 환하게 웃었다.

퇴계는 품속의 서책을 손으로 지그시 눌러보았다.

"먹을 것도 그렇고 내일은 이곳을 나가야지요."

율곡이 말했다.

"글쎄, 이곳으로 올 때 준비했던 음식은 모두 썩어 버리긴 했는데, 아직은

174

나갈 때가 아닌 거 같아."

"아니, 왜 또 그러십니까?"

그때 짐승 우는 소리가 들려왔다. 아주 가까이에서였다.

율곡이 놀라 그 소리에 신경 쓰다가 벽에 몸을 기대며 사방을 두리번거
렸다.

"이번엔 정말 사람이 아니라 짐승이 마당까지 들어온 모양입니다."

퇴계가 껄껄 웃었다.

"아이구, 잘하면 기절이라도 하겠구만 그래. 그래서 그대 같은 선비를
일러 꽁생원이라고 하는 것일세. 어디다 쓰려는지 원……. 젊은 사람이
그렇게 겁이 많아서야. 젊은 패기는 엿이라도 바꿔 먹은 것인가? 내게
언쟁하듯이 용기를 내어보지 그러나? 언쟁으로야 범이라도 잡을 사람이
겁에 절어 떨기나 하고 있으니……."

퇴계의 비아냥거림에 율곡의 눈빛이 또 사나워졌다.

"그래서 제게 동의를 구하자는 것입니까?"

퇴계가 무슨 동의? 하는 표정을 짓다가 하하하 하고 웃었다.

"여전히 옹졸하구먼그래. 자네 사암이 오기 전에 하던 얘기, 그러니까
성혼을 생각하고 있구먼 그렇지? 어쨌든 그 후 그대와 성혼 간에 그 문제로
또 다른 논쟁이 전개되었지 않은가? 성혼은 그대의 벗이라며?"

"그렇긴 합니다만."

"하긴 나와 논쟁할 때도 답답하더군."

"그래도 성혼이 선생님의 사상을 지지하지 않았습니까?"

율곡의 말에 퇴계의 이마에 골 깊은 주름이 잡혔다.

"그랬지, 그랬어. 자네는 기대승의 학설을 지지하였고."

"맞습니다. 그 뒤 선생님은 영남학파의 주류를 형성하여 주리론의 대표자가 되었지요."

"영남파라? 거 재미있는 표현이네. 반면에 그대는 주기론의 대변자가 되었다고 해야 되나? 하지만 주자의 기본 구도에 따라야지. 이치는 결코 기를 떠나 존재할 수 없을 테니까."

율곡의 얼굴에 조소의 그림자가 스치고 지나갔다.

퇴계는 아랑곳하지 않고 말을 이었다.

"그러고 보니 생각이 나는구먼."

"뭐가요?"

"내 그 길을 위해 살아온 세월이."

길을 지나가는 술 취한 사람들의 노랫소리가 들려오는 것으로 보아 좀 전에 들려오던 짐승의 울음소리는 집 밖에서 나던 것이 아닌가 보았다.

율곡의 얼굴이 금세 공포로 일그러졌다.

퇴계는 잠시 숨을 죽였다가 별 것 아니라는 표정을 지으며 그대로 말을 이었다.

"나는 참 정갈한 소년이었다는 기억이네. 여섯 살 때부터 단장을 할 정도였으니까. 한밤중에라도 윗사람이 부르면 먼저 대답부터 하고 보았다네. 어른이 기다리실 것 같아서 말일세."

갑작스런 퇴계의 말을 듣고 있던 율곡은 고개를 갸웃했다.

난데없는 퇴계의 푸념은 계속 이어졌다.

"내가 안동을 세거지로 삼고 떠나지 못하는 것도 다 그런 분들의 얼이 박혀 있기 때문이야. 나를 키워주고 오늘의 나를 있게 했던 그 모든 것들. 그것을 두고 내가 어디 있을 것이며 어디에 가 있겠는가?"

"자, 잠깐만요. 선생님."

율곡의 말에 퇴계가 얼굴을 돌렸다.

"왜 그러나?"

느닷없이 과거사를 줄줄이 흘러놓는 자신을 율곡이 왜 불렀는지 알면서도 퇴계는 시침 딱 떼고 그렇게 물었다.

"아, 아닙니다."

퇴계의 음성이 이어졌다.

"그런 아이가 커 장가를 갔네. 첫 아내와는 오래 살지 못했어. 둘째 애를 낳은 지 얼마 안 돼 죽고 말았거든. 사별한 지 3년이 지나 삼십에 안동 권씨와 재혼했다네. 행복해지고 싶었네. 행복이 별게 있겠는가? 달팽이 집 같은 오두막 하나 지어놓고 여름이면 모깃불 피워놓고 텃밭에 가꾼 상추 숨아 밥 싸 먹고 겨울이면 따순 된장국에 밥 말아 끔하며 살면 행복 아니겠는가? 그래서 다음 해에 영지산 기슭 양곡에 달팽이 집 같은 지산와사(芝山蝸舍)를 하나 지었지."

퇴계는 서른한 살에 온혜 남쪽 양곡에 지산와사를 지어 권씨 부인과 살았다. 참으로 달팽이집처럼 지어진 작은 집이었다. 겨우 두 사람이 몸을 뉘일 수 있을 정도의 집.


지산 기슭 끊어내 새집 지었더니

생김새가 달팽이 뿔 같아도 몸은 감출 수 있네
북쪽의 낭떠러지 마음에 들지 않지만
남쪽은 봄 안개 감도니 운치 더하네

아침저녁으로 원근의 산천 보기 좋고
뒷산은 그런대로 추위와 더위를 막아주네
달과 산을 보는 꿈 다 이루었으니
이 밖에 또 무엇을 구하겠는가

築芝山斷麓防
形如蝸角祗身藏 北臨墟落心非適 南邑烟霞趣自長 但得朝昏宜遠近
那因向背辨炎涼 已成看月看山計 此外何須更輕量

"그렇게 살림집도 새로 마련할 만큼 행복하기를 원했다네. 하지만 행복
하지만은 않았네. 아니 어쩌면 그녀와의 혼인생활은 첫 번째 혼인생활보다
더 불행한 것이었을지 몰라."

어느 사이에 퇴계의 음성에 허허로움이 묻어났다.

율곡은 퇴계의 음성에서 물기를 느끼며 눈을 감았다.

두 번째 아내 권씨는 당시 세상의 잣대로 역적의 딸이었다. 애초에 그걸
알면서도 권질과의 관계 맺음에 종지부를 찍지 못한 것이 화근이었다.
퇴계는 벼슬길에 나간 처음부터, 권씨 부인 때문에 큰 좌절을 겪었기 때문
이다.

퇴계가 과거에 급제한 때는 34세. 그는 곧바로 예문관 검열 겸 춘추관
사관에 추천되었다. 당시 조정에서 실권을 잡고 있던 이는 김안로(金安老)
였다. 김안로는 영주 출신이었다. 퇴계의 처가가 영주였다. 김안로는 당연
히 퇴계가 인사 올 줄 기대했으나 퇴계는 가지 않았다. 그 바람에 평소
퇴계를 좋게 생각하지 않고 있던 김안로가 언관(言官)들을 사주했다. 퇴계
가 역적 권전의 형 권질의 사위이기 때문에 사관이 될 수 없다고 탄핵한

것이다. 벼슬길에 나간 지 겨우 한 달. 충격이었다.

퇴계의 나이 36세. 6품의 선무랑에 올라 지방 수령 자리를 얻으려 했다. 왜냐하면 홀어머니를 모셔야 하기 때문이었다. 김안로는 지방 수령 자리도 뺏어버렸다. 훼방을 놓은 것이다. 그로 인해 상심하던 퇴계의 어머니 춘천 박씨는 다음 해, 퇴계의 나이 37세에 눈을 감았다. 김안로의 훼방은 거기서 끝나지 않았다. 퇴계의 넷째 형님 해(瀣, 호는 온계, 시호는 정민공)까지 죽었다. 이기 일파의 고문에 시달려 목숨을 잃은 것이다. 살점을 떼어내는 듯 아팠으나 퇴계는 어머니나 형님이 죽었다는 생각을 하지 않았다. 언젠가는 이름을 부르며 나타날 것만 같았기 때문이었다.

율곡은 눈을 뜨고 멀거니 열린 문밖을 바라보았다. 짐승의 울음소리는 이제 들려오지 않았다. 어디로 가버린 것일까?

그런 생각이 들자 왜 이 분이 자신의 과거사를 질기게 늘어놓고 있는지 모르겠다는 생각이 들었다.

그가 살아온 그간의 인간적인 고통과 심적인 갈등이 손에 잡힐 듯이 느껴지기는 한다. 그러나 엄밀히 두 사람이 나누고자 하는 말의 핵심에서 많이 빗나가고 있는 것만은 분명했다.

율곡이 눈을 뜨면서, "선생님" 하고 불렀다.

그러나 입을 다문 퇴계는 더 말이 없었다. 그는 말 다했다는 듯이 밖에다 시선을 붙박고 있었다.

율곡은 그대로 있을 수 없다는 생각에 주위를 둘러보았다.

검은 그림자가 번개처럼 섬돌 밑을 가로질러 마루 밑으로 기어들었다.

# 매한불매향 ③

## 1

"스님, 한양에서 무슨 일이 있는 모양입니다. 도저히 불안해 살 수가 없어 이렇게 올라왔습니다."

"어서 오십시오."

초랭이와 문향이 큰스님에게 절을 올렸다. 법성 스님이 그들의 절을 받았다. 한때 문향의 출가를 도왔던 스님이다. 문향이 산을 내려가 초막이라도 짓고 퇴계를 기다리겠다고 했을 때 과거의 인연이 아직 끝나지 않았으니 그리 하라며 말리지 않던 스님이었다.

법성 스님의 형님 되는 분이 한양에서 벼슬아치로 있는데 가끔 퇴계의 동정을 전해주는지라 스님을 만나려고 문향은 초랭이와 산을 오른 것이다.

이구(李球)라는 사람이 있었다. 바로 법성 스님의 친척 형님이었다. 호가 연방(蓮坊)인 그는 화담 서경덕의 제자였다. 일찍부터 서화담을 좇아 배운 사람이었다. 그가 심무체용설(心無體用說)을 지었는데 어느 해 퇴계에게

와서 보였다. 퇴계는 그 자리에서 옳고 그름을 가려 바로잡아 주었다. 노학자 퇴계의 면모가 한눈에 드러나는 순간이었다.

이구는 그 자리에 무릎을 꿇고 퇴계에게 절을 올렸다.

"옳고 그름을 바로잡는 선생님의 변정(辨正)은 참으로 놀랍습니다. 어찌 도의 끝을 보지 않고 그 경지에 이를 수 있겠습니까? 저를 이끌어 주십시오."

화담에게서도 보지 못한 경지를 그는 퇴계에게서 보았다. 퇴계의 경지에 감복한 그는 그때부터 이렇게 말하고 다녔다.

"조선 천지에서 퇴계 선생만큼 배운 이는 없다. 그 배움이 도가 되었기에 실천이 되었다. 그는 이 시대 공자에 견줄만한 진정한 해동공자다."

이구는 그 후 벼슬길에 나갔는데 마침 퇴계 선생을 살펴볼 수 있는 자리에 있었다. 그래서 고향에 올 때마다 절에 들러 퇴계 선생에게 관심이 있는 동생에게 소식을 놓고 가고는 하였다.

"스님, 꿈자리가 시끄러워 무슨 일이나 있는지 하구요?"

문향이 말했다.

"뭐 특별한 소식 온 것이 없습니다."

"그래요?"

문향의 얼굴에 실망의 빛이 흘렀다.

"지난겨울에 조정의 대신들이 모두 일어나 그분의 아버지, 할아버지, 증조부를 추중하여 달라고 신청했다는 말이 있더군요. 그분은 종1품에 승진하셨고."

"그래요?"

"그런데 해가 바뀌어도 3대의 종직을 추은(推恩) 신청하지 않았다고 합니다."

그랬다. 퇴계는 추은을 신청하지 않았다. 추중해달라고 일어선 대신들이 왜 그러시냐고 퇴계에게 물었다.

"선생님, 만고에 이름을 얻은 이도 조상의 추중을 받으려 공작하는데 왜 추중을 신청하지 않습니까?"

"내 어머니는 나에게 벼슬길에 나간다면 현감 한 자리만 하라 하셨다. 그렇게 주의를 주셨는데 결국 종1품에 이르고 말았다. 추은이 결코 어머니의 뜻이 아닌데 어떻게 다시 그 뜻을 어길 수 있겠느냐?"

이렇게 말하며 퇴계는 고개를 내저었다.

"그길로 내려오셔서 상경하지 않았다고 합니다."

문향의 표정을 살피며 스님이 말했다.

"그럼 지금 안동에 계시겠군요?"

문향이 간절한 목소리로 물었다.

"그렇겠지요. 임금이 빨리 올라오라 명했다는데……, 건강이 좋지 않으신지 입궁할 생각을 않는다고 하더군요."

"임금이 입성하라 하는데도 하지 않으신다면 건강이 많이 안 좋은 게 아닙니까?"

"건강상 이유가 아니라 벼슬살이가 싫어 그러시는 모양이라는 말이 있습니다. 혹 모르지요. 임금의 명이 간곡하니 한양으로 올라가시는 길에 한번 들르실지도……. 그분이라고 어찌 마음 편하겠습니까?"

스님의 말은 맞았다. 문향과 헤어진 퇴계의 마음이 편했다면 거짓이었다. 사대부로서 지켜야 할 도리가 있기에 속을 감추었을 뿐 꿈속에서나마 보고자 하는 사람이 문향이었다. 꿈속에 와서도 그녀는 울지 않았다. 흰 모시적삼의 그 까칠한 촉감, 그것을 벗겨내면 맡을 수 있었던 문향 특유의 살 냄새, 그 희디흰 살결…….

"오오, 문향이구나, 문향이야."

그녀를 안고 넘어지면 어김없이 잠이 깨었다.

가슴이 미어질 듯 아팠다. 울지 않고 웃는 꿈속의 그녀를 생각하면 그 마음이 닿을 듯하여 더 가슴이 아팠다.

그때가 언제이던가? 결국 그리움을 이기지 못하고 그녀가 있는 곳으로 달려가고 말았다. 버선발로 뛰어나온 문향이. 허망한 세월 속에 그녀의 눈 밑에는 주름이 늘어 있었다. 그날 밤 허리를 감아오는 그녀를 안았을 때 그녀가 울고 있다는 것을 알았다.

눈물을 닦아주자 문향이 울음 맺힌 음성으로 말했다.

"그냥 두시옵소서."

"그만 울어라. 베게 밑이 다 젖지 않느냐?"

"이미 이 가슴은 기다림에 지쳐 썩어버렸습니다. 나으리를 기다리기도 이제 아주 진력이 나옵니다."

퇴계는 허공을 보며 길게 한숨을 내쉬었다.

"그래, 그러고 보니 오래 되었구나."

"이제 와 후회하십니까?"

"너야 말로 후회하는 게 아니냐?"

문향이 머리를 내저었다.

"나으리, 나으리가 떠난 후 기방을 나온 것을 한 번도 후회해 본 적이 없습니다."

"그러고 보니 많은 세월이 흘렀구나. 그때 내가 네 이름을 문향이라고 지었지?"

"그랬지요. 매화 향이 들리는 듯하다고 그렇게 지었지요. 그 이름이 얼마
나 좋았던지요."

퇴계는 그길로 그녀와 함께 강선대로 나아갔다.

강선대에 바람이 불었다. 거문고가 울었다.

두 사람은 껴안고 강선대 난간에서 시를 읊었다.

> 뜨락에서 신을 끄니 달이 사람을 따라오네
> 매화 옆에서 서성거리기 몇 번이던가
> 밤 깊어 오래 앉으니 일어날 생각이 없고
> 향기가 옷과 망건에 가득하니 그림자가 몸에 꽉 찼네

> 步躧中庭月趁人 梅邊行繞幾回巡 夜深坐久渾忘起 香滿衣布影滿身

만나면 헤어지는 게 인연의 속성이었다. 돌아오는 퇴계의 발걸음은 무거
웠다. 돌아가는 사람이나 보내는 사람이나 제 정신이 아니었다. 그 후로
퇴계는 결코 그녀를 찾지 않았다. 당장에라도 그녀에게 달려가고 싶었지만
참았다. 만났을 때의 반가움보다 헤어질 때 그 아픔을 알기에 이를 사려
물었다.

> 임이 돌아 간 뒤에 천향을 피우리라
> 원컨대 임이시여 마주 앉아 생각할 때
> 청진한 옥설 그대로 함께 고이 간직해주오

> 待公歸去發天香 願公相對相思處 玉雪淸眞共善藏

그것은 문향도 마찬가지였다. 당장 안동이나 한양으로 달려가고 싶었지만 그분의 몸이 한 아녀자에 매일 몸이 아니고 보면 자신의 처지를 한탄하며 그저 기다리는 수밖에 없었다.

천지신명에게 빌어도 보고, 부처님에게 빌어도 보고……. 그러다 이렇게 스님을 찾아온 것이었다. 스님의 말대로 한양으로 올라가시는 길에 단 한 번만이라도 들르기라도 했으면…….

스님과 헤어져 돌아오는 문향의 발걸음이 설었다. 그때마다 비틀거리는 문향을 초랭이가 잡았다.

"이년아, 범에게 물려가도 정신을 차리랬다고……. 어이구, 정이 무엇인지 쩝…….”

"올까요?"

"이년아, 그걸 내가 으떻게 안다냐?"

오히려 거칠게 되받는 초랭이의 눈가에 눈물이 맺혔다. 문향의 마음을 알기에 울컥 올라채는 설움의 덩어리를 잡기가 쉽지 않았다. 기녀가 아니었다면 이렇게까지 이 아이가 병들었을까? 관기. 허기야 관기를 안방으로 들일 사대부가 몇이나 될까? 몇 번 데리고 놀다 가버리면 그만인 사람. 아무리 천하에 없는 사내라 해도 그들을 어떻게 탓할 수 있으랴.

어이구, 불쌍헌 것.

초랭이가 적삼 끈으로 후딱 눈물을 닦았다. 눈치를 챈 문향이 멀거니 돌아보았다.

"왜 그러오?"

"몰라, 이년아.”

"울고 있잖소.”

"에이, 썩을 년."

"엄니……."

"아이구, 이년아."

문향이 엎어져 울기 시작하자 초랭이가 앉으며 그녀를 안았다.

"이년아, 내 뭐라디. 그까짓 늙은 사내 잊어버리라구 안하데. 이제 얼굴마저 이러니 술판에도 못 나가구 우째 살 것이여?"

"이미 그 사람에게 매인 몸이오. 그 사람 기다리다가 잘못 되면 나도 따라갈 것이오."

"어이구, 너를 대체 어찌하면 좋으냐?"

# 의혹의 열쇠

## 1

다음날 아침, 고가의 이곳저곳을 계속 뒤져나가다가 한곳에서 퇴계가 얼어붙듯이 걸음을 멈추었다. 정암 선생이 살았을 때 거처했을 것 같은 작은 방 앞이었다. 방안에는 서책을 꽂을 수 있도록 책장이 붙박이 형식으로 짜여 있었다. 종가를 옮기면서도 그것을 뜯어가지 못한 모양이었다. 그 서가를 보고 있자 퇴계는 갑자기 언젠가 도척이 하던 말이 생각났다.

"그대는 모를 것이다. 극락이 어디 있는지. 바로 소격서가 극락이지. 소격서 그 미궁에 들면 묘선당에서는 묘한 음률이 흘러나오고 법린당에서는 진리의 음이 흘러나오며 풍설당에서는 사랑의 바람이 부니……."

퇴계는 도척의 말이 문득 생각났다. 그리고 묘선당, 법린당, 풍설당이 저절로 연결되어졌다. 퇴계는 자신도 모르게 주루막을 뒤져 어함에서 나온 종이를 꺼내보았다.

와우당 ──→ 선지당 ──→ 법림당 ──→ 총림당 ──→ 풍설당 ──→
등앙당

소격서다!

"소격서야!"

퇴계의 고함 소리에 율곡이 돌아보았다.

"왜 그러십니까?"

"왜 이제야 생각이 나는지 모르겠군."

"뭐가요?"

"정암 선생과 리학경이 어디 있는지 알 것 같아."

"네에?"

"어함에서 나왔다는 이 종이를 보게. 이 종이의 글은 바로 소격소에 있는 장소였어."

"소격서에 있다니요?"

"도척이 하던 말이 이제야 기억났다네."

"뭐가 말입니까?"

"이 종이에 써 있는 당들을 도척이 말했단 말일세."

"그래요?"

퇴계가 도척의 말을 흉내 내듯 그의 말을 외웠다.

듣고 있던 율곡이 탄성을 내질렀다.

"맞는군요."

"맞네, 맞아."

"그럼 소격서 안에?"

율곡이 들뜬 목소리로 중얼거렸다.

"맞아. 그 미궁이 환희궁이라고 하지 않는가?"

"환희궁?"

"아무튼 가보세."

"예?"

"아니, 왜 그러나?"

"선생님, 그렇다고 하더라도 정말 거기 정암 선생이나 찾으려는 경전이 있다고 생각하고 계신 건 아니겠지요?"

"그야 가보면 알겠지."


2


길가 여기저기에 피어난 꽃들이 불어오는 바람결에 몸을 흔들어 대었다. 여인들이 냇가에서 빨래를 하고 있었다. 등에 업힌 애가 칭얼거리자 빨래를 하다 말고 아이를 앞으로 안아 젖을 물렸다. 그리고는 힘겹게 빨래를 해댔다. 흘러가는 물결이 햇살에 흡사 금모래를 뿌려 놓은 것처럼 반짝였다.

인적이 드문 곳에서 검은 연기가 치솟았다. 거리는 한산했다. 가끔씩 소달구지가 지나가곤 하였다.

둘은 돈화문을 지나 소격서 앞에 다다랐다. 퇴계가 주위를 둘러보았다. 인가라고는 보이지 않았다. 소격서는 문이 굳게 잠긴 채 괴괴한 모습으로 서 있었다. 어느 때 같았다면 도생(도학생도)들의 경 읽는 소리가 낭랑하게 울려 퍼질 터인데 사람 그림자라고는 없었다.

건물 옆에 있는 소격서 관리원이 그들을 맞았다. 신분을 밝히고 안을 좀 둘러보자고 하니 얼마 전까지도 원장이 들락거렸다며 문을 열어주었다. 일층은 도교도들의 예배실이고 이층은 소격서 관리자들의 공간이라고 하였다. 온통 돌로 지어진 엄청나게 큰 예배실을 두 사람은 앞서거니 뒤서거니 둘러보았다. 태일전, 삼청전 같은 전들과 안팎의 여러 단 등을 살폈다. 도교의 태상(太上) 상들과 수백 개의 신위(神位)들이 보였다.

이층으로 오르는 나무 계단에 섰다. 둘이 막 올라가려고 하자 관리원이 다가와, "이층은 이곳(소격서)이 다시 문을 닫게 되자 얼마 전에 돌아가신 원장이 개조해 작업실로 꾸며놓은 곳입니다" 하고 일러주었다.

세 사람은 이층 계단을 밟아 올랐다. 이층 역시 돌로 지어진 석실이었다. 안으로 들어섰다. 들어서자마자 썰렁한 기운이 그들을 사로잡았다. 석실은 직사각형으로 지어져 있었다.

석실 안의 낡은 문을 열었다. 퇴계는 눈을 크게 뜨고 앞을 바라보았다. 석벽으로 된 회랑이 나타났다. 제법 길었다. 밖에서 보던 모습과는 딴판이었다.

율곡은 천연동굴을 돌로 장식한 것인지도 모르겠다는 생각을 했다. 회랑을 걸어가면서 석벽을 자세히 보니 그제야 아하, 일층부터 모두 자연동굴이구나 하는 생각이 들었다.

회랑 중간중간에 횃불을 꽂을 수 있는 횃불꽂이가 있고 횃불이 꽂혀 있었다. 송진에다 기름을 먹여놓은 것 같았다. 관리인이 그것에다 불을 붙여 나갔다. 회랑이 밝아졌다.

율곡은 자신의 예감이 맞았다는 생각이 들었다. 동굴이 죽었다는 생각이 먼저 들었다. 동굴은 자연적으로 형성되어 여러 갈래의 동방과 길을 만들며 미궁을 형성한 것 같았다. 사람의 손이 채 닿지 않은 곳에도 일부러 조각한 것 같은 굴곡이 아름답고 물감을 섞어 뿌린 것처럼 색이 아름답긴 하지만 살아 있다는 생각은 들지 않았다. 그제야 왜 도교도들이 이곳에 도교의 본부인 소격서를 지었는지 알 것 같았다. 천연적으로 형성된 지형을 통해 그들만의 수도처로 탈바꿈시켜 활용할 수 있었기 때문일 것이다.

잠시 걸어 들어가자 석벽에 여러 조상(彫像)들이 나타나기 시작했다. 율곡은 조상을 도교도들이 직접 조성했거나 아니면 석공을 시켜 조성했을 것이라고 생각했다. 주로 신선들의 모습을 새겨놓은 것 같았다. 얼굴에 흐르는 미소, 어딘가 도취된 듯한, 차라리 무한한 전율을 느끼게 하는 그 무엇. 아니, 그보다 수십 명은 족히 될 것 같은 신선들. 책을 들고 있거나 낚시를 하고 있거나 구름을 타고 있거나 바둑을 두고 있는 등의 조각 모습들. 이들을 새긴 세밀한 조형술이 예사롭지 않게 보였다.

율곡은 머리를 한 번 내혼들고 관리인을 따라가는 퇴계의 뒤를 따랐다. 앞장 선 관리인은 미로처럼 들어가 박힌 계단을 향해 나아가고 있었다. 그러다 계단을 내려간 관리인은 동쪽 문을 향해 나아갔다.

한순간 앞서가던 관리인의 모습이 보이지 않았다.

둘은 깜짝 놀라 발소리를 내며 엉겁결에 달려갔다. 관리인이 앞서가던 길은 막다른 길이었다. 벽이 가로막혀 있었다. 자세히 살펴보니 석문이 하나 있었다. 벽을 뚫고 만들어진 문이었다. 이내 그 석문이 열리며 안으로 들어갔던 관리인이 얼굴을 내밀었다. 관리인이 들어선 곳을 살펴보니 제법 큰방이었다.

"여기가 원장님 집무실이었습니다. 원장님이 돌아가시고 이렇게 되어버렸습니다만……."

들어서는 그들에게 관리인이 말했다.

방은 엄청나게 크고 화려했다. 방 한쪽에 계단이 있고 계단 끝에 문이 있어 와우당(臥牛堂)이라는 글씨가 가로로 걸린 것이 보였다.

소가 누운 방?

퇴계가 종이를 내려다보았다. 맨 앞에 적힌 와우당.

"맞군!"

퇴계가 신음처럼 소리쳤다.

두 사람은 그곳으로 다가가다 말고 멈칫 걸음을 멈추었다. 회랑의 반대쪽으로 벽의 한 면을 온통 차지할 만큼 큰 죽창이 있었다. 벽의 삼면은 잘 짜인 경장으로 장식되어 있었다. 그곳에는 수많은 경전들이 빼곡히 들어차 있었다.

남쪽으로 난 죽창을 마주하고 제법 큰 경상이 하나 놓여 있었다. 그 위에는 잡다한 것들이 널려 있었다.

원장이 집무를 보았을 공간은 그 위에 있었다. 높은 천장을 이용해 바닥과 천장의 반을 잘라 또 하나의 공간을 만들어 놓았다. 그곳으로 올라가기 위해 그들은 온기 없고 삐걱거리는 나무 계단을 올라갔다. 나무 계단은 낡았지만 오랜 세월 사람들의 손길이 닿아서인지 이상스런 정겨움과 고풍스러움이 살아 있었다. 와우당이라는 입간판이 입구에 또 달려 있었다.

와우당으로 들어갔다. 온기가 없었지만 어수선하지 않고 깔끔하고 단정한 편이었다.

한 대여섯 평이나 될까? 동쪽으로 벽의 한 면을 온통 차지할 만큼 큰 만자창이 나 있었다. 그 앞으로 다가갔다. 삼면 벽은 잘 짜인 책장으로 장식되어 있었고 그 속에는 수많은 서책들이 빼곡히 들어차 있었다. 동쪽으로 난 만자창 바로 아래 제법 큰 책상과 긴 상이 놓여 있었다.

그들은 이곳저곳을 살펴보았다. 책장과 벽과의 사이도 살펴보았다.

맞은편 책장 쪽으로 시선을 돌리다 말고 율곡은 문득 관리인이 있는 곳을 돌아보았다. 관리인이 이곳저곳을 살피다가 맞은편 책장 구석 자리로 다가가고 있었다.

관리인은 이내 돌아서서, "저는 일이 좀 있어서 먼저 나가보겠습니다"라고 했다.

"그러십시오. 우리는 잠시 더 둘러보고 나가겠습니다."

관리인이 사라지고 나서 돌아서려던 율곡은 멈칫했다. 바로 눈앞, 율곡의 눈앞으로 칼을 들고 시립한 사람의 조상(彫像)이 들어왔다. 그것은 벽장문 바로 위 벽에 걸려 있었다. 아마도 방주인이 직접 깎았거나 아니면 장인(匠人)에게 맡겨 제작한 것 같았다.

잠시 조상을 보다가 율곡은 자신의 눈을 의심했다. 정암 조광조였다.

조광조?

분명히 초상으로 본 적이 있는 조광조의 얼굴이었다. 도교의 원장 방에 조광조의 조상이? 이해가 되지 않았다.

조상을 뒤집어보던 율곡은 다시 한 번 놀랐다. 조상 뒤에 이런 글자가 보였기 때문이다.


외우당 ──→ 묘선당 ──→ 선지당 ──→ 법린당 ──→ 통린당 ──→
풍설당 ──→ 중앙당

방금 들어서면서 본 이 석실의 이름?

퇴계가 가까이 와 보고는 탄성을 터트렸다.

"맞아!"

"그런데 이상하군요. 이곳은 정암 선생이 작심하고 철폐한 곳 아닙니까? 그런데 이곳에 왜?"

"그래서 이곳에 은신했다?"

"아하, 거 말 되네요."

"그렇지?"

"그럼 여기에 추종자가? 그렇지 않습니까? 이 시립상을 빚은 걸 보면 ……."

"그럼 이방의 주인인 원장? 이 방은 원장이 죽을 때까지 쓰던 방이라고 하지 않았는가?"

"그러게요."

퇴계가 주루막을 열어 어함에서 발견됐다는 종이를 꺼냈다.

"이것과 맞추어보세."

퇴계가 눈을 빛내며 말했다.

외우당 ──→ 선지당 ──→ 법림당 ──→ 풍림당 ──→ 풍설당 ──→ 중앙당

외우당 ──→ 묘선당 ──→ 선지당 ──→ 법림당 ──→ 풍림당 ──→ 풍설당 ──→ 중앙당

"묘선당? 그렇군. 그리고 보니 이 조상 밑 글에는 당 하나가 더 있지 않은가?"

"그렇습니다."

그때였다. 시립상이 있던 곳을 다시 살펴보다가 율곡은 기름 봉투 하나를 발견하고 그것을 집었다. 누렇게 색이 바랜 것이었다.

"뭔가?"

"모르겠는데요. 시립상 밑에 놓여 있습니다."

율곡이 앞뒤를 살펴보다가, '조광조 선생 유품'이라고 겉봉에 써 있는 글을 읽었다.

퇴계가 놀라 기름 봉투를 보니 정말 '趙光祖先生遺品'이라는 붓글씨가 보였다. 먼지가 때기름처럼 앉았으나 글자를 덮을 정도는 아니었다.

"어서 열어보게."

율곡이 기름종이 봉투를 열었다. 세 장의 화선지가 나왔다. 아주 낡은 것이었다. 두 장의 종이는 상태가 온전치 못했다. 오랜 세월 낡고 낡아 아랫부분이 바스러져 나갔을 정도였다. 아랫부분이 아예 바스러져 없었다.

그런데 세 번째 화선지는 말짱했다. 약간 색이 바랬을 뿐 글씨는 선명했다. 글을 쓴 지 그렇게 오래되어 보이지 않았다.

율곡이 낡은 두 장을 살피다가 세 번째 발견한 글부터 읽기 시작했다.


폐쇄되었던 미궁에서 정암 조광조 선생의 유품을 발견할 수 있었다는 건 놀라움 그 자체였다. 어떻게 이곳을 폐쇄시키고 이곳에서 잠시나마 몸을 피할 생각을 하실 수 있었는지 모를 일이다. 그리고 이 어딘가에 그 성물을 숨겨 이곳을 리학의 세상으로 변하게 할 꿈을 꾸었는지. 당을 수색하다

보니 정말 그의 유품이 발견 되었다. 법린당에서였다. 처음은 그냥 지나쳤는데 이상했다. 석방 안이 다른 방과는 달랐다. 선생이 보던 유교 경전이 어지럽게 널려 있었다. 그동안 개방과 폐쇄를 거듭했던 터라 선생의 흔적이 그대로 있다는 것이 이상했다. 물론 석방의 상태로 봐 도교도들의 입실은 없어 보였다. 석방으로 들어가 이것저것 들췄다. 그러다가 한 책의 겉표지에서 조광조(趙光祖)란 글씨를 보았다.

조광조?

처음에는 그 이름을 발견했으나 정암 선생이라는 생각은 하지 않았다. 어쩐지 이름이 익다는 생각이 들었을 뿐.

조광조라니? 그럼 정암 조광조?

설마 했다.

지금 무슨 생각을 하고 있는 것이야?

그러면서 다시 몇 권의 서책을 뒤졌다.

함께 석방을 뒤지던 도반이 처음 뒤졌던 서책을 보다가 소리쳤다.

"조광조? 정암 선생 아닙니까?"

"그러게. 정암 선생?"

그제야 정신이 번쩍 들어 이 책 저 책을 뒤졌다. 그런 어느 한순간이었다. 서책 갈피에 끼워져 있던 종이 한 장이 스륵 하고 바닥으로 떨어졌다. 멍하니 그것을 내려다보았다. 겉은 기름종이이고 글씨가 보이는 속 면은 닥나무로 만든 두꺼운 한지였다. 기름종이로 겉을 대어서인지 추르르 흘러내릴 정도는 아니라는 판단이 들어 그대로 집어 올렸다.

희미한 글귀가 보였다. 분명히 글이었다.

법린당에서 조광조 선생이 직접 기록한 글은 그렇게 수거되었다.


두 번째 글이 수거된 것은 묘선당에서였다.

도반이 방으로 들어가 나오지 않자 이상한 낌새를 느껴 다가가보니 기름종이 한 묶음을 앞에 하고 앉아 있었다. 살펴보니 기름종이는 쥐들이 쪼아 버려서 몇 장 건질 수가 없었다.

두 사람이 그것이나마 들고 나와 뒤져보니 뒷장에 다음과 같은 글이 보였다.

글은 거기서 끊어져 있었다. 율곡이 다음 글을 보려는데 퇴계가 물었다.

"뒤에 있는 낡은 종이의 글이 그들이 발견한 석방 속의 글이라는 말이군."

"그런가 봅니다."

율곡이 뒷장을 잠시 읽다가 고개를 갸웃하며 다음 장을 보았다.

"세 번째의 화선지 글과 두 장의 글씨체가 다르네요."

"도대체 유품을 수거한 이가 누군가?"

퇴계가 물었다.

율곡이 다시 좀 전에 읽던 종이를 들여다보았다.

"이름이 셋째 장 끝에 있긴 한데 호만 적은 것 같습니다. 수결(秀潔)이라고만 되어 있군요."

"수결?"

"네."

"도교도라면 시립상을 만들고 정암 선생의 유품을 수거할 이유가 없지 않은가?"

"그러게요."

이번에는 퇴계가 고개를 갸웃했다.

"관리인이 올지 모르니 일단 집어넣게. 어디 출구가 있을 것 같은데……."

율곡이 기름종이 봉투에 다시 종이를 넣고 그것을 주루막에 넣었다.

두 사람의 눈이 자연스럽게 선지당을 찾기 시작했다.

일일이 벽을 살피고 두드려 보고 책장을 밀어보았다. 은밀히 비밀통로라도 숨겨져 있을지 모른다는 생각에 구석구석을 뒤졌으나 성과는 없었다. 그리고 무슨 단서라도 기록되어 있을까 먼지 쌓인 경전과 고서들을 뒤적였지만 발견하지 못했다. 혹 도면 같은 것이라도 찾을까 하여 벽장 속, 상자 속, 그릇 속을 확인했으나 허사였다.

어떤 위기의식 같은 것이 옥죄어 오기 시작했다. 퇴계는 혹시 다음 당을 찾지 못할지도 모른다는 조바심이 일었다. 그때까지 느껴보지 못했던 이상한 조바심이었다.

그런데 포기하려는 순간 벽장과 벽장 사이에 한 가닥 빛이 보였다. 돌벽장이었다. 나무 벽장이 아니라 돌벽장이었다. 돌벽장이라서 쉽게 지나친 것이었다. 돌벽장에 출입구가 있으리라 생각도 못했던 것이다. 더욱이 그 벽장은 가득 서책이 꽂혀 있었다. 그런데 율곡이 그 빛을 향해 가다가 그만 미끄러지고 말았다. 그러면서 율곡의 어깨가 돌벽장에 부딪쳤는데 무엇을 건드렸는지 돌벽장이 움직이다 말았다.

두 사람이 있는 힘을 다해 그 벽장을 밀었다.

"아!"

벽장이 열리는 순간 두 사람은 자신의 눈을 의심하며 탄성을 내질렀다. 거기 또 하나의 세계가 나타났던 것이다. 별천지였다. 생긴 모습이 미궁(迷宮)임에 분명했다. 자연과 인위가 하나가 된 공간.

"여기가 어딜까요?"

미궁의 낯선 모습에 율곡이 소리쳤다.

"허어, 이게 어디야?"

퇴계가 중얼거렸다.

여기에 이런 곳이 있었다니.

퇴계는 도교도들이 동굴을 그대로 수행처로 활용하고 있었다는 생각이 그제야 들었다.

# 길 위의 그림자 ①

**1**

선지당을 찾다가 이곳으로 들어온 지 얼마나 되었을까?

이곳은 분명히 천연 동굴을 인공화한 것이었다.

관리인이 켜놓은 횃불이 원장실을 통해 들어오기 때문일까? 아니면 동굴 어디에 바깥과 터진 부분이 있는 것일까? 제법 안으로 들어온 것 같은데 동굴 속이 그렇게 어둡지 않았다.

율곡은 석순 더미 위에 앉아 꼼짝을 않고 있었다. 퇴계 역시 일어날 힘이 없었다. 이미 이곳으로 들어설 때부터 몸이 말이 아니었다.

퇴계는 오던 길을 다시 되돌아나가야 하지 않을까 생각했으나 그대로 앞으로 나아가기로 했다. 미궁 속으로 들어와 내내 생각한 것이지만 아무리 생각해도 소격서 안에 이런 동굴이 존재하고 있다는 게 믿어지지 않았다. 도교도들에게 은밀한 수도처가 필요했다 하더라도 그렇다. 그들은 죽어가는 노년기의 동굴을 기막히게 활용하고 있었다.

동굴은 네 개의 큰길로 나누어져 있었다. 어느 길로 가도 본 뿌리에서 잔뿌리가 자라나듯 여러 개의 미로가 수없이 나 있었다. 그 길을 형성하고 있는 늙은 종유석들. 하나같이 부분적인 윤회과정을 볼 수 있었다. 석순이나 석주열, 연화반석 등이 그랬다. 동굴은 엄청나게 길어보였다. 길어도 그냥 긴 것이 아니라 동방을 끼고 구불구불 여러 갈래의 미로를 만들며 자연스럽게 형성되어 있었다. 한마디로 미로로 형성된 미궁이었다. 한번 길을 잘못 들면 입구를 찾아 나올 수 없을 것 같았다. 도교도들은 그렇게 늙어 죽어가는 동굴을 수행처로 활용하기 위해 이 굴 앞에다 본부인 소격서를 세운 모양이었다. 종유석이 자라다 만 천장과 벽면에 온갖 그림을 그려 놓은 것만 해도 그랬다. 말 그대로 지하궁전이 따로 없었다. 도교의 수행자들이 있었을 적에는 수행처답지 않게 엄청 화려했을 것 같았다.

도교도들이 들어오기 전에는 점토와 유기질 층이 많아 생물 서식에 좋은 환경을 이루고 있었을 것이다. 하지만 지금 동굴은 인간의 독기에 눌려서인지 살아 있지 않았다. 종유석도 죽었고 석순도 죽었다. 그래서일까? 가끔 역겨운 냄새가 콧속으로 흘러들어왔다. 어디에선가 썩은 물이 흐르고 있는지도 모를 일이다.

퇴계가 걷기 시작하자 율곡이 마지못해 일어나 따라 걸었다. 그들은 미궁 속으로 더 깊이 들어갔다.

도대체 이 미로의 깊이는 얼마나 되는 것일까?

들어갈수록 비린내가 더 심해지는 것 같았다.

좀 전에는 이상한 소리까지 들려왔었다. 인근 산에서 들려오지 않는다면 산생명이 있을 리 없는 동굴인데 소리는 어디서 들려오는 것인지 모를 일이었다. 주위를 살펴보았지만 감을 잡을 수가 없었다.

소리 또한 콧속으로 흘러드는 냄새만큼이나 이상했다. 뭐라고 표현해야 할까? 율곡의 표현을 빌리자면 도마 위에서 거친 비늘을 무딘 칼로 벗겨내는 것 같은 그런 소리였다.

계속해서 그 소리가 들려오자 퇴계는 한기가 들고 오금까지 저렸다.

"뭘까요? 저 소리의 임자는?"

율곡이 하얗게 질려 몸을 떨며 물었다.

퇴계도 이가 딱딱 마주칠 정도로 몸이 떨렸다. 어릴 적 부엉이 집으로 들어갈 때도 이렇게 무섭지는 않았다. 율곡으로부터 자신을 모함한 사람들이 목숨을 노리고 있다는 말을 들었을 때도 이렇게 당황하지는 않았었다. 그런데 지금은 그 소리로 인해 가슴이 섬뜩하게 무너졌다. 죽음보다 더 음산하고 기분 나쁜 소리는 한동안 계속되더니 드디어 멎었다.

다시 걷기 시작했지만 언제 그 소리가 들려올지 몰라 퇴계는 오금이 저렸다. 율곡도 처음과는 달리 기가 죽어 주눅이 들대로 들었다.

그렇다고 소리의 임자를 찾아 나설 처지도 아니었다. 미로는 온통 석순과 석주로 뒤엉켜 지척이 분간되지 않았다. 무엇인가 뒤를 따르는 것 같아 돌아봐도 알 수 없기는 마찬가지였다. 미궁은 석순으로 뒤덮여 있고 음습하여 한여름인데도 한기가 느껴질 정도였다.


2


"아, 소리가 또 나는데요. 뭔가가 우리를 향해 다가오고 있는 것 같지 않습니까?"

"글쎄?"

율곡이 몸서리를 쳤다.

"으아, 이 냄새……."

"못 참겠군."

"뭘까요? 소리도 그렇고. 비린내가 더 심해지고 있습니다. 시체 썩는 냄새도 아니고, 으아!"

율곡이 더 못 참고 주루막을 뒤져 이밀이 쓴 종이를 찢어 코를 막았다. 퇴계도 코를 막았다.

입으로 숨을 쉬자 입안에 비린내가 가득차기 시작했다.

"귀까지 막아야 하겠습니다."

율곡이 주루막을 뒤져 종이를 찾으며 말했다.

"그러지."

두 사람은 종이로 귀를 막았다. 종이를 부드럽게 구겨서 틀어막았지만 그래도 소리가 들렸다.

"한결 났군."

"그렇군요. 꼭 이렇게까지 해야 하는 건지……."

율곡이 투덜거렸다.

퇴계가 앞장서 나아갔다.

"다음 당을 찾아야 해."

"괜찮으십니까?"

"괜찮아. 갈 수 있어."

"이대로 가다가는 죽고 말 것 같습니다."

퇴계가 불평하는 율곡을 돌아보았다.

율곡이 땀을 뻘뻘 흘리며 뒤따라오고 있었다. 코와 귀를 막았으니 오죽 답답하랴. 짜증이 날만 하리라. 생긴 꼬락서니 하고는 참 약해 빠지게도 생겼다. 과거에 아홉 번 합격했다더니 서책이나 읽던 범생이가 분명하다. 겪어볼수록 소심하고 여린 구석이 있는 사람이다. 하기야 글만 읽던 서생이었을 테니 천박한 잔재주나 늘었을 것이다.

그러고 보니 그의 표현은 정확한 것 같다. 처음 소리를 들었을 때 퇴계는 여귀(女鬼)가 머리를 풀고 다가오는 숨소리 같다고 생각했다. 그런데 율곡이 무딘 칼로 아주 거친 비늘을 제거할 때 나는 소리 같다고 했다. 그 말이 맞는 것 같았다. 그의 시를 보았을 때부터 감성이 예사스럽지 않아 보였지만 대단하다는 생각이 들었다.

귀와 코를 막아서인지 여유가 생겼다.

율곡이 처지는 것 같아 퇴계는 앞으로 나아가다가 뒤돌아보았다.

석순에 그의 하반신이 가렸으나 율곡이 어딘가에 눈을 붙박고 있었다.

퇴계는 그의 시선이 붙박인 곳을 바라보았다.

그들이 조금 전에 거쳐 오면서 얼핏 보았던 그림이었다. 왕과 궁녀들이 그려져 있었다. 그 아래 구석자리에 결가부좌한 부처가 여자를 안고 있는 것 같은 원초불의 모습을 한 동상이 하나 보였다. 사내의 목을 안은 여인의 나신이 살아 있는 생물의 몸뚱이처럼 매끄러웠다.

"도대체 묘선당이 어디 있는지 모르겠네요."

율곡이 그림에서 눈을 떼고 다가오며 말했다.

"어디에 있을 테지."

그렇게 대답하고 퇴계는 계속 나아갔지만 찾으려고 하는 묘선당은 쉬 보이지 않았다.

좁은 길을 벗어나 공터를 가로지르자 더 이상의 벽화나 천장화는 보이지 않고 갑자기 공간이 넓어지면서 엄청나게 많은 나상(裸像)들이 나타났다. 좀 전에 보았던 원초불 같은 모습은 아니었다. 사내 홀로 가부좌를 틀고 앉아 있는 모습이었다. 수십 개, 아니 수백 개는 될 것 같았다. 퇴계는 누군가 이 석굴 속에 살고 있지 않을까 하는 생각이 다시 들었다.

그렇구나. 분명히 누군가 있어.

퇴계는 한 곳으로 모아진 나상들을 바라보았다. 보통 사람 정도 크기의 석상들은 둥그렇게 모아져 있었다. 비스듬히 옆 석상에 기댄 것도 있었고, 머리가 잘려 나갔거나 팔이나 하반신이 부러져 나간 것도 있었다.

그들은 나상의 군상을 지나쳐갔다.

지나가면서 퇴계는 생각했다.

귀와 코를 막지 않고는 한 발도 떼놓을 수 없는 이곳에 사람이 산다?

고개가 저절로 저어졌다.

그래도 사람의 흔적이 있지 않은가? 이상도 하지.

그 순간 시퍼런 빛 몇 개가 그들의 머리 위에서 흔들리다가 사라졌다. 아주 짧은 순간이었다.

율곡은 느낌이 이상해 잠시 서서 주위를 살펴보았다. 그가 다시 퇴계의 뒤를 따르기 시작하자 그들의 머리 위에서 머물다 사라졌던 푸른빛이 다시 나타났다. 퇴계가 다음 말을 하기 위해 고개를 들자 빛은 순식간에 사라지는가 하더니 이내 율곡의 등 뒤에 나타났다.

율곡은 그 빛을 의식하지 못하고 있었다. 빛은 율곡의 뒷덜미를 낚아챌 듯 낚아챌 듯하다가 율곡이 길이 꼬부라져 몸을 틀어버리자 멀어졌다. 율곡이 이상한 기미를 느끼고 뒤를 돌아보았을 때 이미 푸른빛은 사라지고 난 뒤였다.

퇴계는 앞서가며 주루막에서 종이쪽지를 꺼내보았다.

"묘선당, 묘선당이 어디 있나 그래?

## 3

미로가 점점 더 깊어졌다. 귀를 막아서일까? 희미하게 들려오던 소리조차 들리지 않아서인지 율곡의 음성에 생기가 돌았다. 그것은 퇴계도 마찬가지였다.

율곡이 귀를 막았던 종이를 빼냈다.

"어이, 살 것 같네."

퇴계도 양 귀에 막았던 종이를 빼냈다.

둘을 괴롭히던 소리가 들리지 않자 주위는 적막했다. 그들은 주위를 두리번거리며 잠시 석벽을 끼고 나아갔다. 계속 앞으로 앞서 가던 퇴계는 옆으로 길이 트이면서 석벽 면에 선지당이라는 글자가 음각되어 있는 것을 보았다.

퇴계는 후딱 종이를 내려다보았다.

"선지당? 그럼 묘선당은?"

그러고 보니 두 번째 당을 건너뛰고 세 번째 당을 찾은 셈이었다.

두 사람은 선지당을 살펴보았다.

선지당도 석방이었다. 딱 사람 하나가 들어가 앉을 정도의 돌방. 그 안에는 옷가지 하나 없었다. 세월의 잔재가 흙더미처럼 내려앉았을 뿐이었다. 석방 벽에 채색이 보이긴 하였지만 그림인지 글인지 알 수 없었다.

석방을 샅샅이 뒤졌으나 뭐 별다른 점은 찾을 수 없었다.

"이상하네요. 방이 비슷비슷한데 크게 다른 것도 없고……. 그런데 다른 석방은 이름을 적어 놓지 않았는데 왜 이 방에는 당 이름을 적어 놓은 것일까요?"

"흐흠 그렇다면 마지막 당에 그것이 있다? 그 길을 당으로 표시하고 있다? 이 화살표도 그렇고?"

퇴계의 말에 율곡이 잠시 생각하다가 고개를 끄덕였다.

"그럴지도 모르겠습니다."

"그럼 다시 당을 찾아보자고. 표시가 되어 있을 테니."

그들은 다시 나아갔다. 미로가 계속 되었다. 한참을 나아가서야 법린당 석방이 나타났다.

"이곳이 법린당입니다."

율곡이 소리쳤다.

"맞군!"

안을 들여다보던 퇴계가 멈칫 섰다.

율곡이 왜 그러느냐는 듯이 벽을 짚고 선 퇴계의 겨드랑이 사이로 석방 안을 들여다보았다.

법린당은 그들이 헤쳐 온 여타 석방과 달라보였다. 빈 방이긴 하나 다른 석방과는 달리 가장 가까운 시기에 사람이 살다간 흔적이랄까 살림살이 흔적 같은 것이 느껴졌다. 세월의 연륜이라고 할까? 곰팡이에 곰팡이가 피었다 지고 피었다 지고 그러면서 앉은 세월의 이끼가 다른 석방과는 뭔가 달라보였다. 돌방이지만 이끼의 더덕이 그렇게 느껴지지가 않았다.

더욱이 장대로 선반을 맨 것이 그대로 있었고, 선반에 먼지가 켜켜이 내려앉았는데 썩은 법복도 한 벌 걸려 있었다. 그 아래 질그릇 몇 개와 쇠화로 하나가 뒹굴고 있었다. 서책도 몇 권 버려져 있었다.

퇴계가 석방 안으로 성큼 들어섰다. 다른 석방처럼 거미줄이 있었지만 그렇게 심하지는 않았다.

율곡이 밖에서 퇴계의 동태를 살폈다. 구석자리, 거기 먼지가 수북이 쌓인 곳에 서책 몇 권이 반쯤 파묻혀 있는 것이 보였다.

퇴계가 가까이 다가갔다.

율곡이 석방 안으로 들어왔다.

"책입니까?"

"그래, 서책 같아."

퇴계는 무릎을 구부리고 앉아 서책 위에 쌓인 먼지를 조심스럽게 손으로 쓸어내었다. 먼지는 습기로 인해 이미 흙이 되어 있었다. 손가락으로 겨우 긁어내서야 서책들이 모습을 드러냈다. 주로 도가 경전이었다.

"유물을 찾으러 들어왔던 사람이 이곳에서 정암 선생의 글을 발견한 것이 아닐까요?"

"그러게. 그 글을 줘보게. 오호, 그러고 보니 그 글을 마저 읽지도 못했구먼."

율곡이 그제야 주루막을 열어 기름 봉투를 꺼냈다. 그리고 조심스럽게 속 알갱이를 꺼내 퇴계에게 건넸다. 퇴계가 받아 첫 번째 장은 읽었던 것이라 두 번째 장부터 읽어 내려갔다.


주상은 화가 나 있었다. 금방 칼을 빼 목을 칠 것 같았다. 살기가 이글거리는 눈빛…….

하기야 내가 석방 이름들을 적어 보냈을 적에야 이곳까지 찾아오라고 한 것이나 마찬가지였다. 주상이 그것을 모를 리 없었다. 그리고 원래 이곳은 주상이 도교에 심취해 한때 와 있던 곳이기도 하였다. 도교를 직접 경험해 본다며 변복하고 소격서나 수선원에서 머물다 환정법도 경험하고 싶다며 머문 곳이 이곳이었다. 그러니 이곳의 지리에는 밝았을 것이다.

"짐은 경이 하자는 대로 했다. 내가 왕이 되고 싶어서 되었더냐? 내가 왕위에 오른 것은 내가 원한 것이 아니었다. 그런데도 간사한 무리들은 왕을 바꿔야 한다고 하고 경은 수형이 아닌 수직적인 신분제도를 고수하며 왕이 수신하여 더 나은 성리학적 이상사회를 이루어야 한다고 짐을 압박했다. 경은 언제까지 그 지긋지긋한 도학정치(道學政治)를 강조할 것인가? 그것은 너희들의 꿈이 아니더냐? 사림파의 이상사회. 그 사회를 이루기 위해 훈구파의 독주를 막아오지 않았는가? 내가 어리석었다. 나는 경을 죽이고 나를 혁명할 것이다."

"죽이시옵소서."

나는 눈을 감으며 말했다.

왕이 칼을 빼고 내 목을 겨누었다.

"조광조! 후회는 없으렷다."

"없사옵니다."

"좋다. 죽여주마. 그러나 왜 이리로 온 것인지 알고나 죽여야겠다. 여기에 왜 온 것인가? 이곳은 네놈 스스로 철폐한 소격서가 아니냐?"

나는 천천히 눈을 떠 주상을 보았다.

"전하, 그렇사옵니다. 참으로 쉴 새 없이 달려오기만 했사옵니다. 그러나 비로소 이제야 알 것 같사옵니다."

"무엇을 알 것 같단 말인가?"

"바로 이것이옵니다."

"이게 무엇인가?"

내가 준 서책을 받으며 왕이 물었다.

"바로 리학경이옵니다."

"리학경?"

"그렇사옵니다. 사림의 유종이 우탁 선생님이요 포은 정몽주 선생이라는 것은 알고 계실 것이옵니다. 그분들이 남긴 경이옵니다. 그분들로부터 정도전, 권근, 환훤당을 거쳐 이언적에 이르고 이제 신에게 전해진 것이옵니다. 밀승이 간직하다가 이곳으로 저를 불러 전해준 것이옵니다."

"도대체 목숨이 경각에 달렸는데 이 서책이 네 목숨보다 귀하단 말이냐?"

"상감마마, 그러지 않고서야 제가 어찌 상감마마를 이곳으로 모실 수 있었겠나이까?"

"도대체 무엇이?"

"이언적이 양재벽서사건에 연루되어 죽기 전 만난 일이 있사옵니다. 그가 그랬나이다. 우리의 성리학이 제대로 서려면 리기 문제가 해결되지 않고는 안 된다고."

"리기?"

임금이 되뇌었다.

"이미 알고 있는 사실이었습니다만 이언적은 정도전 선생, 권근 선생의 주리설을 제대로 이어받았더이다. 그러므로 그는 우리들의 성리학으로부터 한 발 더 나가 있었사옵니다."

"한 발 더 나가 있었다?"

"그는 리와 기를 하나로 보고 있지 않았사옵니다."

"무슨 소리인가? 그것은 일찍이 사림파의 주장이었다. 바로 경이 몸담고 있는 사림파 말이다."

"그렇사옵니다. 그러나 이언적은 포은 선생이 남긴 이 서책을 통해 우리의 성리학이 도달하지 못했던 세상을 열고 있었다는 말이옵니다."

"그게 무엇인가?"

"기를 주재하는 것은 리요, 그러므로 기는 리의 자료가 아니라는 것이옵니다."

"무엇이라?"

임금이 눈을 치떴다.

"그렇다면 그대의 주장과 무엇이 다른가?"

"리는 우리의 본성이므로 생성하지 않는다는 것이옵니다."

"그러면 마찬가지가 아닌가?"

"아니옵니다."

"아니라니? 내가 생각하기에도 리도 기처럼 생성하는 힘을 가지고 있는 것 같은데 아니라니? 우리의 본성도 환경에 따라 변하기 마련 아닌가?"

"상감마마, 우리의 본성은 우주 그대로의 모습이옵니다."

"그런데 어떻게 그가 그대와 다른 세계를 열고 있었다는 말인가?"

"이제 이 경을 여기에 묻어 이곳을 정화할 것이옵니다. 그리하여 이 세상은 유가의 숨결이 빛나는 세상이 될 것이옵니다."

……


글은 거기까지였다.

종이의 글을 내려다보고 있던 율곡이 고개를 갸웃거렸다.

"정암 선생이 맞군요."

"어떻게 이런 일이?"

퇴계는 풀썩 그 자리에 주저앉았다.

율곡이 상기된 표정으로 가까이 다가왔다.

"설마 했었는데……. 중종 임금이 조광조 선생을 이곳에서 끌어나갔다는 말이 아닙니까?"

율곡의 말에 퇴계가 넋이 나간 모습으로 머리를 내저었다.

"모르겠네. 모르겠어."

퇴계가 부르짖다가 눈을 감았다.

"그렇다면 여기 있었던 것은 사사되기 전이었단 말인가, 아닌가? 사사되기 전이었다면 사사된 것이 분명하고 아니라면 살아 계신다는 소문이 맞는 것이 아닌가?"

"글로 보아선 사사되기 전이 분명하지 않습니까?"

퇴계는 석방의 이름이 적힌 종이를 꺼내보였다.

"와우당에서 선지당 그리고 법린당? 그렇다면 임금도 우리처럼 찾아와 정암 선생을 만났단 말이 아닌가?"

"그렇습니다."

"그렇다면 와우당과 선지당 사이에 묘선당이 있다?"

퇴계의 말에 율곡이 고개를 갸웃했다.

"묘선당을 찾아봐야 할 것 같아."

퇴계가 중얼거렸다.

"그런 석방은 없었지 않습니까?"

"어딘가 있겠지. 바로 그 방에 무언가 있을 것 같아. 이 글이 조광조 선생의 글이 분명하다면 말일세. 그가 분명히 리학경을 밀승으로부터 받아서 가지고 있다고 나와 있지 않은가?"

"그럼 그곳에 정암 선생이 있다구요?"

"그럴지도 모르지. 그가 이곳을 정화하기 위해 왔든, 이곳에 몸을 숨기기 위해 왔든……. 그렇다면 그때 주상에게 끌려가지 않았다는 말이 되지."

"그, 그럴지도 모르겠군요."

"맞아. 이 석방은 조광조 선생이 위기를 느끼고 밀승을 찾아와 지내던 곳이 분명한 것 같아. 그는 이 석방에 있을 때 잡혀간 것이 아니었어. 아마 이 방에서 그런 분란이 있었다고 하더라도 중종 임금은 조광조를 바로 잡아가지는 않았던 것이 분명해. 아니면 어떻게 이 글이 여기 남아 발견될 수 있었겠나?"

"그렇군요."

"그렇다면 주상이 돌아가고 난 뒤 묘선당으로 옮겨 갔다는 말이 된다. 방을 옮기면서 이 글을 빠뜨렸거나 남겨 놓았을지도……. 맞아, 가 보자고."

두 사람은 석방을 나서 다시 미로를 걷기 시작했다.

그들을 향해 다가오던 소리의 정체는 잠이라도 든 것일까?

# 길 위의 그림자 ②

## 1

그들은 묘선당을 찾아 한동안 헤매어 돌았지만 묘선당은 보이지 않았다. 한참을 헤매다가 문득 넓은 공간을 만났는데 강당 같았다. 구석에는 사람 키만 한 돌탑이 이끼 낀 채 서 있었다. 탑 꼭대기에는 거대한 석두상이 얹혀 있었다. 돌로 된 신선상이었다. 아마도 좌상에서 떨어진 것을 누군가 그것만을 탑 위에 올려놓은 것 같았다. 그래서인지 퍽 기괴한 모습이었다.

다행스럽게도 이상한 소리가 들리지 않았으므로 귀를 막지 않아서 살 것 같았다. 그러나 참을 수 없는 냄새는 아직도 그대로여서 입안이 얼얼할 정도였다.

한참 걷다가 율곡이, "왜 소리가 나지 않는지 모르겠네요?" 하고 퇴계의 뒷모습을 살피며 물었다.

그 순간 회초리 같은 것이 율곡의 발목을 낚아챘다.

"에구구―"

율곡은 비명을 지르며 자빠졌다.

"왜 그러나?"

퇴계가 나자빠진 율곡에게 물었다.

"긴 혓바닥 같은 것이 제 발목을 갑자기 감아 끌어당겼습니다."

율곡이 겁먹은 얼굴로 말했다.

퇴계가 주위를 둘러보다가, "뭐가 있다고 그래?" 하고 말했다.

율곡도 주위를 둘러보았다.

"정말이라니까요."

"미끄러진 것 아닌가?"

"아닙니다."

"하하하……."

퇴계가 고개를 쳐들고 웃었다.

"드디어 미쳐가는군."

"선생님!"

율곡이 발딱 일어났다.

갑자기 가까이에서 나무가 넘어가는 듯한 소리가 들려왔다.

"분명히 들었지요?"

율곡이 사방을 두리번거리다가 퇴계에게 물었다.

"뭘 들어?"

퇴계가 율곡을 놀리듯이 시침을 뗐다.

"방금 소리를 못 들었습니까?"

"글쎄?"

율곡이 코를 막은 종이를 빼내고 코를 벌렁거리며 갑자기 킁킁거렸다.

"비린내가 더 심해진 거 같습니다."

"그래?"

"맡아보십시오."

"됐네."

율곡이 안 되겠다는 생각에 코를 얼른 막았다. 그리고는 입으로 숨을 쉬다가 가래침을 칵 하고 내갈겼다.

퇴계는 잠시 나아가다가 걸음을 빨리 하면서 중얼거렸다.

"길을 잘못 든 건가?"

"일단 가봐야지요."

퇴계는 앞장서서 석방을 확인하며 나아갔다. 돌아보면 율곡이 부지런히 따라오긴 하지만 행동거지가 엉거주춤해 볼썽사나웠다.

젊은 사람이 저래서야 원.

율곡은 완전히 겁먹은 모습이었다.

사실이었나?

짐승의 혀가 다리를 감았다는 율곡의 말을 생각하며 퇴계가 고개를 갸웃했다. 다시 뒤돌아보자 율곡은 소리를 내던 그 무엇이 덮칠 것 같다는 생각 때문인지 겁먹은 표정으로 주위를 두리번거리며 뒤따르고 있었다.

미로를 벗어났는가 했는데 갑자기 율곡이 웃기 시작했다.

"하하하."

율곡이 웃기 시작하자 퇴계는 영문을 모르고 율곡을 돌아보았다. 율곡의 시선이 자신의 어깨 너머에 머물러 있었다.

퇴계는 걸음을 멈추었다.

이게 뭔가? 한 여인이 망사 자락을 나풀거리며 퇴계를 안으려고 두 팔을 벌리며 다가오고 있었다. 퇴계는 자신도 모르게 몸을 움츠렸다.

그 모습을 보던 율곡이 또 하하하 하고 웃었다.

"아무튼 복은 참 많으십니다. 하하하……."

이런.

퇴계가 가만히 보니 자신을 향해 덮치려던 것은 천장에 조성되어 있는 부조였다. 자신을 향해 팔을 벌린 여인은 망사 하나만 걸쳤을 뿐 완전한 나신이었다. 망사 속의 몸이 그대로 비쳐나고 있었다.

고개를 홰홰 내젓는 퇴계를 보며 율곡이 다시 웃음을 터트렸다. 좀 전에 겁을 집어먹고 사방을 두리번거리던 율곡이 아니었다.

"알고 보니 선생님이 겁이 더 많으시군요. 그렇게 남자다운 척하시면 기개가 뻗치십니까?"

"이 사람 못하는 소리가 없군."

"기를 잡도리하셨다고 하지 않으셨습니까?"

퇴계는 싸늘하게 율곡을 노려보았다.

"자네 정말 잔인하군, 또 비아냥거리다니. 아직 힘이 남았나 보군. 그랬네, 여자를 안았네. 그게 뭐 잘못 되었는가?"

"이제야 솔직해지시는군요. 맞습니다. 그 말이 천 마디 백 마디 변명보다 훨씬 솔직하십니다. 그래서 그 세계에 흠뻑 취해 병이 나셨군요?"

"정말 못 말릴 인사일세. 끝났다 싶으면 다시 시작하니. 그거 버릇 아닌가? 비아냥거리는 버릇?"

"아직 저의 의문이 채 풀리지는 않았다는 증거입니다. 그랬기에 월란대 수련을 했다는 말, 그거 다 도학에 물든 유학자의 변명 아닙니까? 엄밀히 말해 유산(遊山)하는 목적조차도 그것이었단 말이지요? 실제로 체득하기를 원했다?"

"허어, 이런 사람하고……."

그때 맞은편 벽 너머에서 갑자기 이상한 소리가 들려왔다. 놀라 도망가는 쥐들의 울음소리였다. 무엇에 쫓기는 비명소리.

퇴계와 율곡이 동시에 얼어붙었다.

"무슨 소리일까요?"

"쉬―"

퇴계가 돌아서며 검지를 입술로 가져다댔다.

율곡이 눈을 크게 떴다.

쥐들의 비명 소리는 잠시 계속되다가 멎었다. 뒤이어 다시 사방은 적막 속에 갇혀버렸다.

퇴계와 율곡이 사방을 휘둘러보았다. 그러나 그들은 보지 못하고 있었다. 그들의 눈길이 미치지 못하는 곳에 두 개의 시퍼런 눈이 서서히 떠오르듯 솟아올라 그들을 쏘아보고 있었다.

"쥐들의 서식지에 무엇인가 들어온 모양이야."

퇴계가 목소리를 죽여 웅얼거리듯 말했다.

"무엇일까요?"

율곡이 좀 전의 기세를 꺾고 낮은 소리로 물었다.

"글쎄?"

그들은 다시 사방을 휘둘러보았다. 그들은 자신들을 쏘아보고 있는 시퍼런 눈길을 발견하지 못하고 몸을 움직이기 시작했다. 그들은 앞으로 나아가면서도 혹 무엇인가 덮칠지 모른다는 생각에 주위를 살펴보고는 하였다.

계속해서 적막감이 그들을 감싸 안았다. 그들의 발걸음 소리만이 주위로 퍼져나갔다.

"어디까지 말했습니까?"

율곡이 가중되는 공포를 이겨내 보려는 듯 입을 열었다. 갑자기 꺾여버린 좀 전의 기세를 찾아보려는 것처럼 보여 퇴계는 입가에 쓴웃음이 물렸다.

율곡은 목이 바짝 말라 물을 좀 마셨으면 싶었다. 그러나 물도 얼마 남지 않아 최대한 아껴야 할 것이었다. 율곡은 연신 입술에다 침을 궁글여 발랐다. 퇴계 역시 목이 탔으나 타는 목을 달래 듯 침을 모아 꿀꺽 넘겼다. 목이 불볕처럼 따가웠다.

그들이 꼬부라진 길을 따라 모습을 감추자 뒤따르던 검은 그림자의 두 눈길이 우뚝 멈추었다. 두 눈은 사방을 두리번거리다가 그들이 꼬부라진 길로 접어들었다. 뒤이어 시퍼런 빛을 띤 거대한 물체가 거기 나타났다.


2


퇴계가 이끄는 대로 두 사람은 미궁의 미로 속을 얼마나 헤맸는지 몰랐다. 여전히 묘선당은 찾을 길 없었다.

푸른 눈의 임자는 바로 뒤에서 기회를 노리고 있었고, 소리가 오랫동안 나지 않자 두 사람은 점차 대범해지고 있었다.

묘선당은 여전히 보이지 않았다. 행여나 묘선당이라는 이름을 잊어버릴까 퇴계는 종이쪽지를 꺼내보았다. 그러다가 걸음을 멈추었다. 금방 보일 것 같으면서도 보이지 않는 그 무엇, 퇴계는 눈을 감았다. 가득한 절망감이 철벽처럼 눈앞을 가로막았다. 퇴계는 더 나아갈 생각을 잊고 멍하니 앞을 바라보았다.

율곡은 여전히 말이 없었다. 계속해서 소리의 임자를 생각하고 있었다. 소리의 임자가 어디선가 무서운 눈길로 지켜보고 있을 것 같았다. 그는 좀 전까지도 있던 공포를 밀어내듯 퇴계에게 물었다.

"없는 거 같지 않습니까?"

"잘 찾아보면 있을 것이야."

그들이 묘선당 석방을 찾은 것은 그로부터 한참이 지나서였다. 율곡의 발에서 피가 흘러 그가 피를 닦아내는 사이 퇴계가 불이라도 피우기 위해 두리번거리다가 묘선당을 발견한 것이다. 그러고 보니 두 번 정도 지나간 길의 모퉁이였다. 모퉁이 가에 꼬부라져 그 옆방의 처마가 묘선당이라는 글자를 덮고 있었다. 바로 아래에 서지 않았다면 보이지 않았을 석방이었다.

석방은 다른 방들과 별반 다르지 않았다. 하지만 기대와는 달리 텅 비어 있었다. 사람이 살던 흔적이라도 있을 줄 알았는데 선반이나 횟대조차 없었다. 사방이 온통 이끼였다.

"이곳이 묘선당이 분명하다면 두 번째의 기록물을 여기서 입수했다는 말인데……."

"그럼 여기 머물렀다는 말이 됩니다. 그러고 보니 또 잊었군요."

"어서 꺼내보게."

이번에는 율곡이 세 번째 종이의 글을 읽어 내려갔다.

보름달이 뜨던 날 이 석방으로 옮겼다. 이제 주상은 더 물러설 수 없는 곳까지 와 있었다. 주초위왕. 훈구파 무리들이 나뭇잎에 꿀을 발라 나를 모함해 죽이려 하고 있었다. 주상은 지긋지긋한 자신의 개혁 동지였던 나를 잡기 위해 이곳으로 오고 있었다.

그 전에 경전을 이 미궁의 중앙 석방에 숨겨야 하리라.

경전을 숨기고 잠을 한숨 자고 나자 주상이 들이쳤다.

주상이 눈에 살기를 띠고 물었다.

"경은 내게 언제나 말했다. 임금이 나라를 잘 다스리려면 먼저 자신의 본성인 리를 곧바로 세우고 기를 잘 다스려야 한다고. 그대 여기서 기를 잘 다스렸을 터이니 이제 내게 말할 것이 없는가?"

"상감마마, 이제 우리들의 개혁이 끝날 때가 되었나 보옵니다."

"우리가 아니라 나다."

"스스로 자신을 개혁하려면 수양을 쌓아야 할 것이옵니다."

"또 그놈의 기를 잡도리하란 말인가? 그래 물어보고 싶었다. 아니, 네놈이 내게 물어보고 싶어 이곳으로 짐을 부른 것이 아닌가? 그렇다면 쉽게 가르쳐다오."

"상감마마, 흔들리지 마옵소서. 주군이 흔들리면 정사가 흔들리기 마련이옵니다. 우리의 본성인 리는 결코 흔들리지 않사옵니다. 그것이 바로 리인 것이옵니다. 상감마마의 성총을 흐리는 주범은 바로 기이옵니다. 그래서 선현들은 리기의 이론을 세웠고 심화 발전시켜 나가면서 리기의 개념을 중심으로 하는 인성론으로 체계화했던 것이옵니다. 물론 인간 이해에 바탕을 둔 개념들이옵지요."

"참으로 어쩔 수 없구나. 목숨을 달라고 왔는데 아직도 그 타령이라니……."

나는 고개를 내저었다.

"바로 그것이 진리이기 때문이옵니다. 그 본뜻을 모르고서는 천하가 존재할 수 없기 때문이옵니다. 백성을 다스리기 위해 군주는 마땅히 알아야 할 것이옵니다."

임금의 얼굴에 비웃음이 가득 실렸다.

"경은, 아니다, 경이라니. 네놈이다. 네놈은 입이 열 개, 아니 천 개라 하더라도 할 말이 없을 줄 알았다. 네놈의 정책은 나를 일어서게 했고 결국 혼란에 빠트렸다. 도대체 리기가 뭐냐? 뭐기에 그렇게 질기게 싸워왔고 싸우고 있으며 싸워야 할 것인가? 바로 그것으로 인해 파당이 형성되었으며 되고 있고 되어갈 것이 아닌가? 이제 물어보자. 너의 개혁의 핵심이 무엇이냐?"

"상감마마, 스스로 성심을 더럽히지 마옵소서."

"아직도 너의 개혁이 옳다고 주장하는 것이냐? 그렇겠지. 성균관 유생들을 중심으로 한 사림파, 그들의 절대적 지지를 받을 수 없었다면 너란 인물은 여기 없었을 테니. 너는 그들을 업고 도학정치의 실현을 이루려 했다. 그게 무엇이냐? 그것은 국왕의 교육, 성리학 이념의 전파, 향촌 질서의 개편, 사림파의 등용, 훈구정치의 개혁…… 그것들을 급격하게 추진하는 것이지 않느냐?"

"상감마마, 국왕은 이 나라의 주인이십니다. 주인인 군주가 무능해서야 어찌 나라가 제대로 설 수 있겠습니까? 이 나라의 교육정책은 군주의 이상에서 나오는 것이옵니다. 그것이 정치의 근본이옵지요. 그렇기에 그런 정치를 실현하기 위해 힘썼지 않았사옵니까. 그리하여 정체(政體)를 세우셨고 어리석고 무지한 백성들에게 교화를 행하지 않으셨습니까?"

"아서라. 나는 너의 허수아비였다. 내가 그러는 사이 너는 어떠냐? 너희들의 정당성을 확립하지 않았느냐? 너희 무리가 안전을 보장받기 위해 교묘히 군자와 소인을 분별할 것을 역설하지 않았더냐? 사화와 같은 탄압을 피하기 위해서 말이다."

"상감마마!"

"너희들은 올바른 성리학 이념의 전파를 위한다는 명목으로 사조인 정몽주의 문묘종사(文廟從祀)를 요구하였다. 김굉필, 정여창에 대한 관직 추증을 시행하였다. 그리고 그 사람들까지 문묘에 종사할 것을 요청하였다. 내가 모를 줄 알았더냐? 너희 사림파가 어씨향약을 간행하여 전국에 반포한 이유를? 그것은 너희 사림파가 주체가 되는 새로운 사회질서를 확립하기 위해서였다. 그 후 과거는 어찌 되었느냐? 급제자는 사림파 인물 일색이었다. 너는 개혁을 부르짖었지만 따져보면 훈구파를 견제하는 사림파의 앞잡이였을 뿐이었다. 소격서 폐지만 해도 그렇다. 도교는 중국의 신앙이지만 이미 우리나라로 건너와 민간 신앙이 되었다. 태상노군이 바로 그이고 우리의 생명을 관장하는 칠성신, 신선들이 바로 그들이다. 그들이 우리에게 전한 것은 지대했다. 왜 노장사상이 네놈이 떠받드는 유교사상에 밀려났느냐? 네놈이 죽고 못 사는 유교가 지배층의 통치이념으로 자리를 잡았기 때문이다. 백성들의 의식 속에 잡초와 같은 철학으로 자리 잡은 노장사상을 밀어내었기 때문이다. 네놈 같은 자들에 의해 노장사상이 유교처럼 이 나라에서 빛을 보지 못했다 그 말이다. 바로 네놈에 의해 백성들은 태산노군을 잊어버렸으며, 옥황상제를 잃어버렸으며, 자손의 명을 빌던 칠성신을 잃어버렸으며, 신선이 되어간 우리의 조상들을 잃어버렸다 그 말이다. 왕손의 복을 비는 개복신초(開福神醮), 상왕이 왕을 위해 바치는 청명초(請命醮), 왕후의 병환을 위해 비는 도병초(禱病醮), 비를 비는 기우초(祈雨醮)도 사라져버렸다. 본명초제(本命醮祭), 진병초(鎭兵醮), 삼원초(三元醮), 삼계초(三界醮)……. 그런 제사도 사라져버렸다."

"그렇다고 하더라도 우리 것은 아니옵니다."

"그럼 유교가 우리 것인가?"

"상감마마, 그렇게 논할 문제가 아니옵니다."

"아니라니? 조종(祖宗, 임금의 조상) 이래로 지켜 내려온 제도이므로 경솔하게 없앨 수 없다고 거부했으나 네놈은 어찌 했느냐? 세상을 속이는 좌도(左道)라고 했다. 그리고 무엇보다도 하늘에 대한 제사는 천자만이 할 수 있는 것이라고 했다. 일개 제후인 조선왕이 하는 것은 예에 어긋난다고 했다. 그렇게 날 가지고 논 사람이 네놈이 아니더냐?"

"도가사상은 지역이나 인종, 시대 등에 따라 그 개념이나 내용이 달라져왔다는 걸 모르시나이까?"

"이노옴!"

"신의 말은 백성의 신앙이 없어져서가 아니라 제왕이나 제후가 비빌 곳이 없어져 그렇다는 말이옵니다. 더 많은 복을 원했기에 권력을 이용해 적극적으로 그 사상을 갈구했다는 말이옵니다. 왜냐면 현세적인 권력과 쾌락의 영속을 바라는 계층이 그들이기 때문이옵니다."

"네놈이 짐을 아직도 능멸하고 있지 않은가? 짐과 네놈이 무엇이 다른가?"

"신은 이 나라를 굳건한 반석 위에 올려놓기 위해 성리학적 개혁을 택했사옵니다. 도교의 법으로 불로장생을 기도하기 위해 개혁을 해오지는 않았단 말이옵니다."

"그러니까 그들의 법은 불로장생의 방향으로 그 사상이 전개되어 왔다는 말이지 않은가?"

"그렇나이다. 하나를 보면 열을 알 수가 있나이다. 그들을 보시옵소서. 조식(調息)이라든지, 복이(服餌)라든지, 도인(導引), 방중(房中) 따위의 신체단련 내지 생리조절의 방법을 개발하면서 불사약을 구하고 있지 않사옵니까? 왜 주상께서 그토록 상소를 올려도 고개를 내저었는지 신은 알고 있사옵니다."

"무엇이?"

임금의 수염이 푸르르 떨렸다.

"은밀히 그들을 궁으로 불러들여 금단(金丹)을 만들었지 않았사옵니까? 영생불사하고 싶으시옵니까? 방사(方士)가 생겨나 술수를 행하고 싶으셨사옵니까? 신이 다섯 번, 홍문관에서 일곱 번, 그래도 안 되어 전원이 사직 상소를 올렸을 때에야 마지못해 소격서 폐지를 허락했사옵니다."

"너는 그때 나를 능멸했다."

"임금의 수양이 모자라 보인다면 그것을 지적할 수 있는 신하가 충신이라는 것을 잊었나이까?"

"너를 죽이리라!"

임금이 칼을 뽑았다.

"그렇사옵니다. 죽이시옵소서. 그리하여 다시 훈구파와 손을 잡으시어 소격서를 일으키시고 금단을 만들어 영생불사하시옵소서."

"오냐. 내 신선이 되어 이 나라를 신선국가로 만들리라. 내 백성들을 오래 살게 하리라. 늙지도 않고 죽지도 않게 하리라. 어찌 군주라면 그것을 바라지 않으리오."

"상감마마, 그래서 꿈인 것이옵니다. 그 꿈을 깨지 않고는 참다운 개혁은 오지 않는다고 판단했기 때문이옵니다."

"그렇다. 도교는 기본적인 신앙은 다신교이지만, 엄밀히 말해 궁극적으로 지향하는 세계는 바로 신선사상임을 모르는 바 아니다."

"그런데 왜 그러셨나이까?"

"하지만 모르겠구나. 왜 그것이 이 나라의 개혁에 그렇게 걸림돌이 되는지? 그게 그렇게 잘못된 것이냐? 유교는 어떠하냐? 더 구속적이고 어렵지 아니하냐? 인간존재의 근본적 고통인 죽음으로부터의 탈피나 초월을 지향하는 사상이 그렇게 나쁜 것이냐? 아무리 유림이라고 하더라도 어찌 불사의 갈망이 없을 수 있겠느냐? 고통 없는 행복한 죽음과 사후의 세계에서 고통 없기를 희구하는 사람들의 소망이나 갈망 말이다. 그것은 누구에게나 강하게 자리 잡고 있는 것이다. 더욱이 그것이 네가 죽고 못 사는 리기 문제와 직결되고 보면 말이다. 기를 마음대로 운용할 수 있다면, 최상승법을 얻을 수 있다면 더욱이나 그렇겠지. 그래서 방서(方書)를 가까이 했다. 그 속에는 고대의 신선가, 음양가 등이 수놓아져 있었으니 말이다. 그래서 공자께서도 양생법을 가까이 하였고 도교에 심취할 수밖에 없었다고 하지 않았느냐? 그래서 노자의 사상에 심취한 공자께서 도교 이론인 연단술(煉丹術)의 대표적인 이론적 기초자라는 말이 생겨난 것이 아니냐는 말이다. 아직도 자신의 도를 지키기 위해 공자께서 도교에 다가간 것이라고는 하지 마라. 나 또한 자연스럽게 다가가게 되더구나. 내 백성들이 그랬듯이. 우리가 유교를 통해 조상의 제사를 지내듯이 자연스럽게 받아들여 우리 것으로 했다. 그런데 너에게는 성리학만이 진리였다. 그것이 개혁인가? 저 백성들에게서 신앙을 빼앗는 것이 개혁인가? 이미 그때 너는 리기를 거론할 자격을 상실한 것이다. 유가의 덕목이었던 예와 거경을 너는 잃어버렸기 때문이다. 너는 너의 기 하나 잡도리 못하면서 그저 주군에게만 잡으라고 윽박질렀다. 너는 욕망에 사로잡혀 이 세상을 도적질하고 있었다는 말이다. 정확히 말하자구나. 지금 너의 주장은 사림파의 주장이지 않느냐? 나는 너희들의 사상싸움에 끼어들 마음이 없다만, 이제는 왜 너희들의 주장이 공허하게 들리는지 모르겠구나."

"상감마마, 돌아서지 마시옵소서. 신과 사상적으로 어깨동무를 하던 때가 언제이옵니까?"

"이놈, 정말 무엄하구나."

"상감마마께서 올바른 사상을 가지고 정심으로 백성들에게 하심(下心)을 가지는 것이 바로 리이옵니다. 그들의 고통을 아파하고 어깨를 두드리는 것이 리이옵니다. 나와 함께 욕망을 위해 노력하던 힘이 기이옵니다. 나를 이제 끌고 가 죽이는 것이 기이옵니다. 선량한 백성을 고통 받게 하는 것이 바로 기이옵니다. 기는 그렇게 악하기도 하고 선하기도 하옵니다. 부디 이 점을 잊지 마옵소서."

"너를 죽이리라. 너를 죽이지 않고는 이 지긋지긋함에서 벗어나지 못할 것이다. 너의 주장과 설교에 지쳤으니 말이다. 여봐라!"

……

글은 더 읽을 수가 없었다. 쥐들이 쏘고 낡을 대로 낡아 글자를 알아볼 수가 없었다.

글을 읽고 난 율곡이 그 자리에 퍼질러 앉았다.

"아아, 허망하군요."

"장부 일생이 그렇게 끝났군, 그래."

율곡의 곁에 서서 듣던 퇴계가 허망한 어조로 중얼거렸다.

"중종 임금은 그길로 정암 선생을 끌고 가 사사했다는 말 아닙니까?"

"어리석은 분. 죽을 때까지 임금이 부를 것이라 믿었다고 하더니……."


## 3


두 사람이 석방에서 나와 다시 걷기 시작한 것은 주루막에서 먹을 것을 꺼내 시장기를 메우고 나서였다. 음식을 씹는 것이 서글퍼 둘 다 입만 대다 말았다. 모래알을 씹는 것 같다더니 그 말이 거짓이 아니었다.

잠시 걷다가 율곡이 먼저 입을 열었다.

"정말 무엇일까 싶네요. 조광조 그분, 리학경이 자신의 목숨보다 소중했을까요? 이미 임금이 변심했다는 걸 알면서도……."

"그랬으니 상감을 불렀을 것이 아닌가?"

"우리들의 추리가 맞았다는 말인데요. 그러니까 이 석방에서 조광조 선생은 임금에게 두 번째의 종이를 보냈다는 말이 되지 않습니까?"

"그렇지."

"무섭군요. 조광조 선생의 신심이. 아마 이곳에서 개혁을 함께 했던 임금과 담판을 지으려 했던 건 아닐까요?"

"결국 뜻을 이루지 못했다는 말이지."

"이 글을 그 후 쓴 것이라면 살아 있다는 말이지 않습니까?"

"그렇지."

율곡이 휴 하고 길게 숨을 내쉬었다.

"정암 선생이 살아 있다? 마지막 석방에?"

"그곳에 리학경이 있다는 뜻이 아닐까요?"

"거기 리학경을 가진 정암 선생이 있을지도 모르지."

"믿지 못할 일입니다."

"설마 설마 했는데……. 정암 선생을 만날 수 있을까요?"

믿을 수 없다는 듯 율곡이 퇴계에게 다시 물었다.

"중종 임금은 정암 선생이 말끝마다 성리학적 설교를 해대자 지긋지긋하여 그를 죽이라고 했지만, 그의 이름을 부르며 자신의 가슴을 치다가 은밀히 다른 곳으로 보냈다는 말이 있고 보면 살아 있을 수도 있겠군요."

"그래 이제 믿는 것인가?"

"선생님도……."

"내 모를 줄 알았는가? 가끔 나를 미친 사람 보듯이 하던 눈빛을……."

"왜 이러십니까? 유세라도 하고 싶으신 겁니까? 입장을 바꾸었다면 선생님도 그러셨을 것입니다. 하긴 너무 어이가 없어서였습니다."

"몹쓸 사람."

한참을 나아가다가 율곡이 푸념처럼 입술을 달싹였다.

"일개 언관으로서 가장 짧은 기간, 임금과 하나가 되어 개혁에 뛰어들었으나 오히려 그 개혁의 올가미에 목숨을 내놓아야 했을, 그때의 정암 선생의 아픔이 절로 느껴집니다. 오죽했으면 이런 곳에서……."

"이제는 자네가 살아 있는 정암 선생을 본 것처럼 말하는군."

"하하하, 그런가요?"

"그분이 개혁에 뛰어들 때 했다는 말이 생각나네. 옛 성인의 이상적인 정치실현이 가능하겠느냐는 임금의 물음에 그분은 이렇게 대답했다고 하더군. 임금이 마음으로 백성을 감화시켜야 하며 대신을 믿고 함께 국사를 처리하면 대업을 이룰 수 있다고. 훈구정치를 극복하려는 그분의 신심이야 주상인들 가상치 않았겠는가? 그러나 그 정책들이 매끄럽게 추진되지는 않았지 않은가? 중종비 단경왕후 신씨의 아버지 신수근(愼守勤) 말일세. 그분이 연산 때 좌의정을 지냈다고 하여 반정 후에 폐위되었는데 그분의 복위를 주장하였으니, 바로 그것이 반정공신들의 자의적인 조치를 비판하는 것이 아니고 무엇이었겠나? 이곳 소격소만 해도 그래. 이곳은 도교 신앙의 제사를 집행하는 관서인데 성리학적 의례에 어긋난다고 하여 미신으로 몰아붙여 혁파한 것은 임금이 보기에 훈구파 체제를 허물기 위한 일환으로 볼 수 있었겠지. 또 사실이 그러하고. 거기다 중종반정의 공신들이 너무 많다 하여, 그리고 부당한 녹훈자가 있다 하여 백다섯 명이나 되는 공신 중 2등 공신 이하 칠십팔 명의 훈작(勳爵)을 삭제하였으니 어떻게 훈구파의 반발을 빗겨갈 수 있었겠는가?"

"언관에 임용된 지 사흘 만에 대간 전원을 파직하라 요구하였으니……. 허허, 참!"

"그래, 대단한 사람이었지. 그런 그가, 그렇게 개혁에 뛰어들었던 그가, 그 개혁의 올가미에 걸려 무너지다니……."

"무엇일까요? 그가 얻으려던 세계, 그것을 위해 목숨까지도 내놓을 수 있는 바로 그것의 정체는? 도대체 우리는 지금까지 무엇을 하고 있었을까 싶습니다."

율곡이 숙연한 어조로 말하고 고개를 숙였다.

"하긴 아직도 결론에 이르지 못했으니……."

중얼거리듯 말하고 시선을 드는 퇴계의 눈가가 붉었다.

그들은 계속 걸었다. 미로는 구불구불 깊었다. 석순이 드문드문 솟아나 있는 좁은 소로가 한참 계속되다가 갑자기 앞이 트이는 지점에서 율곡이 입을 열었다.

"글을 읽어보니 중종 임금 말입니다. 환정 세계를 이곳에서 직접 경험한 것 같은데 사실일까요?"

퇴계가 허허 웃었다.

"그랬을지도 모르지. 임금에게는 납득이 가는 소리였을지도 모르니까."

이번에는 율곡이 웃었다.

"정말 그럴듯하네요. 문제는 기를 잡는 수양이 쉽지 않다는 말로 들리는 군요. 선생님이 아무리 기를 수양론의 입장에서 보고 계시다고 해도……."

퇴계가 고개를 끄덕였다.

"맞아. 쉽지 않지……."

"선생님의 말씀이 실감나는군요. 성을 통해 도로 간다? 그럼 성행위를 할 수 없는 이들은? 인생이라는 것이 평생 이 모양이 아닐 터이고 보면……."

"허허허, 역시 율곡일세. 좀 부드러워졌다고 했더니 정곡을 찌르는구나."

"그래서 더 선생님이 이해되지 않았던 것도 사실입니다."

"오호, 그렇겠지. 율곡이다워."

"사실 지금도 그 의혹이 다 사라진 것은 아니지만요."

퇴계가 무슨 말이냐는 듯 돌아보았다. 또 시작이냐는 표정이었다.

"허허, 참 못 말릴 사람이로고."

"사실입니다."

"자네 그거 버릇 아닌가?"

그 말을 듣자 율곡은 화가 났다. 수그러졌던 감정이 다시 사납게 머리를 들고 일어섰다. 묘한 느낌이었다. 이 분은 뭐 하나 변한 것이 없지 않나 하는 생각이 들었다.

"선생님의 말씀을 뒤집어 보면 기를 선기(善氣)로 돌리지 않고 어떻게 성(聖)의 세계로 들어갈 수 있겠는가 하는 말처럼 들리네요."

"그럼 아닌가?"

"그렇다면 선생님은 그대로 선생님의 주장에서 한 발자국도 물러서지 않고 있다는 말이 됩니다."

"이 사람아, 기를 잡도리하지 않고 어떻게 성의 세계로 가겠는가?"

"결국 본래대로 돌아오고 말았군요. 리와 기에 대한 우리들의 편협한 시각 말입니다."

"에이, 마음대로 생각하게. 지독한 의심쟁이 같으니라고."

"선생님!"

율곡은 잔잔해진 수면 위로 돌을 던지듯 격하게 퇴계를 불렀다.

퇴계가 왜 그러느냐는 표정으로 율곡을 건너다보았다.

"선생님이 다른 사대부처럼 성(性)에 깊이 천착하면서 혀를 차지 않는 것이 처음에는 선비로서 변절한 듯 느껴졌던 것이 사실입니다."

"그래서?"

"그런데 그게 또 아니라는 생각이 드니 이상한 일입니다."

"그래서 병이라고 했던 것일세."

"그렇게 말씀하셔야 직성이 풀립니까?"

"그만 두세. 더 싸울 힘도 없으니."

"솔직히 선생님을 향한 존경의 염이 너무 지나쳐서인지 모르겠습니다."

"어허, 이 사람, 도대체 왜 그러나?"

"선생님이 뭐라고 해도 아직도 꼭 흰 백지에 쓰레기통을 뒤집어엎은 기분이라는 말입니다. 충분히 이해가 되면서도……. 이 더러운 기분에서 저를 구해주십시오."

"제법인 줄 알았더니 어린애처럼 너무 시시하단 말이야. 의심병만 들었어. 뭐야? 그건 불가의 잔재인가? 그렇지. 선종에는 화두라는 게 있지. 이 뭣고? 앉으나 서나 그것만 의심하지. 자네의 의심병은 그로부터 온 것이 아닌가?"

"그렇다고 하더라도 저보다 더 모지시군요. 상대방에 대한 배려가 전혀 없는 분이라는 건 알고 있었습니다만."

"그러니까 그놈의 의심병을 멈추란 말일세."

"제가 선생님에게 투정을 하고 있는 것인지도 모르겠습니다."

잠시 생각에 잠겼던 퇴계가 율곡을 깊이 응시했다. 그리고는 그를 어루만지듯 소리쳤다.

"가세."

율곡이 무슨 말을 하려다가 앞서가는 퇴계를 조용히 바라보았다.

어두운 성곽처럼 웅크리고 있던 석순더미가 기괴했다.

사륵 사륵…….

그들을 지켜보던 시퍼런 눈길이 거대한 몸을 이끌고 어두운 곳으로 미끄러졌다. 몸을 어떻게 누인 것인지 소리는 나지 않았다. 나아가는 속도에 의해 바람이 일었을 뿐. 그 바람에 율곡의 수염이 흔들렸다. 사방은 여전히 적막했다.

그때 그들은 모르고 있었다. 그들을 따르는 물체의 눈이 더 사납게 일그러지고 있다는 것을.

스르륵.

그들 가까이 다가온 물체는 전혀 눈치를 채지 못하고 있는 두 사람을 향해 계속해서 몸을 움직였다.

율곡이 문득 이상한 기척을 느끼고 고개를 돌렸으나 물체를 발견하지 못하고 시선을 바로 했다. 그는 대답할 것을 잊고 자신의 발아래를 내려다보았다. 순간 눈앞이 아뜩했다.

뭐야?

퇴계는 어느 사이에 저만큼 앞에 서 있었다. 퇴계와 나누던 말을 생각하다 보니, 율곡은 몇 걸음 옆으로 비켜났던 모양이었다. 발아래는 벼랑이었다. 갑자기 나타난 벼랑. 그런데 그 벼랑은 지하 세계였다. 믿을 수가 없었다. 풍경이 광대무변했다.

율곡이 슬슬 퇴계 곁으로 다가가자 사태를 짐작한 퇴계가 긴장한 표정으로 그를 지켜보았다. 곳곳에 석조로 된 기둥들이 부러져 천장이 허물어져 내린 것이 보였다.

그곳을 벗어 나와서야 율곡이 숨을 몰아쉬었다.

퇴계가 그 모습을 보다가 필필 웃었다.

"참 안쓰러우이."

율곡이 눈을 치떴다.

"너그럽지 못한 분이라는 것은 알고 있었습니다."

"허허허, 그런가?"

순간 그들을 따르던 물체가 눈을 시퍼렇게 치떴다. 뒤이어 그의 몸체에서 사납게 비늘이 세워지면서 냉기가 뿜어져 나왔다.

냉기가 스며들자 율곡이 몸을 부르르 떨었다.

왜 이렇게 춥지?

퇴계는 율곡이 따라오는 기척이 없자 발걸음을 멈추고 돌아서서 멍하니 율곡을 바라보았다.

"어서 오게. 왜 그러고 선 게야?"

"춥지 않습니까?"

"그러니까 움직여야지."

마지못해 율곡이 퇴계를 향해 다가갔다.

퇴계가 지켜보다가 율곡이 가까이 다가오자 다시 걸었다.

말없이 율곡이 그 뒤를 따랐다.

# 기수도

**1**

퇴계와 율곡이 종린당이라는 글자가 음각된 석방 앞에 선 것은 몇 각이 지나서였다. 뒤에서 율곡이 말을 걸어도 퇴계는 내내 말이 없었다.

율곡이, "도대체 어디로 가고 있는 것입니까?" 하고 물었을 때에야 뒤를 돌아보았다.

"법린당은 가보았고, 그럼 그 다음 방을 찾아야겠지. 이제 남은 방은 '종린당 ⟶ 풍설당'인데 아마 그 당들이 중앙당으로 가는 길을 가르쳐줄지도 모르지. 정암 선생이 이 종이를 남겼다면 중앙당에 있다는 말이 증명되는 셈 아닌가?"

두 사람이 석방 앞에 서고 보니 두어 번 스쳐갔던 길의 끝이었다. 거미줄이 엄청나게 얽혀 입구를 막고 있어서 길이 없다고 생각했었는데 퇴계가 혹시나 하는 생각으로 거미줄을 걷어보다가 깜짝 놀랐다. 거미줄을 걷어내자 종린당이라는 글이 음각되어 있었고 바로 석방이 나타났다. 다른 석방과 다른 점은 종린당이라는 음각 아래 '⟶' 표시가 선명하게 음각되어 있었다. 그 표시대로 찾아가자 풍설당이 나왔다. 풍설당 역시 음각된 글자를 발견하지 못했다면 그냥 스쳤을 것이었다. '⟶ 중앙당'으로 가라는 표시가 있었다.

하지만 미로를 헤매 돌았으나 중앙당을 발견할 수 없었다.

미로를 따라가다가 꺾어지는 지점에서 무심코 뒤를 돌아보던 율곡이 신음소리도 내지 못한 채 입을 벌리고 그 자리에 굳었다. 바로 눈앞에 서 있는 물체.

이게 무엇인가?

두 눈에서 나오는 시퍼런 정기가 몸을 가려 형체는 알아볼 수 없었다. 지독한 비린내와 일어선 비늘마다에서 뿜어져 나오는 차가운 냉기는 몸을 얼려버릴 것 같았다.

말도 하지 못하고 벌벌 떨고만 있는데 퇴계의 음성이 들려왔다.

"뭐하나?"

퇴계는 아직 율곡 앞에 나타난 물체를 모르고 있었다. 율곡은 어떻게 손짓이라도 해서 알리고 싶다는 생각이 들었지만 손가락 하나 까딱할 수가 없었다.

이대로 죽는구나 하고 생각하는 순간, 아직은 아니라는 듯이 거대한 몸체가 율곡으로부터 스르르 멀어졌다.

율곡의 대답소리가 들려오지 않자 퇴계가 뒤돌아보니 율곡이 돌아선 채 소금기둥처럼 얼어붙어 있다. 으으으 하는 신음소리만 들려올 뿐 말이 없었다.

"뭐하고 있어?"

그래도 대답이 없었다. 그렇다고 돌아보지도 않는다.

퇴계가 이상히 여겨 다가가 그를 탁 쳤다.

"이보게. 이 사람 왜 이래?"

그제야 율곡이 털썩 그 자리에 주저앉았다.

"보, 보셨습니까?"

율곡이 엉덩방아를 찧고 앉은 채 얼이 빠진 음성으로 물었다.

"뭘?"

"그, 그것을요?"

"그것이라니?"

"……."

"왜 그러시는가? 일어나시게."

율곡이 비치럭거리며 겨우 일어났다.

"나가십시다."

율곡이 부들부들 떨다가 겨우 소리를 냈다.

"뭐?"

퇴계가 눈을 크게 떴다.

"나가잔 말입니다."

"나가다니?"

"그놈 못 보았습니까? 못 봤어요?"

퇴계가 율곡을 보니 제 정신이 아니었다.

"뭘 못 보았느냐는 게야?"

율곡이 할 말을 잊고 다시 털버덕 주저앉았다.

"자네 정말 왜 이러나?"

"봤습니다. 봤어요. 그놈을요. 소리 나던 그놈을요."

"그놈을 봐?"

"두 눈이 화등잔만 했다니까요. 몸체는 비, 비늘이더군요. 시퍼런 비늘이 가시처럼 섰어요."

"비늘이 서?"

"그래요. 냉기가 그 속에서 뿜어나오고 있었습니다."

퇴계가 히물히물 웃었다.

"이 사람 정말 미쳐가는 게 아닌가?"

"정말이라니까요."

율곡이 소리쳤다.

"하하하, 누가 거짓말이라고 했나? 그래 좀 더 자세히 말해보게."

"모, 모르겠습니다."

"허허, 헛것을 본 것 아닌가?"

"아무튼 나가십시다."

"잘됐네. 그렇지 않아도 이제 먹을 것도 없는 판에……."

여전히 율곡은 넋이 나간 표정이었다.

"자넨 좋겠네. 밖으로 나가면 살 수 있을 것이니."

"마음대로 생각하십시오."

"왜 이러나, 율곡. 나야 여기 있으나 나가나 죽기는 마찬가지가 아닌가?"

"무슨 말씀입니까? 나가면 살 수 있다고 하지 않으셨습니까?"

율곡이 겨우 정신을 차린 듯 퇴계를 똑바로 올려다보았다.

"새삼 생각해보니 구차스럽기도 하고……."

"그러면 그저 해본 소리란 말입니까?"

퇴계가 웃었다.

"뭐 그렇다는 말이지, 뭐."

"정말 해결할 자신이 없는 거 아니십니까?"

"허허, 지금이나 걱정하게. 나는 바로 지금이 더 걱정스러우니."

"그러니까 나가잔 말입니다."

퇴계가 율곡을 싸늘하게 쏘아보았다.

"젊은 사람이 이래서야 원. 다 그게 몸을 생각지 않고 꽁생원 짓만 해서 그런 것이야."

율곡이 비로소 눈을 치떴다.

"지금 그런 말을 할 때가 아니라는 걸 모르십니까? 이대로 가다간 죽고 말아요."

"어허, 이 사람 정말 무엇을 본 것이 아닌가?"

"그렇습니다. 보았다니까요."

퇴계가 고개를 홰홰 내저었다. 그는 잠시 후에 어금니를 지그시 씹다가 말을 이었다.

"그대가 무엇을 보았는지 모르겠지만 우리는 이대로 나갈 수가 없다는 걸 모르겠나?"

"나갈 수 없다니요?"

"만약 그대가 본 것이 사실이라면 나가도 살아남지 못할 것이야. 나간다고 그놈이 그대로 두겠는가? 내 생각대로라면 우리가 찾는 곳에 거의 다다른 것 같으니 죽을 때 죽더라도 가야 하지 않겠는가?"

퇴계가 손을 내밀었다.

"일어나시게."

율곡은 퇴계의 손을 잡을 생각도 않고 멍하니 앉아 있었다.

퇴계가 율곡을 일으켰다.

"어허, 이 사람 혼이 완전히 나갔군. 천하의 이율곡이 그까짓 짐승에게……."

"짐승인지 아닌지 어떻게 아십니까?"

"이 사람아, 사람이라면 그런 소리를 내면서 우리 뒤를 따를 리 있겠는가?"

"그러니까 선생님도 느끼고는 있었단 말입니까?"

"그럼 내가 바보인가?"

"그러니 저는 더 못 간단 말입니다."

율곡이 엉거주춤 일어나려다가 다시 주저앉아버렸다.

퇴계는 율곡 앞으로 돌아가 쪼그리고 앉았다.

"참으로 졸장부로세. 내가 기는 닭이야 할 것이라며 수양론을 얘기하자 그대가 아니라고 할 때부터 그대가 짐승이라는 걸 알아보았지."

"짐승? 뭐라구요?"

"왜 여기까지 왔는가? 그리고 지금까지 자네와 내가 왜 싸웠나? 힘이 남아돌아서? 바로 사람이 되려고 싸운 게 아닌가? 그것이 수양이 아니겠는가? 그런데 이제 그 싸움을 포기한다? 그럼 짐승이 아니고 무엇인가? 사람 될 길을 가고 있다가 돌아선다? 그럼 짐승으로 돌아가자는 말이 아니고 무엇이야?"

"묘하게 또 자신의 주장을 합리화하고 계시는군요. 좋습니다. 좋아요. 수양을 열심히 해서 용감하시군요."

율곡이 그 와중에도 속이 뒤틀린다는 어투로 퇴계의 말을 받았다.

"허허허, 맞네, 맞아. 바로 그대 같은 사람을 위해 내가 수양론을 내세웠던 것일세."

율곡이 벌떡 일어났다.

퇴계가 기다렸다는 듯이 일어나 몸을 핵 돌려 석순들이 어지럽게 솟아오른 길로 앞서 걸어가 버렸다.

율곡이 퇴계를 바라보다가 달려갔다.

"그러니까 뭡니까? 제가 짐승이다 그 말입니까?"

퇴계의 입가에 미소가 떠돌았다.

"맞네. 짐승이라고 했네. 짐승이 아니고 무엇인가? 그대가 우리 뒤를 따라오는 짐승과 무엇이 달라? 그대가 세상을 위하겠다는 거경(居敬)의 자세를 잃었다면 우리 뒤를 따라오는 짐승도 마찬가지지 뭔가? 그놈에게 거경의 자세가 있겠는가? 이제 그대는 그 짐승에 쫓겨 세상을 향한 거경의 염마저 잊었으니 짐승이지 사람이겠는가?"

"그렇습니다. 아니, 그렇다고 하십시다. 거경, 그것이 수행의 한 방법이기도 하다고 강조하셨지요? 경(敬)이라는 그 한마디 속에 유학자적인 몸가짐과 학문의 태도가 있다고 말입니다. 그렇습니다. 저 역시 거경궁리(居敬窮理)만이 대도로 갈 수 있는 길이라고 생각했습니다. 그래서 이곳까지 왔습니다."

"그랬겠지. 혹여 성물을 얻어 세상을 이롭게 할 수 있을지도 모르겠다는 생각에……. 정말 거룩하시네. 그래, 그 염이 바로 거경이지. 암, 군자가 반드시 갖추어야 할 덕목이 거경 아니겠는가? 세상을 사랑하지 않고 어찌 군자의 길에 들어섰다 하겠는가?"

"솔직히 그때의 저에게는 거경은 곧 정신통일의 길도 될 수 있다고 생각했습니다."

"오호, 불가에서 선에 정신을 빼앗기다가 유가로 들어와 거경에서 정신 통일의 길을 보았다? 그래서 얻으셨는가? 대도를?"

"선생님!"

"내가 보기에 그대는 허당일세."

"말씀이 너무 심하신 거 아니십니까?"

"자네 참 어지간하이. 꼭 그렇게 말해야 직성이 풀리는가? 개는 배가 불러도 본능적으로 코를 박는다네. 그래서 개지."

거친 퇴계의 말투에 율곡이 다시 발끈했다.

"선생님, 지금 개라고 하셨습니까?"

"사람은 배가 부르면 코를 박지 않는다네."

상대방에게 개라고 하면서도 전혀 동요가 없는 심드렁한 말투에 율곡은 이마에 쌍심지를 세웠다.

"어찌 사람의 성과 개의 성이 같겠습니까?"

율곡이 소리쳤다.

"허어, 또? 하기야 그대의 주장대로 어찌 개의 성과 소의 성이 같겠는가?"

"네, 아주 말씀 잘하셨습니다. 제 심성이 글러먹었다는 것을 제가 잘 압니다. 하지만 따지고 보면 선생님과 제가 다르겠습니까? 개와 소가 무엇이 근본적으로 다르겠습니까?"

"무엇이라? 이제 정말 본전이 나오는군. 허어 참."

퇴계가 입을 딱 벌렸다. 퇴계는 잠시 후 중얼거렸다.

"자네 그렇게 보지 않았는데 아주 잔챙이야. 대접인 줄 알았더니 종바리 (종지)야."

퇴계의 중얼거리는 소리를 들은 율곡의 숨소리가 더욱 가빠졌다.

"왜 이러십니까? 종지라니요? 종지면 어떻고 대접이면 어떻다는 말입니까? 저는 그릇이고자 한 적이 없습니다. 저는 물이라고 생각하며 물 흐르는 대로 살아온 사람입니다. 둥근 그릇에 담기면 둥근 모습이 되고 모난 그릇에 담기면 모난 모습이 되면서 살아왔습니다. 물이 종지에 담기면 어떻고 대접에 담기면 어떻겠습니까? 어찌 모난 모습만 보고 절 평가할 수 있습니까? 개? 어이가 없군요. 제가 선생님에게 좀 무례하게 굴었다고 해서 개라니요?"

"오호, 그런 거룩한 뜻이……. 거 일리가 있네. 기수도라? 그릇[器]과 물[水]……. 어허, 도가 거기 있었군 그래. 왜 일원론을 주장하는가 했더니 물이 되어 그릇과 하나가 되어 살아왔다는 말이지 않은가? 아하, 그래서 이통기국론(理通氣局論)을 주장하셨다?"

"맞습니다. 그릇과 물이 조금도 구애됨이 없이 통한다 그 말입니다."

"옳거니. 그래서 한 덩이로 아주 얼크러졌다? 오호, 그렇게 심오한 뜻이 그 속에 있었다니, 대단하이."

퇴계가 율곡을 돌아보며 말하고는 노골적인 조소를 얼굴에 떠올렸다.

그 조소를 본 율곡이 다시 마주했다.

"정말 왜 이러십니까?"

"이 어리석은 젊은이야, 공자도 주자도 그것이 아니라고 분명히 밝혔다. 리기가 본래부터 한 물건[一物]이 아니라고 말이야. 만약 본래부터 하나의 물건이라면 어떻게 신묘하게 얽힐 수 있겠는가?"

"고봉 사형과의 논쟁에서 저도 그걸 느꼈습니다. 그렇다면 우리들이 공자나 주자를 배신했다 그 말 아닙니까?"

"허허허, 그렇게 되나? 꼭 그렇지 않다고 하더라도 냄새가 안 나는 건 아니야."

"냄새라니요?"

퇴계가 돌아서서 차분히 율곡을 바라보았다.

율곡이 발걸음을 멈추고 퇴계를 마주 바라보았다. 지지 않겠다는 듯이 턱을 꼿꼿이 쳐든 상태였다. 좀 전에 공포에 질려 미로를 나가겠다고 징징대던 율곡이 아니었다.

퇴계의 얼굴에 싸늘한 냉소의 빛이 감돌았다. 그 빛이 율곡을 향해 쏟아졌다.

"주자의 물 타령과 쏘가리 타령을 끌어다 쓴 것 같거든."

퇴계의 얼음장을 쏟아 붓듯 하는 말에 율곡이 움찔 놀라며 한 발짝 뒤로 물러섰다.

"어떻게 그런 말씀을?"

"이놈, 참는데도 한정이 있는 법. 내 네놈만큼 무례하고 잘난 체하는 놈을 본 적이 없다. 이놈아, 쏘가리의 뱃속에 있는 물도 물이고 잉어 뱃속에 있는 물도 물이다. 이 말은 이미 주자가 했어. 피차의 구별이 없다는 말. 그러나 나로서는 아직 그 비유에 정통하지 못하니 어찌 할꼬? 이놈의 불완전한 세상을 바로잡아 보려고 날뛰던 한 백정의 씨에게 그렇게 말해줄 수 있는가? 그대의 피와 나의 피가 같다고. 백정의 혈관 속의 피도 피이고 양반의 혈관 속의 피도 바로 그 피라고. 동일한 피라고 하면서도 네놈은 그들을 차별해왔는가? 도대체 네놈은 지금까지 무엇을 긍정하고 무엇을 부정하고 있는지 곰곰이 생각이나 해본 것인가? 문제는 물은 형체가 있으나 리는 형체가 없다는 것이다."

244

퇴계의 말이 끝나는가 했는데 율곡이 풀썩 그 자리에 주저앉았다.

갑작스럽게 율곡이 주저앉자 퇴계가 놀라 율곡을 내려다보았다.

율곡은 넋이 나간 모습으로 손가락을 세우고 어딘가를 가리켰다. 율곡을 꾸짖던 퇴계가 왜 그러느냐는 듯이 율곡이 가리키는 곳을 바라보았다.

"저기, 저기."

이리 저리 살피다가 퇴계가 미친 것이 아니냐는 표정으로 율곡을 향해 시선을 돌렸다.

"이런 하고……."

"못 보았습니까?"

충격에서 벗어난 듯 율곡이 다급하게 물었다.

"뭘 보았다는 것이야?"

"분명히 보았습니다."

"글쎄 뭘?"

"시퍼렇게 빛나는 눈을요. 엄청나게 큰 눈을요."

"여러 개의 눈?"

"맞습니다. 두 눈은 사람의 눈이었고 두 눈은 아니었습니다."

"뭐라? 두 눈은 사람의 눈이고 두 눈은 아니었다? 그게 무슨 말인가?"

"우리 뒤를 따라오던 놈들이 분명합니다. 우리를 노려보고 있다가 나와 눈이 마주치자 슬며시 사라졌다니까요."

"허허허, 기가 차서……. 뭔가? 우리를 헤치려는 자가 시퍼런 눈을 가진 짐승을 데리고 있다 그런 말이야, 뭐야? 그리고 어떻게 그대 눈에 보이는데 내 눈에는 보이지 않는 것이야? 그것도 매번. 정말 이제 슬슬 미쳐가는 것인가?"

"선생님."

"이놈, 이 난관을 벗어나 보려고 수작을 부리는 것 같은데, 아서라!"

"선생님, 정말 보았다구요."

"난 보지 못했네."

율곡이 눈을 싸늘하게 부릅떴다.

"날치지 말아. 그럼 놈이 왜 내 눈에는 보이지 않아? 왜 네 눈에만 보여?"

"분명히 보았다는데 왜 그러십니까? 이제 개도 모자라 날치지 말라니요?"

"허허허, 죽음 앞에서 제대로 열 받은 게 아닌가?"

"무섭군요. 무섭습니다."

"나는 그대가 무서워. 이제 그대더러 자네라는 말도 못 쓰겠으니."

"그만 하십시오. 더 떨립니다."

율곡이 고개를 설레설레 내젓다가 퇴계를 바라보았다.

"정말 제 말을 못 믿으십니까?"

퇴계가 참 고집스럽다는 듯이 율곡을 쏘아보았다.

"그러지 말아. 이제 겨우 화를 삭였구먼. 그만 하자고 하지 않나?"

"선생님도 두려운 것이 분명합니다."

"어허, 아직도 정신을 덜 차렸지 않은가? 내가 정신을 바짝 차리게 해줄까?"

율곡이 자신도 모르게 피식 웃었다.

"웃어?"

퇴계가 그를 노려보았다. 시침을 떼고 있지만 퇴계 역시 불안하기는 마찬가지였다.

율곡의 느낌은 정확했다. 퇴계 역시 그랬다. 이곳으로 들어서면서 맡아 온 냄새와 들어왔던 소리. 그리고 뒤늦게 일어난 냉기. 그 속에 지금 자신이 서 있었다. 그런데 율곡이 무엇을 보았는지 주저앉기까지 하고 있다. 그렇다면 무엇인가 숨어 있다는 말이다. 그것이 율곡의 눈에만 보인다는 것은 율곡이 퇴계 뒤에 서 있고, 그 뒤를 무엇인가 따르고 있다는 말이다.

거기까지 생각이 미치자 퇴계는 억지로 심드렁함을 가장하며 율곡을 향해 시선을 던졌다.

율곡이 자신을 향해 웃고 있었다. 어디 해볼 테면 해보라는 듯이.

퇴계는 이놈 봐라 하는 생각이 들었다. 이놈이 이 미궁을 나가기만 하면 내가 죽을지도 모르니까 사람을 아주 막보는 게 아닌가?

"내가 이 미궁을 나가면 진실 규명을 하지 못해 죽을 것이라 생각하고 있는 것인가?"

뜻밖의 말에 율곡이 눈을 크게 떴다.

"사실은 불안하신 모양이군요?"

"나도 사람일세."

"어떻게 규명하실지 모르지만 규명할 수 있다고 하지 않았습니까?"

"그랬지."

"그런데요?"

"글쎄……."

율곡이 퇴계를 바라보았다. 퇴계 뒤로 동방 벽이 보이지 않을 정도로 어지러운 석순 무리가 보였다. 천장에서 내려꽂히다가 몸을 뒤틀어 솟아오른 것도 있었다. 그 앞에서 퇴계는 조금 전과는 달리 약간 머리를 뒤로 젖힌 자세로 서 있었다. 그 자세가 때 아니게 오만해 보여 율곡은 이 늙은이가 이제는 날 가지고 노는 게 아닌가 하고 생각했다.

"이 미궁을 나가 살아남으실지 모르겠지만 아주 자신만만하군요?"

율곡이 느물거렸다.

"해봐야지. 그러나 저러나 좀 전에 해주어야 하겠다는 말부터 해주어야 하겠군. 오해하지는 말게."

퇴계가 딴전이나 피우듯 말머리를 돌렸다.

"오해라니요?"

율곡이 물었다.

퇴계가 율곡의 눈치를 살폈다.

그 순간 율곡은 갑자기 등 쪽에서 차디찬 냉기를 다시 느꼈다. 그는 몸을 한 번 부르르 떨었다. 냉기는 그대로 살 속으로 파고들었다.

왜 또 이렇게 춥지?

그 놈들이다 하는 생각에 언뜻 뒤를 돌아보았지만 아무 것도 없었다.

이상하군.

# 달과 검

## 1

계속 냉기가 덮쳐오자 율곡은 칼날 같은 냉기를 이겨볼 양으로 맞은편 벽면을 향해 몸을 움직였다. 벽에 기대면 냉기가 가실지 모른다는 생각에서였다. 율곡은 곰곰이 생각했다.

모를 일이다. 왜 나만 냉기를 느끼고 있는 것인지. 왜 냉기가 한순간씩 갑자기 나만 감싸다가 사라지고는 하는지.

율곡은 그때 석순 뒤에서 냉기를 뿜던 물체가 스륵 다른 석순 뒤로 돌아나가는 것을 보지 못했다.

퇴계 역시 율곡의 얼굴에 시선을 붙박고 있었으므로 볼 수가 없었다. 또 동굴 속이라 율곡의 뒤는 어지럽게 얼크러진 석순 무리로 인해 한 치 앞도 잘 보이지 않았다. 뒤를 따르는 물체는 그 석순 무리에 몸을 숨기면서 율곡 뒤를 따라 붙고 있었다.

율곡이 벽 쪽으로 등을 돌리자 따라 붙던 물체가 멈추어 섰다.

율곡이 퇴계를 바라보았다. 허공에서 시선이 뒤엉키자 그제야 율곡은 오해하지 말라던 퇴계의 말이 떠올랐다.

"제게 뭔가 말씀해주신다고 하신 것 같은데요. 그래서 오해하지 말라는 말도 들었던 것 같습니다."

퇴계가 생각난 듯이, 아! 하고 허공으로 시선을 들었다.

"그대가 이곳으로 들어온 후 죽 지켜보며 느꼈던 것을 말해주려고."

"그게 뭔데요?"

퇴계가 멀거니 율곡을 바라보았다.

"꼭 들어야 하겠는가?"

"네."

"그럼 하지. 한마디로 실망이야."

"실망이라니요? 뭘 말입니까?"

퇴계가 고개를 끄덕이다가 눈을 치떴다.

"그대의 견해들 말일세. 주장이라고 할까? 좀 전에 말했던 그 리통기국론 같은 거……. 그릇과 물, 뭐 그런……. 그대의 주장과 말은 참으로 근사했네."

"그런데요?"

"하지만 내가 생각하기에 그대는 아직도 승(僧)의 때가 덜 벗어진 것 같아."

"무슨 말입니까? 승? 중 말입니까?"

"맞아. 그대의 논리는 불교 화엄 철학의 논리를 그대로 원용한 것 같거든."

"네?"

율곡이 벽에 등을 붙이려다가 깜짝 놀라 퇴계를 멍하니 바라보았다.

"아닌가?"

퇴계가 싸늘한 어조로 물었다.

율곡이 몸을 푸르르 떨었다.

"알아듣게 말씀해주십시오."

"가만히 생각해보게. 지금까지 그대가 해온 견해들을……. 그 속에 불교 화엄 철학의 논리가 그대로 담겨 있다고 생각하지 않는가?"

"무엇이라고요?"

율곡의 눈에서 불이 쏟아졌다.

퇴계는 아랑곳하지 않았다. 그의 음성은 철심을 박은 듯 꼿꼿했다.

"그대는 그 옛날의 이고처럼 말하고 있네. 불교의 사상을 유교로 끌어와 묘하게 뒤섞어 꼭 자네 사상인 양하고 있다는 말일세. 뭔가 잘못된 것 같지 않나?"

율곡의 눈에 모아졌던 분노가 아래로 흘렀다. 이내 그것은 비웃음이 되어 번졌다.

"선생님 왜 이러십니까?"

"왜 이러다니?"

"불교의 화엄 철학에서 끌어오셨다고 하셨습니까? 그럴지도 모르겠군요. 혹시 그랬을지도."

"솔직하군."

퇴계의 음성은 역시 언 쇳덩이 같았다.

"제가 독서가 적어서 그럴지도 모르겠습니다. 변명 같지만 리통기국은 분명 스스로 견득(見得)한 것입니다. 그리고 보니 그렇습니다. 사상의 유사성도 그렇지만 그 용어가 불교 화엄의 리사(理事)와 통국(通局)에서 온 말 같군요."

"솔직해. 암, 그래야지."

"하지만 아닙니다."

퇴계의 그림자가 얼핏 흔들렸다.

"그렇습니다. 분명히 말하건대 굳이 연원을 따지자면 다른 곳에 있다고 해야 옳을 것입니다."

"다른 곳에?"

되묻는 퇴계의 음성이 튀었다.

율곡이 딴전이나 피우듯 시선을 돌려 맞은편 허물어진 동방의 석벽을 바라보았다. 동방벽에 인공으로 만들어진 조상들이 일렬로 뻗어 오다가 뚝 끊어졌다. 암벽 위로 이어진 석순들의 그늘이 나체의 부조를 어둡게 하고 있었다.

그 모습을 바라보던 율곡의 시선이 퇴계의 얼굴에 멎었다.

"그렇습니다. 그렇게 따진다면 이천의 주장에 가깝지요. 그에게서 그 근거를 찾아야 옳을 것입니다.

퇴계가 머리를 내저었다."

"자네 정말 북송 때의 사람 정이 이천(程頤 伊川) 선생을 알고 하는 말인가?"

"그럼요."

정이 이천은 송나라 여섯 현인 중 한 사람이다.

"그 사람은 리를 설명하려다가 기가 승하다고 하는 이들에게 허리를 잡힌 사람이야. 그렇다면 결국 그대도 마찬가지가 아닌가?"

"마찬가지?"

"내가 그대의 주장을 들어본 즉 앞날이 심히 걱정스러워 하는 말이야."

"앞날이라 했습니까? 하하하……."

걱정 말라는 듯이 율곡이 웃었다.

"두고 보시게. 분명히 얼마 가지 않아 주자학자들을 손가락질 하는 무리들이 나올 테니."

"이제야 알겠군요. 이천이 왜 허리를 잡혔다고 하시는지."

"맞아. 이대로 나가다간 물질적인 기를 유일한 세계의 시원으로 내세우는 종자들이 나올 것이야.

퇴계가 못을 박듯 말했다.

"그러면 어떻습니까? 멋들어진 자기만의 독자적인 유물론적 사상이 나올 것 같은데요. 거 정말 재밌겠는데요. 이 우주는 리의 산물이 아니라 기의 산물이다? 그렇지요. 그렇지 않습니까? 그들은 리가 뭐냐, 웃기지 마라. 그리고는 우주에 기가 가득 들어찼다고 하겠지요. 그 기가 무궁무진한 변화를 일으킬 거라고 하겠지요. 세상만물을 발생시켜왔고 시킬 거라고 하겠지요. 아, 정말 재밌는데요."

"그러면 그대와 나의 주장은 어떻게 되나? 그대들도 리를 부정하는 입장은 아니지 않은가? 어떻게 되나? 그런 주장이 자네들로 인해 나온다면? 그럼 마음도 그렇게 설명될 걸세. 심이 무엇이냐? 유물론적으로 설명되지 않겠나? 심(心)이란 것은 곧 물질적 기의 정령일 터인데……."

"정령?"

율곡이 뇌까렸다.

퇴계의 말이 이어졌다.

"정령이라는 말을 아시겠지? 사람의 정신의식, 그것을 물질적 기의 가장 발전된 산물로 본다 그 말 아닌가?"

"정신의 기초를 물질로 본다?"

율곡이 멍하니 되뇌었다.

"그래 그렇게 말하니까 쉽네. 말을 바꾸어 볼까? 만물의 본바탕인 리가 마구 날뛰는 힘에 의해 잡아 먹혀버렸다. 기를 이기지 못해 리는 개가 되었다. 그래서 이 우주는 개의 천국이 되었다. 그러면 어떻게 되나? 이제 이해가 가나?"

율곡이 할 말을 잃고 시선을 떨어뜨렸다.

"이제 기를 잡기 위해 수양이 필요하다는 내 말을 이해할 수 있겠는가? 개의 천국이 되지 말자고 하는……."

율곡이 어금니를 씹었다.

그는 잠시 생각하다가 다시 시선을 들었다.

"그래서 절로 들어가 그런 시를 지으셨군요. '주자를 사승으로 삼아 도를 배우러 선림(禪林)에 머무니 / 벽에 쓰인 시가 감개 깊다 / 천 년 후 이 나라 도가 없어 적막하니 / 여산 비추던 달빛 나의 침실 비춰다오(從師學道 寓禪林 壁上題詩感慨深 寂寞海東千載後 自憐山月映孤衾).' 월란사에 묵으면서 주자의 서림원 시운에 화답한 것이었던가요?"

"맞네. 나는 그렇게 읊었어."

"그래서 수양을 한답시고 한때 불교에 심취했던 주자의 심경(心經)을 안았군요?"

율곡이 질 수 없다는 듯이 턱을 꼿꼿하게 처들었다. 퇴계는 율곡의 수준으로 보아 그럴 질문을 할 사람이 아닌데 억지를 부리고 있다고 생각했다.

"왜, 뭐가 잘못 되었나? 그건 내 마음을 열 수 있는 경이었네. 그것을 얻은 후 나는 한 번도 놓아본 적이 없어. 요즘도 새벽이면 일어나 앉아 경건하게 심경을 읽고 외우는 걸."

"주자처럼 말입니까?"

율곡의 음성에 역시 날이 세워져 있었다. 그는 퇴계가 대답할 여유를 주지 않고 말을 이었다.

"그러고 보니 이해가 되는군요. 주자는 노자와 석가를 넘나들지 않고는 명명백백한 대답을 내놓을 수 없다고 했지요? 하하하, 맞습니다. 그렇게 말했지요. 한 치의 의혹도 없는 대답 말입니다. 그렇게 주자는 불교의 선에서 소소영명(昭昭靈明)을 얻고 있었지요."

"자네 왜 그러나? 몰라서 뒤틀고 있는 것 같지는 않은데?"

비아냥거리던 율곡이 움찔했다.

"알면서 왜 그러는지 모르겠군. 그래 그랬지. 주자는 그랬어. 허나 그가 몰랐을까? 불교의 심학과 유가의 심학이 무엇이 다른지. 불가에서 마음을 추구하는 선(禪)이 뭔가? 헛된 상념을 지우고 무념의 상태에 이르는 것일세. 그러나 유가의 정좌는 자신의 본성을 똑바로 보려는 노력일세. 그렇기에 주자는 성리학으로 자기를 세웠지. 마음공부의 요체인 심경을 우리에게 줄 수 있었다는 말이야. 그래서 자네와 다른 것 아닌가?"

"그럼 선생님은요? 심경의 중요성은 압니다만 그래서 선생님도 그길로 가고 있으시다 그 말이 아니십니까? 그러시면서 이 나라의 도의 뿌리까지 보았다는 말씀 같은데 너무 드러내는 것 아닙니까? 절 도적으로까지 몰아붙이시더니 불교와 유가를 적당히 섞은 이고와 무엇이 다릅니까? 거기가 거기 아닙니까?"

"도대체 이해가 되지 않는군. 알면서 왜 그러나? 오기인가?"

"마음대로 생각하십시오."

율곡이 속마음을 들키기라도 한 듯 말을 내던졌다.

"어허, 이럴 수가 있나? 이고는 불교라는 볏짚과 유교라는 볏짚을 양가닥으로 놓고 새끼줄을 꼬아나간다. 반면에 주자는 불교를 넘나들면서도 유교라는 한 줄로 새끼를 꼬아나간다. 진흙바닥에 발을 적시고도 그 정신만은 수미산 상봉에 두는 청정의 경지가 바로 이 경지가 아니겠는가?"

"하아, 바로 불가의 상징인 연꽃의 경지. 그렇군요. 진흙바닥에 뿌리를 내리고도 티끌 한 점도 묻히지 않는 연꽃의 경지가 그 경지이지요. 하하하."

"문제는 불가에서는 만물의 정수인 이슬까지도 털어버리지만 유교는 그것을 세상의 정수로 쓴다는 사실일세."

순간 율곡이 벼락을 맞은 듯 입을 딱 벌리고 섰다.

퇴계도 덩달아 섰다.

"그렇다면 대답은 나온 게 아닌가?"

퇴계의 말에 새하얗게 질려 있던 율곡이 얼굴을 쳐들었다.

"그러니까 뭡니까? 지금 바로 나와 같은 이들로 인해 이 나라 유가의 맥이 다할 것을 보았다 그 말입니까?"

"말이 그렇게 되나?"

퇴계가 빈정거리자 율곡이 그럴 줄 알았다는 얼굴로 되받았다.

"대단하십니다. 후일까지 내다보시다니. 걱정하지 마십시오. 영원히 이 땅에 유림의 도가 가득할 테니까요."

"암 그래야지. 그래야 하고말고."

"선생님도 아시지요? 송구봉 선생 말입니다. 그분도 그러더군요. 함께 있으면 모를 말만 한다 그 말입니다. 월혹안비고 선우야순도, 원 무슨 말인지?"

율곡이 뇌까리자 퇴계가 하하하 하고 웃었다.

"아, 거 청사목 말이로군! 나도 송구봉에게 들었지. 그 사람이 얼마 안 가 왜란이 일어날 것이라며 그때 붕붕거리더군."

"왜란요?"

"언젠가 이순신이라는 사람이 여수 둔덕재에 날 찾아오게 될 것이라고. 그가 누구냐고 했더니 거북선을 만들 사람이라나 뭐라나. 그런데 그 거북선에 뚫린 여덟 개의 구멍 중 한 개의 구멍을 모를 것이라는 것이야."

"그게 뭔데요?"

"글쎄, 나도 그렇게 물었어. 그러니까 그가 이렇게 대답하더군. 뱀이란 본시 귀가 없다고."

"예?"

뜬금없는 말에 율곡이 되받았다.

"하긴, 자네 뱀의 귀를 본 적이 있는가?"

율곡이 가만히 생각해보니 정말 뱀의 귀를 보지 못한 것 같았다.

"그러고 보니 본 적이 없습니다."

"그렇다네. 뱀은 귀가 없는 대신 눈으로 소리를 듣기 때문이라는 걸세."

"눈이요?"

"바깥 사정을 귀로 들어서야 알 수 있겠느냐는 것이야. 그래서 바깥 사정을 보라고 구멍 하나를 더 뚫어야 한다는 것이야. 그러고 보면 그 사람 영판 맞추었군. 그 도력 무섭네. 이제 자네가 구멍을 뚫어야 하겠으니, 으하하하. 청사목이라? 세상을 바로 보시게."

"선생님, 왜 이러십니까?"

"웃어서 좋긴 하네만 그런데 왜 이렇게 마음이 허전한가? 아마 그래서 그때도 그런 시를 지었을 게야. 외로워서, 쓸쓸해서. 월란사 그 승방에서 달을 보니 내 마음 속 검이 울고 있더란 말일세."

"감상적입니다."

어찌 그럴 수 있느냐는 표정을 지으며 율곡이 말했다.

"글쎄, 내가 왜 이럴까? 송구봉이 헤어질 때 그러더군. 내가 돌아갈 때 만사(輓詞)는 자신이 지어야 할 것 같다고. 내가 그래라 했지. 그 사람 경지가 보통 경지인가? 그런데 내 마음이 왜 이렇게 허전한지 모르겠네. 그러나 문제는 그게 아니지."

"아니라니요?"

"문제는 송구봉이 아니라 자네다 그 말이야."

"네에?"

"내가 흔들리고 있는 게 아니라 그대가 흔들리고 있다 그 말이야. 왜냐면 그 사상 속에 들어앉아 있다는 걸 그대는 정작 모르고 있거든. 그러니 자기 것이라고 생각한다 그 말이야. 하지만 불교의 것이고 노자의 것이야. 무의식적으로 묘하게 응용을 해놓고 아차 할 때는 이미 늦어. 그래서 성리학은 안은 불교이고 밖은 유교라는 말을 듣는 것이야. 내불외유(內佛外儒). 솔직히 성리학이 불교의 영향을 받지 않았다면 그건 거짓말일 테지만 가는 길이 엄연히 다르고 보면 선(線)을 지켜야지. 달을 가져오기 위해서는 검이 필요하다 그 말이야."

"그러니까 선생님은 그 선을 알고 있고 저는 모른다 그 말씀입니까?"

"그래서 체험이 최고의 비방이라고 하는 내 말을 모르겠는가? 문제는

258

자신의 세계를 야물게 열어놓지 못하면 자신도 모르게 그 세계 속으로 휘말려버린다는 사실이야. 그리하여 괴물이 나타날 길을 만들어준다 그 말이야."

성난 회오리처럼 율곡을 감싸 안던 퇴계의 말이 잠시 끊어졌다.

잠시 후에야 퇴계의 말이 다시 이어졌다.

"그렇다고 절망할 이유는 없네. 왜냐면 우리도 그들 속에 있지만 사실 그들도 우리 속에 있으니까. 그들의 사상이든 아니든 지혜로운 자는 결코 걸림이 없을 테니. 걸림이 없으려면 멈추어야만 하지. 암, 멈추어야 해."

그렇게 말하고 퇴계는 몸을 돌려 옆으로 꼬부라진 미로를 돌아나갔다.

# 방하착

**1**

두 사람의 모습이 한동안 석순 속으로 묻혀들었다. 미로가 가팔랐으므로 헤쳐가느라 두 사람은 입을 다물고 있었다. 그들이 걷는 미로의 암벽에 다시 부조들이 조성되어 있는 것이 보였다. 한 줄, 두 줄, 세 줄, 네 줄, 그렇게 일렬로 조성되어 있었다. 하지만 부조들이 자세하고 섬세하지는 않았다.

율곡은 부지런히 퇴계의 뒤를 따랐다.

석순이 어지러운 길을 벗어나자 퇴계의 걸음이 빨라졌다. 덩달아 율곡의 발걸음도 빨라졌다.

어느 한순간 율곡을 돌아보던 퇴계는 멈칫 섰다. 갑자기 눈앞에 네 개의 입구가 나타났기 때문이었다. 바로 보이는 입구로 들어가려면 동방 끝에 파 놓은 해자를 건너가야 통과할 수 있도록 돼 있었다. 아래 면은 옹벽이었다. 철분암이었지만 맨 아랫줄은 연암으로 되어 있었다. 옹벽은 성벽처럼 튼튼해 보였다. 물줄기가 아래쪽으로 흐르고 있어서인지 줄기 식물들이 기어올라 뒤엉켰다. 또 다른 동방(洞窟房)은 그 안에 있었다. 수행자들이 습기를 피해 만들었을 석실들은 동방 안에 들어앉듯이 파져 있었다.

바로 앞의 입구를 통과하자 다시 넓은 공터 같은 동방이 나왔다. 그 동방으로 들어서야 율곡이 먼저 입을 열었다.

"좀 전에 말입니다. 걸림이 없으려면 멈추어야 한다고 하셨는데 무엇을 멈추어야 한다는 말씀입니까?"

"의심병 환자께서 어째 묻지 않는다 했지. 이율곡이 누군가? 왜 그걸 눈치 못 챘겠어?"

"그럼 그 핵심을 한번 짚어보시지요."

퇴계의 입술 끝이 심술스럽게 실룩거렸다.

시건방진 놈!

그러나 퇴계는 속을 숨긴 채 고개를 주억거리다가 말을 내뱉었다.

"문제는 우리가 원하는 대답을 만나기 위해 여기서 부정의 협곡을 또한 번 거쳐 가야 한다는 사실이야."

"부정의 협곡?"

율곡이 짧게 되뇌었다.

"우리들의 본래 모습인 리는 안팎이 없는 것이거든."

"이제야 알겠군요."

역시 율곡이 조소가 밴 어조로 말했다.

"그래?"

짐짓 퇴계가 놀란 어조로 율곡의 말을 받았다.

"마음의 비밀을 밝힐 때가 되었다 그렇게 들리니 말입니다."

"하하하, 정말 무서운 사람일세."

"가르쳐주십시오."

퇴계가 눈살을 찌푸리고 그를 쏘아보았다. 율곡이 지금까지의 그답지 않게 정중하다는 생각이 문득 들었기 때문이었다.

도대체 이놈 속이 얼마나 깊은 것이야?

그렇게 생각하며 퇴계는 심드렁함을 가장하고 입을 열었다.

"그대, 정말 마음의 비밀을 알고 싶은가?"

"그렇습니다."

"그럼 멈추시게."

"네에?"

조소기가 물려 있던 율곡의 입이 놀라움으로 뒤바뀌었다.

"모르시겠는가? 자네의 탐색 작업을 멈추란 말일세."

"무슨 말씀입니까? 멈추라니요?"

"말을 알아듣지 못하고 있지 않은가?"

"무얼 말입니까?"

"그렇다고 마음의 비밀이 밝혀지겠는가?"

"네?"

"직접 그 마음을 파고들어서는 볼 수 없는 것이 바로 그것이라네. 마음을 틀에 가두어 놓고서는 말일세. 마음을 가두지 말란 말일세. 억지로 몰아가면 병이 들기 십상이라네. 대안은 마음을 잊어야 한다는 것이지."

"지독한 역설이군요."

퇴계의 말에 끌려가던 율곡이 화들짝 놀라 소리쳤다.

"마음을 잡으려면 마음 밖을 주목하는 수밖에."

퇴계가 당연하지 않느냐는 듯 말했다.

"마음 밖을 주목하라고요?"

"그 도리는 안팎의 틈이 없기 때문일세."

"그러니까 뭡니까? 안을 살피려면 먼저 밖을 살펴야 한다는 말씀인가요?"

"밖을 삼가고 힘쓰면 그것이 곧 내 속을 기르는 방법이란 말일세. 이것이 심학이지."

"공자도 공자의 제자도 심학을 내세운 적이 없다는 걸 모르십니까?"

"오호, 이미 내 대답을 꿰뚫고 있지 않은가? 율곡의 오기가 꺾인 줄 알았더니 아직도 아닌 것 같군. 내가 심학을 내세우는 건 바로 심학이 우리들의 일상과 그 일상을 영위하는 행동에 있기 때문이야. 이제 와 공자가 무슨 대수라고……."

"선생님! 그럼 마음의 실체를 잡았습니까?"

퇴계가 허허허 웃었다.

"오늘 이율곡이 제대로 날을 세우는군. 허허허, 어떤 대답을 원하는가?"

"대답할 수 없다면 공부자를 모욕한 죄로 무간지옥에 떨어질 것입니다."

화가 있는 대로 치받은 율곡이 저주스럽게 퍼부었다.

"이 사람아, 정신 차리게. 무간지옥은 불교에 있다네."

율곡이 감당을 못하고 어금니를 씹어 물었다.

"조심하시게. 무의식이 언제 그대를 삼켜 버릴지 모르니."

"대답이나 하십시오."

율곡이 소리쳤다.

"그러지. 이게 내 대답일세. 마음 수련을 하지 않았더니 보이더군."

263

그리곤 퇴계가 홱 돌아서 가자 율곡이 그 뒤를 따라 발을 재게 놀렸다.

"그럼 마음의 수련을 하지 말라는 말이 됩니다."

"그렇더이. 마음의 병이라는 것이 어디서 오는 것이겠나? 다 일의 과불급에서 오는 것이더이. 유학이 문제를 자기 내적으로 설정한 이유도 바로그 때문이라고 생각하네. 그리고 심학에 집중하는 이유가 거기 있을 것이야. 화살이 과녁에 맞지 않았다고 어찌 과녁을 나무라겠는가? 자신을 돌아보는 것이 유학이라면. 거기서 생겨난 것이 심학이 아니겠는가? 그런데문제는 심학의 주인인 그 마음이라는 것이야. 그런데 이상해."

"뭐가요?"

"마음을 잡으려고 하니까 도망가버려. 마음이 아파 그 병을 제거하려고하니까 그럴수록 혼란과 동요가 심해지더란 말일세. 나는 무수히 보았네.그렇게 하여 돌이킬 수 없는 큰 병이 든 사람들을."

"그렇다면 왜 마음공부를 해야 한다고 하셨습니까? 공부를 하라고 하시고서는 이제 하지 말라 하시니 어불성설이 아니고 무엇이겠습니까?"

수준이 느껴지는 저급하고 옹색한 질문이었지만 율곡은 심통이 나 퇴계의 말을 그렇게 맞받았다.

"하지 않는 것도 마음공부라는 말일세. 허허허."

퇴계의 능청스런 눙침에 율곡이 또 말려들었다. 그는 본의를 잃고 자신도 모르게 소리쳤다.

"궤변입니다."

율곡은 말을 해놓고 아차 했지만 이미 말이 되어버린 뒤였다. 그런 뜻이아니었는데 생각과는 달리 왜 이렇게 말이 빠른 것인지 모를 일이었다.물론 아직도 수양이 부족해서이겠지만 꼭 그런 것은 아닌 것 같았다. 그렇게 맞받아칠 성질의 대답이 아니라고 생각하면서도 또 수준이 느껴지는 대답이 먼저 입 밖으로 달려 나갔다.

그런 율곡에게 퇴계는 답했다.

"내 말은 억지로 마음을 탐색해서는 안 되겠더란 말일세. 그리고 억지로 조종하려 한다고 조종이 되는 것도 아니더란 말일세. 그러면 그럴수록 마음의 병은 더 깊어만 지더라 이 말일세. 이때 필요하지. 불가의 놓아 버리라는 말이."

퇴계가 작정한 듯이 말을 내뱉고 계속해서 앞으로 나아갔다.

사르륵.

갑자기 가까운 곳에서 이상한 소리가 들려왔다. 이내 "아악" 하는 사람의 비명소리가 들려왔다.

율곡이 멈칫 섰다.

"못 들었습니까?"

퇴계도 섰다.

"무슨 소리가 난 거 같긴 해."

"그렇지요. 사람의 비명소리 같습니다."

"나도 그렇게 들었어. 그럼 이곳에 사람이 있다?"

"보십시오. 제가 뭐라고 했습니까?"

"잘못 들었겠지. 동굴이 울려서 그럴 수도……."

"동굴이 울려요? 뭐에 말입니까?"

"우리의 발자국 소리나 말소리에……."

"예?"

"어디서 석순이 떨어졌을지도 모르고."

그렇게 말하고 퇴계가 다시 앞서 걸었다.

산란한 마음으로 인해 정신을 집중하지 못하고 있던 율곡이 이내 놓칠세라 따라붙었다. 율곡은 굳이 되새기지 않아도 될 말들을 떠올렸다. 그렇게라도 하지 않고는 불안해 발을 떼놓지 못할 것 같았다. 그러자 되받지 않아도 될 말이 입 밖으로 터져 나갔다.

"방금 말입니다. 그 말씀, 방하착(放下着)을 말씀하시는 건가요?"

앞서 가던 퇴계가 말을 알아듣고 고개를 주억거렸다.

"불가의 말이라 역시 잘 아는군. 그래, 불가의 말이네. 이때 끌어다 써야지 어떡하겠나, 필요한데. 더욱이 주자학은 유불의 영적, 정신적 전통과 궤를 같이하고 있지 않은가?"

퇴계의 느물거리는 듯한 어조에 다시 심기가 사나워진 율곡이 자신도 모르게 또 발끈했다. 그렇지 않아도 당황하는 자신이 짜증스러운데 퇴계가 계속해서 느물거리고 있으니 울화가 또 가슴 밑에서 울컥 올라챈 것이다.

"주자와 이고가 울고 가겠습니다. 주자를 안고, 이고를 멸시하면서 저를 타박하시던 분이⋯⋯."

"그렇다네. 주자는 나의 님이었네. 그 무더웠던 날도 우리는 어깨동무를 하고 있었지. 살인적 추위에도 몸을 떨며 함께 몸을 맞대고 있었어. 그러나 그의 법으로도 안 될 것이 있다면 그의 격식을 깨는 자신만의 비방을 만드는 것이 군자의 도리라는 걸 나중에야 알았네. 나는 주자와 함께 있었지만 주자의 격식을 깰 때는 깨고 있었다는 말이야."

"그래서 이제는 그의 품속을 떠나야겠다고 말씀하시는 건가요?"

율곡의 느물거림에 퇴계는 잠시 사이를 두었다가 하던 말을 계속했다.

"내가 지향하는 나만의 길을 만들어야 했다는 말이야. 선가의 사상이 옳다면 왜 받아들이지 못하겠나? 도가의 사상이 옳다면 그 법을 받아들여야지 왜 피하겠는가? 무엇이 두려운가? 두려워서 도망간다면 그를 어찌 군자라 하겠는가? 무불통지는 그래서 생기는 것이 아니겠는가? 그렇기에 내 사랑하는 제자 정유일에게 주자의 마음공부 방법도 그만 잊으라고 했네. 그러자 그가 말했네. 모든 걸 놓아 버리는 방하(放下)의 법이 주자학에 위배 된다는 걸 모르십니까? 허허, 참……."

퇴계의 제자 문봉 정유일(文峰 鄭惟一)은 17세 때부터 30세에 이르기까지 퇴계와 서찰을 주고받았다. 14년 동안 주고받은 서찰이 무려 178통이나 된다. 퇴계는 그에게 마음으로 선을 닦아 우의를 항상 도탑게 하라고 가르쳤다.

정유일은 집이 가난해 빌린 책을 언제나 베껴 써야만 했다. 그는 결코 게으름을 피우지 않았다. 성심껏 책을 베껴 쓰며 그것을 자기 것으로 하였고 배운 대로 실천했다. 19세에 사마시에 들었고 25세에 문과에 급제하여 벼슬길에 들어 강직한 성품으로 주변의 칭송을 받았다. 그렇기에 퇴계는 사람들에게 문봉 정유일을 바라볼 때에는 언제나 발뒤꿈치를 돋우고 바라본다고 할 정도였다.

"그래서요?"

퇴계가 잠시 숨을 돌리느라 사이를 두자 다음 말을 기다리던 율곡이 물었다.

"그래 이렇게 대답했다네. 내려놓지 못한다는 것은 그 자체가 초월을 열망하기 때문이다."

비로소 율곡이 시선을 내리깔았다. 도대체 이 늙은 유학자를 어떻게 이해하면 좋을지 모르겠다는 생각이 들었다. 이 늙은 유학자는 주자가 해왔던 마음공부의 정통적 훈련까지 접으라고 하고 있다.

주자는 마음의 훈련으로 두 가지를 제시했다. 첫째, 가냘픈 내면의 불씨가 꺼지지 않도록 마음을 잡고 조존(操存)하라. 둘째, 인간의 존엄에 대해 깊이 성찰(省察)하라.

그런데 그는 그것조차 하지 말라고 하고 있다. 더 이상 마음의 훈련을 하지 말라고 하고 있다. 거울은 닦지 않으면 먼지가 앉을 수밖에 없다. 그런데 이제 와 닦지 말란다. 일상의 오염된 삶에 지족하고 살라는 말이다.

"그렇다면 마음 훈련을 그만 두는 것이 심학의 본질이란 말입니까? 소위 선생님이 말하는 심학의 본체가 그것이었다는 말입니까?"

말을 해놓고 율곡은 또 아차 했다. 또 수준이 느껴지는 옹졸한 물음이 입 밖으로 터져 나와 버린 것이다.

퇴계의 대답은 자신이 생각했던 그대로였다.

"그 전체이지. 마음을 알려면 그저 바라보아야 할 테니까?"

"바라만 본다고 마음이 면경처럼 맑아지겠습니까?"

내친김이라고 생각하며 자포자기식으로 율곡이 물었다.

"일상의 분명한 곳을 그저 수용하시게나. 그 자리를 여유롭게 헤엄치면 되지 않겠나? 자의식의 과잉을 덜어내다 보면, 그 사이에서 무엇인가가 길러지고 성숙되어 갈 것이야. 그러면 마음의 병이 저절로 치유될 것이고 밀쳐놓았던 조존과 성찰의 효과까지 얻게 될 테지. 바로 이것이 유학의 이법이 아니겠는가?"

"이법이라……."

율곡이 막연히 되뇌었다.

"그렇지. 이법이지. 리가 자유롭도록 숨통을 틔워주는 이법."

"사물에 자신의 의지 따위는 필요 없다? 그 의지를 개입시키지 말라, 그 말입니까?"

"맑은 물은 조용히 흘러가는 법이라네. 걸림이 없으니 맑을 수밖에. 그런데 그 맑은 물이 진흙이나 찌꺼기를 만나면 더러워질 것이네. 험한 골짜기, 막아서는 바위라도 만나면 성이 날 것이네. 분명한 것은 물은 그런 과정을 거쳐 정화된다는 사실일세. 이것이 그저 바라보며 자기 속의 고유한 인(仁)을 찾아가는 과정일세. 바로 그때 그대 인생 최대의 환희를 보게 될 걸세. 바로 그 경지가 명상의 본질이요, 심학을 궁구하는 유가의 심학이요, 내가 본 도가의 세계요, 불가의 해탈일 것이네. 자, 이제 그대의 본 물음에 한마디로 대답하겠네."

퇴계는 손으로 목을 쓰다듬었다.

그러자 말을 기다리는 율곡이 오히려 목이 메었다.

"마음을 파고들지도 마시고 버려놓지도 마시게. 그저 바라보시게. 그것이 바로 너와 내가 없는 경(敬)의 자세일세. 일체가 존중되는 경의 세계. 만약 그렇지 않고 오직 마음공부만을 중심적으로 한다면 도가와 불교의 견해에 빠지지 않는 것이 없을 것일세."

율곡은 눈을 감았다. 왜 그렇게 질기게 말이 많을까 했는데 이유가 있었다는 생각이 그제야 들었다. 노학자의 말은 다소 거칠고 난해했지만 마음 찾기의 요체를 정확하게 그리고 질서정연하게 차근차근 정리하고 있었다. 그러면서도 자신이 완성해온 심학의 실체, 마음을 보존하고 기르는 공부에 대한 주요한 견해를 거침없이 피력하고 있었다. 그의 견해는 심경부주에서 강조한 그것과 거의 일치하고 있었다. 비로소 알 것 같았다. 그가 성취해온 그 모든 것. 그의 삼성론(三省論), 삼귀론(三貴論), 사물론(四勿論), 리동설(理

動說)……. 그리고 그의 존재론에 이르기까지.

문득 이것이 주자가 못 다한 것일지도 모른다는 생각이 들었다.

언젠가 퇴계는 말했다. 유학자로서의 꿈이 완성되리라고 막연한 예감에 사로잡혔다던 세월이 있었다고 했다. 그렇다면 지금 그만의 해답을 하고 있는 것이 아닌가?

그런 생각이 들자 율곡은 저절로 눈이 감겼다.

"좀 빨리 걸으시게."

모든 것을 이루었으면서도 아직도 성현의 가르침을 얻기 위해서라면 죽음의 길도 마다 않겠다는 고심에 찬 늙은 유학자가 재촉했다.

율곡은 후다닥 퇴계 뒤를 따라붙었다.

# 세 개의 추

**1**

그들은 계속 미로를 따라 들어갔다. 그토록 찾으려는 중앙방은 나타나지 않고 한동안 나타나지 않던 벽화가 다시 나타났다. 길은 좁아졌다가 입을 벌리듯 넓어지고는 하였다.

다시 나타난 두어 개의 석방을 지나칠 무렵이었다. 처르륵 하는 소리에 율곡이 깜짝 놀라 소리 나는 곳으로 시선을 돌렸다. 두 갈래로 갈라진 긴 불기둥이 엄청나게 큰 불구덩이 속에서 달려 나오고 있었다. 율곡은 그만 기겁을 하고 털버덕 엉덩방아를 찧었다. 엉덩방아를 찧으면서 율곡은 순간 누군가를 본 것 같다는 생각을 했다. 분명히 사내였다. 엄청난 크기의 사내였다. 얼마나 몸체가 컸는지 동방의 천장에 그의 머리가 닿을 정도였다.

율곡이 내지르는 비명에 놀라 앞서가던 퇴계가 웬 호들갑이냐며 돌아선 것은 그때였다. 그는 돌아서다가 멈칫했다. 율곡이 엉덩방아를 찧고 무엇인가를 바라보며 후들후들 떨고 있었기 때문이었다.

퇴계의 시선이 율곡이 보고 있는 물체를 바라보았다.

이번에는 퇴계의 입이 소리 없이 벌어졌다.

아무렇게나 흘러내린 봉두난발, 걸레쪽 같이 걸쳐진 누더기, 키는 훌쩍하니 컸다. 보통사람보다 머리 하나가 더 있는 것 같았다. 어깨는 사람의 어깨 같지 않았다. 그 뒤에 함정처럼 깊게 파인 주먹만 한 눈두덩, 그 속에서 시퍼런 불길이 쏟아지고 있었다. 아니 불길이 아니었다. 동방이 터져나가면서 무너지는 붉은 돌덩이가 사내의 머리에 떨어지고 있었다.

그것은 흡사 두 갈래의 불길이 사내를 휘어 감는 것 같았다. 사내의 몸뚱이가 불덩어리 같은 거대한 붉은 돌덩어리에 휘감기어 허공으로 튕겨나간 것은 순식간이었다.

바닥에 낙엽처럼 떨어진 사내가 전신을 떨며 손을 허우적거렸다.

그제야 겨우 정신을 차린 율곡과 퇴계가 사내를 바라보았다.

동방이 무너지고 있다?

그들은 그렇게 눈으로 서로 묻고 있었다. 갑작스럽게 일어난 상황이 현실 같지 않다는 눈빛들이었다.

먼저 움직인 것은 퇴계였다.

퇴계가 널브러진 낯선 사내를 향해 다가갔다. 율곡은 지켜보고만 있었다.

"누, 누구요?"

퇴계가 다가가며 떨리는 음성으로 물었다.

사내의 몸은 이미 사람의 몸이 아니었다. 어디를 어떻게 다친 것인지 전신이 피투성이였다. 퇴계가 사내 곁에 웅크리고 앉자 율곡이 주춤주춤 다가갔다. 율곡이 다가가보니 엄청나게 큰 몸집의 사내가 신음을 터트리며 늘어져 있었다.

"사람이 맞군요."

율곡이 떨리는 음성으로 말했다.

"이보시오!"

눈을 감고 겨우 숨이 붙어 있는 사내를 퇴계가 흔들었다.

벽이 갈라지는 소리가 석벽에서 일어나 고막을 찢어 버릴 것 같았다.

사내가 눈을 가늘게 떴다.

"선생님……."

퇴계를 알아본 사내가 가늘게 음성을 떨었다.

자기를 부르는 목소리에 퇴계는 흠칫 놀랐다.

"누구신가?"

"선생님."

퇴계가 안 되겠다는 생각이 들어 사내를 안았다.

"빨리 물을 꺼내게."

율곡이 말을 알아듣고 주루막을 벗어 양 위를 잘라 만든 물통을 꺼냈다.

퇴계가 물통을 받아 사내의 입에 대주었다.

사내가 겨우 몇 모금 물을 받아 마시고서야 퇴계를 올려다보았다. 키가 엄청나게 크고 몸이 보통 사람의 두 배는 되어 보였고 잘생긴 얼굴이었다. 광대뼈가 튀어나오기는 했지만 얼굴에 어울렸고 코가 우뚝했으며 눈이 크고 깊었다. 머리카락이 허리까지 길었고 목도 길었다.

"선생님 저 김도립입니다."

"김도립?"

되뇌는 퇴계의 음성이 틔었다.

사내가 눈을 뜨고 있기조차 힘든지 스르르 눈을 감았다.

그제야 기억이 난 퇴계가 사내를 흔들었다.

"김도림? 그럼 문시언의 외종자?"

사내가 눈을 뜨며 희미하게 웃었다.

"맞습니다. 기억하시는군요. 문시언 옹이 제 외할아버지입니다."

수결 문시언이 누구던가? 이언적 선생의 문하에서 수학하다가 삼귀철학으로 독자적 학통을 이룬 사람이다. 문시언의 사위 김이적 역시 이언적에게 수학했다. 문시언의 아비 이이여가 조광조 선생의 제자였으며 이언적과 문시언은 각별한 사이였다.

그럼 문시언이 이곳을 맡아 정암 선생의 흔적을 찾아 유품을 챙겼다는 말이었다.

문시언의 호가 수결임을 퇴계는 기억해냈다.

"그런데 자네가 여기 어쩐 일로?"

그가 눈을 떴다.

"선생님, 선생님이 이리로 들어섰을 때부터 줄곧 뒤를 밟았습니다. 누군가 선생님의 뒤를 따르는 것 같아서요. 더 안으로 들어가시면 깊이도 알수 없는 늪지대가 있습니다. 이곳의 물이 모이는 곳이지요. 본시 도교도들이 수행하다 죽으면 묻던 곳이지요. 이곳이 철폐되고 그곳에 물이 차면서 늪이 된 곳입니다. 그곳에 이무기가 산다는 소문이 있어 혹 선생님을 해치려는 게 아닌가 해서……."

"이무기라니?"

"모르셨군요. 이곳을 지키는 터지기 뱀인데 저도 본 적은 없습니다만……."

"그랬구먼. 그래서 그렇게 고약한 냄새가? 그런데 어떻게 여기에?"

274

사내가 숨이 가쁜지 눈을 감았다.

퇴계가 그의 마른입에 물통을 대주었다. 물을 몇 모금 더 마시고 그가 눈을 떴다.

"제가 보니 칼은 든 검은 그림자가……. 저기 보십시오. 저 석순 뒤, 시체가 하나 있을 겁니다."

율곡이 석순으로 다가갔다.

잠시 후 율곡이 돌아오더니 몸을 후들후들 떨었다.

"칼을 든 사람이었습니다."

율곡이 말했다.

"누구던가?"

퇴계가 율곡에게 물었다.

"모르겠습니다. 키가 자그마하더군요."

퇴계가 사내를 바닥에 눕혀 놓고 율곡을 따라 석순 뒤로 돌아갔다.

"젊은이 아닌가?"

"맞습니다."

검은 옷을 입고 있었다. 복면을 썼는데 덩치가 자그마하고 머리가 봉두난발이었다. 복면을 벗겨보던 퇴계가 흠칫 놀랐다.

"아니, 남자가 아니지 않은가!"

"어, 여자로군요."

율곡이 사내를 내려다보다가 물었다.

"어디서 본 것 같지 않은가?"

"글쎄요?"

율곡이 신음을 물었다.

그 순간 숨이 끊어지지 않았는지 여인이 꿈틀거리다가 눈을 떴다. 코가 오뚝하며 눈이 사팔뜨기였다.

"누구신가?"

여인이 무섭게 퇴계를 쏘아보았다.

"내가 누구 같으냐?"

"보아하니 나이도 어린 것 같은데 왜 우리 뒤를?"

여인이 피를 꿀럭꿀럭 내뱉었다. 그리고는 이를 갈았다.

"억울하다. 영감탱이 하나 죽이지 못하다니……."

"무슨 소린가?"

퇴계가 물었다.

싸늘한 조소가 여인의 입가에 물렸다.

"역시 죽을 용기는 없었나 보지. 백성을 위한다는 말이 전부 거짓 아닌가?"

"무슨 말을 하고 있는 것이야? 네가 누구냐?"

율곡이 소리쳤다.

여인이 눈을 시퍼렇게 치뜨고 율곡을 노려보았다.

"몰라서 묻는 것이야? 진정 모르겠어? 내 아버지가 임꺽정이다."

"뭐?"

퇴계가 흠칫 놀라며 뒤로 상체를 넘겼다.

"그리고 내 남편이 강산이지. 내 아버지의 원을 풀려다가 고슴도치처럼 활을 맞고 죽은 사람. 그 사람이 내 남편이지. 그들의 원을 풀려고 했는데 이렇게 되고 말았구나."

"어허! 어떻게 이런 일이……."

허망하게 내뱉는 퇴계를 향해 여인이 얼굴에 조롱기를 담았다. 그녀는 잠시 비웃다가 저주스럽게 퍼부었다.

"평소 아버지는 늘 말했다. 이 세상을 바꾸려면 유림의 태두인 퇴계 이황부터 없애야 한다고. 그렇지 않고는 결코 이 세상은 무너지지 않을 것이라고. 양반 상놈의 명분론적 질서를 내세우며 유교 사회를 지탱하는 사람이 바로 그 영감이라고. 그를 죽이지 않고는 결코 새 세상은 오지 않을 것이라고. 그래서 뒤를 따랐다. 너희들이 있는 집을 드나들며 몇 번 기회를 노렸지만 두 사람이라 기회를 얻기가 힘들었어. 내가 이렇게 약하게 태어나지만 않았어도……."

"그럼 정암가에서부터 이곳까지 따라왔다는 말인가?"

넋을 놓은 퇴계 곁에서 율곡이 물었다.

여인은 대답을 하지 못하고 눈을 뒤집더니 몸을 떨기 시작했다. 그러다가 잠시 후 그대로 사지를 늘어뜨리고 손을 놓아버렸다.

맥을 짚어보던 율곡이 퇴계를 향해 고개를 내저었다.

"죽었습니다."

"어째 이런 일이……."

퇴계가 허허로운 음성으로 뇌까렸다.

"일어나 안전한 곳으로 피하셔야 하겠습니다. 저 사내도 혹 잘못되었을 지도……."

율곡이 다가들어 퇴계를 일으켰다.

그들은 고개를 갸웃거리며 다시 사내가 있는 본래의 자리로 돌아왔다.

"우선 안전한 곳으로 옮기지요. 저쪽으로."

이번에는 율곡이 사내를 안고 질질 끌어 옮겼다.

안전한 곳으로 옮겨지고 나서야 사내가 여전히 정신이 없는 퇴계를 올려다보았다.

"아는 사람이었습니까?

"그러네."

율곡이 대답했다.

퇴계가 그제야 가까스로 정신을 추스르고 사내를 내려다보았다.

"어째, 괜찮은가?"

"네."

"그 사람은 죽었다네."

퇴계가 힘없이 뇌까렸다.

"석벽이 무너지면서 파편이 튀었어요. 선생님들의 뒤를 잘도 따르더니 무엇에 놀랐는지 석벽 쪽으로 잠시 몸을 피하는가 했는데……."

"그런데 자네는 어떻게 여기를?"

퇴계가 물었다.

"관리인이 죽은 모습을 보고 왔습니다."

"그럼 관리인을 죽이고 우리를 따랐다?"

"아마 그랬던 모양입니다."

"그럼 선생님을 모략한 것도 그의 짓이다?"

율곡의 말에 사내가 무슨 말이냐는 표정을 지었다.

"그런데 그대는 여기 어떻게?"

재빨리 눈치 챈 퇴계가 물었다.

"정암 조광조 선생님께서 돌아가실 때 제 외할아버지에게 서책을 하나 남겼지요. 외할아버님은 그 서책을 중히 여겨 정암 선생님이 숨어 살던 이곳으로 들어왔습니다. 당시 정암 선생님의 모든 것은 불태워지고 있을 때였으니까요. 소격서가 폐지되었다가 다시 부활했을 때 제 외할아버지가 이곳을 맡았습니다. 조광조 어른을 사사하라는 어명을 내리고도 그를 아끼는 신하들의 청을 받아들여 중종 임금은 은밀히 그를 숨기라고 했다고 합니다. 자신의 손으로 철폐한 곳에 숨는 것이 안전하지 않겠느냐는 주위 사람들의 권유를 받아들여 이리로 오셨지요. 그러나 그분을 인덕으로 다스려 달라는 이들의 청이 임금으로부터 묵살되어 이곳에 오래 계시지 못하고 결국 유배지로 끌려가 사사 되셨다고 하더군요. 외할아버님은 그 서책을 지키다가 이곳에서 숨을 거두었습니다. 그 뒤를 이어 아버님께서 이곳으로 들어오셨는데 얼마 전에 돌아가셨지요. 저는 최근에 이곳으로 왔는데 이렇게 선생님을 만나게 된 것입니다."

"방금 조광조 어른께서 돌아가실 때 서책 하나를 남겼다고 했는가?"

"그렇습니다."

"그 서책이 혹 리학경인가?"

사내가 고개를 끄덕였다.

"알고 계시는군요. 선생님이 이곳으로 들어섰을 때 아는 것 같았습니다만……."

"그래 그 서책이 지금 어디에 있는가?"

사내가 오른 손을 들어 미로의 끝을 가리켰다.

"저 미로를 돌면 첫 번째 석방입니다."

"그곳이 중앙당?"

"알고 계시는군요".

"조광조 어른께서 지정해 둔 이 미궁의 중앙 방이지요. 외할아버님이 그곳에다 서책을 넣고 석문으로 막았지요. 그곳에 가시면 석문을 열 수 있는 석추가 세 개 있을 것입니다. 외할아버님이 만들었지요. 외할아버님은 조광조란 이름 속에 그 비밀이 숨어 있다고 하셨습니다. '조광조란 이름 속에 묻힌 비밀을 풀어 그 문이 열리면 그 기운이 사방에 퍼져나갈 것이다' 하고 말씀하셨지요. 하지만 세 개의 석추 중에서 어느 것이 열쇠인지 우리는 알 수 없었습니다. 조광조, 조광조……. 아무리 풀어내려고 해도 그 이름 속에 어떤 비밀이 있다는 것인지……. 그래서 아버님도 그 방을 열어보지 못하셨고, 저 역시 마찬가지입니다. 만약 석추를 잘못 당기면 석방은 무너지게 설계 되어 있다고 하셨으니까요."

퇴계가 고개를 끄덕이며 듣다가, "고마우이. 여기서 조금만 기다리시게. 그 서책을 구한 뒤 자네를 데리고 나갈 터이니" 하고 말했다.

사내가 눈을 감았다.

퇴계와 율곡이 미로의 끝을 향해 나아갔다.

사내의 말은 맞았다. 그들이 찾던 방이 미로를 돌아서자 거기 있었다.

중앙당.

"맞는군."

퇴계가 소리쳤다.

"역시 석추가 세 개인데요."

푸른곰팡이가 뒤덮인 석방 앞에서 율곡이 말했다. 석방은 사람 하나가 수행하도록 파여진 것 같았다. 사내의 말대로 그곳은 석문으로 닫혀 있었다. 석문도 푸른 이끼에 덮여 있었다. 석추는 그 머리 위에 달려 있었는데 주먹만 했다.

세 개의 석추.

율곡이 멍하니 그것을 바라보았다.

어느 것인지 알 수 없다는 표정이었다.

조광조라는 이름 속에 무엇이 있다는 것이지?

만약 판단을 잘못해 맞지 않게 당긴다면 석방이 무너지게 되어 있다고 한다. 그래서 두 부자도 석문을 열지 못했다고 하지 않는가?

퇴계가 석문 앞에 쪼그리고 앉았다.

그는 손가락으로 바닥에다 趙光祖라 썼다. 써놓고 턱을 괴고 생각해보았 지만 도저히 알 길이 없다. 조광조의 살아온 길을 대충 생각해보았다. 그래도 모르겠다.

"허허, 이것 참……."

어떡해야 하나 생각하고 있는데 생각에 잠겨 있던 율곡이 다가왔다.

"의외로 쉽게 풀릴지도 모르겠는데요."

"그래?"

퇴계가 깜짝 놀라 눈을 크게 떴다.

"그냥 쉽게 생각해보지요."

"어떻게?"

"조광조, 세 개의 단추……. 숫자상으로는 똑 같지 않습니까?"

"그래서?"

"조는 아닐 것 같습니다."

"왜?"

"조광조. 조 자가 두 글자이고 광 자가 한 글자 아닙니까? 조가 맞는다면 석추가 두 개라야 맞지 않습니까?"

"그야 언문으로 할 때 그렇고……."

"아닙니다. 한문으로 해도 마찬가집니다."

"어떻게?"

"무엇보다 저 석방을 만든 사람의 표현 말입니다."

"표현?"

"그 문이 열리면 그 기운이 사방에 퍼져나갈 것이라고 했다고 하지 않았습니까? 그래서 광 자에 핵심이 있는 것 같거든요. 이 광 자가 빛날 광으로 우리는 알고 있지만 사실은 위엄 광 또는 기운 광으로도 쓰거든요."

"그렇지. 그런데?"

"그럼 그 자체가 빛 아닙니까?"

퇴계가 무릎을 탁 쳤다.

"역시! 그러니까 언문으로든, 한문으로든 광 자이다?"

"맞습니다."

"언문으로는 앞뒤가 조이니 광이 맞고, 한문으로는 그 기운이 사방으로 퍼질 것이라고 했으니 역시 빛이다? 그러니 광이다? 옳거니!"

퇴계가 석방 앞으로 다가들었다. 퇴계는 율곡에게 추를 당기라고 했다.

중앙의 석추를 당기는 율곡의 손길이 떨렸다. 이끼 때문인지 석추는 잘 당겨지지 않았다. 어떻게 만들어놓았는지 모르겠으나 끊어져버릴지도 모르겠다는 조바심에 율곡은 심장이 터져버릴 것 같았다.

두 손으로 힘을 주어서야 석문이 몇 번 진저리를 치다가 열리기 시작했다. 자욱한 연기가 뿜어져 나왔다.

퇴계가 코를 막았던 종이를 빼 던졌다. 뒤이어 율곡도 코에서 종이를 빼냈다.

그들은 씩씩거리며 드러날 석방에 온 시선을 모으고 있었다.

계속해서 자욱한 연기가 쏟아져 나왔다. 아마 그동안에 쌓인 수운(水雲)이 증기가 되어 서려 있다가 밖으로 품어져 나오는 것 같았다. 코의 종이를 빼내는 바람에 수운이 걷힌 동방에서 역겨운 냄새가 그들 콧속으로 흘러들었다.

"이게 무슨 냄새지요?"

율곡이 물었다.

"무슨 냄새겠는가? 곰팡이 냄새지."

"아!"

말을 마치자마자 안을 들여다보던 율곡이 탄성을 터트렸다.

"이게 뭔가?"

퇴계의 가슴이 쿵 하고 천길 벼랑으로 떨어졌다. 퇴계는 들어갈 엄두가 나지 않았다.

안을 살펴보던 율곡은 멍하니 입만 벌리고 할 말을 잊었다.

수운이 빠지고 드러난 석방. 자라난 푸른 이끼가 거미줄과 섞여 석실에 가득 차 있었다. 거기에 방석 하나가 형체만 알아볼 정도로 놓여 있었다. 그것 역시 푸른곰팡이 덩어리였다. 아마도 석실 안의 습기를 방석이 빨아들인 것 같았다. 그리고 그 위에 놓인 서책, 리학경. 이미 그것은 형체조차 없었다.

"이, 이럴 수가!"

"어허, 이것 참."

허망한 말소리가 그들의 입에서 흘러나왔다.

두 사람은 약속이나 한 듯이 함께 서책으로 손을 뻗쳤다.

처르르.

서책에 그들의 손이 닿는 순간 이미 썩어버린 책장들이 물방울처럼 흘러
내렸다.

# 회광반조

## 1

소격서 앞에 퍼질러 앉았을 때 세 사람은 꿈만 같았다. 땅 속의 미궁.
소격서는 그것을 감추고 선채 아무 일 없었다는 듯이 그들을 내려다보고
있었다.

바깥세상은 평온했다. 경복궁도 그대로였고, 고갯길도 그대로였고, 고대
광실과 초가집들도 그대로였다. 그 누가 땅 속에 미궁이 있다고 생각이나
할까?

퇴계는 이틀 동안 꼼짝 못하고 누워 있었다.

사흘 째 되는 날 율곡이 궁으로 들어갔다. 그는 들어가기 직전까지 어떡
할 것이냐고 퇴계에게 물었다.

"어떻게 진실을 규명할 것입니까?"

"그대는 오로지 걱정이 그것뿐인가?"

"선생님이 제 입장이라면 그렇지 않겠습니까?"

퇴계가 잠시 고개를 숙이고 있다가 율곡의 손을 잡으며, "고마우이" 하고 말했다.

"자, 말씀해주십시오."

그제야 퇴계는 율곡에게 속마음을 털어놓았다.

"사실 하성구 그 사람, 내가 아는 사람일세."

"그럴 줄 알았습니다."

"내 성균관에 있을 때였다네. 어느 날 유생 둘이 날 찾아와 물었다네. 한 유생은 이성조라는 이였고, 다른 유생은 바로 하성구였네. 그날 나는 그들에게 정암 선생의 흉내를 내고 말았지 뭔가? 내 유생 시절 정암 선생이 내게 했던 것처럼 말일세. 탁자 위에 엽전 꾸러미와 흙을 내놓았지. 그 중에서 어느 것을 선택하겠느냐고 물었어. 그러자 하성구 그자는 유생 시절의 나처럼 엽전 꾸러미를 선택했다네. 내가 물었지. 왜 엽전을 선택했는가? 그도 유생 시절의 나처럼 그것도 질문이냐는 듯이 웃더구먼. 나는 정암 선생이 그랬듯이 벽에 걸어놓은 오쟁이에서 씨앗 한 톨을 꺼내 놓았다네. 그는 그제야 낯을 붉히고 할 말을 잃었네. 선비는 금전과 흙 중에서 흙을 선택할 수밖에 없는 운명을 타고 난 이들이라는 걸, 그 흙에다 씨앗을 뿌려야 할 존재, 그 길이 군자의 길이라는 걸 그제야 깨달았다는 듯이 말일세. 그 후 내가 성균관 대사성으로 가니 그들이 거기 사성으로 나란히 있지 않겠나? 참으로 반갑더구먼. 내 그래 물었다네. 아직도 엽전을 선택하겠느냐고? 그랬더니 이렇게 묻는 것이야. 여기 한 늙은이가 어린아이를 데리고 갈 곳이 없어 헤매고 있습니다. 그럼 그녀는 엽전꾸러미와 흙 중 무엇을 택할까요? 선비의 이상을 물어보는 질문인데, 그의 설명은 선비와 세상을 분별하지 말라는 것이었네. 내가 틀렸다는 것이지. 나나 정암 선생이나 선비정신은 알고 있지만 배고파 거리를 헤매는 삶의 진정한 모습은 망각했다는 말이었지. 그 씨앗이 언제 자라 배고픔을 해결해주겠느냐는 거지. 당장 필요한 그 무엇, 선비의 이상인 그 씨앗이 당장의 배고픔은 해결해주지 않는다는 것이었어. 그는 그렇게 현실이상주의자가 되어 있었어."

"뜻밖이군요."

퇴계가 고개를 주억거렸다.

"그 후 소문을 들으니 하성구란 자는 성균관을 그만 두고 방랑자가 되었다고 하더구먼."

"그래요?"

"그런데 도척의 현장에 있었다니, 내 생각에는 그렇게 세상을 떠돌다가 도척이라는 자를 만나 의지했던 것은 아닌지……."

"그래도 왜 선생님을 물고 들어갔을까요?"

"글쎄, 나도 그게 이상한데……. 그러니 이런 방법을 한번 써보게."

그렇게 말하고 퇴계는 사암이 준 서책을 꺼내 율곡에게 내놓았다.

"예장왕종전?"

서책의 제목을 보며 율곡이 뇌까렸다.

"일전에 사암이 가져다준 것이네."

"그때 정암 선생님 집에서?"

"맞네. 내가 숨겼던 것은 사암도 궁에서 날 위해 어렵게 구한 것 같아서였네. 당시 자네의 성미에 어떻게 생각할지도 모르겠고. 그래서 내놓지 않았던 걸세."

"낯이 설군요."

"읽어보게. 읽어보면 알 것일세. 그곳에 방법론이 기록되어 있으니 말일세."

율곡이 서책을 펼쳐 대충 읽어보고는 고개를 끄덕이며 어금니를 지그시 씹었다.

"그렇군요."

"이렇게 하지 않고서는 방법이 없을 것 같아서 하는 말이네."

"역시 사암이군요."

"나 역시 어렴풋 고심만 하던 차인데……. 방법이 없지 않은가? 해볼 만은 하지?"

"알겠습니다."

"그래, 자세한 말은 나중에 하기로 하고 입궁이나 하시게."

"그럼 입궁 후에 뵙겠습니다."

"그러시게. 상감께 말씀 올리시게."


율곡이 임금을 알현하고 저간의 사정을 알려서인지 퇴계의 휴식을 방해하는 이가 없었다. 임금은 율곡의 말을 들으며 고개를 끄덕였다.

율곡이 궁을 나와 준비를 하는 사이 퇴계는 의원이 지어주는 약을 먹고 잠이 들었다. 꿈속으로 문향이 찾아들었다.

"저 문향입니다. 나리 몸이 왜 이러십니까?"

"응? 문향이구나!"

문향이 소리 없이 울다가 사라졌다.

문향아, 문향아 부르다가 어떻게 깨었는지 몰랐다. 단양으로 가고 싶었으나 당장 어찌할 수가 없었다. 그래서 멀리 산자락만 바라보았다.

다음 날, 임금을 뵈려 입궁을 해야 할 터인데 퇴계는 고열로 인해 여전히 몸을 움직일 수 없었다. 사정을 알고 난 임금은 아무 말이 없었다.

율곡이 퇴계 대신 진실을 규명하겠다고 하자 임금이 물었다.

"이황의 병이 그렇게 위중한가?"

"그렇기도 하오나 이제 소신이 명 받은 사건의 마무리를 지을 때가 되었다고 생각하옵니다."

"복안이 있는가?"

"진실을 위해 최선을 다할 것입니다."

"이황이 추국청에 나오지 못할 정도라면 정말 병이 위급한 것이 아닌가?"

"추국청에는 나올 수 있을 것입니다."

추국청이 마련됐다. 임금이 굳이 포청으로 납신다고 했으나 간사한 무리들이 율곡이 어떻게 친자를 감별해 내는지 보고자 추국청을 마련한 것이다.

퇴계가 건강이 회복되지 않은 몸으로 추국청으로 들어와 임금께 절을 올리자 임금의 눈에 물기가 어렸다.

"몸이 많이 상했구려."

"상감마마, 황송하옵니다."

"어서 이리와 앉으시오."

퇴계가 자리하자 포청 관원들에 둘러싸여 하성구가 나왔다.

하성구는 퇴계를 바라보았다. 임금은 정말 율곡이 진실을 규명할 수 있을까 하고 염려스런 표정으로 지켜보았다.

율곡이 추국청 단상으로 올랐다. 단상 앞에는 율곡이 미리 준비해놓은 물건들이 탁자에 놓여 있었다.

율곡은 먼저 임금에게 읍하고 추국을 시작했다.

"그대 이름이 하성구인가?"

새파란 홍문관 부교리가 성균관 사성을 지낸 신고자에게 하대하고 있었다. 아무리 임금을 모신 추국청이라고 하나 신고한 사람을 죄인 취급하는 터라 하성구가 이맛살을 찌푸렸다.

"그러하오."

그는 말꼬리를 올리고 있었지만 불만이 가득한 어투였다.

"도척을 어찌 아는가?"

"모르오."

일부러 죄인 다루듯 하는 율곡의 물음에 하성구가 내팽개치듯 내뱉었다.

"어떻게 해서 살해 현장을 목격하게 되었는가?"

"목이 말라 물을 마시려고 들렀을 뿐이오."

"그런데 살해 현장을 발견해 신고했다?"

"그러하오."

하성구가 망설임 없이 대답했다.

"도척을 죽이고 도망한 사람이 바로 퇴계 이황 선생이었다?"

"그러하오."

"조사 결과 그대가 도척의 서자란 사실이 드러났다. 이에 대해서 어떻게 생각하는가?"

"천부당만부당한 말이오. 내 아비는 하일지요."

"하일지를 불러라."

포졸들에 의해 하일지가 백발을 휘날리며 추국청으로 나와 꿇었다.

"그대가 서린방에 사는 하일지인가?"

율곡은 역시 임금의 명을 받은 추국청의 주인다웠다. 아직 죄상도 드러나지 않은 백발성성한 늙은이에게까지 자신의 위엄을 잃지 않고 있었다.

"그러하오이다."

하일지가 대답했다.

"저기 저자를 보라. 하성구가 그대 아들이 분명한가?"

"그러하오이다."

"피살자 도척의 가족을 불러라."

이번에는 도척의 가족이 불려나왔다. 가족이라고 해야 도척의 누이동생 하나였다.

"이름이 어찌 되는가?"

"김도순입니다."

"오라비의 이름이 도척인가?"

"그러합니다."

"저자를 보라. 누구인가?"

하성구를 손으로 가리키며 율곡이 물었다.

"내 오라비의 아들이 분명합니다."

"저자는 하씨 성을 가진 사람이다. 어떻게 네 조카가 될 수 있는가?"

"저도 몰랐습니다. 오라비가 살아 있을 때입니다. 종년이 하나 있었사온데 오라비가 그것을 건드렸습니다. 애를 배었지요. 애를 낳자 집안에서 쫓아내고 말았습니다. 사람들은 종년의 아이를 점백이라 불렀습니다. 날 때부터 오른쪽 귀밑에 주먹만한 점이 있었거든요. 그런데 이번에 오라비가 죽고 신고한 사람을 보니 그 점이 있었습니다."

"검은 점이 귀밑에 있다고 어떻게 조카임을 단정할 수 있단 말인가?"

율곡이 추궁하자 여인이 손을 내저었다.

"점이 특이하기 때문입니다. 확인해보소서. 그 점은 꼭 사람 손처럼 생겼사온데 위치는 오른쪽 귀 밑이옵고 모양은 손가락처럼 뻗었는데, 가지는 머리 쪽으로 뻗어 있고 그 부분만 희디 흴 것입니다. 그 밑으로는 온통 검어 점백이라고 불렀습니다."

"저자의 오른쪽 귀밑을 살펴 볼 수 있도록 얼굴을 상감마마 쪽으로 돌려라."

가설부장이 하성구의 얼굴을 임금 쪽으로 돌렸다.

귀밑의 점을 확인한 임금이 놀랐다. 점은 여인이 설명한 그대로였다.

"하성구, 이래도 변명할 테냐?"

율곡이 소리쳤다.

그러나 하성구는 오히려 웃었다.

"왜 이러시오? 이 세상에 그런 점이 있는 게 어디 저 하나뿐이겠소이까?"

"그것도 왼쪽이 아닌 하필 오른쪽에?"

율곡이 물었다.

"그럴 수도 있지요."

율곡이 여인을 향해 돌아섰다.

"그대의 나이가 지금 몇인가?"

"쉰여섯입니다."

"저자가 그대의 집을 나갈 때 몇 살이었나?"

"두 살 때입니다."

"저자의 나이 말고 그대의 나이?"

"제 나이 열 살 때일 것입니다."

"그렇다면 그 사내아이의 나이는 지금 몇 살인가? 마흔넷?"

292

"그렇습니다요."

율곡의 시선이 하성구를 향해 돌아섰다.

"그대 나이가 몇인가?"

"마흔넷이요."

"그럼 딱 들어맞지 않느냐?"

그러자 하성구가 웃었다.

"웃기지 마시오. 가재는 게 편이라더니 아주 그 사람의 죄를 은폐하기 위해 별짓을 다하는구려. 누가 모를 줄 아시오? 저 여인을 지난밤에 꼬드겨 그러라고 했지 않소?"

율곡이 부르르 떨었다.

"좋다. 그럼 내 보여주지."

포도대장이 옆에 있다가, "아주 주리를 틀지 그러오. 곧바로 불 텐데" 하고 말했다.

율곡이 고개를 내저었다.

"고신에 의한 자백이 무슨 소용이겠습니까? 이제 곧 증거가 드러날 것입니다."

그렇게 말하고 율곡이 나아갔다. 임금 앞으로 나아간 율곡이 읍하고 다음과 같이 아뢰었다.

"상감마마, 하성구의 할아비 묘와 도척의 묘를 파묘하게 허락해주시옵소서."

지켜보고 있던 임금이, "왜 그러는가?" 하고 물었다.

"친자를 밝혀내려면 그들의 해골이 필요하기 때문이옵니다."

해골이라는 말에 사람들이 놀라 웅성거렸다.

임금은 재미있다는 표정이었다.

"필요하면 그리 하라."

"성은이 망극하옵니다."

이내 그들의 묘가 파묘되어 도척의 해골과 하성구 할아버지의 해골이 추국청으로 옮겨졌다.

율곡이 포도부장에게 명령했다.

"저자의 손가락에서 피를 내 종지에 받으라."

율곡의 명령에 모두가 아연해 했다.

포도부장과 가설부장이 달려들어 하성구의 손가락을 칼로 찢어 피를 받았다.

율곡이 그릇에 받은 피를 하성구 할아버지의 해골 정수리에 몇 방울 떨어뜨렸다. 핏방울은 그대로 흘러내렸다.

율곡은 도척의 해골에다 다시 몇 방울의 핏방울을 떨어뜨렸다.

"아!"

보고 있던 사람들이 입을 벌리며 신음을 뱉었다. 도척의 해골에 떨어진 핏방울들이 흘러내리지 않고 솜뭉치에 숨어들 듯이 해골 속으로 스며들었기 때문이었다.

이게 어떻게 된 것인가?

율곡이 그제야 도척의 해골을 하성구에게 내밀며 소리쳤다.

"이게 그대 아비의 해골이다."

하성구가 놀라 털버덕 주저앉았다. 그는 거의 넋이 나가 있었는데 그래도 인정하지 않았다. 그는 이내 발딱 일어나며 턱을 들었다.

"헛소리 하지 마시오. 그걸 어떻게 증명할 수 있소? 죽은 지 얼마나 되었다고. 폭삭 삭은 해골이지 않소? 그게 도척 그자의 해골이라는 증거가 어디 있소?"

"무엇이라? 이래도 인정치 못하겠단 말인가?"

"그렇소."

"땅속의 오묘한 속내를 그대가 어떻게 가늠할 수 있단 말인가?"

"그래도 그 해골은 너무 삭았소이다."

"이런!"

율곡이 할 말을 잃고 허둥대었다. 그는 이내 칼을 집어 들었다.

"그럼 내 보여주지."

율곡이 자신의 무명지를 베었다.

사람들이 비명을 질렀다.

"왜 그러나?"

임금이 놀라 물었다.

"상감마마, 그대로 보고 계시옵소서."

율곡이 손가락에서 피가 흐르자 종지에 받았다.

그는 그것을 하성구의 할아비 해골에다 몇 방울 떨어뜨렸다. 피는 그대로 흘러내려버렸다. 그러자 도척의 해골로 율곡의 손이 옮겨졌다. 도척의 해골에 흘러내린 율곡의 피도 그대로 흘러내렸다.

"보라. 이래도 인정치 못하겠는가?"

그래도 하성구는 고개를 내저었다.

"그렇소. 인정 못하겠소."

"좋다. 도척의 여동생은 나오라."

도척의 여동생이 나왔다.

"저 여자의 손에서 피를 받으라."

포도부장과 가설부장이 여자의 검지에서 피를 종지에 받았다.

율곡이 종지를 건네받아 하성구의 할아비 해골에다 붓자 그대로 흘러내렸다. 뒤이어 도척의 해골에 붓자 솜에 숨어들 듯이 스며들었다.

사람들이 탄성을 내질렀다.

이번에는 하일지를 불러내었다.

"그대의 자식이 맞는다고 하셨는가?"

"그렇습니다."

"저자의 피를 받으라."

하일지의 피가 이번에도 두 해골에 부어졌다. 피는 도척의 머리에서 그대로 흘러내렸으나 제 아비의 해골에서는 그대로 스며들었다.

"이놈 어째서 거짓을 고했느냐? 하성구가 네놈의 친자가 아니지 않느냐?"

율곡의 고함소리에 늙은 하일지가 벌벌 떨었다.

"하일지, 이래도 부정할 테냐?"

하일지가 그제야 털버덕 그 자리에 무릎을 꿇었다.

"용서하소서. 기른 정이 깊어 그렇게 된 것입니다."

"알겠다. 어찌 기른 자의 정이 피를 준 자의 정만 못하겠는가?"

그렇게 말하고 율곡이 하성구를 노려보았다.

"똑똑히 보았는가? 그러므로 너는 도척의 자식이 맞는 것이다. 너를 길러 준 아비가 이미 불지 않느냐?"

그제야 할 말을 잊은 하성구가 넋을 놓고 중얼거리기 시작했다.

"그렇소. 나는 어릴 때 쫓겨난 종의 자식이었소. 어미는 그게 한이 되어 목을 매고 죽었소. 그때 아비를 죽이리라 결심했소. 걸뱅이 짓을 하고 다니며 살았는데 지금의 아비가 날 구해주었소. 기른 아비는 다른 마을로 이사를 했고 제 자식처럼 날 길러주었소."

하성구가 그렇게 말하고 갑자기 고개를 쳐들어 퇴계를 향해 소리쳤다.

"영감 기억하시오?"

하성구의 고함에 지켜보고 있던 퇴계의 턱수염이 파르르 떨렸다.

사람들이 웅성거렸다.

눈을 감는 퇴계의 머릿속으로 어느 날의 기억이 흘렀다. 퇴계가 성균관 대사성을 그만 두고 고향 안동으로 돌아가던 날.

임금이 퇴계에게 물었다.

"왜 그만 두려고 하십니까?"

"고향으로 내려가려고 하나이다. 건강이 좋지 않아서 말이옵니다."

"이럴 수가?"

임금이 탄식했다.

"나는 어쩌라고 이러십니까?"

"황공하옵니다. 상감마마."

"이곳을 맡을 사람이 마땅하지도 않은데……. 정히 그렇다면 누가 이곳 성균관을 맡았으면 좋겠습니까?

잠시 망설이던 퇴계가 고개를 들었다. 그때 퇴계는 사성 하성구가 대성 전 귀퉁이에 숨어 그들의 말을 엿듣고 있는 줄 몰랐다. 퇴계의 입에서 결코 하성구의 이름은 나오지 않았다. 아니, 이름이 나온 것이 아니라 오히 려 방해하고 있었다.

"사성 하성구가 어떠하오?"

임금이 물었다.

"상감마마, 그자는 아직 그릇이 되어 있지 않사옵니다."

"역시 사성으로 있는 이지원은 어떠하오?"

"차라리 그자가 나을 것입니다."

하성구는 그때 이를 갈았다. 그는 그 충격으로 학궁의 사성 직을 그만두고 속세를 떠났다. 방랑 생활을 십수 년 하다가 이밀이라는 자를 만났다. 이밀을 만나 도교에 빠졌다. 그를 통해 영보원에서 도척이라는 자를 만났다.

하성구는 그들과 생활하다 보니 퇴계도 도교에 발을 들여놓은 때가 있었다는 것을 알게 되었다. 퇴계를 향한 원망이 일어섰다. 어느 날 이밀의 소지품에서 퇴계가 영보원에서 생활할 때의 글을 발견했다. 하성구는 이밀에게 그 글을 달라고 했다. 이밀이 그 글을 줄 리 없었다. 어느 날 보니 그 글이 이밀의 스승 도척에게 있었다. 그래 훔쳐내기로 했다. 상감께 그 글을 올리기 위해서였다. 야밤을 타 도척의 방으로 들어가려는데 마침 이밀이 도척의 과거 이야기를 해주었다. 알고 보니 하성구 자신의 아비였다. 하성구는 목을 매 죽은 어머니가 생각났다. 서자라 새끼 취급도 안 하던 사람, 도척.

퇴계가 회한에 잠겨 지난날을 회상하는 사이 하성구는 자백했다.

하성구는 도척의 방으로 숨어들어갔다. 아비 도척은 허리를 꼿꼿이 세우고 명상에 들어 있었다. 사람이 들어가도 꼼짝하지 않았다. 명상에 완벽히 몰입되어 있었다. 아마 천둥이 쳐도 모를 것이었다. 하성구는 가지고 들어간 대침을 들고 아비의 뒤쪽으로 다가갔다. 그리고 심장에 닿도록 견비혈 깊숙이 대침을 찔러 넣었다. 급소였다. 도척이 넘어지면서 뒷머리를 문고리에 찍었다. 하성구는 이밀의 방으로 들어가 이밀마저 죽였다. 이밀을 끌고 나와 땅에 파묻고 도척의 죽음을 신고했다.

하성구의 말에 따라 이밀이 묻힌 곳이 파 뒤집어졌다. 이밀의 시체가 나타났다. 살이 썩어 너덜너덜한 모습이었다.

모든 것이 밝혀지고 나서 그날 저녁 율곡과 퇴계가 마주 앉았다.

"그럴 수가, 도저히 믿어지지 않습니다. 아무튼 일이 해결되기는 했으나 하성구는 눈치가 빠른 자였습니다. 제 아비 해골을 보고 금방 눈치를 챌 정도니 말입니다. 하마터면 일을 그르칠 뻔했지 뭡니까?"

"내가 보기에도 묻힌 지 얼마 되지 않은 해골은 아니었네."

"그래서 더 언짢습니다. 사체의 탈골 문제는 생각지도 않은 게 아닙니까? 일은 해결되었지만 마음이 가볍지 않습니다."

차를 들며 퇴계가 고개를 주억거렸다.

"미안하이."

"일이 이렇게 뒤바뀔 줄 어떻게 알았겠습니까? 저도 땅속의 도척을 보자 제 정신이 아니었습니다. 흙속에 파묻혔어도 제대로 썩지 않고 있었으니 말입니다."

"그러게. 모두가 네 탓이네."

"아닙니다. 제 잘못입니다. 하는 수 없이 술수를 부렸는데 일이 이렇게 되어버렸으니…… 밝혀야 하지 않겠습니까?"

"물론이네."

각오한 퇴계가 어금니를 물었다.

"첩첩산중이라 하더니 일을 더 어렵게 하지 않았습니까?"

"내게 맡기게. 내 주상에게 아뢸 것이네. 내일이라도 주상이 물을 것인즉 자네는 내가 시킨 대로만 했다고 말하게."

"그렇다고 선생님을 다시 사지로 몰 수는 없습니다. 모든 사실을 주상께 아뢴다면 더 큰 화가 미칠지 모릅니다."

"그럴 테지."

"그러니 이 일을 어찌하면 좋습니까?"

퇴계가 각오한 표정을 지으며 고개를 끄덕였다.

"내 안이었지 그대가 낸 안이 아니지 않은가?"

"그렇다 하더라도 그리는 못합니다. 일을 그르친 것은 저입니다."

"나일세. 내가 그런 안을 내지 않았다면 어찌 이렇게 되었겠는가? 그러니 일을 어렵게 만들지 말게. 내 알아서 할 테니."

"그렇다고 선생님을 어찌 사지로 몰 수 있겠습니까?"

"그대는 물러나게. 내게 생각이 있으니."

"생각? 또 무슨 생각을 하고 계신 것입니까?"

"일에는 순서가 있는 법. 그 순서에 따를 생각이네. 진실을 밝히기 위해. 목숨을 부지했다면 진실만이 우리의 목숨을 구할 것이네."

이때 밖에서 두 사람의 말을 엿듣고 있던 곽문이 들어와 그들 앞에 부복하고 아뢰었다.

"과민한 걱정들이 아니십니까?"

율곡이 놀라, "어허, 어느 안전이라고 나서는가?" 하고 눈을 부라렸다.

곽문은 물러날 기색이 아니었다.

"그렇지 않습니까? 진실을 규명하기 위해 술수를 좀 부렸기로서니 그게 무슨 죄가 되겠습니까? 조사를 하다 보면 그럴 수도 있지요. 오히려 지혜롭다 하지 못하고 나무랄 수 있겠습니까?"

"닥치지 못하겠는가?"

율곡이 화를 내자 퇴계가 그제야 운을 떼었다.

"그만 두게. 우리도 그렇게 생각하고 일을 이 지경으로 만들고 말았지 뭔가? 인간이란 것이 이렇게 미욱한 것이네. 진실 규명만 하면 모든 것이 해결될 줄 알고 앞뒤 안 가렸는데 막상 진실을 규명하고 나니 이 모양이 아닌가?"

"그렇습니다요. 아무리 농담이 통하지 않는 사회라고는 하나 그렇게 돌아가는 것이 세상사 이치가 아니옵니까?"

곽문이 말했다.

"고지식하더라도 선비는 관 뚜껑을 닫는 염장이처럼 살아야 한다는 걸 그만 잊고 말았네. 그것이 선비에게 주어진 숙명이라는 걸 알면서도 진실을 규명하면 된다는 생각에……. 염장이가 죽은 송장이 자신의 진실을 규명하지 않고 죽었다고 하여 관 뚜껑의 못을 잘못 박을 수는 없는 일 아닌가? 목적을 위해 뱃속의 자식을 잃었다고 술수를 부리는 어미를 보았는가? 목적을 위해 아비를 속이는 자식을 보았는가?"

"한 알의 씨앗이 땅 속에서 싹을 틔우려고 하면 하늘도 고지식하지 않습니다. 술수를 부려 비를 내리고 바람을 불게 하지요. 그래서 여물어가는 게 아니겠습니까? 어찌 그것을 죄라 하겠습니까? 진실을 위해 거짓이 필요하다면 결국 그것은 진실을 위한 거짓이니 어찌 진실되다 하지 않겠습니까?"

"아닐세. 이것은 선비의 도리 문제요, 양심 문제일세. 거짓의 협곡을 넘어 진실에 이른다 할지라도 선비는 어미의 뱃속에서 자라는 태아처럼 행동해야 하는 것일세. 술수는 장바닥의 협잡꾼에게서나 볼 수 있는 것이네. 자기 것이 아닌 것을 백성을 위한다는 명목으로 협잡을 일삼는 무리들이 쌓아올리는 것이야. 거짓으로 진실을 도출할 수 있다 할지라도 군자는 그 길을 가지 않는다는 걸 알아야 해. 하지만 한순간의 잘못으로 거짓의 길을 갔으니 일이 이 지경이 되어버렸지 않은가? 죄 받음이 마땅하다."

곽문이 어쩔 수 없다는 듯이 머리를 조아리고 눈을 감았다.

퇴계의 말이 이어졌다.

"이것이 군자의 숙명이다. 이 과정을 거치지 않고 어찌 선비로서 꼿꼿이 일어설 수 있겠는가? 다시 한 번 자신을 되돌아보라고 이런 시련이 주어지는 모양일세. 그리고 보면 이번 일이 그냥 생긴 것 같지 않으이. 그 동안의 나를 시험하는 것 같으니 말일세. 이 나라 선비정신을 이런 식으로 시험하는 것 같단 말일세. 그리고 보면 우리들이 유학의 적자는 아니지."

"뭐가 말입니까?"

퇴계의 뜬금없는 말에 율곡이 놀란 음성으로 물었다.

"하성구 그자처럼 말일세. 우리는 친부가 누구인지도 모르고 변방에서 떠도는 유학의 적자들이란 생각이 들거든. 허허, 참!"

"무슨 말씀이십니까? 선생님."

"생각해보게. 우리가 믿고 있던 아버지, 우리의 아버지인 유학 말일세. 그 아비가 우리의 친 아비인가 그 말일세."

"알아듣게 말해주십시오."

"우리의 정신을 기르고 길들이던 아버지의 사상을 말하고 있음이네. 그 사상이 우리 것이었느냐 그 말이네."

"네에?"

"나는 고봉 기대승과 몇 년에 걸쳐 논쟁을 해온 사람 아닌가? 진리는 국적을 초월하는 것이기에 비록 내 친아비의 것이 아니라고 해도 그들의 주장대로 나는 살아왔기에 주저 없이 유학을 들먹였었지. 주장, 주장 말일세. 이건 이렇고 저건 저렇다. 그렇게 이미 자기화 되어버린 주장을 해왔었다 그 말이네. 그랬네. 주장은 쉬 변하는 것이 아니었네. 기대승과 끝까지 자신의 주장들을 펼치고 있었으니까 말일세. 지금도 그대나 기 선달은 자기들 주장에 절어 은연중에 기를 선과 악의 대립으로 파악하는 걸 반대하고 있지 않은가? 마음 씀씀이와 온갖 감정, 도덕성과 욕망은 모두 정에서 비롯된 것이라고 어렵게 말하고 있지 않은가 말일세. 하지만 이제 와 생각해보면 그렇게 어렵게 생각할 것이 뭐 있겠는가?"

율곡이 고개를 갸웃했다. 퇴계의 말은 미처 상상하지 못한 것이기 때문이었다.

"내가 나이를 먹긴 먹은 모양이네. 말이 어려워지고 힘이 드는 걸 보면 말일세. 젊은이들처럼 싸울 힘이 없거든. 그래서 요즘은 그냥 쉽게 생각한다네. 유가의 역사? 거 생각만 해도 끝이 보이지 않아. 그래도 반딧불에 서책을 넘기던 세월, 그 열정이 그리우면서도 어떻게 견뎌왔나 싶다네. 한 가지 담론만이 허용되는 세상, 이 시대 사서(四書)의 절대적인 권위를 어떻게 부정할 수 있겠는가? 그것은 하나의 틀로 묶여 있고 그 강렬하고 설득력 있는 해석 체계를 부정하기란 쉽지 않은 일이네. 그 속에 모든 것이 있으니까 말일세. 정치, 경제, 문화……. 인간, 그 인간의 내면, 자연, 우주……. 그 모든 것이 정합적으로 설명되어 있으니 말일세. 그러니 어찌 선비가 그 세계를 부정할 수 있겠는가? 그래서 나도 미쳤던 것일세. 분명 주자는 그 세계에 생명력을 불어넣은 위대한 사상가였네. 그가 남긴 사서집주(四書集注)는 한마디로 고약하지. 인간의 의식구조가 빚은 거대한 하나의 건축물. 한번 들어가면 결코 나올 수 없는……."

거기까지 말하고 퇴계는 잠시 숨을 돌렸다.

율곡은 듣고만 있었다.

"내가 너무 말이 많은 것 같네만, 그래서 이번 하성구 사건이 예사롭지 않다는 생각이 드는 것일세. 어떻게 생각해보면 이번 사건을 통해 이 나라 유학을 내다보는 내가 억지 같지만 그렇지만은 않아. 숙명적으로 그렇게 누군가 묻고 있는 것 같으니 말일세. 그래서 내가 자네에게 자네가 다 알고 있는 것을 이렇게 상기시키고 있는 것이 아니겠는가?"

율곡은 이 분이 어떤 말을 하려고 이러나 하는 표정으로 퇴계를 똑바로 쳐다보았다.

"맹자에 이런 구절이 있지? 사람의 본성에서 우러나는 네 가지 마음씨가 사단(四端)이다. 곧 인(仁)에서 우러나는 측은지심(惻隱之心), 의(義)에서 우러나는 수오지심(羞惡之心), 예(禮)에서 우러나는 사양지심(辭讓之心), 지(智)에서 우러나는 시비지심(是非之心) 말이야. 예를 한 번 들어보세. 지금 어린아이가 우물에 빠지려고 한다. 누구든지 놀랄 수밖에 없어. 어찌 인간이라면 측은한 마음이 생기지 않겠는가? 현자인 맹자는 이를 불쌍함을 아는 마음이라 하여 측은지심이라 하였네. 맹자는 나머지 세 마음 중 부끄러운 것을 아는 마음을 수오지심이라 하였지. 그럼 수오지심이 뭔가? 배가 고픈데 밥은 주지 않고 성을 내며 발로 차버린다. 그때 생겨나는 것이 수오지심 아닌가? 다음이 양보하는 마음 사양지심이다. 양보란 없고 제 잇속만 챙기려는 것이 사양지심이다. 다음이 옳고 그름을 판단하는 마음인 시비지심이다. 선한 이가 무고를 당했을 때 생겨나는 감정. 그럼 공경지심은? 손님이 문 앞에 이르자 예를 다해 절하는 것이다. 그렇다면 어린아이를 구해야 한다는 측은한 마음이 생겨도 시시비비를 가려 구하지 않는다면 어찌 '인'

304

'의'라 할 수 있고, 손님이 왔을 때 공경심이 생겨도 예를 다해 맞이하지 않는다면 어찌 '예'라 할 수 있으며, 의로운 이가 시비를 분명하게 가려주지 않는다면 어찌 '지'라 할 수 있겠는가? 시비나 근원을 따지다가는 우물가로 간 아이는 죽고 말 것이며, 밥 한 그릇에 그대의 마음은 참으로 부끄럽게 될 것이며, 모처럼 찾아온 반가운 손님은 돌아서 버릴 것이고, 그대가 가려 주어야 할 시비는 끝나 버릴 것일세. 우리가 지금까지 해온 말의 핵심은 여기에 있지. 그렇기에 우리는 사단칠정을 온갖 것에 비유했던 것이 아닌가?"

율곡은 그대로 앉아 있었다. 부채가 둘 사이에 놓여 있었으나 퇴계는 말을 하느라 더위도 잊은 듯했다. 열린 문으로 바람이 들어와 서성거렸다.

율곡이 대답을 해야겠다며 시선을 드는데 퇴계의 말이 이어졌다.

"내가 이번 문제의 상관성을 심각하게 보는 이유가 여기에 있네."

율곡이 비로소 말을 알아듣고 어금니를 지그시 물며 고개를 숙였다.

"문제는 언제까지 우리가 방안에만 앉아 왈가왈부하고 있을 것이냐 하는 것일세.

여전히 율곡은 침묵했다.

"비로소 감이 잡히는 모양이군. 맞아, 문제의 근본만을 언제까지 따지고 앉았을 것이냐 하는 것이야."

"모르겠습니다. 도대체 무슨 말씀을 하시고 계신 것인지?"

비로소 율곡이 시선을 들었다. 몰라서가 아니고 무슨 말인지를 충분히 이해하기에 차라리 모르고 싶다는 그런 투의 말이었다.

"이 사람아, 측은한 마음이 생겼다면 만사 뿌리치고 아이를 향해 나아가 구하면 될 것이 아닌가? 밥이 치욕스러우면 먹지 않으면 될 것이고, 공경심이 생겼다면 큰절로 맞아들이면 될 것이고, 시비가 생겼다면 명확하게 시시비비를 가려 옳고 그름을 가리면 될 것이 아니겠는가? 그것이 바로 인이요, 의요, 예요, 지라고 생각하네. 심오함, 좋지. 하지만 앞 성현들처럼 우리들까지 그 심오함을 찾아 언제까지 침잠해야 한단 말인가?"

"그러니까 이제는 실천이 필요한 단계다?"

율곡이 뇌까렸다.

퇴계가 고개를 주억거렸다.

"맞아. 성현에 의해 유가사상은 우리들에게 던져져 있네. 하지만 이제 그들의 강렬하고 설득력 있는 해석 체계, 그것이 그들의 한계라는 걸 알 때가 되었다는 말이네. 언제까지 그 방안에만 갇혀 있을 수는 없으니까."

"선생님, 그것과 이번 사건이 어떤 관계가?"

"들어보게. 자네 영리한 줄 알았더니 의외로 미련하군 그래."

"무슨 말씀인지 모르겠습니다만 그런데 왜 현실 참여에 미온적이었습니까? 일신의 안녕만 취하신다는 말이 있음을 모르지 않으실 텐데요."

퇴계가 고개를 끄덕였다.

"알고 있네. 하나 나는 목에 칼이 들어와도 한 번도 현실과 타협한 적이 없었다네."

"그런데 왜 관직을 받지 않으시고 현실을 직시하지 않으셨습니까?"

조심스러운 율곡의 말에 퇴계가 곤혹스러운 심정을 다독이듯 잠시 눈을 감았다가 떴다.

"썩었기 때문일세."

"네?"

"나로서도 어쩔 수 없을 정도로 말일세. 권력을 쥔 자들은 저 살기 위해 밥 먹듯이 남을 모함하고 있었네. 권력을 이용해 축재하고 백성을 속이고 있다는 말이네. 백성들 또한 정신을 못 차리고 그들에게 놀아나고 있고……."

"그러니 선생님 같은 분들이 이 나라를 바로 잡아야 하는 게 아니겠습니까?"

"썩어가는 살을 도려내기에는 불가능하다는 생각이네. 그래서 이 나라가 바로 서려면 교육이 필요하다고 생각한 걸세. 평생교육을 생각한 것이네. 인성교육. 결코 지금과 같은 인간들의 세상이 아닌, 그나마 반듯한 인간이 꾸려나가는 사회……."

늙은 유학자의 말에 율곡이 다시 고개를 숙였다. 율곡은 문득 생각했다.

이것인가? 고봉 기대승 사형이 이 분과 했다는 7년 논쟁, 그 논쟁이 바로 이 문제였던가? 겉으로는 드러나지 않았을지 모르지만 기 사형은 언젠가 말했었다. 퇴계 선생은 자신과의 논쟁에서 자신이 안고 있던 주자를 두 번 배신한 적이 있었다고. 그때 눈치는 채고 있었지만 정작 그 불꽃같은 변절이 어디로부터 시작되었다는 것을 지금 말하고 있는 것은 아닐까?

율곡은 그렇다는 생각이 들었다. 퇴계 선생의 입장에서 보면 그럴 수밖에 없는 일 아닌가? 현실적으로 살아 있는 힘이 아니었을 테니. 단순히 기(氣) 위에 올라앉은 리. 그 소극적 개념으로는 죽음을 불사해야 하는 리의 실천을 바랄 수 없었을 테니. 그렇다면 혁명이다!

그렇게 속으로 부르짖으면서 율곡은 문득 퇴계 선생을 주자학의 종자로 볼 수 없는 게 아닐까 하는 생각을 했다.

그가 벼슬을 마다하고 천만 년 갈 도량을 세운다는 것이 그것의 증명 아닌가? 그래서 우리는 유학의 전통 적자가 아니다? 내가 무엇을 잘못 생각하고 있는 것인가? 퇴계학?

퇴계학이라……

맞아. 그렇다면 그는 그만의 독자적인 세계를 열고 있다는 말이다. 실천, 성리학적 언어들이 지시하는 세계, 그 세계를 체험적으로 성찰하고 증득하여 실행하고 있었다는 말이다.

그렇다. 이것은 혁명이다. 혁명이 따로 있겠는가. 그의 말은 곧 지금의 현실을 좌시할 수만은 없다는 말이 아니고 무엇인가. 이 나라의 형편, 그 형편을 그는 말하고 있다. 언제 큰 나라에서 이 나라를 집어삼킬지 모르는 형편을 말하고 있다. 역사는 그래서 혁명을 용서하지 않는 것 아닌가.

그는 지금 말하고 있다. 이미 우리는 우리가 모르는 사이에 그들의 사상적 노예가 되어 있지 않느냐고. 남의 새끼가 되어 그것을 증명할 길도 잃어버린 채 그냥 그 사상에 젖어 친아비를 죽이고 있다고. 그래서는 안 된다고. 그래서 이렇게 버둥거리는 게 아니냐고.

그러나 생각은 그러한데 말은 이상하게 그렇게 되풀이 되지 않았다. 엉뚱하게 율곡은 이렇게 묻고 있었기 때문이었다.

"그런 면에서라면 친아비인들 별반 다를 게 무엇이겠습니까? 그 물이 그 물이지요. 아비 역시 그 범주에 있으니 말입니다."

"그러나 아비가 못났다고 해서 어찌 선비로서 아비를 버릴 수 있겠는가? 그 아비를 통해 나를 다시 깨닫고 정비하면서 그렇게 자기 세계를 열어야 하는 것을. 그 선상에 우리는 서 있고……. 그래야 참다운 선비의 자세가 아니겠는가?"

"일이 이렇게 되기는 하였습니다만 애초에 그래서 선생님의 의견에 동조

한 것인지도 모르겠습니다. 이제야 선생님을 이해할 수 있을 것 같으니 말입니다. 그러고 보면 선생님의 말씀이 맞습니다. 저 역시 저를 분명히 하지 않고 어찌 선비라 할 수 있겠습니까? 선비로서 거쳐 가야 할 길이라면 저도 이제 뒤돌아보지 않을 것입니다."

율곡이 결연하게 말하자 퇴계가 고개를 내저었다.

"진실로 그대의 생각이 그러하다면 다행한 일일세. 하지만 이제는 물러서게."

"아닙니다. 선생님."

"아니야. 이제 밝힐 때가 되었어."

"제게 한 번 더 기회를 주십시오. 제가 모든 것을 밝힐 테니 말입니다."

"내 말하지 않았는가? 선비의 마지막 기회가 온 것이라고. 나는 늙었네. 내가 확인할 것이네."

"선생님, 군신의 도리를 저버렸으니 살아남지 못할 것입니다."

"바로 그것일세. 나는 이번 사건을 겪으면서 알았네. 하늘이 나를 마지막으로 시험하고 있다고. 진실로 묻고 있다고. 신(臣)이 군(君)에게 무릎 꿇는 것은 세상만물에 대한 경(敬)의 입장일세. 선비가 세상의 도리를 어기고 군신 간의 의를 어겼다는 것은 이 세상과의 도리를 저버린 것이 아닌가? 세상이 내놓으라 한다면 무엇을 주저하겠는가? 나는 누가 뭐라고 해도 선비일세. 선비의 도리를 다하는 것일 뿐이야. 친아비가 못났다고 하여 부정하면 어찌 선비라 할 수 있겠는가?"

율곡이 부르르 떨었다.

"저도 마땅히 그 길을 따를 것입니다. 걱정하지 마십시오. 제게도 생각이 있습니다."

퇴계가 고개를 내저었다.

"모든 것을 내가 안을 것이네."

"제 일은 제가 알아서 할 것입니다."

"허어, 사람하고……."

예상대로 다음 날 임금이 율곡에게 물었다.

"어떻게 이번 사건을 그렇게 풀 수 있었는지 말해줄 수 있겠는가?"

예상하고 있었지만 임금이 막상 그렇게 묻자 올 것이 왔다는 생각에 율곡의 얼굴이 새하얗게 질렸다. 그는 황급히 읍하고 아뢰었다.

"상감마마, 아뢰옵기 황송하오나 소신이 조사해오던 일이라 그렇게 마무리를 지었사옵니다. 하지만 그것은 엄밀히 말해 소신의 안이 아니었사옵니다."

각오를 한 율곡이 그대로 아뢰었다.

"그게 무슨 말인가?"

"이황 선생님이 자신은 결백하다며 그런 안을 낸 것이옵니다."

율곡의 말에 임금이 눈을 크게 떴다.

"이황이?"

"그러하옵니다."

"오호, 역시 이황이로다. 여봐라! 이황을 부르라."

기다리고 있던 퇴계가 궁으로 들었다.

임금이 저간의 사정을 물었다.

"어떻게 그런 안을 낼 수 있었습니까?"

"상감마마, 황송하옵니다."

이미 각오한 퇴계의 음성은 지극히 메말라 있었다.

퇴계의 심정을 알 바 없는 임금은 퇴계의 물기 없는 음성에서 아직도 병기가 가시지 않았음을 느꼈다. 그러나 그는 일어나는 호기심을 주체하지 못하고 다시 이렇게 물었다.

"그러니 일러주구려. 대체 어찌된 영문이오?"

"상감마마, 그 말씀을 올리려면 먼 세월을 거슬러 올라가야 하옵니다."

퇴계가 눈을 감았다가 뜨며 대답했다.

"해보시오."

"상감마마, 세종 임금께서 생존해 계실 적이옵니다. 형옥에 밝은 최치운 선생이라는 분이 있었사옵니다."

"짐도 그분에 대해서는 들은 바 있소."

"그럴 것이옵니다. 무척 형옥에 밝은 분이었으니 말입니다."

"그래서요?"

"세종 임금께서 그분에게 무원록(無寃錄)이라는 서책을 주면서 우리 정서에 맞게 편찬하라 이르셨습니다."

"무원록이라?"

"원나라의 왕여라는 자가 송나라의 형사 사건 지침서를 바탕으로 편찬한 법의학서이온데 송나라의 세원록이나 평원록 등을 참고해 저작한 것이옵니다. 그랬기에 자세하기가 나무랄 데 없는 서책이옵니다. 하지만 최치운 선생이 그 서책을 편찬하였사오나 내용이 터무니없고 또 지극히 난해하고 어려워 오늘날까지 제대로 보급되지는 않고 있사옵니다."

"그래요? 나도 한번 읽어봐야 하겠군요."

"경국대전에 조선의 공식 법의학서로 규정되었으나 그 내용이 애매하고 잘못된 것이 많아 형옥에 기초적으로 쓰일 뿐이옵니다. 세종 임금 22년이었으니까 거의 백삼십 년이 넘었지만 거의 버려지다시피 한 것이지요. 신도 중국 사신이 왔을 때 조선에도 무원록이 들어왔다는 말을 듣고서야 찾아봤습니다. 살펴보니 그럴 만도 했사옵니다. 내용이 지극히 허무맹랑하고 난해하여 우리 정서에 맞지 않다고 판단되었기 때문이옵니다. 일선에서도 몇몇 조항이나 격식들이 사용되고 있기는 하였사옵니다. 예를 들어 사람이 독살되었다고 판단되면 목젖에다 은비녀를 넣어보고 검게 변하면 독극물로 살해되었다고 판단하는 정도이었나이다. 스스로 목을 맨 것과 죽이고 난 뒤 위장하기 위해 타의로 목을 매게 되는 경우 어떻게 증거가 달리 남는지 그 정도의 지식이 상식으로 전해질 정도였나이다. 그 지식이 일천하여 해당 직업에 종사하는 자들도 그것이 어디로부터 온 것인지 모를 정도이오니 어떻게 잊었다고 아니 하겠사옵니까?"

"그렇다면 이제라도 우리의 정서에 맞게 쉽게 편찬하면 되지 않겠소?"

"그렇사옵니다. 하지만 다시 활용하려면 첨삭이 불가피할 것이옵니다. 잘 편찬하면 법의학서로 크게 쓰일 것은 분명하옵니다."

"알았소이다. 그건 그러면 되겠고 어제 일이나 말해주시지요."

"상감마마, 남사(南史)의 예장왕종전(豫章王綜傳)을 읽어보면 이런 내용이 있사옵니다. 양나라 무제(武帝)의 둘째 아들은 종(綜)이옵니다. 종은 항상 양무제가 자신의 아버지가 아닐 수도 있다는 생각을 하고 있었사옵니다. 그것은 그 자신뿐만이 아니었사옵니다. 그의 어머니 오숙원(吳淑援)은 제(齊)의 동혼궁(東昏宮)의 총애를 받다가 양무제의 사랑을 받아 7개월 만에 종을 낳았기 때문이옵니다. 누구나 동혼궁의 아들이라 생각했습니다."

"그래서요?"

임금이 눈을 빛내며 호기심을 드러냈다.

"종은 나이가 들어가면서 이상한 꿈을 자주 꾸었사옵니다."

"이상한 꿈?"

"그의 나이 15세 때 자기 또래의 소년이 나타나 스스로 머리를 매달아 다니는 흉측한 꿈을 꾸었사옵니다."

"흐흠."

"꿈이 계속되자 이상하게 생각한 종은 어머니 오숙원에게 이렇게 아뢰었 사옵니다. '어마마마, 스스로 머리를 매달고 다니는 꿈속의 사람이 동혼후 같습니다.' 숙원이 놀랄 수밖에 없었사옵니다. 그래서 이렇게 말했사옵니 다. '그런 말 마라. 너는 7개월 만에 태어나 그렇지 않아도 의심을 받고 있는 입장이다. 그러니 어찌 다른 황제의 자식들과 같겠는가? 누설하지 않도록 하라.' 영리했던 종이 어머니의 속마음을 모를 리 없었사옵니다. 그는 종일 눈물을 흘리며 울다가 세시(歲時)에 자리를 마련하고서는 제씨의 칠묘(七廟)에 제사를 지냈사옵니다. 그럼에도 의혹은 풀길이 없었사옵니 다. 어느 날 꿈을 꾸니 꿈속에 한 선인이 나타나 말하기를 살아 있는 자의 피를 죽은 자의 해골에 떨어뜨려보라고 했사옵니다. 흘러내리면 혈육 이 아니요 스며들면 혈육이라고 말이옵니다. 꿈을 깨고 일어난 종은 선몽 임을 깨닫고 혈육이 아닌 자의 해골을 파내어 피를 흘러보았나이다. 그랬 더니 흘러내려버렸사옵니다. 종은 제(齊) 명제릉(明帝陵)에 참배하고 몰래 동혼후의 묘를 파헤쳤사옵니다. 그리고는 동혼후의 해골을 꺼내 자신의 피를 떨어뜨려 보았사옵니다."

"그래서?"

길게 말을 하느라 퇴계가 말을 잠시 끊자 임금이 급한 어조로 물었다.

"이내 징조가 나타났는데 그 피가 해골에 스며들었사옵니다. 그래도 의심을 풀지 못하여 의혹이 깊었는데 나중 나이가 들어 그는 서주(西州)에서 태어난 자신의 차남을 죽였사옵니다. 그리고는 매장하였다가 몰래 파내어 또 시험해보았나이다. 역시 피가 흘러내리지 않고 스며들었사옵니다."

"그게 사실이요?"

"예장왕종전에 그렇게 기록되어 있나이다."

"허허, 참으로 신기하도다. 그러고 보니 그 의학서가 많이 보급되어야 할 것 같소이다."

"그렇기는 하옵니다만……. 상감마마……."

퇴계가 갑자기 하던 말을 끊고 나서자 임금이 시선을 들었다.

율곡이 눈치를 채고 부르르 떨었다.

"왜 그러오?"

임금이 이상하다는 생각이 들어 퇴계에게 물었다.

"아뢰옵기 황송하오나……."

퇴계가 올 것이 왔다는 생각을 하면서 좀 전과는 달리 또 말을 잘랐다.

"이상하구려."

임금이 고개를 갸웃하며 말했다.

"소신이 말씀을 장황하게 올리긴 하였사옵니다만……."

퇴계의 음성이 떨렸다.

"왜 그러오?"

퇴계가 임금 앞에 무릎을 꿇었다.

율곡이 곁에 있다가 함께 무릎을 꿇었다.

"왜들 이러시오?"

임금이 놀라 두 사람을 번갈아 보며 물었다.

"상감마마, 용서하시옵소서."

두 사람이 약속이나 한 듯 부르짖었다. 퇴계가 율곡더러 끼어들지 말라는 듯이 어금니를 물고 눈을 감았다 떴다. 율곡은 그 기미를 눈치 챘으면서도 이미 심중을 굳힌 모습이었다.

"글쎄, 왜들 이러오?"

"상감마마, 이 늙은 것이 뭔 미련이 남아 그랬는지 모르겠사옵니다. 살기 위해 상감마마를 속였나이다. 군신간의 신의를 버렸으니 마땅히 벌하옵소서."

"그러하나이다. 상감마마, 군신의 도리를 지키지 못하였으니 벌하시옵소서."

퇴계가 고개를 숙이고 율곡을 흘끔거리며 눈을 시퍼렇게 치떴으나 율곡은 물러설 기미가 아니었다.

율곡이 말을 마치자 영문을 모른 임금이 고개를 갸웃거리며 다시 물었다.

"정말 왜들 이러시오?"

"신이 미련하게 그것을 맹신했으니 말이옵니다."

퇴계가 시선을 들며 말했다.

"맹신?"

임금이 되뇌었다.

"그렇사옵니다."

"뭐가 말이오? 어허, 답답하구려."

"사실 신이 어제 그에 따라 시험을 했사오나……."

이번에는 율곡이 나섰다.

"일어들 나시오. 일어나 자세히 말해보시오. 왜, 무엇 때문에 그러오?"

그제야 두 사람이 일어났다.

"상감마마, 황송하옵니다."

퇴계가 읍하고 아뢰었다.

"그러니 말해보오."

"신이 믿을 수는 없는 방법들을 홍문관 부교리 이이에게 사주했사옵니다."

임금이 퇴계의 기색을 살폈다.

"뭘 말이오?"

"어제 부교리 이이가 한 시험 말이옵니다."

"상감마마, 하는 수 없어 그 방법을 쓰기는 했으나 아뢰기 황송하여 차마 말이 나오지 않사옵니다."

율곡이 말했다.

"그러니까 말하라고 하지 않소. 뭐요, 그것이?"

율곡이 대답했으나 임금은 퇴계에게 묻고 있었다.

"상감마마, 사실 해골 친자감별법은 잘못된 것이옵니다."

"잘못되었다?"

퇴계의 말을 임금이 되씹었다.

"그러하옵니다. 저 역시 해골 감별법이 처음엔 신기하여 사실로 믿었던 것이옵니다."

"그런데?"

"그것이 잘못되었다 그 말이옵니다."

임금이 눈을 크게 떴다.

"참 알다가도 모르겠구려. 어쨌든 어제 그 증거를 보이지 않았소?"

"사연인즉 이렇사옵니다. 신이 읽은 글이 하도 신기하여 기억하고 있었는데 용한 의원이 신을 찾아와 하는 말이 그 방법은 아니라는 것이옵니다."

"아니다?"

퇴계의 말을 임금이 다시 되뇌었다.

"그분이 지관을 따라 다니며 은밀히 실험을 해보았더니 부모의 해골 위에 피를 떨어뜨려 스며드는지 안 스며드는지 여부로는 친자관계를 정확하게 감정할 수 없다는 것이옵니다."

"왜요?"

"매장한 뼈에 지방이라고 하는 성분이 분해되지 않았으면 피는 무조건 흘러내린다는 것이옵니다. 또 골막이 유지돼 있으면 무조건 혈액은 스며들지 않고 흘러내린다는 것이옵니다."

"혈육이건 아니건 상관없이 말이오?"

"그렇사옵니다. 그래서 이 일이 있기 전에 실험을 해보았는데 사실이었사옵니다."

"그런데 아니었지 않소?"

"상감마마, 사실 일이 잘못될까 하여 미리 아랫것들에게 해골을 준비케 하여 실험해본 다음 그 해골을 가져오게 했나이다."

이번에는 율곡이 아뢰었다.

"그럼, 그렇게 되게 일을 꾸몄단 말이오?"

"상감마마, 신을 용서치 마옵소서."

율곡이 다시 아뢰었다.

"그럼, 그들의 묘를 파묘치 않았단 말인가?"

"그냥 형식적으로 파헤쳤나이다."

율곡의 대답에 임금의 눈이 더욱 커졌다.

"이럴 수가!"

임금이 어이가 없는지 잠시 생각하다가, "그래서 실무자들도 잊힌 것이라 실행할 엄두를 못 냈는데 경들께서 그 방법을 썼다?" 하고 물었다.

"그러하옵니다."

"하하하, 어쨌든 성공하지 않았소?"

"예?"

뜻밖의 반응에 퇴계가 시선을 들어 멍하니 임금을 쳐다보았다.

"난 또 무슨 소리라고……."

임금이 의외로 대수롭지 않게 여기자 퇴계의 시선이 율곡에게 돌아갔다.

율곡은 시선을 떨어뜨리고 깊이 고개를 숙였다.

"상감마마, 본의는 아니었사오나 이 몸을 부지하기 위해 도리를 버리고 군왕을 속였나이다. 그 죄를 벌하옵소서."

퇴계가 다시 간하자 임금이 눈을 감았다 뜨며 입을 열었다. 나직하나 위엄 있는 목소리였다.

"허나 진실을 밝히겠다는 열망에 의해 그대들 자신도 모르게 행한 일이라고 하지 않았소?"

"상감마마, 그렇기에 그 죄가 막중한 것이옵니다. 나이가 이 지경이 되었어도 한 치 앞도 내다보지 못한다는 사실이 오로지 부끄러울 뿐이옵니다. 부모님에게서 받은 머리카락 한 올도 허수히 하지 않는 것이 유가인의 자세이옵니다. 내 몸이 그러할진대 진실을 규명하겠다는 생각으로 앞뒤 안 가리고 남의 귀중한 유체에 손을 대어 실험 도구로 썼나이다. 임자 없이 버려진 유골이라 할지라도 그 자신이 주인이며, 이는 사(事)를 밝히기 위해 인(人)의 예를 어긴 것이오니 세상만물을 경해야 하는 선비로서 하늘을 배반한 것이요 세상을 배반한 것이옵니다. 진실을 밝혀 이 한 몸 보존하기 위해 그런 짓을 저지른 것이오니 어찌 그 죄가 막중하다 하지 않겠사옵니까?"

"상감마마, 그것은 이황 선생님이 모르는 일이었사옵니다. 선생님도 죄인 하성구의 친아비는 도척이라 알고 있었사옵니다. 수사상 하는 수 없다고 생각해 신의 독단으로 시행한 것이옵니다. 도척의 해골로 실시하려고 했사오나 아직 탈골되기 전이라 실시할 수가 없었고 부득이 주인 없이 버려진 유골을 취해 시행했나이다."

율곡의 말에 임금이 잠시 생각하다가 위엄이 실린 어조로 말했다.

"이제야 그대들의 말을 이해할 수 있겠소이다."

임금은 그렇게 말하고 단호하게 분질렀다.

"그렇다. 그렇다면 죄 받음이 마땅하다. 본의가 어쨌든 진실을 가리기 위해 남의 유체에 손을 대 그 두상을 가져와 함부로 했음은 지켜야 할 도리를 어겼음이 분명하다. 시신의 목을 잘라 실험에 썼으니 부관참시의 죄를 짓지 않고서야 어찌 사체를 훼손할 수 있는가? 도리에 어긋난다 함은 세상과 하늘의 법을 어긴 것이요, 짐을 속였다 함은 만백성을 속인 것이다. 그럴 수 없다. 하늘과 짐은 그 술수 위에 있다. 어찌 술수로 하늘과 짐을 기만할 수 있는가? 그 죄 마땅하다."

"상감마마, 죽여주시옵소서."

율곡이 황급히 읍하며 아뢰었고 퇴계가 고개를 깊이 숙였다.

임금이 잠시 생각하다가 입을 열었다.

"그러나 짐은 그대들을 벌하지 않겠다."

"상감마마?"

갑작스런 임금의 돌변에 퇴계가 시선을 들었다.

율곡이 놀란 얼굴로 멍하니 임금을 바라보았다.

그 위로 임금의 음성이 이어졌다.

"경들은 짐을 속이고 백성을 속일 수 있었다. 그러나 경들은 오늘 선비의 자세를 짐에게 보였다. 그렇다면 진실로 속인 것이 아니지 않은가? 그렇다. 선비의 양심, 그 솔직함, 목숨을 내놓는 한이 있더라도 물러서지 않는 선비 정신, 그것이 군자의 모습이다. 곧 유학자의 모습이다. 그대들은 이번 사건을 통해 그 모습을 바로 보인 것이다. 그대들 자신도 모르게 저지른 일이라고 하나 죄 받음이 마땅하지만 그대들의 변명하지 않음 속에서 선비의 자세를 보았다. 그런 선비의 자세가 없었다면 고신하지 않고 지혜롭게 진실을 밝히려는 그 노력이 어떻게 나올 수 있겠는가? 그 또한 백성을 위한 것이니 하늘도 노여움을 거두리라. 그러하니 어찌 그대들을 나무라겠는가?"

그렇게 말하고 임금은 음성을 누그러뜨려 퇴계에게 물었다

"정녕 지금으로서는 친자를 감별한 정확한 방법이 없단 말인가?"

임금이 그렇게 묻고 있는데도 두 사람은 멍하니 그대로 서 있었다.

임금은 이해한다는 듯 웃었다.

그제야 황급히 퇴계가 정신을 차리고, "예, 그렇사옵니다. 형편이 그러하나이다" 하고 대답했다

"곧 그대들의 말은 증언과 자백, 그리고 고신 외에는 방법이 없다는 말이로다?"

"그러하옵니다."

이번에는 율곡이 대답했다.

임금이 고개를 주억거렸다.

"알겠도다. 옳다. 그렇다고 어찌 고신으로 진실을 유도하겠는가? 고신을 못 이겨 얼마든지 거짓을 토설할 수도 있는 것이다. 굳이 그 방법을 생각한 것은 그렇게 해도 그들의 입을 열 수 있으리라 판단한 것이 아니겠는가? 이황에게 잘못이 없다면 모함하는 자의 토설이 필요했기 때문이었으리. 그 방법을 썼음에도 어찌 정말을 토설하지 않을 수 있었겠는가?"

"상감마마, 그렇기는 하옵니다만……."

퇴계의 대답에 임금이 고개를 크게 끄덕였다. 그리고 환하게 웃었다.

"그럼 된 것이 아니겠는가? 두 분, 솔직히 말해주어서 고맙소이다. 참으로 지혜롭구려. 다시 이런 일이 있으면 큰일이니 이번 일을 계기로 연구를 많이 해야 하겠소이다. 그 무원록인가 뭔가를 찾아내 그 책을 토대로 새롭게 편찬하여 유용하게 써야겠습니다."

"상감마마……."

율곡의 음성에 물기가 묻어났다.

"이번 일을 통해 짐은 군자의 참모습을 본 것 같습니다. 어찌 자신을 증명하지 않고 군자라 할 것이며 진실을 보려는 유가인이라 할 수 있겠느냐는 생각이 드는구려."

"상감마마, 신이 이번 일을 당하고 보니 모든 일들이 우연이라고 생각되지는 않사옵니다. 세상의 모든 운행이 그렇게 연결되어 돌고 있다는 생각이 드니 말이옵니다."

퇴계의 말에 임금이 고개를 주억거렸다.

"그렇구려. 짐도 이번에 많은 공부가 되었소."

늙은 상선 내관이 문밖에서 듣고 있다가 뇌까렸다,

"아아, 지혜로운 이들이 빛을 돌이켜 되비추니 회광반조(回光返照)로다!"

# 혐오화

**1**

어느 사이에 9월이었다. 퇴계가 한양에 올라온 지도 한참이 지났다. 나라의 앞날을 위해서 임금에게 소학과 대학을 가르쳤다.

그리고 퇴계는 겨울이 시작되면서 병고에 시달리기 시작했다. 하는 수 없이 퇴계는 시골로 내려오고 말았다. 임금이 어미를 찾듯이 교서를 보내 그를 찾았다.

"어찌 허락 없이 시골로 간 것입니까?"

"상감마마, 더 이상은 제 몸이 허락하지 않기 때문이옵니다."

그렇게 소를 올렸지만 다시 교서가 내려왔다.

"빨리 올라오세요."

임금은 어린애가 보채듯 빨리 올라오라고 했다.

임금의 부름이 너무 간곡하여 그는 아픈 몸을 이끌고 나섰다. 소백산맥 죽령 길은 너무나 험했다. 임금 곁으로 가고자 했으나 늙은 몸이 말을 듣지 않았다. 결국 상경하지 못하고 사퇴 소를 다시 올렸다.

임금은 안 된다고 했다.

영천에 도착해서 사장(辭狀)을 올렸다.

풍기에 가서 머무르면서 왕명을 기다렸으나 사장이 허락되지 않았다.

퇴계를 향한 임금의 애정은 끈질겼다. 어쩌면 임금이 스스로를 꿰뚫어 보고 있는 것인지도 몰랐다. 퇴계가 살았을 때 어떤 가르침이라도 받겠다고 생각한 것인지도 몰랐다. 그랬기에 임금은 자신이 존경하고 흠모하는 유학자를 끝까지 곁에 두려했다.

……

상감마마, 신이 이제 까닭 없이 갑자기 승진되었으니, 예로부터 어찌 이런 일이 있겠사옵니까? 엎드려 비오니, 성상께서는 신을 특별히 불쌍히 여기시고, 해골이나 고향에 묻힐 수 있게 해주시옵소서. 조금이라도 목숨을 보전하다가 의리를 다하고 죽게 될 수 있기를 바라옵니다.

임금은 그래도 윤허하지 않았다.

퇴계가 올라오지 않자 임금은 아무리 불러도 현자는 오지 않는다며 어미 찾는 아이처럼 탄식했다.

"아아, 이럴 수가 있단 말인가? 그 동안 내게 학문을 권해 가르쳤던 사람이. 비록 궁중 안의 일이나 척속(戚屬)에 관계되는 일에도 나를 위해 목숨을 내놓고 아뢰던 그가 아닌가? 짐도 점차 사심 없이 받아들였거늘……."

임금은 그렇게 탄식하다가 독서당 유신을 불렀다.

"여봐라. '현자는 불러도 오지 않는다'로 글제를 삼아 각각 근체시(近體詩) 한 수씩을 짓게 하라."

그리고 퇴계가 사는 도산을 그림으로 그리게 하였다. 임금은 여성군 송인(礪城君 宋寅)을 시켜 '도산기'와 '도산잡영'을 그 위에 쓰게 하고, 병풍을 만들어 자신의 처소에 펼쳐 놓고 퇴계를 그리워하였다.


날이 풀리기를 기다려 퇴계가 죽령을 넘어 환궁한 것은 다음 해 봄. 마지막이라는 생각이 들었기 때문이었다. 임금이 버선발로 뛰어나와 맞았으나 퇴계는 며칠 있지 못하였다.

퇴계는 임금을 찾아 이런 말을 올렸다. 건강으로 인해 더 이상 한양에 머물 수 없다고 생각했기 때문이었다.

"상감마마, 신의 건강이 형편없는 처지이옵니다. 중책을 맡아 감당하기 어렵나이다. 나랏일을 하지 않고 어찌 나라의 녹만 먹을 수 있겠사옵니까? 그것은 거리의 장사치가 자신의 이익만을 취하려는 염치없음과 다를 바 없사옵니다. 신이 시정잡배가 된다면 저를 사대부라 칭한 이 나라의 조정이 어떻게 되겠사옵니까?"

"올라오신 지 얼마나 되었다고 이러시오. 아니 되오."

그동안 퇴계를 의지하고 있던 임금은 한마디로 거절했다.

"경도 생각해보오. 상하가 모두 경을 의지하고 있지 않소? 그리고 지금 내게 누가 있소? 경이 없다면 내 어찌 마음 놓고 정사를 이끌겠소?"

신하들도 퇴계가 한양을 떠날까 두려워하였다.

임금이 어느 날 물었다. 퇴계가 건의한 것을 받아들임으로써 하루라도 더 그를 붙잡아 두고자 해서였다.

"전번에 조정의 의논이 조광조에게 관직을 추증하자고 하였는데, 그 사람의 학문이나 행한 일은 어떠한 것이오?"

"상감마마, 조광조는 타고난 천품이 우수하였으며, 일찍부터 성리학에 뜻을 두고 집에서는 효도하고 우애하였사옵니다."

그렇게 아뢰고 조광조에 대해서 자세히 설명했다. 그리고 다시 시골로 내려가게 해달라고 했으나 역시 허락되지 않았다.

이미 퇴계의 마음은 굳어져 있었다.

상감마마께서 말리신다고 해도 내려갈 것이라고 하자 그제야 임금은 물었다.

"그럼 마지막으로 가르침을 주오. 이제 경이 떠나시면 언제 다시 만날 수 있을지 모르지 않소?"

퇴계는 그날 나라를 다스리는 성군으로서 배우고 닦아야 할 바를 일러주었다.

"상감마마, 높이 오른 용은 후회함이 있다(亢龍有悔, 항룡유회)는 말이 있사옵니다. 용이 하늘에 있다는 것은, 임금의 자리는 지극히 높다는 말씀이옵니다. 허나 지나치게 혼자 높은 체하시어 신하들의 뜻을 무시하시오면 어진 신하들이 도울 수가 없는 것이옵니다. 이것이 임금의 큰 병통인 것이옵니다. 그러므로 반드시 공부를 포기하지 마시고 사사로운 마음을 이겨내야 병통이 스스로 소멸되어 없어질 것이옵니다."

"내 어찌 경의 뜻을 모르겠소? 다시 생각해볼 수는 없겠소?"

"상감마마!"

"경이 어찌 이럴 수 있단 말이오? 아직 칠십도 안 되지 않았소?"

"상감마마, 무릇 산목숨이란 헤어질 때가 있는 법이옵니다. 신이 전일에 올린 성학십도(聖學十圖)를 잊지 마옵소서. 성학을 쉽게 이해하도록 꾸민 것이옵니다. 그림과 도설은 열 폭의 종이에 그려 놓고 적어놓았사옵니다. 성인이 되는 근본 이치를 그린 것이오니 정치의 근본으로 삼으시어 도덕과 학술로 인심을 밝히시길 바라나이다. 도무형상 천무언어(道無形象 天無言語)이옵니다. 길[道]은 형상이 없고, 하늘은 말이 없는 법이옵니다. 바로 그것이 자연의 길과 사람의 길이 아니겠사옵니까? 답은 이미 자신에게 있사옵니다. 부디 스스로 답을 구하시옵소서."

"그럼 학문하는 이 중에서 추천할 만한 사람은 없습니까?"

"그것은 더욱 말하기 어렵사옵니다."

"말하기 어렵다?"

"마음 가는 사람이 한 둘이 아니기 때문이옵니다."

"허물없이 말해주시오."

"고봉 기대승 같은 이가 있사옵니다."

사실 기대승은 퇴계와 리기 문제로 논쟁을 벌였고 엄밀하게는 반대되는 학파의 수장이나 다름없는 사람이다. 임금의 나이가 어렸지만 그걸 모를 리 없었다. 그러나 퇴계는 서슴없이 그를 추천했다. 그냥 추천만 한 것이 아니었다. 기대승은 문자를 많이 보았고 리학에도 소견이 가장 뛰어난 선비라 그만한 인물을 찾기 힘들 것이라고 했다.

퇴계가 낙향한다고 하니까 율곡이 찾았다.

"어서 오게."

그를 맞아 차를 들면서 여러 말을 나누었다. 이 나라의 유학이 길이 번창하기 위해서는 먼저 이 나라의 유를 찾아야 한다고 서로 나누었다.

"우리의 유를 찾아야 한다는 말씀이 무슨 말씀인지 알겠습니다. 전에도 말씀하지 않으셨습니까? 하지만 현실은 만만치 않습니다. 선생님은 그제나 지금이나 우리의 밧줄을 만들어야 한다고 말씀하고 계시지만 그렇지 않습니까? 그럼 뭔가요? 리는 중심 개념이지만 그것으로는 성리학적 세상을 만들 수 없다고 생각했기에 주자로부터 변절할 수밖에 없었다 그 말 아닙니까? 그렇다면 주자의 사상은 실제로는 관념적이고 사변적인 개념에 지나지 않는다는 말이 됩니다."

율곡의 신랄한 비판에 퇴계가 허 하고 웃었다.

"이보게. 너무 고답적으로 앞서 나가지 말게."

"선생님, 선생님의 말뜻을 모르는 게 아닙니다. 하지만 더 시급한 문제들이 기다리고 있습니다. 나라의 형편이 아시다시피 그렇습니다. 이제는 왜국이 노골적으로 본색을 드러내고 있는 마당입니다."

"꼴뚜기가 뛰면 망둥이도 뛰기 마련일세. 그게 누구 때문이겠는가? 보지 않았는가? 바로 그것이 양아비의 영향을 받았기 때문이요, 친아비 역시 그 영향으로 제값을 못했기 때문이 아니겠는가? 이제 이 나라는 임거정의 말대로 공자가 붓 하나 꿰어 차고 홀로 들어와도 정복할 수 있는 나라가 되어버렸네. 이 나라가 그런 나라일세. 왜 우리는 모르고 있었을까? 그 무작스런 흰고무래(백정)도 아는 사실을. 왜 그의 꿈이 좌절되었나? 나는 그의 좌절이 바로 우리들 때문이라고 생각하네. 봉건주의적인 반봉건. 임거정 그 무지랭이가 품었던 혁명, 그 뜻. 그의 뜻이 민중과의 복합적 관계 속에서 좌절할 수밖에 없었던 것은 바로 봉건적 지배 체제를 유지시키는 데 공헌해온 주자학 때문이라고. 주자학에 근거를 둔 통치이념 때문이라고. 민중들, 백성들의 입장에서 보면 자신들에게 그것은 억압이었을 테니 말일세. 그러니 어찌 주자에 미친 나를 임거정이 죽이려고 하지 않을 수 있겠나? 그는 무식했지만 우리처럼 배우지 않아도 피부로 그걸 알고 있었던 것일세. 그렇다면 누가 바보인가? 그를 죽인 사람이 누구야? 바로 잘난 체하는 우리들이 아닌가? 그런 우리들이 이 나라를 이끌었으니 어찌 나라 꼴이 이렇지 않겠는가? 이제 우리의 가르침을 받던 왜놈들이 들고 일어나고 있는 마당일세. 우리들로 인해 망둥이, 꼴뚜기가 함께 뛰는 세상이 되어 버렸어."

"그렇습니다. 그런 우리를 깔보는 건둥이들까지 침을 흘리고 있습니다."

"그러하네. 당장에 막고 나서야 할 상대는 이제 그들일 걸세. 그들의 동태가 심상치 않은 것이 사실일세. 언제 왜로부터 난이 일어날지 모르는 형국이니까."

"그렇습니다."

율곡이 대답했다.

"그래서 이런 억지도 부려보는 것이네. 여보게, 여기 진리란 놈이 있네. 허나 진리란 만고불변이라고 말하지 말게."

"네?"

"진리가 별것이던가?"

"?"

"굶주린 아이에게는 개떡이 진리라네. 이 나라의 개떡이 우리에게는 진리겠지만 다른 나라에서는 아닐 수도 있는 것이지 않겠는가? 해석하기 나름인 것이라는 말일세. 그래서 당이 만들어지고 교가 만들어지고 파가 만들어져 내가 옳니 네가 틀렸니 하며 싸우는 것 아닌가? 그게 누구 때문이겠는가? 나와 같은 미욱한 인간들 때문이 아니겠는가? 남의 사상에 평생을 기대어 내가 옳니 네가 그르니 싸워온 결과 나로 인해 이 나라가 이 모양이 되었다고 생각하면 가슴에 피떡이 앉는다네. 생각해보게. 왜 임거정 같은 사람들이 나를 죽이려고 하겠나? 우리가 그들을 기만했기 때문일세. 사대부임을 내세우며 그들의 등을 쳤기 때문일세. 이제 앞으로 어떻게 될지……. 지금도 주자학을 비난했던 이들은 내게 뭐라고 하고 있는가? 이성(理性)보다 마음[誠心]에 주안점을 두는 왕양명의 사상을 떠받드는 무리들 말일세. 그들은 오늘도 날 손가락질 하고 있네. 왕양명이 이룩한 심학을 받아들였다면 논쟁을 위한 논쟁으로까지 나가지는 않았으리라고 말일세."

율곡은 지긋이 눈을 감았다.

명나라 절강성에 금산대사(金山大師)라는 스님이 있었다. 자신의 전생과 내생을 볼 정도로 도안이 깊었는데 그의 어머니는 그저 평범한 소도시의 처자였다. 금산대사는 어머니가 어떻게 자신을 낳았을까 하고 도력으로 부모의 어린 시절을 살펴보았더니 그 사연이 기구했다. 어느 날 자신의 어머니가 장터에서 소리꾼 하나를 만나고 있었다. 소리꾼이 소리를 했다. 그 소리가 예사롭지 않았다. 그저 옥구슬을 굴리는 듯한 음성이 아니었다. 가슴을 미어지게 하는 힘이 있는 음성이다. 눈물을 흘리던 그녀가 소리꾼에게 미쳐 부모 몰래 집을 도망쳐 나갔다. 사내와 살림을 차리는 모습이 선명했다. 그들에게서 자신이 태어나고 있다. 아이가 두 살 나던 해 완고한 부모가 보낸 사내들에게 어미는 잡혀 가고 있었다. 홀로 아이를 키우던 아비는 아들을 키우다 병이 들어 피를 토하고 죽어갔다. 아들이 어미를 찾아가고 있었다. 어미는 부모의 강권에 못 이겨 다른 남자에게 시집가고 있었다. 처자 때 이미 아들을 낳았다는 사실을 안 의붓아비는 그를 헌신짝 다루듯이 했다. 의붓아비의 술주정과 폭력에 진저리를 치면서 어린 시절을 보낸 아이는 세상이 싫어 절로 오른다.

자신의 어린 시절을 본 금산대사는 자신의 후생을 돌아보았다. 잘생긴 사내아이가 명나라 절강성 여요(餘姚)에서 태어나고 있다. 이름을 살펴보니 이수인(李守仁)이다. 어린아이는 관직을 받은 아버지를 따라 북경에서 자라고 있다.

홍치(弘治) 12년(1499). 그의 나이 어느새 28세. 진사에 합격해 벼슬길에 나아가고 있었다. 병법에 탁월했다. 35세에는 고통스러운 생활을 보내고 있었다. 그로 인해 불교에 몰두하다가 유교에 몰두하는 모습이 보였다. 적을 피해 석관 속에 숨어 있다. 어두운 석관 속에서 마음이 곧 본질이라는 심즉리(心卽理)를 깨닫고 있었다. 그는 민란을 진압하면서 지행합일(知行合一)과 만물일체(萬物一體) 사상을 깨닫고 있었다.

누군가 그에게 질문했다.

"정말 당신의 주장은 이상하군요. 심즉리라 하지 않았습니까? 그 말은 곧 마음이 곧 리다 그 말 아닌가요? 그런데 마음과 리를 달리보다니요? 리를 쪼갠다고 하나요? 하나는 마음이고 하나는 리라는 말인가요? 그럼 마음과 본질은 다른가요?"

"바로 그 점이 주자와 나의 학문이 다른 것이오. 주자는 묻고 있소이다. '그대는 마음 밖의 사물은 없다고 했으나 그럼 꽃이 산에서 피고 지는 것이 내 마음과 무슨 상관이 있겠소?' 내가 묻지요. 만약 그대가 이 꽃을 보지 않았다면 어떻게 되었겠소? 이 꽃은 그대의 마음속에 없었을 게요. 꽃 역시 적막 속에 피었을 게요. 하지만 그대가 이 꽃을 봄으로써 꽃은 환하게 빛나게 된 것이오. 그러므로 사물은 그대의 마음 밖에서는 존재할 수 없는 것이오."

"그럼 결론은 무엇인가요?"

"나는 현상세계에 마음 밖의 사물은 없다는 것이고 주자는 현상세계에 이성(理性) 밖의 사물은 없다는 것이외다."

그렇게 자신의 후생을 바라보던 금산대사는 이제 자신이 갈 날이 왔음을 알고 깨끗이 목욕한 후 가사장삼을 정제하고 법당으로 들어가면서 제자들에게 어떤 일이 있어도 문을 열어보지 말라 일렀다.

성승(聖僧) 도두(道頭)의 명이라 그 후 오십 년 동안 그 문은 정식으로 열리지 않았다. 호기심에 못 이긴 사람들이 그 문을 열어보려다가 문이 안으로 굳게 잠긴 채 열리지 않자 부수었다. 그들이 들어가 보니 스님은 금신사리(金身舍利)가 되어 있었다.

그들은 그제야 눈물을 흘리며 법당 문을 굳게 걸고 오십 년 동안 열지 않았다.

어느 날 왕양명이 수많은 제자를 데리고 금산사로 올랐다. 절경에 취해 이곳저곳을 둘러보다 보니 주위 풍경이 어딘가 낯이 익었다. 예전에 자신이 살던 곳이라는 생각이 들었다.

이윽고 그의 발길이 금산대사의 유체가 있는 법당 문 앞에 이르렀다.

그가 문을 열려고 하자 스님들이 득달같이 달려와 말렸다.

"문을 여시면 안 됩니다."

"왜 그러오?"

"문을 열지 않은 지 벌써 오십 년째입니다. 이곳의 성승께서 원적(圓寂)하였기 때문입니다."

"그런데 왜 문을 못 열게 하시오?"

"그 성승의 육신이 지금까지 썩지 않고 잘 보존되어 있습니다. 그래서 그분의 육신을 보존하기 위해서 아무도 들어가지 못하게 하고 있습니다.

그리고 열려고 해도 문은 열리지 않습니다."

설마 하는 생각에 왕양명은 문고리를 잡아 당겼다. 별로 힘을 쓰지 않았는데도 문이 열렸다.

대중들이 하나같이 놀랐다. 그렇게도 열리지 않던 문이 열린 것이다.

왕양명이 안으로 들어갔다. 법당으로 들어가 보니 스님이 가사와 장삼을 입은 채 입정(入定)해 있었다. 다가가 살펴보니 시체가 썩지 않고 그대로 굳었다.

왕양명은 주위를 둘러보다가 깜짝 놀랐다. 단상에 붙여놓은 글을 하나 발견했기 때문이었다.

오십 전 왕수인
문을 여는 사람이 문을 닫은 사람이로다
정령이 바뀌어 돌아오니
비로소 선문에 무너지지 않는 불사신이 있음을 믿게 되리라.

五十年前王守仁　開門人是閉門人
精靈剝落還歸復　始信祥門不壞身

그 후 왕양명은 자신의 전신이 본 그대로 사물의 이치를 밝혀, 궁극의 진리에까지 이른다는 주자학의 사상에 깊이 빠져들었다. 주자학의 진리 탐색방법인 격물치지(格物致知)를 신봉하여 그 경지를 얻고자 했다. 그는 대나무에 의념을 집중하고 수행하였다. 그러나 결국 참담하게 실패만을 거듭하자 불가의 참선과 도가의 양생학에 심취했다. 그리하여 사물을 투기할 수 있는 능력을 얻었다.

그는 그 후 '성은 리[性卽理]'라는 이성(理性)을 통해서 진리를 깨닫는다는 주자학을 배격했다. '마음이 곧 리'라는 심즉리(心卽理)만이 진리에 이른다는 양명학의 기초를 세운 것이다. 그는 계속 선지후행(先知後行)이라는 주자학을 배격하고 지행일치(知行一致)를 주장하였다.

문무에 모두 능했던 그는 57세 되는 해에 남안 청룡진(南安 青龍鎮)의 아산(丫山)을 지나가다가 영암사(靈岩寺)에 들렀다. 그곳에 그가 50세 때 보았던 부패되지 않는 금신사리가 또 한 분 있었다. 그 절의 고승이 며칠 전 좌화했다고 하여 법당으로 들어가 보니 책상 위에 게송이 하나 적혀 있었다.

> 57세 된 왕수인이
> 나의 자물쇠를 열어 먼지를 터는데
> 이전의 일을 알고 싶은가
> 문을 여는 사람이 바로 문을 닫는 사람이로다.

> 五十七年王守仁 啟吾鑰 拂吾塵
> 問君欲識前程事 開門卽是閉門人

게송을 본 왕양명은 자신의 수명이 다 되었음을 알고 그길로 세상을 버렸다.

"내 마음이 빛인데 무슨 말을 또 하겠느냐(此心光明 亦復何言)."

가시는 길에 한 말씀 남겨 달라는 제자의 청에 그가 남긴 마지막 말이었다.

잠시 생각에 잠겼던 율곡이 시선을 들었다.

"하지만 전 그렇게 생각하지 않습니다. 선생님은 이성과 마음을 하나로

뭉쳐 선생님만의 심학을 완성하여 우리의 반석 위에 올려놓지 않았습니까?"

율곡의 말에 퇴계가 머리를 내저었다.

"내가 왕양명의 양명학을 배척했다? 그래, 그럴지도 모르지. 인간이 가진 이성의 힘만으로 진리에 이를 수 있다는 엉터리 확신을 가진 나 때문에 리기 논쟁이 시작되었고, 그렇기에 앞으로 사색당파로 확장될 것이라고 그들은 믿고 있으니까. 그들은 오늘도 내가 양명학의 존재를 알았으나, 주자학으로 족하다고 생각했기에 그 그릇된 판단으로, 조선을 망칠 것이라고 생각하고 있으니까 말일세."

퇴계의 말을 들으며 율곡은 지그시 입술을 깨물었다.

"자네도 알다시피 엄밀히 주자학은 아는 것과 실천하는 것을 별개로 보는 세계일세. 먼저 안 후에 행하는 것이 주자학이 아니겠는가. 그러나 왕양명은 아는 것과 행하는 것을 하나로 보고 동시성을 강조하고 있고 깨달음을 통한 앎이라야 진짜라고 눈을 부라리고 있네. 그렇게 그는 아는 것은 실천해야 하고, 실천하지 않으면 모르는 것과 같다는 지행합일(知行合一) 사상을 터득해 주자학을 공격하고 있네. 요즘도 한 번씩 꿈을 꾼다네. 왕양명이 나를 바보라며 손가락질하는 꿈이야. 그가 묻는다네."

그랬다. 왕양명이 물었다. 아니 손가락질 했다. '주자는 사물 안의 리를 연구하고 있다. 모든 사물 안에 있는 리, 즉 본질을 확정짓고 있다. 너는 바보다. 마음은 모든 사물 안에 있는 리를 찾는 것이다. 그러므로 마음과 리는 둘로 나뉘어 있다. 그럼 마음 안에 리가 있다는 말인가? 모든 사물은 리를 가지고 있다. 그 리가 마음 판에 선다는 말이다. 마음에 사물이 들어와 그 사물이 마침내 마음에 리를 세우는 것이다. 그러므로 마음과 리는 합하여 통일되는 것이다. 그러므로 사물의 리는 인간의 마음 판에 들어와서 꽃을 피우는 것이다. 그때 사욕으로 가득 찬 마음은 깨어지고 본심이 실현되는 것이다. 그러면 마음이 없으면 리는 자리 잡을 데가 없는 게 아니겠는가? 바보야, 마음이 없으면 리도 없는 것이다. 현상세계를 똑바로 보라. 어찌 현상세계에 마음 밖에 일이 존재하고 마음 밖에 리가 존재하겠는가? 하지만 너는 주자처럼 마음의 리는 본체세계에 따로 있다고 하고 있다. 그래서 너는 바보인 것이다.'

시선이 가 머문 곳의 숲그늘이 음울했다. 내려쬐는 햇살 속의 그늘. 어딘가 부조화하다.

그것이 세상의 이법인가?

잠시 퇴계의 말을 생각하고 있던 율곡은 다시 눈을 감았다.

양이 있으면 음이 있기 마련이다. 남이 있으면 북이 있고 남자가 있으면 여자가 있기 마련이다. 성리학은 나약한 사람의 종교가 아니다. 왕양명이 주자의 객관주의적 성리학을 비판한 사람임에는 분명하다. 도(道)가 깊어 자신의 전생까지도 보아낸 전설적 인물. 하지만 퇴계가 그에게 바보 소리를 들을 만큼 일으켜 놓은 것이 없을까?

율곡은 고개를 내저었다. 율곡이 보건대 퇴계의 경지는 왕양명을 넘어서 있다. 그렇다면 퇴계는 주자를 넘어서 자신의 세계를 구축했다는 말이 된다.

율곡이 그런 생각을 하는데 퇴계가 그의 심중을 꿰뚫듯 말을 이었다.

"그럴까? 그럼 임거정이 같은 이들은 어떡하나?"

"예?"

율곡 자신도 모르게 되물음이 터져 나갔다.

"갈 날이 얼마 남지 않아서인지 요즘은 나도 모르게 나를 되돌아보는 보는 일이 잦다네. 도대체 내가 지금껏 그렇게 껴안았던 성리학이라는 것이 무엇인가? 도덕적 명분이 아니겠는가? 명분론적 질서 속에 살고 있는 것이 인간이라면 계층적 지위에 맞게 합당한 일을 수행하는 존재가 인간 아니겠는가? 그러므로 명분론적 질서를 합리화하는 사상체계가 곧 성리학인 것이겠지. 명분론적 질서, 그에 맞는 생활, 이것이 모든 인간의 도덕적 의무일 터이니 말일세. 그러므로 리기의 보편적 진리를 모르고서 어찌 성리학을 거론할 수 있고 나아가 어찌 유교를 안다할 수 있겠느냐고 묻고 답해왔던 것일세. 우리 모두는 그 속에 있으며 그렇기에 이제라도 되돌아보아야 한다는 생각에서 말일세. 그렇기에 나는 늘 물었다네. 왜 성리학을 도학유교라고 하는가? 왜 우리는 솔직하게 도학이 불교의 참선사상과 도교의 신선사상의 영향을 받고 태어났다는 걸 인정하지 못하는가? 우리의 유교가 비현실적으로 백성들에게 비쳐지는 것은 아닌가? 논리 전개만 해도 그렇지 아니한가? 그에 따른 경직성, 그로 인해 점점 비생산적으로 변해가는 폐쇄성, 비현실적인 논리, 그 논리에 묶여 유교가 마치 특권층의 소유물인 양 오만스럽게 사대부 행세를 제대로 하고 있는 것은 아닌가? 자기 것도 아니면서 자기 것인 양하고 자기가 속한 파벌의 노선에 주먹을 쥐고 흔들었거나 흔들고 있는 것은 아닌가? 때로 옳지 않은 것인 줄 알면서도 늘 논쟁해오지는 않았는가? 앞으로 유학은 어떻게 될 것인가? 그렇지 않아도 시끄러운 나라 조선. 이 조선은 어떻게 될 것인가? 어쭙잖은 주장으로 당이 갈리고 파가 갈려 씻을 수 없는 상처를 백성들에게 주었고 앞으로도 줄 것이 아닌가? 남의 사상을 자기 것인 양하여 고담준론이나 일삼다가 나라를 망쳐버릴 것은 아닌가? 진정 유교는 이 나라의 무엇이었나? 혹

기득권자들의 권력 유지를 위한 수단은 아니었나? 유학의 일상적 규범들이 백성들에게 숭배적 음사로 비쳐지지는 않았는가? 혹 유학이 백성들에게는 멍에요 사대부들에게는 명예가 되어 백성들에게 눈물 같은 위화감을 조성하지는 않았는가? 혹 유학이 사대부들의 전유물인 양하여 진실을 외면하고 가문의 명예와 뜻을 굽히지 않는 것이 유학이라고 고집하지는 않았는가?"

천천히 눈을 뜨는 율곡의 눈에 핏발이 섰다.

"그래서 천만년 도량을 위해 사업해야 한다고 생각했었는데……. 아뿔싸, 그걸 모르고 그 속에 앉아 앵무새처럼 조잘대고만 있었으니. 정신을 차리고 보니 여기가 어딘가? 여기가 어디야? 그래 깨달았던 것일세. 이제라도 모든 걸 이 나라의 모양에 맞게 고쳐나가지 않고는 결코 그 어떤 질문에도 대답할 수 없다는 것을. 바보라고 손가락질을 받을 수밖에 없다는 것을. 우리의 아비, 우리 친아비를 스스로 죽이고서야 어찌 자신을 정립할 수 있고, 자신을 올바르게 정립하지 않고서야 이 나라의 모양을 어떻게 바꾸겠는가? 그래야 후세들이 피 흘리며 울지 않을 터인데……."

피를 내뱉는 것 같은 퇴계의 말을 들으며 율곡은 비로소 이런 생각을 했다.

아, 바로 이것이었구나.

율곡의 가슴 속으로 지극한 슬픔이 밀려들었다. 율곡은 이를 악물었다.

그가 자신을 모질게 반성하는 사이 나는 지금까지 무엇을 했던가? 그의 수양론, 기를 잡기 위한 그의 수양론, 그 수양이 끝까지 왔구나.

율곡은 처음으로 퇴계가 무섭다는 생각이 들었다. 그는 지금까지 살아온 고치집을 버려야 살 것이라고 말하고 있었다. 친아버지가 못났더라도 찾아야 한다고 말한다. 원망만 하지 말고 그 아비를 죽이기 전에 자기가 어디로부터 왔는지를 먼저 알아야 할 것이라고 말한다. 그리하여 우리식의 해석 체계를 세워야 할 것이라고 말하고 있다.

그렇다. 유학이 어차피 진리를 찾는 과정이라면 비록 못났다 하더라도 친아버지를 찾는 길과 무엇이 다르겠는가? 그 말일 터였다. 우리의 친아버지가 개떡이라면 그 개떡 같은 진리를 내 것으로 하는 것이 이 땅의 자식일 것이라는 그 말일 터였다.

비로소 늙은 유학자의 의미심장함이 이해되어 율곡은 눈을 감았다 떴다. 그리고는 유학자에게 숙명처럼 주어지는 시련을 의연하게 받아들이는 늙은 사내를 가만히 쳐다보았다. 자기를 증거하고 자기를 세우지 않고 어떻게 성명을 보존할 수 있겠느냐고 묻는 퇴계의 얼굴에 햇살 한 자락이 출렁이고 있었다.


다음 날 임금은 신하를 불러 낙향하는 퇴계에게 표범가죽으로 만든 요 한 벌과 호초(胡椒, 후추나무 열매) 두 말을 하사하라 일렀다. 그리고 본도에 명하여 쌀과 콩을 내리게 하라 이르고 다음과 같이 명했다.

"가시는 길에 불편하지 않도록 말을 지급하고 배를 끄는 군인을 주어 돌아가는 것을 보호하라."

퇴계는 그길로 성을 나와 동호몽뢰정(東湖夢賚亭)에서 그날 밤을 머물렀다. 다음 날 배를 타고 동으로 향했다. 봉은사(奉恩寺)에 들러 그곳에서 하루 밤을 잤다. 그가 다음 날 길을 나서자 소문을 들은 사람들이 나루터로 몰려 나왔다. 다시 볼 수 없을지도 모른다는 생각이 들었기 때문이었다. 수많은 사람들이 퇴계를 전송했다. 눈물을 흘리는 이도 있었다. 배를 타고 따르는 이들도 있었다. 명사들이 온 조정을 비우다시피 하고 나와 전송하면서 시를 지어 이별의 뜻을 표했다. 그도 시를 지어 그들에게 주었다.

큰 배에 둘러앉은 분 모두 명사일세
돌아가고픈 마음에 온종일 이끌리어 서성거렸다오
원컨대 한강물 가져다 벼루에 부어서
작별할 때의 끝없는 수심 그려낼 수 있다면

列坐方舟盡勝流 歸心終日爲牽留 願將漢水添行硯 寫出臨分無限愁

그들과 헤어져 양주 무임포(無任浦)에서 하룻밤을 자고 시골로 돌아온 퇴계는 임금께 글을 올려 물러남을 허락해준 것과 먹을 것을 하사한 것에 감사했다.

### 2

임금의 정은 깊었다. 퇴계가 고향으로 낙향한 후 임금은 아버지를 잃은 사람처럼 허둥거렸다.

그는 율곡을 불러 그 시름을 달랬다.

"어떻게 이황을 다시 불러올릴 방법이 없겠소? 몸이 좋지 않다고 했지만 아직은 건강해 보이지 않소?"

"상감마마, 이제 세거지에서 후학들을 위해 노력할 것이옵니다. 비록 그분이 이곳에 없으나 나라의 근간이 될 인재양성에 혼신을 다할 것이옵니다."

"너무 아깝지 않소? 그분의 경지, 나는 가늠하기조차 어렵던데 경은 어떻게 보시오?"

"상감마마, 어찌 그분의 경지를 신이 가늠할 수 있겠사옵니까? 그분은 주자라는 인물을 통해 유학을 자기 것으로 하였지만 명나라의 사상계에 큰 영향을 준 양명학의 시조 왕양명마저 넘어서 있사옵니다."

"왕양명이라고 한다면 심학(心學)을 집대성한 인물이 아니오?"

임금이 율곡의 다음 말을 기다리다가 물었다.

"그러하옵니다, 상감마마. 과거, 현재, 미래를 모두 알 정도로 도가 깊었던 인물이 왕양명이옵니다. 마음은 곧 리이며 지식과 행동이 하나로 한결같음[知行合一]을 강조했던 인물이 바로 그이옵니다."

"그러니까 퇴계 이황이 주자로부터 시작했으나 종래에는 그 주자를 비판한 왕양명의 사상마저 넘어섰다 그 말 아니오?"

"그러하옵니다, 상감마마. 성리학의 궁극적 목적이 무엇이겠사옵니까? 바로 경이옵니다. 그러나 그 경을 통해 왕양명의 심학을 일찍이 비판할 수 있었던 이는 일찍이 없었사옵니다."

"조금 쉽게 말해줄 수 없겠소?"

"사실 선진 유학은 현실을 구체적으로 바꾸기 위해 삶의 일상에만 과도하게 집중한 감이 없지 않사옵니다. 그렇기에 주자라는 인물이 나타나 우리가 놓쳐버린 우주적 이상을, 성리학을 통해 구축해 내었던 것이옵니다. 하지만 엄밀히 말해 주자는 자신의 사상을 문헌으로 남기는 데 급급한 면이 없지 않사옵니다. 그렇기에 위학(僞學)이라는 오명까지 감수해야 했던 것이옵지요. 퇴계 선생님은 분명 주자의 품속에 있었지만 일찍이 주자의 사상에서 실천의 덕목이 모자람을 간파하고 있었사옵니다. 그렇기에 더 큰 꿈을 꾸고 있었던 것이지요. 그분만의 성리학적 세상을 세우는 일 말이옵니다. 성리학적 세상을 세우기 위해 그분은 인성교육을 염두에 두었고 평생의 꿈을 교육 사업에 두었던 것이옵니다. 바로 그것이 벼슬을 140여 번이나 고사한 이유이기도 하옵니다."

"결국 주자의 사상을 계승하면서 그만의 세계로 재구성했다? 그리하여 그의 성리학이 집대성되었다?"

임금이 비로소 이해가 되는지 뇌까렸다.

"그분이 상감마마에게 드리고 간 성학십도가 바로 그 증명이옵니다. 그가 추구하던 성리학을 마음과 관련되는 경과 심학으로 정리하고 있는 것이 바로 성학십도이기 때문이옵니다. 그 속에 우주론적 이상과 원시유교에서부터 추구되던 삶의 구체적인 모습이 있사옵니다. 그리고 그 성숙된 모습까지도 말이옵니다."

"삶의 구체적인 수양과 성숙이라고 해도 되겠소? 그것을 놓치지 않고 우리들의 것으로 완성하여 제시하고 있는 것 같으니 말이오."

임금이 율곡의 말을 나름대로 해석하여 물었다.

"그렇사옵니다. 그분은 늘 우리들에게 보여주고 있었던 것이옵니다. 마음이란 곧 인간과 우주가 함께 감응하고 서로 관계하고 참여하는 장(場)이라는 것을 말이옵니다."

"바로 그것이 유학의 출발점이다? 비로소 알겠구나. 그의 성리학이 마음에 집중하고 있었던 이유를. 그것이 그의 심학이라는 것을. 그렇구나. 그렇지 않고서야 어찌 어버이의 사상을 넘어 자신의 힘으로 재구성한 심학적 성리학을 완성할 수 있었겠는가?"

임금이 눈을 감고 중얼거렸다.

## 3

스님이 문향을 애처로운 눈길로 바라보았다.

늙은 사내를 향한 여자의 마음이 깊어도 저리 깊을까?

스스로 정절을 지키기 위해 제 얼굴을 못 쓰게 만든 문향이 또다시 꿈자리가 예사롭지 않다며 산에 올라와 내려가지 않으면서 뭉그적거리고 있었다.

"일전에 안동으로 들어가는 과객 한 사람이 절에 들렀어요."

문향에게 그렇게 말해준 것이 화근이었다.

"그래요?" 하고 눈을 빛내더니 문향이 바짝 당겨 앉았다.

그런 그녀를 보자 스님은 말을 마저 할 수밖에 없었다.

"그분이 선생님의 손자가 보낸 서찰을 가지고 계시더구먼요. 서찰 내용은 알 수가 없고 그분에게 물으니 손자의 아내가 다시 아이를 생산한 모양인데 아마 젖어미가 필요한 것이 아닐까 합디다."

"젖어미요?"

"몸이 약해 젖이 부족한 모양입니다. 여종이 애를 낳은 모양인데 그 여종을 좀 보내주었으면 한다고…….."

"그래서 여종을 보냈는가요?"

"그야 모르지요."

문향이 고개를 주억거리며 시선을 내리깔았다.

그럴 것이었다. 스님이 서찰 속을 어떻게 알고, 그 후의 일을 어떻게 알 것인가?

한양에서 성균관에 다니던 손자 안도가 퇴계에게 서찰을 보낸 것은 아들

창양을 낳고 여섯 달쯤 지나서였다. 안도에게 아들 창양이 태어난 지 여섯 달이 되자 아내가 다시 임신을 하였다. 그런데 임신을 하자 젖이 끊겼다. 그렇게 되자 창양을 키우기가 매우 힘들어졌다. 창양은 제대로 먹지 못해 영양실조에 걸렸고 여러 병을 앓았다. 그래서 안도는 할아버지 퇴계에게 서찰을 올렸다. 도산 본댁에서 유모를 구할 수 없겠느냐 부탁한 것이다. 마침 딸 낳은 여자 종이 있다는데 보내 달라 했다. 그렇게 어려운 일이 아니었다. 종을 사람 보듯이 안 하는 상황이므로 여종은 주인이 원하기만 한다면 자기 아기를 떼어놓고 한양으로 올라가야 할 판이었다. 물론 안도 가 할아버지의 엄한 성격을 몰랐던 것은 아니었다. 할아버지는 손자며느리 가 시집올 때 몸종을 데려오지도 못하게 했다. 몸종을 데려온다면 수를 늘리는 것이 되므로 국법에 위배된다는 것이었다. 여종이 와 아이를 낳고 또 그 아이가 아이를 낳고 그렇게 수를 불린다면 그것은 분명히 국법에 위반된다는 것이다. 그러므로 만약 자신의 뜻을 어기고 몸종을 데려오겠다 면 차라리 시집을 오지 말라고 했다. 그러나 안도는 이번만은 괜찮을 것이 라 생각했다. 아이를 낳았을 때 이 집에 이보다 더 큰 경사가 어디 있느냐며 좋아하던 할아버지였기 때문이다.

그래서 여쭈어도 괜찮으리라 생각하고 젖이 나오는 여종을 보내 달라 한 것이다. 처음 퇴계는 여종을 구해 보내주겠다고 했다. 그러나 보내겠다 는 여종 학덕이 아이를 낳은 지 얼마 되지 않은 참이었다. 생후 몇 개월 둔 아이를 놔두고 보낼 수도 없는 형편이었고 더욱이 함께 보낼 수도 없는 상황이었다. 여종 학덕 역시 젖이 부족한 참이기 때문이었다. 그런 학덕이 를 손자에게 보낸다는 것은 자신의 핏줄을 살리기 위해 여종의 핏줄을 죽이는 것이나 다름없는 일이었다.

퇴계가 고심 끝에 학덕이라는 여종을 보내지 못하겠다고 하자 안도는 퇴계 모르게 학덕을 보내달라고 했다.

그런데 퇴계가 이를 안 것이다. 퇴계는 근사록의 말을 인용해 그런 안도 와 손자며느리를 엄히 꾸짖었다.

이제 들으니 유모로 부릴 여종이 서너 달밖에 안 되는 어린애를 버리고 한양으로 올라간다고 하니, 이는 아이를 죽이는 것이나 다름이 없다. 근사록 에 이런 일에 대해 논하기를, "남의 자식을 죽여서 자기 자식을 살리는 짓은 아주 옳지 못한 일이다" 하였다. 이제 이 일도 꼭 그와 같은 것이니 어찌 하겠느냐? 한양 집에도 반드시 유모로 부릴 종이 있을 것이다. 지금부터 오류 개월 동안만 각자 서로 기르고 지내다가 팔구 개월이 되었을 때 올려 보낸다면, 이 아이도 죽물로써 목숨을 이어갈 수 있을 것이다. 그렇게 되면 두 목숨이 다 사는 것이니 아주 옳은 일이 아니겠느냐? 만일 그렇게 하지 않고 꼭 데려가고자 하거든, 차라리 그의 아이도 데리고 올라가서 두 아이를 함께 기르는 것이 오히려 나을 것이다. 그러지 않고 바로 내버려 두게 하는 것은 어진 사람이 차마 하지 못할 일이요, 또 지극히 온당치 못한 일이기 때문에 미리 알리는 것이니, 다시 한 번 생각해보아라.

문향이 시선을 떨어뜨리고 있다가 법당으로 나갔다. 다기물을 갈고 향을 피우고 촛불을 사르고 절을 시작하는 것을 보니 또 굴신운동을 시작할 모양이었다.

"부처님이 절 많이 하라고는 안했으니 마음을 편하게 가지세요."

스님이 그렇게 말해도 문향은 막무가내였다.

절이라도 많이 하면 그 정성을 알아줄 것이라는 식이니 더 말릴 수도 없는 일이었다.

스님의 생각대로 새벽별이 떠올라도 문향의 절은 계속되고 있었다. 저러다 쓰러지면 어떨까 싶지만 그렇다고 그녀의 신심을 가로막고 나설 수도 없는 일이었다.

## 4

한양에서 수학하고 있는 안도로부터 비보가 전해진 것은 1570년 여름이 한창일 무렵이었다. 결국 창양은 겨울과 봄을 어렵게 넘기고 5월 23일 명을 다했다고 하였다.

퇴계의 상심은 컸다. 죽은 아이를 안고 망연자실했을 안도를 생각하며 퇴계는 한동안 넋을 놓았다. 한양으로 올라오라는 임금의 명을 받잡기 위해 상경을 서두르다 병이 깊어져 중도에서 사직원을 올리고 기진맥진하여 돌아와 보니 그런 비보가 와 있었던 것이다. 죽은 핏줄을 앞에 하고 눈물짓고 있을 손자 내외를 생각하자 눈물이 앞을 가렸다.

안도 내외는 죽은 아이 앞에 엎디어 눈물짓고 있었다. 창양아, 창양아 하며 목이 메게 불러도 이미 늘어져버린 아이는 눈을 뜨지 않았다.

"할아버님이 학덕이만 보냈어도……."

아내가 눈물을 닦으며 뇌까리는 소리를 안도가 들었다.

안도의 눈에서 불이 쏟아졌다.

"방금 뭐라고 했소?"

"아, 아닙니다."

"몰라서 묻는가? 내 새끼를 살리기 위해 남의 새끼를 죽일 수 없다는 할아버지의 심정을 몰라서 하는 말인가?"

"아, 아닙니다. 하도 어이가 없어서 그만……."

안도가 안사람을 와락 안았다.

"왜 내가 당신 심정을 모르겠는가. 그러나 할아버지를 원망하지 맙시다."

"알고 있습니다."

단장(斷腸)이라는 말이 있다. 자식을 가슴에 묻는 어미는 속의 애가 모두 토막토막 끊어진다고 한다. 그 후로 그들은 창양을 가슴에 묻고 결코 할아버지를 원망하지 않았다.

얼마 후 눈물어린 퇴계의 서찰이 안도에게 도달했다.

소문에 들으니 아기가 죽었다고 하니 놀랍고 가슴이 아프다. 내 눈 앞에는 너뿐이고 너에게도 그 아이 하나이지 않았느냐? 밤낮 네 자손 번창하기를 바라면서 남녀 가리지 않고 잘만 커주기를 바랐는데 나면 죽고 하니 이 아픔을 어찌 말로 다하랴. 이건 모두 내가 박복한 탓이다. 생각할수록 가슴이 메어지는구나.

서찰은 그렇게 썼으나 퇴계는 결코 자신의 아픔을 가족들에게 내색하지 않았다. 모두가 잠든 밤, 그는 홀로 여종 학덕이 있는 곳을 찾고는 하였다. 멀리서 학덕의 아이를 보고 있으면 창양이 살았다면 꼭 저만 하리라 싶었다.

세상이란 모두가 평등한 것.

어느 날 학덕이 아이를 업고 와 자신으로 인해 주인집 자식이 죽었으니 도저히 몸을 부리고 살 수 없다며 다른 집으로 보내달라고 눈물로 호소했다.

퇴계는 학덕을 방으로 들이고 그 아이를 안았다. 아이는 아무것도 모르고 퇴계의 품에서 방긋거렸다. 퇴계는 자신의 손자를 보고 있는 것 같아 눈물이 쏟아졌으나 이를 악물고 참았다.

마침 마실 왔던 먼 친척이 그 모습을 보고는 돌아가면서 혀를 차댔다.

"어이구 속도 좋으시지. 제 새끼 죽이고 그 핏덩일 안고 싶을까?"

애를 얼러대던 퇴계의 눈에서 비로소 눈물이 쏟아졌다.

"잘 키워야 한다. 알겠느냐?"

그는 학덕에게 아기를 안겨주며 말했다.

"예, 대감마님."

그 후 식구들이나 아랫것들도 결코 학덕이를 가시눈으로 보지 않았다. 원망지도 않았다. 오히려 부모가 자식을 키우는 사랑과 천륜은 귀천이나 차별이 없음을 행동으로 가르쳐준 퇴계의 고매한 인격에 눈물지었다.

그들은 그렇게 할아버지 퇴계를 원망하기는커녕 그 후로도 퇴계가 이끄는 대로 따랐다.

퇴계는 피 흘리는 가슴을 안고 도산서당으로 나가 심경을 강론하고는 했다. 그의 강론은 9월까지 계속되었다.

몸이 좋지 않아 강론을 못하는 날이면 퇴계는 자주 고갯마루 바위에 올라 앉아 있고는 하였다. 결 좋은 바람을 만지 듯, 달밤에 매화꽃 향기를 듣듯, 그는 그렇게 우주를 관상하였다. 그때마다 핏빛 같은 꽃이 가슴에서 피었다. 피 흘리며 깨달음을 얻은 후에야 피어나는 꽃, 혈오화(血悟花)였다.

어느 날 한 통의 서찰이 전해졌다.

강릉의 율곡이 보낸 것이었다.

나의 스승이시여

공부에 그 누가 의심이 없겠습니까?
병의 뿌리는 바로 아집을 벗어나지 못함입니다.
필경 한계(寒溪)의 물을 마시고 심간(心肝)을 밝히면 스스로 알 것입니다.
젊어서는 양식을 쫓노라 사방을 달리시고 인마 주리고 여윈 뒤에야 빛을
돌이키셨습니다.
비낀 해는 본래 서산 위에 있으니 고향 길 먼 걸 어찌 근심하리까.


　　율곡의 서신을 읽고 난 퇴계의 눈에서 눈물이 흘러내렸다. 스승은 제자
가 일정한 경지를 보일 때 가장 기쁜 법이다. 그의 사상이 설령 반대된다고
할지라도 그 나름대로 자신의 사상과 신념을 확장시켜나갈 때 스승은 비로
소 세상을 얻는 것이다. 비록 율곡은 이념을 달리하고 있었지만 바로 자신
과의 갈등 속에서 사상과 신념을 더욱 확장해나갈 것이었다.
　　퇴계의 눈에서 기쁨의 눈물이 계속해서 흘러내렸다.
　　"감사하오. 족하."

# 도산일몰

## 1

퇴계가 그러는 사이 문향은 그를 못 잊어 괴로워하고 있었다. 그때까지도 그녀는 퇴계를 한 번만 만나게 해달라고 빌고 있었다. 그녀는 홀로 구담봉 앞 강선대가 내려다보이는 강 언덕에 초막을 짓고 살고 있었다.

퇴계를 기다리다 지친 문향이 어느 날 매화를 고이 기른 분매를 퇴계에게 보냈다.

퇴계가 산보를 마치고 돌아와 보니 문향이 보낸 매화가 놓여 있었다. 퇴계의 눈에 눈물이 맺혔다. 헝클어진 흰 머리를 쓸어 올리며 문지방에 기대어 퇴계는 매화를 하염없이 바라보았다.

퇴계는 마지막으로 도산서원 뜰에 그녀가 보낸 매화 중 하나를 심었다.

봉화현감으로 재직 중인 아들 준이 사직하고 장사 치를 준비를 갖추기 위해 안동으로 왔다.

1570년 겨울, 음력 12월 8일 신축일.

병세가 위중하다는 판단이 서자 문인들이 주역으로 점을 쳤다. 겸괘(謙卦)는 간하곤상(艮下坤上), '군자가 마칠 때가 됐다[君子有終]'라는 괘사(卦辭)였다. 죽음을 의미하는 괘였지만 예로부터 뜻 있는 이들은 군자가 땅 밑으로 들어 만물의 씨앗이 되는 괘라 하여 상괘로 쳤다.

유시(酉時).

퇴계는 제자에게 문향이 보낸 매분을 안 보이는 곳으로 옮기라고 했다. 제자가 왜 그러느냐고 묻자 퇴계는 이렇게 말했다.

"저 매형(梅兄)에게 불결한 내 모습을 보이기 부끄럽구나."

퇴계는 잠시 후 심경에 변화를 일으켜 그 매화를 보이는 곳으로 다시 가져다 놓으라고 했다. 제자가 매화분을 가져다 놓았다. 그러자 퇴계가 몸을 일으켰다. 아들 준이 도왔다. 퇴계는 단정히 앉아 눈을 감았다.

일전에 써놓은 시 한 수가 그의 입에서 흘러나왔다.

> 나의 전생은 아마도 밝은 달이었으리
> 몇 생을 더 닦아야 매화에 이를 수 있을까

**前身應是明月 幾生修到梅花**

방안엔 숨소리조차 들리지 않았다.

제자가 역책(易簀, 스승의 죽음을 가리키는 말)하기 전에 한 말씀 받아야 되겠다는 생각에 말을 하려고 하자 퇴계가 일렀다.

"매화에 물을 주어라."

제자가 물을 주자 퇴계는 마지막 유언을 하였다.

"내 묘 앞에는 관작을 쓴 비석을 세우지 말거라. 작은 돌 하나 세워서 거기에 제(題)하되 퇴도만은진성이공지묘(退陶晚隱眞成李公之墓)라 하여라."

그렇게 이르고 밖을 내다보았다. 결 좋은 바람이 달려 들어와 그를 감싸 안았다. 잠시 지나온 세월이 눈앞을 스쳐갔다. 한없는 회오가 가슴 밑바닥에서 일어나 슬픔처럼 차올랐다.

퇴계는 스스로 자신에게 물었다.

"다 이루었는가, 퇴계. 그날이 그립구나. 언제였던가? 알 수 없는 예감에 가슴을 열었던 그 세월. 그립구나, 그 강안, 새벽이면 들려오던 제자들의 경 읽는 소리, 이슬에 젖은 도포자락을 휘감던 바람. 그래 거기에 내가 있었다. 동무가 있었고 제자들이 있었고 사랑하는 사람들이 있었다. 언제 다시 볼까? 벌써 이렇게 그리운데……."

퇴계는 천천히 마지막 숨을 모아 쉬었다. 그의 눈가에 아주 넓은 세계가 나타났다. 비로소 자신의 뜻을 편 한 아이가 그 세계 속에 서 있었다. 그의 몸은 형용할 수 없는 빛 속에 쌓여 있었다.

광상. 학문을 가르치던 스승이 광상이라 불렀던 바로 그 아이.

그 아이가 빛줄기를 따라 흘렀다.

퇴계가 숨을 거두고 출상하는 날 불세출의 거유 송구봉이 나타나 퇴계와의 약속대로 만사를 지어 올렸다.

공적과 명예는 삼대의 원로이고, 도덕과 문장은 백세의 스승이로다.

功名事業三朝老 道德文章百世師

송구봉이 그렇게 만사를 지어 올렸으나 경지가 아무리 높다 하나 '서얼이 어디 함부로!' 그러면서 제자들이 그 만사를 집어 던져버렸다.

출상을 하기 위해 상여를 들어 올리자 상여가 들리지 않았다. 사람들은 원인이 있을 것이라고 생각하고 그 이유를 알아내려 했지만 찾아낼 수 없었다. 우왕좌왕하고 있는데 송구봉의 찢어진 만사가 손짓하듯 상여 앞에서 바람에 펄럭이고 있었다. 제자가 이상하게 생각하여 내다버린 송구봉의 만사를 주워와 세웠다. 그제야 상여가 움직이기 시작했다.

지켜보던 율곡이 현자의 지극한 경계는 현자만이 알아본다는 생각에 하늘을 우러러 눈물지었다.

"유현여현(唯賢與賢)이로다!"


2


퇴계가 눈을 감는 순간 문향은 별이 가슴으로 떨어지는 꿈을 꾸었다. 잠에서 깨어나 정화수를 올렸는데 정화수가 붉게 변하는 것을 보았다. 불길함이 전신을 덮쳤다. 퇴계가 죽었음을 직감한 그녀는 안동으로 달렸다. 발이 헤어지는 줄도 몰랐다. 안동에 닿고 보니 자신의 예감이 맞았다. 펄럭이는 만장만이 따가운 햇살 속에서 손짓하고 있었다.

눈물을 흘리며 다시 자신의 거처로 돌아온 문향은 퇴계의 발인 날 신주를 불사르고 거문고를 안고 퇴계와 거닐던 강선대로 올랐다.

거문고의 음이 흘렀다. 그녀는 초혼가를 탄금한 후 그 거문고마저 불살랐다. 그리고 유언을 써 남기고 낙화처럼 강으로 몸을 던졌다. 그녀의 나이 40세였다. 퇴계와의 이별 후 22년간의 수절을 끝낸 것이다.

　　무덤을 강가 거북바위에 묻어주오.
　　거북바위는 퇴계 선생을 모시고 인생을 논하던 곳입니다.

　그녀의 시신을 거둔 이는 퇴계의 아들 이준이었다.

　퇴계가 위중하다 하여 내의에게 약을 가지고 내려가게 했던 임금은 내의가 안동에 닿기도 전에 운명했다고 하자 용상을 쳤다.
　임금이 승정원에 일렀다.
　"이황이 죽었다 하니 아깝고도 슬프다. 영의정으로 추증하게 하고, 부의 보내는 일 등에 대해 속히 전례(前例)를 상고하여 올리라."
　율곡이 입궁하자 임금은 눈물을 흘렸다.
　"내 학문이 모자라 그의 성정을 헤아리지 못하였으니……."
　율곡이 읍하고 눈물을 감추며 아뢰었다.
　"상감마마, 너무 상심치 마시옵소서."
　임금은 그 후 퇴계가 올린 성학십도를 가까이 두고 잊지 않았다. 모든 것이 거기 있었다. 이언적의 주리설을 계승, 주자의 리기이원론을 따르면서도 그 세계를 근원적으로 발전시킨 사람의 모든 것이 거기 있었다. 리학적 심학을 정립하였고 공경의 수양론을 내세워 인간의 도덕적 각성과 삶의 경건성을 강조했던 사람의 모든 것이 거기 있었다. 저 먼 세월에 그가 이르고자 했던 세계. 결코 주자조차도 넘지 못했던 세계. 퇴계는 자신의 힘으로 그 세계를 얻어내고 있었음을 임금은 깨닫고 있었다. 오로지 자신의 힘만으로 거대한 너울을 심학이라는 섬으로 재구성해놓고 있었다는 사실을 깨닫고 있었다. 그리하여 그 심학을 통해 주자의 리학적 성리학을 넘어서서 심학적 성리학을 완성해놓고 있었음을 깨닫고 있었다.

임금은 퇴계가 올린 성학십도를 병풍으로 만들라 일렀다.

"내 곁에 두고 보리라."

신하들도 삶의 거울로 삼기 위해 병풍이나 장첩으로 만들었다.

어느 날 율곡은 기대승을 만났다.

기대승은 퇴계가 보낸 서찰 한 통을 내주었다.

두 사람이 나귀에 짐을 싣고 경중을 다투는데
헤아려 보니 높낮이가 이미 고르거늘
다시 을 쪽의 짐을 갑 쪽에 죄다 넘기니
어느 때에나 짐 형세가 균평하게 될까나

兩人駄物重輕爭 商度低昂亦已平 更剋乙邊歸盡甲 幾時駄勢得勻停

서찰 속의 시를 읽고 난 율곡은 그 자리에 주저앉아 통곡하였다.

율곡의 가슴 속으로 비로소 온갖 번뇌를 쓸어가 버릴 바람 한 줄기가 스치고 지나갔다.

학문의 길을 잃고 방황하던 세월. 나귀를 몰고 가며 자신 쪽으로 넘어온 짐을 상대 쪽으로 넘기기에 여념이 없었던 세월. 그것은 그 세월의 답이었다.

아, 그대로가 우리의 삶이었던 것을. 앉고 눕고 궁리하고 도전했던 그 모든 것이 그대로의 삶이었던 것을. 그것이 곧 리와 기요 성이었던 것을.

모든 것이 하나로 돌아가 균등이 함께 가는 것을. 바로 거기에 모든 삶의
실체가 있었던 것을.

율곡의 가슴 속에 뜨거운 불길이 용솟음 쳤다. 과거의 세월이 씻겨가고
있었다. 이제 새로운 답을 얻어야 할 때였다.

율곡은 두 손을 모으고 퇴계가 있는 곳을 향해 합장하고 눈물을 흘렸다.
"아아, 스승님. 나의 스승님!"


## 3

선조가 행장 없이 먼저 퇴계에게 문순공(文純公)이라고 사익(賜諡)한 것
은 다음해 1571년이었다.

율곡이 적극적으로 퇴계의 익호를 선조에게 간청했기 때문이었다. 익호
는 서거 후에 상왕(上王)으로부터 주어지는 것이다. 익호가 주어지려면
행장이 저술되어 올려져야 한다. 퇴계의 행장은 쓰여 있지 않았다. 그러나
율곡은 퇴계가 눈을 감은 후부터 임금에게 퇴계에게 익호를 내릴 것을
종용했다. 퇴계에 대한 율곡의 존애지정(尊愛之情)은 깊었다. 퇴계가 서거
하기 무섭게 심통한 심정으로 조시를 썼던 그였다.

퇴계 선생을 곡하며

좋은 옥, 순도 높은 금처럼 기질이 순수하시고
도학의 연원은 관민에서 나왔습니다.

356

백성들은 상하에서 같은 은택이 있기를 바라고
자취를 산림에 남기시고 홀로 몸을 잘 보존하셨습니다.
호랑이가 가고, 용도 없어져 사람의 일 모두 변하고
물결 돌리고 길 여는 몇 권의 책 새로 나왔습니다.
남쪽 하늘 멀어 아득하고 저승과 이승이 갈리었으니
서해 물가에서 저는 눈물이 마르고 창자가 꺾어지는 듯하옵니다.

哭退溪先生
良玉精金裏氣純　眞源分派自關閩　民希上下同流澤　迹作山林獨善身
虎逝龍亡人事變　瀾回路闢簡編新　南天渺渺幽明隔　漏盡腸摧西海濱

그의 제문은 더욱 비통스러웠다.


아아, 슬프도다. 나라의 원로를 잃었으니 부모가 돌아가신 것 같고, 호랑이
떠나고 용도 사라져 사람의 일은 변했는데 경성(상서로운 별)이 빛을 거두었
도다. 내 일찍이 배움을 잃고서 하릴없이 방황할 때 마치 사나운 말처럼
이리저리 날뛰며 가시밭으로 들어서는 나의 길을 바로잡아 주신 것은 실로
선생이셨습니다.


율곡은 퇴계가 마지막으로 남기고 간 말을 잊지 않았다. 진리란 현실의
문제와 직결되어 있는 것이며, 그것을 떠나서 별도로 구하는 것이 아니라고
한 말이다.


성현의 도는 시의(時宜)와 실공(實功)을 떠나서 있지 않다. 현실을 파악하고
처리할 수 있는 능력이 있어야 한다. 그렇지 않는 한 요, 순, 공, 맹이 있더라

도 무용하다. 시폐(時弊)를 고침이 없이는 도리가 없는 것이다.

율곡이 그 동안의 과정을 광상전(廣顙傳)이라는 이름으로 엮은 것은 그 즈음이었다. 자신이 그동안 퇴계와 지낸 과정을 글로 표현했다. 저자거리 사람들은 그 글을 이마 넓은 아이가 세상의 이마가 되고 머리[泰斗]가 되기까지의 과정을 담은 글이라 하여 광상태두전(廣顙泰斗傳)이라 하였다. 잘 배우지 못한 이들은 그 글을 퇴계의 이마머리전이라고도 하였다. 이마머리 큰 아이가 세상으로 나가 세상의 머리가 되었다는 것이다. 이 글이 후세에 왜 전해지지 않았는지에 대해서는 알 길이 없다.

이산해(李山海)의 아버지요 토정 이지함의 형 이지번이 문향의 묘를 가끔 찾았다. 퇴계는 살아 있을 때 이지번에게 단양 구담봉 밑에 은거지를 마련해주었는데, 이지번은 강가 양쪽에 칡넝쿨 줄을 묶고 학처럼 생긴 비학(飛鶴)을 타고 신선처럼 오가며 두 사람의 사랑을 반추했다. 이지번은 때로 거문고를 매고 술을 차고 퇴계를 찾아와 서툰 솜씨로 거문고 몇 소절 퉁기다 돌아가고는 하였다.

이지번은 청풍부사로 재수되자 퇴계가 옥순봉에다 새겨놓은 단구동문이라는 글자를 바라보며 눈시울을 붉히다가 옥순봉을 단양에다 넘겨 단양 팔경을 완성했다. 그는 퇴계의 문인이 아니었지만 그 장려한 풍광을 하나로 모으면서 단양팔경으로 상징되는 퇴계의 성현적 심미안을 이해했다.

퇴계와 문향의 무덤을 돌보던 이준이 죽은 것은 1583년이었다. 준은 눈을 감으며 아들 안도와 순도에게 뒤를 부탁했으나 아버지 시묘살이를 심하게 하는 바람에 병이 들어 그들도 목숨을 잃었다.

안도가 죽자 그의 아내 권씨 부인은 곡기를 끊고 통곡으로 밤낮을 지새웠다. 그녀는 남편의 장례를 치른 후 23년 동안 밥을 먹지 않았다. 콩 불린 물만 마셨으며 겨울에는 솜 넣은 옷을 입지 않았다. 남편이 차가운 땅 속에 묻혀 떨고 있는데 어떻게 솜옷을 입고 홀로 따뜻하게 지낼 수 있느냐는 것이었다.

그녀는 자식이 딸만 셋이었기에 시동생인 영도의 아들을 양자로 들여 종가의 맥을 이어 종가며느리로서의 책무를 다했다. 임진왜란이 일어나자 시할아버지 퇴계가 남긴 글과 전적, 유품 등을 정리하여 청량산 축융봉 아래에 숨겼다. 사람들은 그곳을 생이골(生李洞)이라고 불렀다. 이씨를 살린 골짜기라는 뜻이었다.

그녀는 그렇게 종가 며느리로서의 책무를 다한 다음 세상에서 자신이 할 일은 다했다는 말을 남기고 자결했다.

사후 나라에서 정려문을 내려 권씨 부인을 기렸다. 그녀가 돌보던 문향의 무덤은 아직도 강선대에 있다. 매해 그녀를 기리는 두향(문향)제가 담양에서 열리고 있다.

끝

## 퇴계 이황(李滉) 연보

▶1501년(연산군 7년) 음력 11월 25일. 경북 예안군(오늘날의 안동)에서 출생. 자는
경호(景浩), 호 퇴계(退溪-퇴거계상退居溪上의 줄임말), 본관은 진성(眞城)이며,
시호는 문순(文純)

▶1502년(연산군 8년) 부친 찬성공 별세

▶1506년(중종 3년) 천자문을 비롯, 동몽선습, 명심보감, 소학 등을 배움

▶1512년(중종 7년) 12세 숙부인 송재 이우(松齋 李堣)에게 논어를 배움

▶1515년(중종 10년) 15세 부석천사자유가(負石穿沙自由家) 등의 시를 지음

▶1520년(중종 15년) 20세 주역을 탐독

▶1521년(중종 16년) 21세 김해 허씨와 결혼

▶1523년(중종 18년) 23세 6월에 장자 준 출생

▶1527년(중종 22년) 27세 진사시에 합격하고 성균관에 들어감. 허씨 부인 사망

▶1528년(중종 23년) 28세 진사회시에 2등 합격

▶1530년(중종 25년) 30세 권전의 질녀인 안동 권씨와 재혼

▶1532년(중종 27년) 32세 문과 별시에 합격

▶1533년(중종 28년) 33세 재차 성균관에 들어감. 경상도 향시 합격

▶1534년(중종 29년) 34세 문과에 급제, 승문원권지부정자와 예문관 검열이 됨

▶1536년(중종 31년) 36세 선무랑과 성균관 전적을 거쳐 9월 호조좌랑에 임명됨

▶1537년(중종 32년) 37세 모친 박씨 상을 당하여 관직에서 물러남

▶1539년(중종 34년) 39세 삼년상을 마치고 홍문관 부수찬을 거쳐 수찬 지제교
로 승진

▶1543년(중종 38년) 43세 성균관 사성. 신병을 이유로 관직을 사임

▶1546년(명종 1) 48세 낙향. 권씨 부인 사망. 낙동강 상류 토계(兎溪)에 양진암

(養眞庵)을 지음. 이때 토계를 퇴계라 개칭

▶1547년(명종 2년) 47세 7월 안동부사로 제수되었으나 사임

▶1548년(명종 3년) 48세 단양군수

▶1549년(명종 4년) 49세 퇴계의 서쪽에 한서암(寒棲庵)을 지음. 소수서원 개칭하여 사액서원의 효시가 됨

▶1550년(명종 5년) 50세 예안 하명동에 한서암을 짓고 학문에 전념

▶1552년(명종 7년) 52세 성균관 대사성. 이후 벼슬을 제수 받았으나 대부분 사퇴

▶1560년(명종 15년) 60세 도산서당(陶山書堂)을 짓고 아호를 도옹(陶翁)이라 정함. 이로부터 7년간 독서·수양·저술에 전념하는 한편, 많은 제자를 길렀음

▶1568년(선조 1년) 68세 대제학, 지경연(知經筵)의 중임을 맡음. 선조에게 중용과 대학에 기초한 무진육조소(戊辰六條疏)와 그의 학문의 결정인 성학십도(聖學十圖)를 저술, 올림

▶1569년(선조 2년) 낙향

▶1570년(선조 3년) 70세 타계

## 후기

내가 글에 대한 꿈을 꿀 무렵 김해 장유에서 올라온 함곡 선생을 처음 만났다. 그때 함곡 선생으로부터 퇴계 선생의 이야기를 들었다. 양생에 대한 이야기가 나와 '밤 퇴계, 낮 퇴계'란 비속한 말들이 오가다가 시작된 이야기였는데 퇴계에 관한 질문도 있다고 하면서 이야기보따리를 풀어놓고는 하였다. 퇴계 선생이 유교에 눈 뜨는 것으로부터 시작된 그의 이야기는 문향과의 애절한 사랑, 그 피붙이들의 지난한 삶에 이르면 어느 사이에 밤이 이슥해져 있곤 했다.

그 후 많은 세월이 흘렀고 나는 글쟁이가 되었다. 세상을 따라가다 보니 이 시대 마지막 선비가 재미나게 들려주던 이야기도 잊어버리고 말았다.

그러다 지인과 함께 퇴계학 심포지엄에 가게 되었는데 당황스러웠다. 그날의 주제는 '이 시대, 왜 퇴계인가? 왜 퇴계이어야만 하는가?'였다. 토론회에 나온 강사들은 하나같이 도덕이 실종되고 인륜이 갈가리 찢어져가는 세상이기에 만인의 모범이 될 퇴계 같은 인물이 필요하다고 했다.

특히 한국의 교육 현실에 대해서 강사들은 열을 올렸다. 한국의 교육은 서구식 교육관에 입각해 있다는 것이다. 퇴계 이황이 예전에 강조했던 수행적 공부방법이 서구적 공부 방법에 의해 잊혔다는 것이다. 퇴계의 수행적 공부방법은 마음공부이고 그 핵심이 인성교육인데, 학교의 공교육은 그저 주입식 교육으로 뒤바뀌었다는 것이다.

오늘날, 그의 교육과 정치와 사상이 일본이나 중국, 미국, 유럽 등에서 재조명되어 세계적 사상으로 정립되고 있는데도 우리나라 사람인 퇴계가 어디 있느냐는 것이다.

그의 학문이 어렵다는 이유만으로, 아니 대중적이지 못하다는 이유만으로 다른 철학자나 사상가들에 비해 외면당하고 있다고 했다. 그의 학문적 성과를 오늘날 한국사회가 제대로 평가하지 못하고 있다는 것이다.

일본 근세 유학의 시조격인 후지와라 세이카(藤原惺窩)가 자신의 학문 형성은 퇴계에게 크게 빚지고 있음을 밝히고 있고, 그의 제자로서 주자학을 도입하고 도쿠가와 이에야스(德川家康)의 두뇌가 되어 지구전동설을 주장했던 하야시 라잔(林羅山)이나, 주자학을 일본 고유의 신도(神道) 이론과 융합시키며 일본 유학의 대가로 인정받는 야마자키 안사이(山崎闇) 등이 퇴계의 영정을 모시고 매일 경배하며 조선 유교의 일인자로 칭송하는데도 그렇다는 것이다.

어디 일본만 그러냐고 했다. 중국에서 신민설(新民說)을 주장해 젊은이들에게 큰 영향을 주었던 량치차오(梁啓超), 신해혁명 때 혁명군 수령이었던 리위안홍(黎元洪) 등이 퇴계의 찬양시를 쓸 정도였고, 현대 유학의 전도사이며 미국의 하버드대 교수인 뚜웨이밍(杜維明) 등이 퇴계를 일러 주자학의 진정한 후계자로 인정하고 있고, 유럽 각지의 저명한 동양학자들이 퇴계학 국제학술회의를 정기적으로 개최하고 있는데도 우리는 정작 퇴계를 잊어버렸다는 것이다.

당황스럽긴 하였지만 나 역시 곧 잊고 말았다. 상식적 수준에서 퇴계를 기억하고 있던 나에게는 그들의 지적대로 너무 멀리 있는 분이었기 때문이었다.

그런 어느 날이었다. 유학을 공부하는 지인을 만났는데 이런 말을 했다.

"그대는 불교의 공(空)은 아는데 유가의 리기(理氣)는 모르지?"

그의 설명인즉슨 기를 잡도리하지 못하기 때문에 세상이 이렇게 썩어가고 있고 그래서 수양이 필요한 세상이라는 것이다.

충격이었다. 정작은 유가를 모르면서 막연히 유가의 세계를 아는 체하고 있었구나 하는 생각이 들었다.

그래서 유가의 리기에 대해 시선을 돌려보았다. 그 속의 세계가 나를 안기 시작하자 그제야 그 옛날 퇴계 선생을 이야기하던 함곡 선생이 생각났다.

꼭 선불을 맞은 것 같았다.

길은 여러 갈래이나 그 목적지는 하나라고 하더니.

퇴계를 점차 알아가면서 내린 결론은 그의 공부는 마음 공부였다는 것이다. 그리고 실천하는 철학자라는 것이었다. 그는 평생 자신에게 주어진 벼슬을 140여 회나 고사한 인물이었다. 범인은 벼슬을 못해 안달하는 세상에 그는 벼슬을 사양하기에 정신을 못 차렸을 정도였다.

왜?

그는 주자의 사상을 계승, 발전시키고 있었지만 그 결과 나름대로의 자기주장을 세우고 있었다. 주자의 사상에서 실천의 덕목이 모자람을 간파한 그는 자신이 원하는 성리학적 세상을 세우기 위해 인성교육을 염두에 두었고 평생의 꿈을 교육 사업에 두었다. 바로 그것이 그가 벼슬을 140여 번이나 고사한 이유이다.

비로소 왜 뜻 있는 이들이 퇴계를 주자 이후 첫 번째 가는 사람이라고 평하고 있는지를 알 것 같았다. 그의 존재가, 그의 학문이, 그의 사상이,

그의 행위가, 이 나라가 나아갈 길을 분명히 제시하고 있는데도 어리석게도 이제껏 그 사실을 모르고 있었다는 생각에 나는 다시금 함곡 선생의 이야기를 더듬었다.

퇴계의 연인 문향에 대해서는 의심의 여지가 없는데도 퇴계에게 누라도 되는 양 세상은 그녀를 의심하고 있었다. 실존인물이냐 아니냐로 학계가 시끌벅적했다.

그녀의 본이름은 안두양(安杜陽). 기적에 올릴 때 기명은 두향(杜香). 순흥현에 살던 순흥 안씨의 피붙이. 그의 할아버지는 단종복위에 가담했다가 쫓기는 신세가 되어 안동 문루의 종지기로, 단양 팔경의 동굴지기로 살다가 참수되었다는 것이 야사의 내용이다.

그러나 영조 때 문인 월암 이광려(月巖 李匡呂)는 그녀를 이렇게 노래했다.

두향이의 무덤을 찾아

외로운 무덤 하나 길가에 있어
거친 모래밭에 꽃이 붉게 비치네
두향의 이름이 잊힐 때면
강선대 바위도 없어지리라

孤墳臨官道 頹沙暎紅蕚 杜香名盡時 仙臺石應落

숙종 때 단양군수를 지낸 수촌 임방(水村 任埅)은 이렇게 읊었다.

외로운 무덤 하나 두향이라네
강 언덕 강선대 그 아래 있네
어여쁜 이 멋있게 놀던 값으로
경치도 좋은 곳에 묻어 주었네

一點孤墳是杜秋 降仙臺下楚江頭 芳魂償得風流價 絶勝眞娘葬虎丘

　퇴계의 10대손 운산 이휘재는 1800년대 무렵 두향의 무덤을 찾아 술잔을
올리며 이렇게 읊었다.

그윽한 옛 혼 강선대에 항기로운데
석자 외로운 무덤에 물결이 굽이치네
갯가의 봄 시름에 풀빛조차 어두우니
달이 뜨면 학들도 응당 날아들리라

꽃다운 이름은 시와 노래에 실려 오고
옛일을 서로 전하며 술잔을 올리도다
마을 사람에게 잘 지켜지기를 부탁은 했건만
해는 져도 돌아오는 뱃길이 마냥 더디구나

　운산 이휘재는 이휘영의 아우이다. 이휘영은 퇴계의 10대 봉사손(奉祀孫)
으로 동부승지, 부총관을 지냈다. 퇴계 사후 3백년이 지나 부총관 시절
한양에서 단양까지 두향의 무덤을 찾은 것이다.
　그 과정이 그의 아우 이휘재의 운산집에 분명히 나와 있다. 운산집에서
이휘재는 이렇게 말하고 있기 때문이다.

고계 형님이 두향 묘에 참배 드리려 가셨으나 나는 참석하지 못했다. 동네 여러분들과 옥순봉, 구담봉으로부터 배를 타 강선대 이르러 장회에 사는 박순욱(朴順郁) 촌민에게 두향의 무덤을 물어 술잔을 드리옵고 앞으로도 잘 보살펴 주도록 부탁하시었다는 말을 들었다. 내 그날 비록 배를 타고 동행하지는 못하였으나 고계 형님의 서찰을 읽고 창연이 느끼는 바가 있어 시 한 수를 지어 올리고 그때 일을 기록한다.

이렇게 쓰고 위의 시를 읊었던 것이다.

야사라도 합당하다고 생각한 부분은 정론에 의거하지 않고 소설화했다. 지금껏 알려지지 않은 인간 이퇴계를 그릴 수 있다는 신심에서였다.

이렇게 시작된 글쓰기는 수년 수개월 동안 계속되었다. 참으로 긴 여정이었다. 몇 번이고 그만두자며 덮었고 그러다가 다시 쓰기를 반복했다.

"왜 퇴계인가? 왜 이 시대 퇴계이어야만 하는가?"라는 들었던 게 어제인 것 같은데 시간이 이렇게 흘렀다.

이제는 대답할 수 있다.

도덕이 실종되고 인륜이 갈가리 찢어져가는 세상이라서?

그런 이유만으로 퇴계를 찾아 쓴 건 아니다. 세상인심이 가장 소중히 하는 것들로부터 과감히 벗어나 조촐한 인격을 지켜나간 대장부의 삶. 그 삶이 내게 손을 내밀었기 때문이다.

백금남

# 퇴계
## ❷ 광상의 나라

초판 1쇄 인쇄 2015년 1월 26일
초판 1쇄 발행 2015년 1월 30일

지은이 · 백금남

발행인 · 양문형
펴낸곳 · 글레마
등록번호 · 제313-2008-31호
주소 · 서울특별시 마포구 월드컵로 124 (성산동) 성산빌딩 4층 (121-847)
전화 · 02-3142-2887 / 팩스 · 02-3142-4006
이메일 · yhtak@clema.co.kr

ⓒ 백금남 2015

ISBN 978-89-94081-54-0 (04810)
        978-89-94081-52-6 (세트)

● 값은 뒤표지에 표기되어 있습니다.
● 제본이나 인쇄가 잘못된 책은 바꿔드립니다.

이 도서의 국립중앙도서관 출판시도서목록(CIP)은 서지정보유통지원시스템 홈페이지
(http://seoji.nl.go.kr)와 국가자료공동목록시스템(http://www.nl.go.kr/kolisnet)에서
이용하실 수 있습니다. (CIP제어번호 : CIP2015001566)